Leben, frisch gestrichen

Das Buch

Wer will schon werden wie die eigene Mutter? Anna jedenfalls nicht. Ihr ganzes Leben hat sie unter Irenes Eigensinn, ihrer betonten Unangepasstheit und dem Bohèmeleben gelitten. Auch heute noch sind der 41-jährigen Lehrerin die Auftritte der rebellischen Mittsechzigerin peinlich. Und jetzt will Irene auch noch ihr schönes altes Haus renovieren, um es zu verkaufen und in die Stadt zu ziehen, wo das Leben tobt. Annas Töchter, die schon immer ein entspannteres Verhältnis zu ihrer schillernden Großmutter hatten, finden das in Ordnung. Irenes Idee, einen polnischen Handwerker für ein paar Wochen ins Haus zu holen, stößt zwar nicht auf große Begeisterung, aber da steht Tomasz schon vor der Tür. Keine der vier Frauen ahnt, wie sehr dieser Sommer ihr Leben verändern wird …

Die Autorin

Susanne Fülscher, geboren 1961, widmete sich nach ihrem Germanistik- und Romanistikstudium sehr schnell dem Schreiben. Ihre Romane und Kurzgeschichten für Jugendliche und Erwachsene wurden mehrfach ausgezeichnet und in viele Sprachen übersetzt. Susanne Fülscher lebt als freie Schriftstellerin und Drehbuchautorin in Berlin.

Susanne Fülscher

Leben, frisch gestrichen

Roman

List Taschenbuch

Besuchen Sie uns im Internet:
www.list-taschenbuch.de

Mix
Produktgruppe aus vorbildlich bewirtschafteten
Wäldern und anderen kontrollierten Herkünften
www.fsc.org Zert.-Nr. GFA-COC-1223
© 1996 Forest Stewardship Council

Dieses Taschenbuch wurde auf FSC-zertifiziertem Papier gedruckt.
FSC (Forest Stewardship Council) ist eine nichtstaatliche, gemeinnützige
Organisation, die sich für eine ökologische und sozialverantwortliche
Nutzung der Wälder unserer Erde einsetzt.

Originalausgabe im List Taschenbuch
List ist ein Verlag der Ullstein Buchverlage GmbH, Berlin.
1. Auflage Mai 2008
2. Auflage 2008
© Ullstein Buchverlage GmbH, Berlin 2008
Umschlagkonzeption: RME Roland Eschlbeck und Kornelia Rumberg
Umschlaggestaltung: ZERO Werbeagentur, München
Titelabbildung: © Mauritius Images/Markus Shimisu
Satz: LVD GmbH, Berlin
Gesetzt aus der Bembo
Papier: Munkenprint von Arctic Paper Munkedals AB, Schweden
Druck und Bindearbeiten: CPI – Clausen & Bosse, Leck
Printed in Germany
ISBN 978-3-548-60801-3

Für Ryszard

1.

Zwei Tage. Er war zwei Tage zu früh.

Jetzt stand er auf der vorletzten Treppenstufe, und Anna hielt ihn im ersten Moment für einen Paketboten. Er mochte Mitte 30 sein, vielleicht schon 40 – graumeliertes Haar, lichtblaue Augen, die Brauen kräftig, wie mit Tusche gezeichnet, – und strahlte eine Offenheit aus, die sie irritierte. Ebenso der Anzug im Stil der 60er Jahre. Paketboten trugen keine Anzüge. Sie bevorzugten bequeme Kleidung, hatten Pakete dabei und ein Empfangsbestätigungsgerät, nicht jedoch übergroße Sporttaschen aus Leinen und mit Ledergriffen. Außerdem war es gerade mal neun Uhr durch, viel zu zeitig für die Post, und er sagte nun mit osteuropäischem Akzent: »Guten Tag.«

»Guten Tag und auf Wiedersehen«, erwiderte Anna, aber der Mann schwang die Tasche über seine Schulter, hüpfte die letzte Stufe nach oben und schob seinen Fuß in den Türspalt.

»Was wollen Sie?« Anna gab sich alle Mühe, bestimmt zu klingen, keine Angst zu zeigen. In letzter Zeit war immer wieder in der näheren Umgebung eingebrochen worden. Zehlendorf. Bessere Wohngegend. Kleinkriminelle trugen gerne mal hier und dort einen Fernseher, Familienschmuck oder Bargeld hinaus.

»Ich ... Jestem Rzemieślnikiem.« Der Mann, der offenbar wohl doch kein Paketbote war, ließ den Fuß an Ort und Stelle, machte eine gleichsam entschuldigende Geste und strich sich über das unrasierte Kinn. Bloß einen Pulsschlag später landete die Leinentasche mit einem Plumps auf dem Treppenabsatz.

»Falls Sie mir einen Tischstaubsauger oder ähnlichen Unsinn verkaufen wollen, sind Sie bei mir an der falschen Adresse!« Um sich zu beruhigen, atmete Anna tief ein und ließ die Luft in einem Schwall wieder heraus. »Also wenn Sie jetzt bitte gehen würden.«

Die blassblauen Augen des Mannes, die so gar nicht zu den massiven Brauen passen wollten, verengten sich. »Dzień dobry.« Er hielt ihr seine Hand hin. »Tomasz Gnot.«

Automatisch streckte Anna nun auch ihre Hand aus, um sie im nächsten Moment sogleich wieder zurückzuziehen. »*Sie* sind Herr Gnot?«

»Tak. Tomasz.« Er knibbelte ein wenig Putz von der Hauswand, so dass feiner Staub hinabrieselte, dann knipste er ein Lächeln an und radebrechte: »Das ... das ist richtig viel Arbeit. Meine Bus fährt zweimal in Woche. Meine Bus fährt sehr lange.«

Anna schickte in Gedanken ein Stoßgebet gen Himmel und verfluchte ihre Mutter, die Tomasz Gnot in einer Nacht- und Nebelaktion über einen entfernten Bekannten engagiert hatte. Ohne sie zu fragen. Ohne überhaupt jemanden zu fragen. Als wäre sie Alleinherrscherin in diesem Mikrokosmos, der aus ihrer Tochter, ihren beiden Enkelinnen Nina und Lydia, einer Handvoll enger Freunde und einer stattlichen Anzahl abgelegter Liebhaber bestand.

Wo steckte sie überhaupt schon wieder? Statt den polnischen Schwarzarbeiter in Empfang zu nehmen, der bereits jetzt Unruhe und Chaos stiftete, trieb sie sich in der Stadt herum. Vermutlich war sie beim Shopping in der Friedrichstraße, kaufte Aquarellfarben, um ihre gerade in Frankreich erworbenen Maltechniken anzuwenden, oder aber sie flirtete in den *Galeries Lafayette* bei einer Bouillabaisse die jungen Köche an. Was nur allzu typisch für sie wäre. Früher hatte sie in billigen Sexfilmchen mitgespielt, heute gab es den entsprechenden Nachschlag: sixty plus im Reich der Sinne.

»Mach dich locker, Liebchen«, pflegte ihre Mutter zu bemerken, wenn Anna sich mal wieder echauffierte. »Genieß das Leben! Ist es nicht herrlich? Wie eine prallgefüllte Wundertüte!«

Und jetzt plante sie auch noch das Haus zu verkaufen.

Raus aus Zehlendorf, rein ins Leben. Das band sie jedem stolz auf die Nase und meinte damit einen Umzug in den Ostteil der Stadt. Mitte, Prenzlauer Berg, Friedrichshain. Mit ihren 63 Jahren wollte Irene es noch mal wissen und in der jungen Szene mitmischen. Anna konnte das nicht nachvollziehen. Sie liebte die Ruhe, das vielleicht etwas einförmige Leben und ärgerte sich maßlos darüber, dass ihre Mutter nicht mal ansatzweise bedachte, wie viel ihr das eierschalenfarbene, leicht marode Haus bedeutete. Es war mehr als bloß Wohnraum. Es war Kindheit, Jugend, erste Ehe, die Geburt der Zwillinge, Scheidung, lachen, lieben und weinen. Anna konnte sich die Argumente, die für Irenes Plan sprachen, noch so oft runterbeten – jedes Mal lief bei ihr ein- und derselbe Film im Zeitraffer ab: Der Familienbesitz wurde aufgerüscht und verkauft; bereits in der nächsten Einstellung sah sie sich einsam und verlassen auf der Straße sitzen, ihr Hab und Gut weg, alles, was ihr jemals etwas bedeutet hatte, verloren, das Leben leer und sinnlos, Sarg kaufen, Eiche rustikal.

Ihre Mutter fand das lachhaft. »Niemand von uns braucht sich in einen Sarg zu legen, nur weil wir 155 Quadratmeter Wohnfläche plus 329 Quadratmeter Garten verscherbeln. Was für ein Unfug!«

Da mochte sie recht haben, nur musste andererseits die ganze Familie parieren, bloß weil ihre fesche Sixty-Plus-Mutter Flausen im Kopf hatte? Doch ihre Mutter schien das gar nicht weiter zu interessieren, ebenso wenig wie die Tatsache, dass es Anna ein Gräuel war, den Fremden mit den Betonaugenbrauen hereinzubitten, um womöglich den Vormittag mit ihm auf dem Sofa zu verbringen. Dienstags hatte sie unterrichtsfrei, es war der einzige Tag in der Woche, der ihr gehörte.

Gerade als sie den Mann endlich erlöste und mit harscher Geste ins Haus winkte, fiel Anna ein, dass der Frühstückstisch noch nicht abgeräumt war. Aber warum machte ihr das überhaupt etwas aus? Tomasz Gnot war ihr einerlei. Und was er über ihre Unordnung denken würde ebenso. Es war ihr auch egal, dass ihr ihr Leben vielleicht bald egal sein würde. Nur dass sie nicht wusste, wie lange sie den Kerl am Hals haben würde – eine Woche, zwei, vielleicht einen ganzen Monat? – brachte ihr inneres Gleichgewicht ins Wanken. Planung war alles im Leben – selbst wenn es sich um den eigenen Untergang handelte.

Lydia kam die Treppe herabgepoltert – wie üblich in Turnschuhen, mit denen sie bisweilen Dreck ins Haus trug. Es hatte deswegen schon öfter Streit gegeben, aber Lydia zog sie nur unter Androhung von Gewalt aus. Und im Bett, das natürlich schon.

»Mummy, ich …« Sie verstummte, als sie Tomasz Gnot erblickte und begann sich am Hals zu kratzen, bis sich eine Inselgruppe roter Flecken bildete.

»Liebes, das ist unser Handwerker.« Anna hasste sich für ihren flötenden Tonfall. Verlogen. Falsch. »Du erinnerst dich. Deine Großmutter …«

»Ja, weiß ich.« Lydia hob ihre Hand, warf dem Polen ein scheues »Hi« zu, machte auf dem Absatz kehrt und verschwand wieder nach oben. Anna vermutete, dass sie sich ein zweites Mal im Badezimmer aufhübschen wollte, bevor sie wie so oft ohne auch nur einen Happen im Magen zu *Working Class*, einer Filmproduktionsfirma in Niederschöneweide, fuhr. Irene hatte ihrer Enkelin dort dank ihrer hervorragenden Ex-Bettkontakte einen Praktikumsplatz verschaffen können. Sechs Monate lang Drehbücher kopieren, Verträge ausdrucken, Einladungen zu Bergfesten verschicken, selbstverständlich ohne Aussicht auf mehr. Doch die Zeiten waren hart, ohne Praktikum lief gar nichts. Mit allerdings ebenso wenig.

»Lydi, bitte blockier nicht wieder ewig das Bad!«, rief Anna ihrer Tochter nach. Eigentlich war es ihr egal, wie lange Lydia sich schminkte und ihren akkuraten, blonden Bob immer wieder mit Spangen, Reifen oder Haarbändern umfrisierte – nur heute hätte sie ihre Tochter gern an ihrer Seite gehabt. Als Konversationshilfe und um mit Tomasz Gnot nicht allein sein zu müssen. Das helle Blau seiner Augen war ungewöhnlich und verstörend; obendrein hatte der Mann für ihren Geschmack einen viel zu starren Blick. Wie ein Raubvogel, der bloß darauf lauerte, sich auf seine Beute zu stürzen.

»Möchten Sie Kaffee? Haben Sie Hunger?« Anna deutete auf die letzte Tür im Flur. »Dort ist die Toilette, falls Sie mal –«

»Viel Dank. Nie muszę.« Tomasz Gnot machte eine vage Geste. »Komm, jetzt wir trinken Kawę … Kaffee.«

»Einen Moment noch.« Vermutlich lächelte sie jetzt wieder so eisig. Mark, ihr Ex und der Vater der Zwillinge, hatte ihr in der gerade mal zwei Jahre dauernden Beziehung häufig ihr eingefrorenes, kühles Dauerlächeln vorgeworfen. Aber sie lächelte nun mal so, wie sie lächelte und scherte sich keinen Deut darum, was irgendein Mann auf dieser Welt davon hielt.

Auch wenn es unhöflich war, ließ Anna den Handwerker im Flur stehen und unternahm einen Abstecher in die Küche. Wo zum Teufel hatte sie nur ihr Handy deponiert? Weder lag es auf dem Nussbaum-Küchentisch, der von ihrem Urgroßvater stammte, noch auf dem Gewürzregal, noch auf dem Elektroherd, und während Anna verzweifelt jeden Winkel absuchte, kam ihr in den Sinn, dass sie ihr Handy womöglich beim Bettenmachen in einem der Zimmer der Mädchen vergessen hatte. Ja, sie war so dumm und schüttelte die Betten ihrer längst erwachsenen Töchter auf, was in vorhersehbarer Regelmäßigkeit zu Auseinandersetzungen mit ihrer Mutter führte. So etwas wäre ihr früher nie in den Sinn gekommen, ereiferte sich Irene dann, Anna habe ihr Bett bereits mit sechs Jahren selbst gemacht, und ob sie ihre Töchter vielleicht zu Primadonnen mit zwei linken Händen erziehen wolle? Natürlich wollte Anna das nicht, sie war auch keine Glucke, die ihren Mädchen jede noch so kleine Arbeit abnahm, sie konnte nur keine Unordnung ertragen. Nie. Nirgends. Umso schlimmer, dass ab sofort ein fremder Mann, von dessen schlechten Angewohnheiten sie sich zum jetzigen Zeitpunkt noch keine Vorstellungen machen konnte, bei ihnen leben, womöglich *hausen* würde. Wie oft würde er duschen? Wie waren seine Tischmanieren? Und wie würde er sein Nachtlager nach dem Aufstehen hinterlassen?

Vom Flur ertönte schiefes Pfeifen. Tomasz Gnot pfiff *O sole mio*. Das fehlte ihr gerade noch. Um den Mann zum Verstummen zu bringen, kehrte sie resoluten Schrittes in den Flur zurück.

»Kawa«, sagte Tomasz Gnot und ließ die letzte Silbe mit einem kleinen Fragezeichen ausklingen.

»Ja, ich koche ja gleich Kaffee!«, herrschte Anna den Gast an, ohne sich sicher zu sein, ob er seine vorsichtige Frage überhaupt als Aufforderung gemeint hatte. Vielleicht hatte er bloß höflich anbieten wollen, schon mal den Kaffee aufzusetzen. Oder es war ihm langweilig, einfach so auf dem Flur herumzustehen und Maulaffen feilzuhalten.

Lydia kam aus dem Bad, für ihre Verhältnisse viel zu schnell fertig, aber womöglich wollte sie nur weg von dem fremden Mann. Manchmal war sie schon ein bisschen furchtsam; ein Wunder, dass sie nach zwei Jahren Uni über ihren Schatten gesprungen war und den Praktikumsplatz angetreten hatte.

»Ah! Trampki!«, hörte Anna den Handwerker ausrufen, als sie gerade in Ninas Zimmer abtauchte, wo sie zum Glück das Handy endlich auf ihrem mintgrünen Nachtschränkchen fand.

»Nein, das sind Chucks«, tönte es vom Flur.

»Trampki!«

»Nein, Chucks!«

»Aha. Chucks. Ich denken Trampki. In Polen sind auch Trampki.«

»Also gut, dann eben Trampki. Schönen Tag noch.«

Die Worte waren wie bei einem Tennismatch hin und her geflogen, jetzt klappte die Haustür zu, und Anna beeilte sich, die Namensliste in ihrem Handy runterzuscrollen. Bei »I« wie Irene blieb sie hängen. Ihre Mutter würde etwas von ihr zu hören kriegen.

»Wo zum Teufel steckst du?«, schimpfte Anna in den Apparat, kaum dass sich Irene gemeldet hatte.

»Was ist denn los? Und schrei mir bitte nicht ins Ohr.«

»Dein Handwerker ist hier«, dämpfte Anna augenblicklich ihre Stimme. »Er sollte doch erst übermorgen kommen! Und weißt du was? Jetzt steht er im Flur herum, und ich habe keinen Schimmer, was ich mit ihm anstellen soll. Eigentlich will ich auch gar nichts mit ihm anstellen, ich will ihn nämlich nicht mal hier haben, weil ich das Haus gar nicht ... ach, verflucht ...!« Anna ging für einen Moment die Puste aus, doch das war nicht weiter schlimm, weil sich ihre Mutter am anderen Ende der Leitung gerade beschweren musste:

»99 Euro? Hören Sie, das ist aber viel zu viel für den Lappen!«

»Mutter?!«

»Ja, Liebes?«

»Hörst du mir überhaupt zu? Der Pole –«

»Habe alles mitgekriegt. Du kochst dem jungen Mann jetzt einen Kaffee – polnische Art natürlich –, vielleicht schmierst du ihm ein paar Schnittchen, Kekse sind auch noch da, dann setzt ihr Zwei euch aufs Sofa, plaudert ein wenig, und in zwei, spätestens drei Stunden bin ich schon wieder zurück.«

»Zwei, drei Stunden? Weißt du, was ich in zwei, drei Stunden alles machen könnte? Das Haus durchwischen, einen Kuchen backen, von mir aus die Gardinen waschen und die Wäsche von einem ganzen Monat wegbügeln, aber ich kann und will mich nicht so lange mit *deinem* Handwerker abgeben! Ich hatte andere Pläne! Heute, an meinem freien Tag!«

Ihre Mutter lachte nur herablassend. Wie so oft. Ihre ganze Kindheit über hatte ihre Mutter auf diese Weise gelacht und nicht einmal gemerkt, wie weh sie ihrer Tochter damit tat. Allein aus diesem Grund hatte sich Anna bei den Zwillingen stets zusammengerissen und sie nie ihre Überlegenheit spüren lassen.

»Anna, Liebes, tu mir den Gefallen, ja?«

»Du kommst jetzt sofort nach Hause, Mutter!« Sie hätte gerne eine Drohung ausgesprochen, irgendetwas, das richtig zog, doch ihr fiel nichts Treffendes ein.

»Das wird leider nicht gehen, ich habe noch einen Termin.«

In Annas Kopf breitete sich ein Vakuum aus. Gleichzeitig fiel ihr Blick auf einen türkisfarbenen String, der auf geradezu unverschämte Weise aus Ninas Wäscheschublade hervorlugte. Anna konnte sich nicht erinnern, das Teil schon einmal in der Buntwäsche gehabt zu haben. So etwas trug ihre Tochter? Einen String für besondere Stunden? Den billigen Geschmack mochte Nina weiß der Himmel woher haben, aber ganz bestimmt nicht von ihr.

Plötzlich stand Tomasz Gnot im Zimmer. Wie vorhin an der Haustür massierte er sein stoppeliges Kinn und scannte unterdessen blitzschnell den Raum. Hoffentlich fiel ihm nicht der String ins Auge.

»Ich muss Schluss machen«, zischte Anna ins Handy. »Und beeil dich, ja?« Sie klickte das Gespräch weg.

Gnot sagte: »Ich gucke. Wie viel ist das zum Arbeiten.«

Warten wir besser, bis meine Mutter nach Hause kommt, hätte Anna am liebsten vorgeschlagen, aber es wäre ihr albern vorgekommen. Was sollte Tomasz Gnot auch von ihr denken? Dass sie mit Anfang 40 immer noch unter der Fuchtel ihrer Mutter stand? Ein denkbar ungünstiger Start. Sicher würde er auf einen Schlag sämtlichen Respekt vor ihr verlieren.

»Wollten Sie nicht Kaffee trinken? Und haben Sie vielleicht auch Hunger?«

Tomasz Gnot nickte und lief hölzern aus dem Zimmer. Männer, die sich nicht bewegen können, sind schlechte Liebhaber, schoss es Anna durch den Kopf, doch sie schalt sich sogleich wieder für diesen absurden Gedanken. Es war völlig unerheblich, wie sich Tomasz Gnot auf sexuellem Gebiet anstellte, er sollte bloß das Haus renovieren und dann schnellstmöglich wieder aus ihrem Leben verschwinden.

Sie folgte dem Polen in die Küche, wo er bereits vor seiner

überquellenden Leinentasche kniete und darin herumwühlte. Kaffee polnische Art – das konnte er sich abschminken. Zum einen wusste Anna nicht, wie man den überhaupt kochte, zum anderen gab es in diesem Haus eine Espressomaschine, die hervorragend funktionierte. Also würde Herr Gnot mit der italienischen Variante Vorlieb nehmen müssen.

»Espresso? Cappuccino?«, fragte sie, als er mit einem Alupäckchen größeren Umfangs bewaffnet wieder hochkam. Er musterte die Espressomaschine wie ein außerterrestrisches Flugobjekt, bloß ein paar Sekunden lang, dann schmetterte er mit einem opernreifen Bariton: »Latte macchiato!«

»Latte macchiato? Trinken Sie so was denn auch in Ihrer Heimat?« Fast hätte sie noch etwas von amerikanischer Unsitte hinterher gemurmelt, die leider Gottes bei jedem Bäcker um die Ecke Einzug gehalten hätte und dass bei ihr allenfalls Espresso oder Cappuccino auf den Tisch kämen. Sie ekelte sich vor den milchgefüllten Riesengläsern, vielleicht weil es sie an das zwangsverordnete Milchtrinken in ihrer Kindheit erinnerte. Milchbart, saurer Geschmack im Mund, weißliche Haut, die in Fetzen an der Unterlippe kleben blieb. Ihre Mutter war eine stets liberale Person gewesen, mehr als das (oder wie nannte man das, wenn sich die Mutter im Nebenraum mit ihren Liebhabern vergnügte?), doch dem täglichen Becher warmer Milch hatte sich Anna nie entziehen können.

»Zu Hause ... Wodka.« Tomasz Gnot lachte leise. Er bat um einen Teller, *großes Teller,* und öffnete das Alupäckchen mit einer Selbstverständlichkeit, als wäre er schon etliche Jahre in dieser Küche zu Hause.

Anna ging vor dem alten Besenschrank, in dem sie ausrangierte Haushaltsgegenstände aufbewahrte, in die Hocke. Sie wusste selbst nicht so genau, warum sie dem Mann nicht einfach einen normalen Essteller hinstellte – vielleicht weil sie nicht wollte, dass er ein ganz normaler Gast in ihren vier Wänden war. Hinter einer gelblich verfärbten Saftpresse fand sie einen Vorspeisenteller mit Fischmotiven, den sie mit Axel, ihrer zweiten große Liebe, in einem Portugalurlaub gekauft hatte. Tinnef, hatte er damals gemeint und sie mit ihrem Hang zu unnützem Krempel aufgezogen, ihr dann jedoch den Spaß gelassen.

Annas Herz pochte vor diebischer Schadenfreude, als sie einen toten Silberfisch wegpustete und Tomasz Gnot den Teller vorsetzte. Ja, er hatte den Silberfisch verdient. Jemand, der sie so überfiel, wie Herr Gnot es getan hatte, hatte eine ganze Armee von Silberfischen verdient. Mindestens.

»Dziękuję.« Der Handwerker bemerkte nichts, wie sollte er auch, und wickelte bedächtig seinen Proviant aus. Hart gekochte Eier, Koteletts, belegte Brötchen, Apfeltaschen, Würste – das alles kam neben bunt verpackten Schokobonbons und selbst gebackenen Plätzchen zum Vorschein.

»Bitte probier mal«, sagte Tomasz und griff selbst nach einem bereits abgepulten Ei, das jetzt mit zwei Bissen in seinem Mund verschwand. »Das ist alles von meine Mutti.«

Alles von meine Mutti war schön und gut, jedoch nicht das, wonach es Anna im Moment gelüstete. Ihr war nach einem hochprozentigen Wodka, aber den hatte Mutti leider nicht eingepackt. Dann eben Espresso, fast ein adäquater Ersatz. Der Pole wollte ihr zwar offensichtlich nichts Böses, doch er verstörte sie. Allein die Tatsache, dass er atmete und kaute, war so strapaziös, dass sie sich am liebsten in Luft, in Wodka, egal in was aufgelöst hätte.

Die Espressomaschine kreischte auf, jammerte ein wenig vor sich hin, dann tröpfelte der Espresso dickflüssig in die Tassen. Anna atmete tief durch. Vielleicht dramatisierte sie wirklich alles. Vielleicht würden die Renovierungsarbeiten schneller vorangehen, als sie im Moment glaubte, und sie sich eines Tages tatsächlich mit einer neuen Wohnung anfreunden können. Wie gehabt in Zehlendorf, das ganz bestimmt. Zwei Zimmer, schicke Einbauküche, Bad mit Fenster, und womöglich würde sie sich dann auch endlich ein neues Sofa in ihrer Traumfarbe Weiß anschaffen. Ein neues Domizil hätte auch den entscheidenden Vorteil, dass sie und Lydia wieder für sich allein wären, und weder Wirbelwind Nina noch ihre Mutter nach Belieben bei ihr unterschlüpfen könnten. Die letzten Monate hatten Anna an die Grenzen ihrer Belastbarkeit gebracht. Irene war aus Frankreich zurückgekehrt, ebenso Nina, die im Rahmen ihres Studiums zwei Semester an der Università degli Studi Roma Tre studiert hatte. Von jetzt auf gleich mit ihrer Mutter und den Zwillingen unter einem Dach – das wollte erstmal verdaut werden. Anna liebte Nina, sie liebte sie ebenso wie Lydia, und auch mit ihrer Mutter arrangierte sie sich in der Regel, nur musste sie nicht zwangsläufig mit den beiden Dickköpfen Tag und Nacht verbringen.

Bei Lydia lagen die Dinge anders. Lydia, der fünfzehn Minuten jüngere Zwilling, war sanftmütig, fast brav, eben immer noch ihr kleines, zartes Mädchen, das nie länger als ein paar Tage von zu Hause fort gewesen war. Mit Lydia lebte es sich – abgesehen von dem Turnschuhdreck und ihrem manchmal etwas anstrengenden Biospleen – harmonisch, ja friedlich, und insgeheim wünschte sich Anna, dass ihre kleine Zweier-WG bis in alle Ewigkeit Bestand haben würde.

Kaum hatte Anna die Dampfdüse aufgedreht, spürte sie einen Windzug im Nacken. »Du hast nicht gutes Humor«, sagte Tomasz Gnot dicht an ihrem Ohr.

Anna fuhr so heftig herum, dass sie sich am zischend hervorspritzenden Wasser verbrühte und ihr das Milchkännchen entglitt. Der Handwerker griff geistesgegenwärtig danach und drehte gleichzeitig in Windeseile die Düse zu. Wenn Anna nicht alles täuschte, lächelte er dabei selbstgefällig. Ja, du bist ein ganz fabelhafter Held, dachte sie, und verfrachtete Gnot kurzerhand in die Schublade *Dummkopf,* wo schon der Großteil seiner Geschlechtsgenossen weilte. Anna schämte sich nicht für ihre Vorurteile, im Gegenteil, sie hegte und pflegte sie wie andere Leute ihre Zimmerpflanzen. Die meisten Männer waren Ausschussware. Und wenn sie es am Anfang einer Liebesbeziehung noch nicht waren, holten sie das Versäumte nach spätestens zwei, drei Jahren nach.

»Du bist nicht froh«, stellte Tomasz fest. Sein Tonfall bewegte sich auf dem schmalen Grat zwischen Überheblichkeit und Mitgefühl und Anna nahm sich in diesem Moment vor, den Mann bis zum bitteren Ende zu siezen. »Du hast Angst«, fuhr er nun lächelnd fort und zeigte dabei seine sehr großen, sehr weißen Zähne. Alles an ihm schien das Adverb *sehr* verdient zu haben. Er war *sehr* hoch gewachsen, *sehr* zuvorkommend, hatte *sehr* blaue Augen, *sehr* breite Augenbrauen, *sehr* viel Proviant dabei und eben diese Zähne. Seine reduzierten, ungelenken Gesten bildeten einen seltsamen Gegensatz dazu.

»Also bitte«, sagte Anna und schlug damit einen härteren Ton an. »Sie setzen sich jetzt und essen.« Sie hatte nicht im Mindesten vor, mit dem Fremden philosophische Gespräche über ihre Gemütszustände zu führen. Wie absurd auch.

Der Mann tat, wie ihm befohlen und begann mit *sehr* großem Appetit zu essen. Anna sah aus dem Augenwinkel, wie sein Mund auf- und zuklappte, wie der Kiefer im Rhythmus einer Baggerschaufel hoch- und runterfuhr und ein zweites Ei in seinem Mund verschwand, darauf folgte eine Apfeltasche, und noch bevor sie den milchigen Kaffee servieren konnte, hatte er auch schon eines der Brötchen in Angriff genommen. Sattgelbe Butter quoll beim Abbeißen hervor, er kaute und malmte, dann nahm er das Kaffeeglas entgegen und trank in gierigen Schlucken. Anna wünschte sich immer mehr einen Wodka herbei, denn schon vom bloßen Zusehen wurde ihr übel. Wen zum Teufel hatte ihre Mutter da engagiert? Einen schier unersättlichen Mann, der im Handumdrehen von ihrer Küche Besitz ergriffen hatte, schlimmer, sich wie eine Zecke in einer warmen Hautfalte angedockt hatte, um sich nun genüsslich mit Blut vollzusaugen.

»Dobra Kawa. Das ist sehr gute Kaffee«, lobte er.

»Sie sehr gute Hunger«, fiel Anna automatisch in seine Sprache. Sie hatte nicht gemein sein und ihn aufs Korn nehmen wollen, es war ihr einfach so herausgerutscht.

»Tak! Ich bin immer Hunger!« Es klang zweideutig, und vielleicht war es auch so gemeint. »Du bist nicht Hunger?«

Anna schüttelte den Kopf, woraufhin sie ein Lächeln erntete, das mitleidig sein mochte, bedauernd, irgendetwas in der Art.

»Wo haben Sie so gut Deutsch gelernt?«, wechselte Anna rasch das Thema. Eine Lüge, natürlich. Tomasz Gnots Deutsch war eine Katastrophe, und sie fragte sich, wie sie um Himmels Willen kompliziertere Sachverhalte als Kaffee und Hunger mit ihm verhandeln sollte. Aber was zerbrach sie sich darüber eigentlich den Kopf? Ihre Mutter hatte den Handwerker gewollt, also sollte sie sich bitte sehr auch mit ihm herumplagen.

»Ich bin ein Jahr in Bochum«, antwortete er und jonglierte das Kaffeeglas von einer Hand in die andere.

Ein Jahr? Der Mann hatte 365 Tage in Bochum verbracht und sprach dermaßen ungrammatisch und mit reduziertem Wortschatz?

Anna stürzte den Espresso ohne Zucker hinunter, was ein halbwegs fairer Wodkaersatz war, dabei fiel ihr Blick auf Gnots

Hände. Sie waren *sehr* gepflegt, viel zu gepflegt für einen Handwerker. Als hätte er sie frisch eingecremt und die zartrosafarbenen Nägel seiner auffallend langen, schmalen Finger eben noch im Bus in Form gefeilt. Irgendwas schien hier mächtig faul zu sein. Es wurde Zeit, dass ihre Mutter endlich nach Hause kam, um ihr diesen *sehr*-Mann, diese polnische Mogelpackung, abzunehmen. Vielleicht war er gar kein Handwerker, sondern doch ein Gauner, der sie nur ausrauben oder über den Tisch ziehen wollte.

»Sehr gut Michaszki.« Der Mann bot ihr von den Süßigkeiten an, die in blau-grün-silbriges Glanzpapier eingewickelt waren.

Obwohl Anna nur selten Süßes aß – sie war noch nie wild darauf gewesen –, griff sie nach dem Naschwerk und schnupperte an der Folie. Der nussige Schokoladengeruch, der ihr in die Nase stieg, erinnerte sie an ferne Kindertage. Mit einem Schlag war alles wieder da: die knapp bemessenen Stunden in der Badeanstalt im Sommer mit ihrer Freundin Katrin, Zähneklappern, Chlor auf der Haut. Ihre Mutter war in den Sommerferien meistens als Schauspielerin durch die Provinz getingelt und hatte Anna zur Entschädigung stundenweise ins Schwimmbad verfrachtet.

»Was haben Sie in Bochum gemacht?«, erkundigte sich Anna nun, wickelte die Schokolade aus und führte sie mit spitzen Fingern zum Mund. Sie schmeckte ein wenig wie *Snickers* und doch ganz anders.

»Ich gebaut eine Haus«, erwiderte Gnot. »Ich arbeiten im Garten. Ich fruhar lerne Musik. Ich fruhar frohsichtige Kinder.«

»Bitte, was?«

Die Augen des Polen blitzten für den Bruchteil einer Sekunde auf. Nach mehreren Erklärungsversuchen in gebrochenem Deutsch verstand Anna, dass Klavierstunden und Kochen seine Lieblingstätigkeiten gewesen waren. Das Rätsel der *fruhar frohsichtigen Kinder* löste sie allerdings nicht.

Kochen traf sich gut. Anna hasste es, sich an den Herd zu stellen, und wenn sich ihre Mutter nicht erbarmte oder Lydia etwas aus dem Bioladen mitbrachte (was auf Dauer das Haushaltsbudget zu sprengen drohte), gab es zumeist nur Brote mit Schinken und Käse, bisweilen ein paar eingelegte Artischocken vom Italiener dazu.

Es läutete.

Ihre Mutter? Unmöglich. Sie hätte den Weg von Mitte nach Zehlendorf in der Kürze der Zeit nicht schaffen können, obendrein pflegte sie nicht an ihrer eigenen Haustür zu klingen. Na, machte ja auch nichts. Jede Unterbrechung war willkommen. Anna warf Gnot einen entschuldigenden Blick zu und ging öffnen.

Diesmal stand tatsächlich ein Paketbote auf der vorletzten Treppenstufe. Wie Gnot hatte er graumeliertes Haar, allerdings trug er echte Paketbotenkleidung, ein ausgeleiertes gelbes Polohemd zur Jeans, und er hatte ein echtes Paket dabei, das er jetzt wie eine Trophäe hochhielt.

»Irene Sass?«

»Ja, da sind Sie hier richtig.«

Der Paketbote zückte sein elektronisches Empfangsbestätigungsgerät für die Unterschrift und erklärte, wobei er sie mit einem Schwall Knoblauchdunst einnebelte: »Da würde ich aber gern beim Auspacken helfen!«

»Wieso?«, fragte Anna arglos.

Der Mann reichte ihr den Stift, damit sie ihre Unterschrift leisten konnte und kam dabei näher, als der Anstand es erlaubte.

»Tschuldigung, aber ich kenne solche Pakete.« Beim Wort

solche rollte er mit den Augen. »Und ich freue mich immer, dass sich selbst in dieser feinen Gegend Frauen *solche* Sachen bestellen … um sich dann die Sterne vom Himmel zu holen.«

Anna war sprachlos. Sie schaffte es gerade noch zu unterschreiben, der Mann nahm den Stift und trat breit grinsend einen Schritt zurück. Dann ging alles ganz schnell. Er geriet ins Stolpern, konnte sich nicht mehr auffangen, geschweige denn am Geländer festhalten, trudelte die Treppe hinunter, und sein Kopf schlug mit einem Rumms gegen den Blumenkübel mit den Sommermargeriten.

Ein paar Sekunden lang war es ganz still. In weiter Ferne donnerte ein Laster vorbei; erst einen Atemzug später stieß Anna einen Schrei aus.

★

»Nur zu! Verschreiben Sie mir ruhig Pillen!«, fauchte Irene und reckte kurz ihr Hinterteil, das heute in einer modischen Röhrenjeans steckte, in die Höhe. »Wenn Sie mich auf direktem Weg ins Grab befördern wollen, bitte sehr!« Sie brauchte ein Weilchen, um ihren Motor wieder runterzufahren. Dazu blinzelte sie durch die runtergelassenen Jalousien nach draußen und versuchte die Bäume am Straßenrand zu erkennen. Linden? Akazien? Birken? »Also gut, ich schlage Ihnen einen Deal vor«, fuhr sie dann mit gepresster Stimme fort und lehnte sich so weit über den mit Papieren übersäten Tisch, dass die Gesichtszüge der jungen Kardiologin vor ihren Augen verschwammen. Eine neue Lesebrille musste her, keine Frage, sie war bei all den Querelen mit ihrer Tochter bloß noch nicht dazu gekommen. »Ich suche umgehend meinen Homöopathen auf, und wenn der dann ebenfalls der Meinung ist …«

»Das können Sie gerne tun, Frau Sass. Nur über eins müssen Sie sich im Klaren sein: Ihr Herz wird es Ihnen nicht danken.« Die Ärztin lächelte so verhalten wie eine Käthe-Kruse-Puppe. »Und Sie womöglich früher im Stich lassen, als es Ihnen lieb ist.«

Irene betrachtete ihre Hände. Sie hatte sie extra am Morgen maniküreinrgt, in der Hoffnung, beim Mittagessen im Nobelitaliener am Gendarmenmarkt, wo sie hin und wieder ein bescheidenes Salätchen (manchmal auch Gnocchi) zu Mittag aß, die Aufmerksamkeit des Kellners zu erwecken. Eigentlich stand sie nicht auf ältere ... nun ja: gleichaltrige Männer, aber Luigi war ein ganz fantastisches Exemplar. Die Haare schlohweiß und dicht, die Augen dunkel wie Bitterschokolade, athletischer Körperbau, kurz: Testosteron pur.

Nun saß sie hier mit ihren Altersflecken auf den Handrücken, der Stuhl ächzte bei jeder Bewegung und nach der niederschmetternden Diagnose fühlte sie sich tatsächlich alt.

»Frau Sass?«

»Ja?« Irene blickte auf und sah in das faltenfreie Gesicht der Frau, die noch so viel im Leben vor sich hatte. Karriere, Liebhaber, Familie, ach und Altersarmut, das natürlich auch. Mit Genugtuung rief sich Irene in Erinnerung, dass ihr wenigstens das erspart bleiben würde. Ihre Rente war ganz passabel, sie hatte Rücklagen aus ihrer Zeit als Schauspielerin und das Elternhaus. Überdies verdiente sie sich hin und wieder als Synchronsprecherin ein kleines Zubrot.

»Keine Angst. Sobald Sie medikamentös eingestellt sind, können Sie ganz normal weiterleben. Reisen unternehmen, Sport treiben, ich sehe da eigentlich keine Einschränkungen.«

Mit Pillendöschen durchs Leben zu gehen war eine Einschränkung. Zumindest hieß es, dass sie nicht mehr jung, gesund und unabhängig war. Unabhängig von Ärzten, Apothekern, gepanschter Chemie.

Die Kardiologin erhob sich, wohl um klar zu machen, dass auch noch andere Patienten auf sie warteten. »Kopf hoch.« Ein schmales Lächeln umspielte ihre Lippen. »Sie können sich glücklich schätzen, dass Sie um eine OP herumkommen. Betrachten Sie es doch mal von dieser Seite.«

Ja, sie war undankbar. Bockig wie ein kleines Mädchen, das hatte sich in all den Jahren nicht geändert. Doch jetzt reichte Irene der Kardiologin die Hand und versprach darüber nachzudenken. Vielleicht sollte sie sich den Homöopathen wirklich schenken, überlegte sie, als sie wie von Marionettenfäden gezogen durchs Wartezimmer schritt, die Sprechstundenhilfe ignorierte und die Praxistür hinter sich zufallen ließ. Kurz darauf trat sie aus dem Haus auf die Bismarckstraße, hörte die Autos vorbeirauschen, und ihr wurde plötzlich klar, dass das Mittagssüppchen beim Italiener sowie Luigi und sein Testosteron für heute gestorben waren.

Sie sah auf ihre Armbanduhr – Lydias ausrangierte Kinderuhr mit einer Micky-Maus auf dem Zifferblatt: Zehn Uhr durch. Ihre Tochter saß jetzt mit dem polnischen Handwerker in der Küche oder im Wohnzimmer und wartete darauf, dass sie endlich nach Hause kommen würde. Anna hatte am Telefon hysterisch geklungen, was wirklich nicht zu begreifen war. Himmel! Sie spendierte ihrer altjüngferlichen Tochter – ja, das musste doch mal deutlich gesagt werden – einen schmucken Kerl, aber diese tat, als hätte die Mutter den Teufel höchstpersönlich ins Haus geholt. Dabei hatte sich Irene wirklich Mühe gegeben, nicht *irgendjemanden* aufzutreiben, sondern sich zeitraubend in ihrem Bekanntenkreis durchgefragt, bis sie nach einer wahren Odyssee auf Tomasz Gnot gestoßen war. Tomasz sah auf dem Foto fabelhaft, ja richtig schnuckelig aus, abgesehen von den dominanten Augenbrauen vielleicht, die seinem Gesicht einen leicht herrischen Zug verliehen. Aber vor allem

– und das hatte letztlich den Ausschlag gegeben – eilte Tomasz der Ruf voraus, nicht nur ein guter Handwerker zu sein, sondern auch dem Wein zuzusprechen und äußerst gesellig zu sein. Volltreffer! Denn nichts langweilte Irene mehr als Menschen, die nach dem Abendessen die Tagesschau einschalteten, danach ein Häppchen Tatort sahen, ein Häppchen Schmonzette, und schon wenig später mit bleischweren Lidern in die Kissen sanken.

Tomasz kam aus Südostpolen, woher genau, wusste sie nicht, und was er in seiner Heimat trieb, schon gar nicht. Bloß, dass er auch als Tangolehrer gearbeitet hatte und mehrere Sprachen fließend sprach. Deutsch gehörte sicherlich mit dazu. Weitere Eckdaten seiner Person lagen indes im Dunkeln. Verheiratet, geschieden, schwul – alles war möglich.

Die Neugier auf den jungen Mann trieb Irene zur Eile an; nicht das Gejammer ihrer Tochter, das ganz sicher nicht. Anna lamentierte gerne mal. Lamentieren schien für sie die Würze des Lebens zu sein. Oh ja, kein Wunder! Weil sie auch sonst nichts im Leben hatte. Keine Leidenschaften, nicht mal ein bisschen Neugier, geschweige denn Abenteuerlust. Alles musste in geregelten Bahnen verlaufen, und wenn das Essen aus Versehen anbrannte, irgendwo eine Staubfluse herumlag oder eine Rechnung zu spät beglichen wurde, ging die Welt gleich unter.

»Irene!« Die Stimme klang nah und fern zugleich, doch als sie sich umdrehte, war niemand zu entdecken. Zumindest niemand, den sie kannte – oder hatte ihre Sehkraft schon wieder nachgelassen? Früher hatte sie scharf wie ein Luchs gesehen, mit 40 war es dann stetig bergab gegangen, und zu der üblichen Altersweitsichtigkeit hatte sich zu allem Überfluss auch noch eine leichte Myopie eingestellt, die sie jedoch hartnäckig ignorierte, indem sie einfach keine Fernsichtbrille trug. Nie. Nicht mal abends auf dem Sofa beim Fernsehgucken. Lieber blinzelte sie so lange angestrengt in die Ferne, bis sie Kopfweh bekam.

Ein bärtiger Mann, der ganz sicher auch schon die 60 überschritten hatte, steuerte in einer scharfen Linkskurve auf sie zu. Doch so sehr Irene auch ihr Gedächtnis durchforstete, sie konnte das Gesicht partout nicht einordnen.

»Ich dachte mir doch gleich, diesen beschwingten Gang kennst du irgendwoher! Na, so ein Zufall! Du hier!« Der Fremde fiel ihr ungeniert um den Hals. Roch nach Pommes, Zigarillos und ungelüfteter Matratze, und als Irene ihren Kopf bloß ein paar Zentimeter nach links drehte, sah sie geradewegs in sein haariges Ohr. Wer auch immer dieser Mann sein mochte, dessen Stimme ihr nun doch vage, äußerst vage, bekannt vorkam, wieder einmal wurde ihr bewusst, dass Männer ihres Alters einfach nicht ihre Liga waren.

»Irene! Wie schön! Nach so vielen Jahren!«, umgarnte sie der Mann mit einem Netz aus Worten.

Irene fühlte sich indes bloß schwummerig. So als wären sämtliche Kanäle ihres Hirns überlastet, wenn nicht gar verstopft. Erst als die Begriffe *Ibiza* und *bildhauern* fielen, stieg eine vernebelte Erinnerung in ihr auf: Frühsommer auf Ibiza. Irgendwann in den frühen 70er Jahren. Sie hatte mit Bleistift Porträts gezeichnet, daneben psychedelische Gedichte geschrieben und sich als ganz famose Dichterin gefühlt. Eines Tages war sie mit ihrer inzwischen verstorbenen Freundin Anita auf eine Gruppe Hippies gestoßen. Zottelige, bildhauernde Hippies, um genau zu sein, und jetzt kam ihr auch der Geruch, den der Mann verströmte, bekannt vor. Er musste einer von ihnen gewesen sein, nur konnte sie sich beim besten Willen nicht an seinen Namen erinnern. Um sich keine Blöße zu geben, lächelte sie angespannt: »Oh ja … wie schön. Geht es dir gut?«

»Bestens! Lebe in Wilmersdorf. Seit nunmehr 25 Jahren.

Mit meiner Frau. Und Tochter.« Er zog ruckartig die Schultern hoch und ließ sie auch dort. »Wer hätte das gedacht, was? Dass ich mal so bürgerlich enden würde!«

Jetzt erinnerte sich Irene auch an seine seltsame Stakkato-Sprache. Bloß wie zum Teufel hieß der Mann? Herbert? Oder Heinz? Irgendetwas mit H, soviel stand fest.

»Und du, Irene? Wie geht es dir? Siehst blendend aus. Das mal am Rande. Gar nicht gealtert.«

Irene dankte höflich (das Kompliment konnte sie beim besten Willen nicht zurückgeben), erzählte von ihrem Malereistudium in Frankreich (in Wahrheit hatte es sich lediglich um Mal*kurse* gehandelt) und ihrer Arbeit als Schauspielerin und Synchronsprecherin. Ihre Krankheitsgeschichte ließ sie aus. Sollten sich andere Leute ihres Alters mit ihren Wehwehchen gegenseitig auf den Wecker fallen.

Der Mann, der nun vielleicht Herbert oder Heinz hieß oder einen ganz anderen H-Namen trug, klatschte wie ein Kind in die Hände. »Na, fabelhaft! Sollten Kaffee trinken gehen. Wie sieht's bei dir aus?« Er tätschelte ihre Hüfte wie die Flanke einer Stute.

»Geht leider nicht.« Beim flüchtigen Blick auf seine viel zu langen, scharfkantig gewachsenen Nägel überrollte Irene eine Welle der Übelkeit. »Meine Tochter wartet. Wir haben die Handwerker im Haus.«

»Oh, wie schade. Hätte unter Umständen einen Auftrag für dich.« Der Mann lächelte Beifall heischend: »Stell dir vor! Die *Laien*-Theatergruppe meiner Frau hat eine *ältere Dame* zu besetzen. Hm? Wäre das nichts für dich?«

Doch da Irene weder Laie noch ältere Dame war und es im Übrigen ungehörig fand, dass ein Mannsbild, das nach ungelüfteter Matratze roch, sie in diese Kategorie steckte, fertigte sie ihn knapp ab, indem sie momentane Überlastung vorschob.

»Vielleicht überlegst du es dir noch anders«, sagte H. »Ruf mich an. Würde mich freuen.«

Er notierte seine Telefonnummer auf einer alten Fahrkarte, ersparte es sich jedoch, seinen Namen dazuzuschreiben. Was auch egal war. Denn kaum hatte sich Irene per Handschlag von ihm verabschiedet und war in den düsteren, mit Graffiti beschmierten U-Bahn-Schacht abgetaucht, zerriss sie die Fahrkarte und ließ die Schnipsel in den nächsten Mülleimer regnen.

★

Anna saß in sich zusammengesunken auf dem Sofa. Tomasz Gnot hatte es sich direkt neben ihr bequem gemacht, und es störte sie nicht mal, dass seine Hand auf der äußersten Spitze ihres Knies ruhte. Regen prasselte gegen die Fensterscheibe und es hätte durchaus gemütlich sein können, wenn nicht wenige Minuten zuvor der Paketbote an ihrer Haustür verunglückt wäre. Schädelhirntrauma. Irgendwas in der Art hatte die Sanitäterin beim Abtransport gemurmelt. Die gerechte Strafe für seine Anzüglichkeit? Dafür, dass er ihre Mutter als Käuferin von Sexspielzeug geoutet hatte? Erst der String ihrer Tochter und jetzt das. Schlimmer hätte es kaum kommen können.

Das Geräusch eines im Schloss herumstochernden Schlüssels riss Anna aus ihrer Starre. Das musste ihre im-Reich-der-Sinne-Mutter sein – endlich.

»Mutter?«, rief Anna und schoss so abrupt hoch, dass ihr einen Moment lang schwarz vor Augen wurde.

»Ja, ich bin's!«, trällerte es aus dem Flur. »Habt ihr euch gut amüsiert?«

Das war wieder mal typisch. Anna hatte einen Höllenvormittag erlebt, und ihre Mutter sprach von Amüsement. Wer sich hier amüsiert hatte (und sich bald noch viel mehr amüsieren würde), lag ja wohl klar auf der Hand. Sie eilte auf den Flur, wo ihre Mutter gerade ganz gemächlich ihren grauenhaften Blazer mit der Ethno-Stickerei am Ärmel auszog, auf einen Bügel hängte und ein paar einsame Schuppen herunterschnippte. »Herzchen, wieso guckst du so grantig? Was ist denn los?«

»Du fragst mich allen Ernstes, was los ist?«

»Sag bloß, der junge Mann benimmt sich nicht anständig.«

»Mama, mir reicht's!« Dass Anna ihre Mutter mit *Mama* anredete, kam nur alle Jubeljahre vor. Es war eine klare Provokation: *Sieh her, so jung bist du nun auch nicht mehr!* Sie schnappte sich ihren beigen Kurzmantel, wobei sie Lydias Jeansjacke mit von der Garderobe riss. »Ich sitze hier seit Stunden mit diesem ... diesem ...«

Just in dieser Sekunde tauchte Tomasz Gnots graumelierter Kopf im Flur auf, und ein Lächeln ließ das Gesicht ihrer Mutter erstrahlen wie Kerzen einen Weihnachtsbaum.

»Dzień dobry!«, flötete sie.

Doch bevor es noch zu einer herzerwärmenden Begrüßungsszene mit Umarmungen, Küssen, Komplimenten kommen konnte, überreichte Anna ihrer Mutter das Paket, erwähnte dabei den Unfall des Paketboten in einem Nebensatz und wandte sich zur Tür. »Und jetzt muss ich dringend mal an die Luft.«

»Der Paketbote? Verunglückt? Himmel noch mal! Wie konnte das passieren?«

»Er dachte, ich wäre du und wollte mir beim Auspacken deines Paketes behilflich sein. Hm? Macht's klick?«

Irene hob ihre linke Augenbraue, erstaunt, ungläubig, vielleicht sogar eine Spur amüsiert, dann breitete sie ihre Arme aus und flog auf den Handwerker zu. Anna stöhnte erstickt auf. Nichts wie raus hier.

Den Schirm, großer Gott, sie hatte ihren Schirm vergessen! Doch weil sie keine Lust hatte, noch einmal umzukehren, zurrte sie den Kurzmantel vorne fest zusammen, umschlang ihren Körper mit beiden Armen und hüpfte über ein paar Pfützen zu ihrem altersschwachen Golf. Die Tür klemmte wie immer, aber dann saß sie endlich im Trockenen.

Statt den Wagen sofort zu starten, trommelte Anna eine Weile aufs Lenkrad und überlegte, was zu tun war. Sie konnte nicht ewig vor der Situation *Tomasz Gnot* fliehen, das war ihr klar, nur fehlte ihr zurzeit noch die Alternative. Und weil ihr so schnell auch keine einfallen würde, beschloss sie fürs Erste, Nina anzurufen. Vielleicht hatte ihre Tochter ja Zeit, mit ihr einen Kaffee trinken zu gehen; bestenfalls war sie zum Lernen in der Bibliothek, also bloß sieben bis zehn Autominuten von ihr entfernt. Gnot und den Paketboten würde sie vorerst mit keinem Wort erwähnen, dafür aber den türkisfarbenen String. So ein Wäschestück – das war ja wohl unterstes Niveau.

»Nina, Schatz, ich bin's, deine Mutter.« Sie spürte, wie ihre Stimme nervös vibrierte. »Hast du viel zu tun? Oder meinst du, wir könnten uns irgendwo auf einen Kaffee treffen?«

»Jetzt gleich?«

»Ja. Aber wenn es dir nicht passt …«

»Doch, ich bin nur gerade in Mitte. Spandauer Straße. Kommst du her?« Nina klang müde und Tausende von Kilometern entfernt.

»Bin schon unterwegs. Wo treffen wir uns?«

Irgendetwas klimperte und klirrte, in der nächsten Sekunde ertönte ein Rauschen und Ninas abgehackte Stimme: »Unibuchhandlung. Lass – dir – ruhig – Zeit.«

»Gut. Also bis gleich.«

Anna sah auf dem Stadtplan nach, dann fuhr sie los, und mit jedem Kilometer, den sie sich von ihrer Mutter und Gnot entfernte, wurde ihr leichter ums Herz. Vielleicht hatte ihre Phantasie ihr auch bloß einen Streich gespielt und wenn sie später zurückkäme, würde Lydia, wie üblich gespaltene Haarspitzen abknibbelnd, auf dem Sofa sitzen, während sich ihre Mutter auf dem Flokati vorm Fernseher in einer akrobatischen Yoga-Verrenkung erging. Kein Gnot, keine fremden Gerüche im Haus, kein nichts.

Je näher Anna dem Stadtzentrum kam, desto mehr ließ der Regen nach, irgendwann perlte er nur noch weich von der Windschutzscheibe und hörte schließlich ganz auf. An einer roten Ampel lehnte sie sich weit vor, legte den Kopf schief und schaute prüfend in den Himmel. Neue Regenwolken ballten sich zusammen und trieben schwerfällig ostwärts. Schon seit Wochen regnete es, mal heftig pladdernd, mal fein stäubend, und es sah auch nicht danach aus, als ob sich irgendetwas an der Großwetterlage ändern würde. Anna beugte sich wohl ein paar Sekunden zu lang über das Lenkrad, denn bereits im nächsten Moment hupte es hinter ihr wie wild. *Nun fahr schon los, du blöde Kuh!*, schien das nervtötende Gelärme zu sagen, und Anna drückte das Gaspedal durch. Das war auch Berlin. Berlin Mitte. Neben all dem *wir sind jung, hip und happy* lag eine Aggressivität in der Luft, die sie aus ihrem gediegenen Zehlendorf nicht kannte. Dort, wo sich zugegebenermaßen Fuchs und Hase gute Nacht sagten, ging man höflich, wenngleich distanziert miteinander um.

Als sie in die Spandauer Straße einbog, sah sie ihre Tochter schon von weitem dastehen: weite Armeehosen, olivgrünes T-Shirt, die Füße auswärts gedreht und an einem Eis schleckend. Anna hupte nur ganz kurz, schoss an ihr vorbei und hielt in zweiter Reihe.

Ein Lächeln huschte über Ninas Gesicht, als sie gemächlich lostrabte. Wie nachlässig sie wieder gekleidet war – und das sollte jetzt der italienische Chic sein? Kaum vorstellbar, dass sie unter dem Monstrum von Hose einen neonfarbenen String trug, aber vielleicht war gerade das ja die Mischung, die den Jungs von heute gefiel. Dazu das knappe T-Shirt, das den Blick auf eine kleine Speckrolle unterhalb des Nabels freigab.

»Schatz, ich krieg hier nirgends einen Parkplatz. Steig ein, und wir fahren woanders hin.«

Nina schüttelte so heftig den Kopf, dass ihre halblangen blonden Haare – dünn wie ihre eigenen – hin- und herflogen, drehte sich um und deutete auf die Unibuchhandlung in ihrem Rücken. Sagen konnte sie nichts, weil sie den Mund voller Vanilleeis hatte.

»Ich dachte, du hast deine Einkäufe längst erledigt«, bemerkte Anna.

»Gingnichhabnichnugkohle.«

»Verstehe.« Sie konnte es sich nicht verkneifen, ein leises, schnalzendes Geräusch des Missfallens von sich zu geben. »Wie viel brauchst du?«

»15 Euro wären schon gut. 20 noch besser.« Jetzt, da es um Wesentliches ging, konnte ihre Tochter auf einmal wieder klar und deutlich artikulieren.

»Aber ich habe dir doch gerade letztes Wochenende Geld für Bücher gegeben.«

»Ja, das war für das Pirandello-Lehrbuch – du weißt schon, das, das meine Professorin geschrieben hat. Aber mir fehlt noch Primärliteratur. *Amore senza amori* und *L'Umorismo*.«

Anna seufzte vernehmlich und klappte das Handschuhfach auf, in dem sich immer ein paar Notgroschen befanden. Es ging um die Ausbildung ihrer Tochter; da sollte sie mal nicht so knauserig sein.

Nina schnappte ihrer Mutter die Münzen weg, erbettelte sich weitere 10 Euro, dann sprang sie wie ein Wiesel die Stufen zur Buchhandlung hoch und kam schon wenige Minuten später, eine Plastiktüte schwenkend, wieder zurück.

»Mama, du bist ein Schatz! Dafür lade ich dich jetzt zum Kaffee ein.« Sie riss die Beifahrertür auf und ließ sich mit einer solchen Wucht in den Sitz plumpsen, dass der Wagen erbebte. Nina war nicht dick, aber in letzter Zeit schon ein bisschen mollig geworden. Zumindest wog sie um einiges mehr als ihre Zwillingsschwester. Schuld war Italien: Cornetti zum Frühstück, Pizza zum Mittagessen, zwischendurch dolci oder Chips, Spaghetti zum Abendessen, wieder dolci und jede Menge Cola – so in etwa hatte Nina ihre Ernährungsgewohnheiten in Rom beschrieben. Ihre Rundungen schienen sie gar nicht weiter zu stören. Anna nahm ihr das jedoch nicht ab. Mädchen ihres Alters wollten schlank und begehrenswert sein. Alle. Ausnahmslos.

Eine ganze Weile kurvten sie hin und her, doch sämtliche Parkplätze in der Umgebung waren belegt – eigentlich eine Schnapsidee, mit dem Auto nach Mitte zu fahren. Erst in der Nähe der Leipziger Straße fand Anna eine winzige Parklücke. Sie stand zwar immer noch halb auf der Straße, aber das Wichtigste war, dass sie endlich aussteigen und den wohlverdienten Kaffee trinken gehen konnten.

Doch Nina schoss quer. In dieses Café wollte sie nicht, weil die Ladenkette zwar den Anschein erweckte, politisch korrekt zu sein, in Wahrheit jedoch Kinder und andere arme Menschen ausbeutete, in jenem Laden stank es angeblich nach Katzenpisse und im dritten hätte sie der Kellner mal dumm angemacht.

Schließlich riss Anna der Geduldsfaden: »Erst jagst du mich durch die halbe Stadt, und jetzt, wo wir endlich einen Parkplatz ergattert haben ...« Vor lauter Verärgerung blieben ihr die Wörter im Hals stecken.

»Mama!« Nina zupfte an ihrem Mantel und lächelte ihr zuckersüßes Grübchenlächeln, mit dem die Zwillinge es immer wieder schafften, sie zum Schmelzen zu bringen. Dabei wusste sie nicht mal, von wem sie die Grübchen überhaupt hatten. Von ihr auf keinen Fall. Und von dem werten Herrn Erzeuger, der sich – das vermutete sie jedenfalls – als Drummer in den Staaten herumtrieb, schon mal gar nicht.

»Ist doch kein Drama«, gurrte Nina. »Sollen wir lieber nach Hause fahren? Ich wollte zwar noch mit Emily lernen, kann ich aber auch vertagen.«

»Kommt gar nicht in Frage.«

Anna nahm ihre Tochter beim Schlafittchen und zog sie kurz entschlossen über die Straße zu dem Selbstbedienungs-Café, das Kinder und andere arme Menschen ausbeutete. Im Grunde war ihre eigene Familie ja kein bisschen besser. Der Lohn, den Gnot bei ihnen bekommen würde, fiel ebenfalls in die Kategorie Ausbeutung. Wobei sich der Handwerker offenbar gut bezahlt glaubte, zumindest waren vorab keine Klagen gekommen, und ihre Mutter hatte selbst als eingefleischte Wählerin der Linkspartei auch kein Problem damit, einen Schwarzarbeiter aus Polen zu beschäftigen. Taten ja alle.

Der verlockende Duft von Kaffee und frischem Gebäck stieg Anna in die Nase, als sie das Café betraten, und ihre Verstimmung löste sich augenblicklich in Luft auf. Das Klappern des Geschirrs, das Zischen der Aufschäumdüsen, das leise wogende Gemurmel der Gäste – all das hatte etwas Tröstliches, das es überflüssig machte, sich weiter über ihre Tochter aufzuregen. Jetzt freute sie sich darüber, den weiten Weg in die Stadt auf sich genommen zu haben. Viel zu selten ging sie mit ihren Töchtern einfach mal so ins Café. Eher schon mit ihrer Mutter, aber dann musste es gleich immer das *Adlon* oder *Hotel de Rome* sein, wo Irene ihre Starauftritte zelebrierte. Große Garderobe, auf französisch hingeworfene Satzbrocken, Lippenstift von Chanel. Wann hatte ihre Mutter eigentlich die Wandlung von der alternativ-flippigen Kommunenbraut zur Diva vollzogen? Anna wusste es nicht zu sagen. Es musste ein schleichender Prozess gewesen sein oder aber ihr Gedächtnis verwischte die Ereignisse wie ihr Schwamm täglich in der Schule die Buchstaben auf der Tafel.

Nina trippelte von einem Fuß auf den anderen, unruhig wanderte ihr Blick über die Tafel mit den Kaffeespezialitäten.

»Was möchtest du, Liebes?«

»Ich hab doch gesagt, *ich* lade dich ein.«

»Unsinn. Du hast doch kein Geld.«

»Okay!« In Windeseile hatte sie ihr Portemonnaie wieder weggesteckt und Anna konnte es sich nicht verkneifen, sie daran zu erinnern, dass sie sich einen Job suchen wollte. Zwar hatte ihre Tochter noch für einige Prüfungen zu lernen und würde zu diesem Zweck extra nach Rom fliegen müssen, dennoch war die vorlesungsfreie Zeit nicht zuletzt zum Geldverdienen da.

»Mach ich ja. Deswegen will ich übrigens auch zu Emily. Sie kennt doch Gott und die Welt.«

»Fein. Also?«

Nina zeigte sich politisch korrekt und verlangte bloß nach einem Glas Leitungswasser. Auch gut. Wenn es ihr Gewissen beruhigte. Anna brauchte jetzt eine gute Dosis Koffein, um den katastrophalen Vormittag abzuschütteln.

»Vielleicht einen Muffin zum Leitungswasser?« Es war nur als kleine Provokation gemeint, aber Nina räumte ohne mit der Wimper zu zucken ein: »Ja, das wäre nicht übel. Und hör bitte auf so zu grinsen.« Sie wandte sich um und marschierte zu einer freien Sesselgruppe am Fenster.

Anna wollte kein Unmensch sein und bestellte Nina nun

doch einen Kaffee mit. Sie hatte sehr wohl registriert, wie sehnsüchtig ihre Tochter auf die Becher mit den Schaumhauben geschielt hatte, die im Sekundentakt auf den Tresen geschoben wurden. Wie nicht anders zu erwarten, kam auch kein Protest, als Anna ihr kurz darauf den Kaffee samt Gebäckstück hinstellte. Ein genuscheltes Danke, schon schnappte sich Nina den Blaubeermuffin, biss hinein und ächzte wie unter einer zentnerschweren Last: »Mama, ich halt's nicht aus. Ich muss raus!«

»Also bitte! Jetzt lass uns wenigstens in Ruhe den Kaffee trinken.«

»Das meine ich doch nicht!« Ein Schatten huschte über Ninas Gesicht und ihr Kinn begann zu beben. »Ich muss raus aus unserer ... aus unserer Weiberbude.«

Anna starrte in ihre Tasse. Ein doppelter Espresso ganz ohne Crema. Und das für drei Euro zwanzig.

»Ja, gut. Aber wo willst du hinziehen?«

»Keine Ahnung. Irgendeine WG wird sich schon auftreiben lassen.«

»Sicher. Fragt sich nur, wovon du das bezahlst.«

Sofort legte Nina ihren typischen Bettelblick auf: Augenlider auf halb acht, dazu ein weich-schmelzendes Grübchenlächeln. »Vielleicht kannst du mir ja erst mal ein bisschen unter die Arme greifen? Ich mein, solange, bis ich einen Job habe.«

»Nina, ich dachte, das hätten wir geklärt.«

»Ja?«

Ein junger Mann mit Pilzkopffrisur sah zu ihnen rüber. Natürlich nur zu Nina, die prompt eine laszive Pose einnahm: Den Kopf zur Seite geneigt, die Beine übereinander geschlagen, ließ sie den Ballerina-Schuh in der Luft kreisen. Was hatte das Mädchen bloß für einen Geschmack? Die zierlichen Schuhe passten so wenig zu den Hosen wie der Handwerker in ihr schönes altes Zehlendorfer Haus.

»Wir haben einen Deal, mein Fräulein! Dass du zumindest so lange bei uns wohnen bleibst, bis die Renovierungsarbeiten abgeschlossen sind. Oder glaubst du etwa, ich bin Krösus?«

»Aber das kann ja ewig dauern! Noch sind die Handwerker nicht mal da!«

»*Der* Handwerker. Und er *ist* da.«

Nina riss überrascht die Augen auf. »Echt? Seit wann denn?«

»Seit …« Anna sah auf ihre Armbanduhr. »Seit knapp fünf Stunden. Falls du gleich fragst, wieso – deine Großmutter hat da anscheinend was durcheinander gebracht.«

Das nahm Nina eher desinteressiert zur Kenntnis und erkundigte sich: »Wie ist er denn so?«

»Okay. Ja, ganz okay.«

»Wie okay?«

»Na, eben okay!«

Anna fühlte Ninas argwöhnischen Blick auf sich ruhen, und weil sie das langsam zu nerven begann, musterte sie unauffällig den jungen Mann, der sich so offensichtlich für die Brüste ihrer Tochter interessierte. Er sah nicht schlecht aus. Schlaksige Gestalt. Grüne Augen hinter langen Wimpern. Typ Musiker. Wahrscheinlich hätte sie sich früher auch in so einen verguckt. Aber früher war vorbei.

»Klingt ja nicht gerade begeistert«, erwiderte Nina.

»Nein?«

»Nein.«

»Nun denn …« Anna stürzte den lauwarmen Espresso hastig hinunter. »Es stört eben, wenn Fremde im Haus sind. Grundsätzlich.«

»Du magst ihn nicht.«

»Wie kann ich jemanden nicht mögen, den ich gar nicht kenne?«

»Sieht er scheiße aus?«

»Nina!« Anna gab sich alle Mühe, tadelnd zu klingen.

»Wieso, will man etwa wochenlang einen Handwerker im Haus haben, der scheiße aussieht? Also, ich würde das jedenfalls nicht wollen. Das wäre nicht nur ein Drama, das wäre richtig scheiße!« Sie fing an zu kichern. Wahrscheinlich fand sie sich mit ihrer zotigen Sprache äußerst witzig.

»Stell dir bloß mal vor, das Leben spielt dir so übel mit, dass *du* eines Tages scheiße aussiehst«, zischte Anna wütend. »Wie würdest du das denn finden? Hm? Ziemlich scheiße, was?«

Nina zog nur die Schultern hoch, zweimal ruckartig, einmal langsam.

»Wo wir das nette Wort mit *sch* schon mal in den Mund genommen haben«, fuhr Anna eine Spur gelassener fort, »ich möchte lediglich verhindern, dass er *scheiße* renoviert, verstehst du? Alles andere ist mir egal.«

Nina lachte laut, was der Beatlespilzkopf zwei Tische weiter zum Anlass nahm, ebenfalls aufzulachen. Es wirkte schon reichlich bizarr, dieses Anlachen der Luft, das bloß einen einzigen Zweck hatte: Ninas Aufmerksamkeit zu erregen.

»Der nervt ja!«, stöhnte sie.

»Wieso, ist er nicht dein Typ?«

Nina wischte mit der Hand durch die Luft. »Stehst du darauf, so plump angebaggert zu werden?«

Dazu hatte Anna keine Meinung. Sie war seit bestimmt zehn Jahren überhaupt nicht mehr *angebaggert* worden, abgesehen von einem ungelenken Flirtversuch ihres bärtigen Bio-Kollegen Gerd Albers – eine peinliche Aktion, an die sie sich lieber nicht erinnerte. Sollten andere baggern, balzen und sich befruchten. Für sie war das Thema gestorben.

»Aber schlecht sieht er nicht aus, oder?«, wich Anna der Frage ihrer Tochter aus. Nina trieb hier gerade ein ausgeklügeltes Spielchen. Erst anflirten, dann die kalte Schulter zeigen, das fanden die jungen Männer sicher ganz besonders animierend. Oder aber sie kehrte vor ihrer Mutter die Prüde heraus. Es war ja schließlich kein Geheimnis, dass Nina im Gegensatz zu ihrer Zwillingsschwester nicht gerade schüchtern war, wenn es darum ging, dem anderen Geschlecht Avancen zu machen. Schlimmer. Sie spielte mit ihren Verehrern wie kleine Kinder mit einem Sack voller bunter Murmeln. Mal war die eine dran, mal die andere, mal kippte man den ganzen Beutel aus und fand alle gleich bunt, schillernd und verlockend. Genau wie Irene. Die hatte ihr Leben lang Männer gesammelt und schien erst allmählich einen Gang runterzuschalten. Nicht auszudenken, wenn Nina in ihre Fußstapfen trat. Nur ab und zu ein bisschen Anstand und Anna wäre um einiges beruhigter gewesen.

Nina schnippte ein paar Krümel von ihrer Hose, dann hob sie träge die Wimpern. »Sag mal, wo soll der Handwerker eigentlich schlafen? Bei dir unterm Dach? Ich meine, da wäre ja schon am meisten Platz.«

Anna grunzte. »Sehr komisch.«

»Nein, aber mal im Ernst! Wir haben kein freies Zimmer.«

Das stimmte. Die untere Etage des Hauses war Wohn- und Küchenbereich, im ersten Stock residierten die Mädchen mit ihrer Großmutter; so hatte Anna gezwungenermaßen mit dem notdürftig ausgebauten Dachboden vorlieb genommen.

»Gnot kann im Wohnzimmer schlafen.«

»Wie bitte?« Nina schob sich das letzte Stück ihres Muffins in den Mund und kaute angestrengt, wobei sich eine kleine Falte zwischen ihren Brauen abzeichnete. Die gleiche Falte, die sich bei Anna im Laufe der Jahre so scharf eingegraben hatte.

»Wo liegt das Problem? Entweder kriegt er eine Matratze oder wir ziehen das Bettsofa aus.«

»Jeden Abend?«

»Ja, jeden Abend. Und jeden Morgen wird das Bett wieder zusammengebaut.«

»Aber ...« Es klang wie *abba*. »Wo sollen wir fernsehen?«

»Also wenn das dein größtes Problem ist!«

Nina ließ ihren Kopf auf die niedrige Tischplatte sausen und jaulte: »Ich halt's nicht aus ... Auch das noch.«

»Bitte, Nina! Es sollte ja wohl möglich sein, den Handwerker als ganz normales Familienmitglied zu betrachten. Zumindest eine Weile lang.« Sie selbst glaubte allerdings am allerwenigsten daran.

»Armer Kerl. Hat ja gar keine Privatsphäre.«

»Dafür verdient er viel Geld bei uns«, baute Anna ihr Lügengebilde weiter aus.

»Und wenn er abends einfach mal«, Nina hob ihren Kopf und sah ihre Mutter herausfordernd an, »wichsen will?«

»Dann kann er ja aufs Klo gehen«, erklärte Anna in der festen Absicht, sich von ihrer Tochter nicht provozieren zu lassen. Sie hatte gehofft, dass ihr Italien gut getan, sie reifer und erwachsener gemacht hätte. Aber irgendwie kam ihr ihre Große manchmal ganz schön verkorkst vor. Warum war sie bloß so geworden? Lydia hatte es doch auch nicht nötig, mit Anfang Zwanzig noch die pubertäre Göre zu spielen. Aber Schwamm drüber. Auch über den türkisfarbenen String.

»Igitt!«, ächzte Nina. »Von mir aus überall, bloß nicht im Bad, wo ich jeden Tag dusche.«

»Können wir jetzt bitte das Thema wechseln? Was willst du denn mit deiner Kommilitonin lernen?«

»Ach, irgendwas über die Geschichte des Sonetts. Und dann noch Jura.«

»Schön. Wann seid ihr verabredet?«

Ninas Blick glitt zu dem jungen Mann rüber und sie begann erneut mit ihrem Ballerina-Schuh zu kreisen. »Hab noch Zeit«, murmelte sie. »Also meinetwegen musst du nicht so lange warten.«

Und weil Anna nicht wie ihre eigene Mutter sein wollte, die ihr früher aus Eitelkeit so manchen Flirt vermasselt hatte, küsste sie Nina sanft auf die Stirn und trat mit den Worten »Wir essen gegen acht. Ich hoffe, du bist pünktlich,« den Rückzug an.

2.

Kopieren. Die eintönigste Tätigkeit der Welt. Lydia war trotzdem immer wieder fasziniert, in welchem Tempo das Papier durch den Kopierer flitzte, um am Ende Drehbücher in völlig korrekter Reihenfolge auszuspucken. 47 Seiten mal 90 machte 4230 Blatt Papier. Und das jede Woche aufs Neue. Wie viele arme Bäume dafür wohl herhalten mussten? Und wie giftig die Dämpfe womöglich waren, die sie gerade in rauen Mengen inhalierte?

»He, beweg deinen süßen kleinen Arsch mal ein bisschen schneller!«

»Selber süßer kleiner Arsch.«

Steve, der Produktionsfahrer, stand hinter ihr und knipste sein jungenhaftes Grinsen an. Steve war nett. Er war ihr liebster Kollege, der sie immer aufzuheitern vermochte, wenn sie vor Langeweile schon zu gähnen anfing. Wie so häufig. Diese stupiden Tätigkeiten verlangten ihr weder etwas ab noch kitzelten sie ihr Talent heraus, und offenbar würde sich in absehbarer Zeit auch nichts an ihrer Situation ändern.

Dabei war die Freude immens gewesen, als sie nach dem Abbruch ihres langweiligen Lehramtsstudiums gleich einen

Praktikumsplatz bei *Working Class* ergattert hatte. Ihrer Großmutter sei Dank. Omama Irene kannte Gott und die Welt und natürlich auch jede Menge Leute aus der Filmbranche. Im ersten Überschwang hatte Lydia darauf spekuliert, im Storydepartment unterzukommen: Kaffee kochen, Sekretariatsaufgaben und Recherchen erledigen, immer zur Stelle sein, wenn einer der Storyliner erkrankte, um sich so durch die Hintertür Zutritt zum paradiesischen Plot-Imperium zu verschaffen. Das Erfinden von Telenovelas musste himmlisch sein. Von morgens bis abends in Phantasiewelten schwelgen, fern von der trüben Realität, Menschen zum Leben erwecken, sie durch Höhen und Tiefen schicken – Schicksal spielen. Aber dummerweise war sie in der Produktion angekettet. Sie wurde von A nach B gescheucht und von B nach C und wartete täglich darauf, den Producer Hans in einer ruhigen Minute zu fassen zu kriegen, um ihn dann von ihrer wahren Bestimmung zu überzeugen. Ihre *Freitag*-Tasche mit den Arbeitsproben hatte sie deshalb immer in Greifweite. Journalistische Perlen aus ihrer Praktikumszeit beim Berliner Stadtmagazin *zitty,* ein paar Kurzgeschichten und – was wohl das Wichtigste war – ein freiwillig geplotteter Block von fünf Folgen. Ihre Zwillingsschwester fand das bloß lächerlich. »Du musst den Typen umgarnen! Mit deinem Charme einwickeln! Deine Titten ins rechte Licht rücken!«, redete sie ihr ins Gewissen. »Wer interessiert sich schon für dein Geschreibsel?«

Doch für Lydia stand das nicht zur Debatte. Sie konnte mehr als Flirten. Das sollte selbst ihre Schwester bitte schön zur Kenntnis nehmen. Bisher hatte sie nur noch keine Gelegenheit gehabt, Hans ihre kleine, aber durchaus feine Mappe in die Hand zu drücken. Wenn sie nur wüsste, wie sie es anstellen sollte! *Hallo, seht her, hier bin ich!*-Auftritte lagen ihr nun mal nicht. Die beste Lösung wäre, Hans käme auf sie zu, weil er ihr das Talent zum Schreiben an der Nasenspitze ansähe. Doch das passierte nicht. Schlimmer: Er nahm sie nicht mal wahr.

»Wenn du hier fertig bist«, drang Steves Stimme an ihr Ohr, »besteht dann eventuell, unter Umständen die Möglichkeit, dass du mich in die Kantine begleitest?«

»Klar. Aber ich muss erst noch die Drehbücher verteilen.«
»Ich könnte dir helfen.«
»Ehrlich?«
»Du weißt doch, ich würde für dich alles tun.« Er zwinkerte ihr zu, woraufhin sie ihm einen Luftkuss zurückschickte, einfach, weil sie froh war, einen Kollegen wie ihn an ihrer Seite zu haben. Bereits kurz nach ihrem Kennenlernen hatte sich dieser flapsige Ton bei ihnen eingebürgert und das, obwohl nichts zwischen ihnen lief und auch nie etwas laufen würde. Steve war seit etlichen Jahren mit seiner Jugendliebe Stella glücklich liiert, obendrein reizte er Lydia nicht mal körperlich und sie ihn wohl auch nicht. Sie mochten sich einfach, und das war gut so. Von Männern hatte sie sowieso erst mal genug, nachdem ihre erste und einzige Liebe Finn sie wegen einer 30-jährigen Frau verlassen hatte – wohl, weil diese im Gegensatz zu ihr mit ihm schlief. So einen Mann brauchte sie nicht. Niemand brauchte so einen Mann! Der Handwerker, der am Morgen bei ihnen aufgekreuzt war, hatte ein wenig Ähnlichkeit mit Finn. Die dunklen Haare, die geheimnisvolle Aura ... Im klassischen Sinne schön war er nicht. Schön war bloß seine Stimme. Nicht richtig tief und männlich, aber auch nicht hell, irgendein Timbre dazwischen, das ihr augenblicklich den Atem stocken ließ. Lächerlich. Hoffentlich hatte er ihre Irritation nicht bemerkt ... während ihres Geplänkels über Turnschuhe, Trampki, was auch immer.

Eine knappe halbe Stunde später, als alle Drehbücher zusammengetackert und verteilt waren, bestand Steve darauf, Lydia wenigstens auf zweieinhalb Salatblätter einladen zu dürfen. Ihm sei schon klar, dass ihr als Königin des Biofutters das Kantinenessen zuwider sei, dennoch ... so ein wenig Grünzeug würde ihr schon nicht schaden.

»Für mich bloß Kaffee«, winkte Lydia ab. »Meine Großmutter kocht heute Abend.«

»Du immer mit deiner Familie!«, jaulte Steve und orderte das Tagesgericht Nummer zwei, dazu einen Kaffee und ein Mineralwasser.

»Tschuldigung, ich hätte doch lieber eine Bionade. Holunder.«

»Und noch eine Holunder-Bionade für die Lady«, sagte Steve zur Tresenkraft, einer blassen Rothaarigen, die ihren Pferdeschwanz unter einer Baseballkappe versteckt hatte. »Den Kaffee trotzdem.«

Lydia gab ihrem Kollegen einen kleinen Schubs. »*Was* ist immer mit meiner Familie?«

»Nichts!«

»Wenn nichts wäre, hättest du eben aber nicht gemeint, dass etwas damit wäre.«

»Ja, klingt irgendwie logisch.« Steve lächelte spöttisch. Er hatte eine breite Zahnlücke, die jedem Zahnspangenversuch in seiner Kindheit getrotzt hatte. »Also gut.« Er räusperte sich. »Ich finde es offen gestanden merkwürdig, dass du in deinem ... sagen wir ... biblischen Alter noch zu Hause wohnst. Mutti, Omi, Schwester – alle unter einem Dach.«

»Meine Großmutter lebt ja eigentlich gar nicht bei uns«, verteidigte sich Lydia halbherzig.

»Nein?«

»Okay, im Moment wohnt sie schon bei uns. Aber sie war ziemlich lange im Ausland und will auch bald nach Mitte oder Friedrichshain ziehen.«

»Gute Wahl. Solltest du auch tun.«

Lydia ließ den kleinen Seitenhieb unkommentiert und fuhr fort: »Meine Schwester ist sowieso nie anwesend, zumindest nicht mental. Also bleiben nur ich und meine Mutter.«

»Das meine ich ja gerade: du und deine Mutter.« Steve fuhr sich über seine steif gegelte Igelfrisur. »Bei uns zu Hause würde es ganz sicher Mord und Totschlag geben.«

Lydia zuckte bloß mit den Achseln und rückte ein Stück von ihrem Kollegen ab. Sie und Anna waren ein eingespieltes Team, meistens jedenfalls; sie wusste wirklich nicht, warum sie etwas an ihrer Lebenssituation ändern sollte. Bloß weil andere ihres Alters es peinlich fanden, mit ihren Eltern zusammenzuleben.

Ein Fleischbrocken undefinierbarer Provenienz landete auf Steves Teller, dazu gesellten sich einige wässrige Kartoffeln und Spinat, bevor das Ganze in gelber Soße ersoff.

»Und das willst du allen Ernstes essen?«, fragte Lydia, als sie sich kurz darauf ans Fenster setzten, um etwas Tageslicht abzubekommen. Genüsslich an ihrer Holunder-Bionade nuckelnd, sah sie aus dem Augenwinkel, dass Hans, gefolgt von seiner Assistentin Zuzka, die Kantine betrat. Aus diesem Grund bekam sie Steves Antwort auch nur am Rande mit. Es klang nach: *Bleibt mir ja nichts anderes übrig.* Oder: *Anders bleibt immer was übrig.*

»Hörst du überhaupt zu?«, beschwerte sich Steve prompt und starrte sie an.

»Ja!«

»Lüge!«

»Und wenn schon!«

»Gefällt er dir?« Steve blickte amüsiert.

»Wer?«

»Na, wer? Hans!«

»So ein Unfug.« Lydia fegte mit der flachen Hand ein paar Krümel vom Resopaltisch. »Der doch nicht.«

»Aus vertraulicher Quelle weiß ich aber, wie es aussieht, wenn bei den Frauen ... also wenn bei euch plötzlich die Hormone verrückt spielen.«

»Hör auf! Das ist totaler Quatsch!«

»Trotzdem bist du irgendwie anders, wenn *Big Hans* im Raum ist«, stellte Steve nüchtern fest.

Und weil er sowieso nicht mehr locker lassen würde, fasste sich Lydia ein Herz und begann stockend und in Halbsätzen zu reden. Zunächst erzählte sie nur von ihren heimlichen Arbeitsproben, dann von ihrer Schüchternheit, die ihr immer wieder im Weg stünde, und am Ende offenbarte sie auch ihren großen Traum. »Aber behalt's bitte, bitte für dich, Steve. Du bist neben meiner Mutter und meiner Schwester der einzige Mensch, der überhaupt davon weiß.«

»Und deine Großmutter?«

Lydia schüttelte den Kopf, zugleich bemerkte sie, dass Hans für den Bruchteil einer Sekunde zu ihr rüberguckte und sie anlächelte. Vielleicht sah er aber auch bloß durch sie hindurch.

»Oh, Mann, ich fass es nicht!« Steves Lachen klang wie Sirenengeheul.

»Was?«

»Dass du schreiben willst, find ich ja schon mal klasse, aber ...« Lauter blonde Bartstoppeln wurden sichtbar, als er seinen Kopf einen Moment lang dem Fenster zuwandte. Dann sah er sie wieder an und sprach weiter: »Aber dass du mich eingeweiht hast ... das ist wirklich eine Riesenehre.«

»Steve, du bist so was wie mein bester Freund.«

Er spießte ein Stück Fleisch auf, als wolle er es im Nachhinein noch toter als tot machen, beugte sich zu Lydia rüber und musterte sie mit ernstem Gesichtsausdruck. »Dann sag ich dir jetzt mal was – als dein bester Freund.«

»Ja?«

»Wenn deine Mutter und ich die Einzigen bleiben, die davon wissen, wirst du nie ins Storydepartment wechseln.«

Lydia wimmerte: »Wahrscheinlich werde ich aber auch nie ins Storydepartment wechseln, *wenn* noch mehr Leute davon wissen.«

»Du sollst es ja auch nicht allen erzählen, sondern Hans! Und der sitzt zufällig gerade da drüben.« Steve stupste den Fleischbrocken wieder von der Gabel und nahm hastig einen Schluck Kaffee. »Wo sind deine Arbeitsproben?«

»Im Produktionsbüro.«

»Dann holst du sie jetzt – aber zacki, zacki – und drückst sie Hans in die Hand. Ich halte ihn auf, falls er vorhat, sich vorher zu verdünnisieren.«

»Ausgeschlossen.«

»Ausgeschlossen«, echote Steve mit Fistelstimme. »Ich sag doch, bei Mami wohnen ist ungesund. Wach auf, Lydia! Werd langsam erwachsen!«

»Ich *bin* erwachsen.«

»Nein, das bist du nicht.« Er klang resigniert.

»Hätte ich bloß nie was gesagt!« Lydia knallte die Bionade auf den Tisch und sprang auf.

Ein paar Kollegen sahen neugierig zu ihr rüber, doch da Lydia ohnehin nichts mehr zu verlieren hatte, wankte sie zwischen den grauen Stühlen und Tischen, die auf einmal wie ein Meer zu wogen schienen, zu Hans und bat ihn mit zugeschnürter Kehle um einen Termin. Jetzt gleich.

★

Es war 19 Uhr 30 durch, als Lydia endlich in der S-Bahn saß, die sich rumpelnd und ruckelnd ihren Weg in den Ostteil der Stadt bahnte. Sie würde zu spät zum Abendessen kommen, aber egal. Dafür hatte sie ihren inneren Mount Everest erklommen und fühlte sich nun, als würde das Wort *Triumph* eingebrannt auf ihrer Stirn stehen.

Das Gespräch mit Hans war einfacher verlaufen als eine Unterhaltung beim Bäcker. *Was gibt's denn, Lydia, aha, du möchtest also storylinen, hast du schon Erfahrung?, ach so, verstehe, dann zeig doch mal her, ja, hm, liest sich schon recht flott, oha, und Kurzgeschichten sind auch dabei?, wie schade, alles nur für die Schublade, daran sollte man aber schleunigst etwas ändern, warte, ich ruf kurz Christine an, ja?, Christine?, du, ich hab hier gerade Lydia aus der Produktion bei mir sitzen, könnte das Mädchen vielleicht ..., ja, prima, dank dir, mein Herz, tschaui, im Juni Hospitanz im Scriptdepartment?, klingt das gut, Lydia?, Anfang Juli Probelines, und wenn alles rund läuft, übernimmst du ab August die Schwangerschaftsvertretung für Bärbel, he, wär das was?, über das Finanzielle redest du am besten mit Anton ..., hoffe, das geht so für dich in Ordnung, ja? Willkommen an Bord!*

Auch wenn sie Steve in der Kantine zum Teufel gewünscht hatte, war er nun auf der Skala ihrer Lieblingsmenschen in Lichtgeschwindigkeit auf Platz eins gerückt. Und hier hockte sonst bloß ihre Mutter wie die Made im Speck.

★

Anna lehnte am Fenster und sah hinaus in den Garten, wo der Regen auf das wild rankende Gewirr aus Efeu, Klematis und Wein am gegenüberliegenden Geräteschuppen trommelte. Die alten Apfelbäume und die Kletterrosen, der ganze Stolz ihrer Mutter, standen in voller Blüte, und auf dem Rasen bogen sich die längst verwelkten Narzissen und Tulpen unter der Wucht des Regengusses.

Seit Anna denken konnte, kümmerte sich Kinderheim-Horst um die Pflanzen, er hegte und pflegte sie wie seine eigenen. Kinderheim-Horst war in etwa in Annas Alter und hatte sich schon in seiner Jugend als Gärtner bei ihrer Mutter ein paar Groschen dazuverdient. Die Tradition wurde auch später fortgeführt, obwohl Horst längst nicht mehr im Kinderheim lebte, sondern Frau und Kinder hatte, dazu ein recht passables Einkommen als Besitzer eines Feinkostladens in Zehlendorf. Dennoch war immer klar, dass er *seinen Garten* nicht im Stich lassen würde. Anna und Irene konnte es nur recht sein, zumal sie in diesem Punkt ausnahmsweise vom selben Schlag zu sein schienen: Sie liebten zwar alles, was grünte und blühte, doch bei der Gartenarbeit waren sie gleichermaßen ungeschickt, sprich, eine wie die andere hatte schon so manche Pflanze mit den besten Absichten zu Tode gepflegt.

Es war still im Haus, angenehm still. Nina und Lydia trieben sich noch in der Stadt herum, Gnot hatte sich im Badezimmer eingeschlossen, wohl um sich frisch zu machen, und Irene stand in der Küche, unermüdlich Brühe ins Spargelrisotto rührend. Aber sie hatte es ja so gewollt. Für den Handwerker nur das Beste. Fragte sich bloß, ob er ihre Anstrengungen überhaupt zu schätzen wissen würde.

Anna war erst vor einer Stunde nach Hause gekommen – sie hatte ihren Ausflug in die Stadt dazu benutzt, noch ein wenig durch die Läden zu trödeln – und Gnot und ihre Mutter bei einer Flasche Sekt und einem ausgedehnten Plausch auf dem Sofa vorgefunden. Wobei primär ihre Mutter in ihrem Element gewesen war und große Reden geschwungen hatte. Gnot hatte einfach bloß dagesessen, die Knie zu einem X zusammengepresst und Satzfragmente wie *unglaublich!, ach,*

Fakt?, nein, was sagst du mir! eingeworfen. Als Anna der Geräuschpegel zu nerven begann, war sie ins Wohnzimmer geeilt und hatte zur Hausbegehung aufgerufen. Was war mit den Tapeten, dem Fußboden, der Terrasse, und überhaupt, wie lange würde es dauern, bis Gnot mit allem fertig sei? Der hatte darauf keine Antwort gewusst, vielleicht würde er zwei Wochen bleiben, vielleicht drei, vielleicht aber auch einen ganzen Monat, schlimmstenfalls zwei oder drei.

Drei Monate! Anna hatte sich bis jetzt noch nicht von der Ansage erholt.

Die Haustür wurde aufgeschlossen und Lydia kam mit quietschenden Turnschuhen ins Wohnzimmer gehüpft. »Mummy!«, rief sie mit ihrer hellen Mädchenstimme aus. »Stell dir vor! Ich hab's geschafft!«

»Was hast du geschafft? Und zieh bitte deine nassen Gummischuhe aus. Das gibt hier überall hässliche Flecken.«

Ohne sich erst die Mühe zu machen, sich zu bücken und die Schnürsenkel zu lösen, streifte Lydia ihre Turnschuhe ab und schleuderte sie einen halben Meter von sich weg. »Ich hab mit Hans geredet! Endlich!« Ihre Stimme überschlug sich. »Er findet meine Arbeitsproben super, und wahrscheinlich darf ich schon bald ...«

Ein Schatten tauchte im Türrahmen auf, es war Hausgeist Gnot und der sagte jetzt: »Für dich ich Glück gebracht!«

»Lydi, was ist los?« Irene kam jetzt ebenfalls neugierig angelaufen – zu Annas Entsetzen trug sie ein buntes, von Nina ausrangiertes H&M-Kleid im Hippie-Stil – und presste sich neben Gnot in den Türrahmen, so dass zwischen die beiden kaum noch eine Briefmarke gepasst hätte.

»Ich werde Storylinerin!«

»Storylinerin«, sagte Irene und blies einen Schwall Luft in die Luft. »Hilf mir kurz auf die Sprünge. Sind das die Leute, die diese abstrusen Geschichten für diese niveaulosen Serien erfinden?«

»Wie kannst du so etwas nur sagen?«, empörte sich Lydia. »Du hast noch und nöcher in niveaulosen Serien und Filmen mitgespielt!«

Irene lächelte milde, dann entgegnete sie langsam und deutlich: »Was aber nichts daran ändert, dass sie nun mal niveaulos und trashig sind.«

Gleichzeitig machte Gnot einen kleinen Satz nach vorne; für den Bruchteil einer Sekunde sah es so aus, als wolle er Lydia am Arm anfassen, doch im nächsten Moment erkundigte er sich bloß: »Was ist das? Story- »

»Nichts, was jetzt irgendwie von Belang wäre«, fuhr Anna Gnot in die Parade, indem sie ihre Hand hob und die Luft wie mit einem Samurai-Schwert zerschnitt. Schlimm genug, dass der Handwerker von nun an gezwungenermaßen an ihrem Familienleben teilnehmen würde, da musste er nicht noch ständig seinen Senf dazugeben. »Lydi, das ist ganz fantastisch. Wir reden später in Ruhe, ja? Mutter, wann ist das Essen fertig?«

»Steht alles auf dem Herd bereit. Aber Nina ist noch nicht da.«

»Wenn Madame zu spät kommt, ist sie selbst schuld.« Von draußen drang aufgeregtes Vogelgezwitscher.

»Nun sei doch nicht immer so … so … Du benimmst dich manchmal wirklich wie ein Dragonerweib! Als hätte ich dich von Sklaventreiberinnen und Nonnenvorsteherinnen erziehen lassen, nicht zu fassen!«

»Danke, Mutter«, zischte Anna. »Hast du vielleicht noch mehr Beleidigungen auf Lager?« Und etwas besorgt fügte sie hinzu: »Nina ist doch sonst immer pünktlich.«

»Vielleicht ist ihr was dazwischengekommen. Irgendein fesches Date.« Irene zwinkerte Gnot unpassenderweise zu.

»Wäre doch möglich, oder? Ich bin ja ohnehin der Meinung, dass sich Mädchen ebenso wie Jungs austoben sollten.«

Gnot grinste, wobei sich Dutzende von Lachfältchen rund um seine Augenwinkel auffächerten. Amüsiert oder überheblich, Anna konnte es nicht einordnen, aber offenbar hatte er jedes einzelne Wort ihres Disputs verstanden.

»Mummy, ich geh noch kurz hoch.« Es schien, als habe Lydia schon die ganze Zeit auf eine günstige Gelegenheit gelauert, um sich aus dem Staub zu machen.

»Natürlich, Liebling. Aber vergiss nicht deine Turnschuhe.«

Lydia hob ihre Chucks auf, lächelte entschuldigend, als wäre sie der Auslöser für die Streitigkeiten gewesen, und war bereits im nächsten Moment draußen.

»Xanthippe«, nuschelte Irene beim Verlassen des Wohnzimmers in Annas Richtung. Was für ein Irrenhaus! Ein Irrenhaus, das zudem bald verkauft werden sollte.

Anna versuchte sich die Xanthippe nicht allzu sehr zu Herzen zu nehmen und begann, auf dem schlampig gedeckten Esstisch das Besteck zu korrigieren. Sie konnte es nicht leiden, wenn ihre Mutter Messer und Gabel einfach *irgendwie* neben die Teller pfefferte. Wenige Atemzüge später spürte sie, dass der Schatten wieder da war. Genau hinter ihr. Schon ertönte Gnots Stimme an ihrem Ohr: »Deine Mutti hat Recht. Du bist richtig hart. Und Perfektionist.«

»Was geht Sie das eigentlich an?«

»Kannst du sagen du.«

»Kann ich, will ich aber nicht, okay?«

»Deine Mutti sagt zu mir auch du.«

Deine Mutti hat Recht ... Deine Mutti sagt aber auch ... In was für einen bizarren Film war sie hier eigentlich geraten? Der Kerl sollte handwerkliche Tätigkeiten verrichten und sich bitte schön nicht in ihre Familienangelegenheiten einmischen!

Während Gnot die Servietten mit geschickten Fingern zu falten begann – gut, wenn ihm nichts Besseres einfiel –, schluckte Anna ihren Ärger runter und floh in die Küche. Es fehlten noch Parmesan, Salz und die Pfeffermühle.

»Mutter, das Kleid sieht furchtbar aus«, sagte Anna gleich beim Reinkommen. Keine Frage, Irene war immer noch eine beneidenswert schöne Frau, aber musste sie ausgerechnet Ninas abgelegte Fummel tragen?

»Wieso? Meine Figur ist doch tadellos.«

»Nicht tadellos genug für ein Minikleid.«

»Nur weil du dich so langweilig kleidest, dass man beinahe einschläft, wenn man dich betrachtet, brauche ich ja wohl noch lange nicht auf ein bisschen Mode zu verzichten.«

»Hast du dir mal deine Knie angesehen?«

Irene beugte sich vor, wodurch das Kleid hinten ein Stück hochrutschte und ihre von bläulich-roten Besenreißern durchzogenen Oberschenkel freigab.

»Was soll's?« Sie klang wirklich gelassen. »Jeder muss schließlich in seiner Haut leben.« Schon in der nächsten Sekunde strahlte sie so, als habe Anna ihr ein geradezu hinreißendes Kompliment gemacht: »Soll ich nicht zur Feier des Tages einen Amarone öffnen?«

»Wieso zur Feier des Tages? Was wird denn gefeiert?«, stellte sich Anna stur.

»Lydis Karriere! Außerdem haben wir seit heute einen Gast im Haus, falls dir das entgangen sein sollte.«

»Keinen Gast. Einen Handwerker.«

»Handwerker können auch Gäste sein. Hm? Meinst du nicht auch? Oder sind alle Menschen ohne akademischen Abschluss unter deinem Niveau?«

»Damit eins nur klar ist«, schnaubte Anna. »Hier werden jetzt nicht jeden Tag Edelweine geköpft, bloß, weil wir einen

Handwerker im Haus haben. Es sei denn, du zahlst außer der Reihe Geld in die Haushaltskasse ein.«

Ihre Mutter gab eine quäkende Mischung aus Lachen und Empörung von sich. »Tomasz hat Recht! Du bist wirklich rigide, prinzipientreu, durch und durch preußisch! Ich frage mich ich nur, von wem du das hast.«

»Hat Gnot das *so* gesagt?«

Irenes Lachen stieg glockenhell auf. »Nein, aber er hat es bestimmt so gemeint.«

Anna enthielt sich eines Kommentars. Es ärgerte sie allerdings maßlos, dass der Mann in dem schmal geschnittenen Anzug sie bereits in den ersten Minuten durchschaut haben sollte und sich überdies noch prächtig mit ihrer Mutter verstand.

Als Nina eine halbe Stunde später immer noch nicht aufgekreuzt war, bestand auch Irene darauf, endlich mit dem Essen anzufangen. Anna wunderte sich zunächst darüber, dann auch wieder nicht. Risotto war nun mal ein kapriziöses Gericht und ihre Mutter wollte dem Handwerker sicherlich keine Reispampe vorsetzen.

Reispampe war es trotzdem geworden, allerdings kam es noch viel ärger, zumindest für ihre Mutter: Gnot beugte sich vor, schnupperte an dem gelblichen Klacks auf seinem Teller und fragte mit skeptischer Miene: »Was ist das?«

»Risotto«, antwortete Irene, die frisch geschminkten Lippen gespitzt.

»Otto?«

Lydia kicherte. »Ja, Otto.«

Gnot spießte ein Stück Spargel auf. »Und das?«

»Spargel«, sagte Irene. »Kennt man in deiner Heimat keinen Spargel?«

»Doch.« Gnots Kinn vibrierte, seine Wimpern flatterten erregt. »Ich das noch nicht probiert.«

»Also bitte, lass es dir schmecken! Das ist ein Rezept aus Verona.«

Gnot schob sich das drei Zentimeter lange Spargelstück in den Mund, kaute und verzog augenblicklich das Gesicht, was Irene jedoch nicht zu bemerken schien.

»Biospargel?«, schaltete sich Lydia ein.

Oh bitte, nicht wieder die alte Leier, stellte sich Anna taub.

»Also, Bio oder nicht?«, beharrte Lydia.

»Bio«, gab Irene an. »Ganz frisch vom Markt.«

»Und das Risotto?«

»Aus der Packung.«

»Aber du meinst jetzt nicht das Zeug, das schon seit Monaten im Regal steht, oder?« In Lydias Stimme schwang pures Entsetzen mit.

»Genau das!« Irene gab sich große Mühe, den karmesinroten Lippenstift beim Essen nicht zu verwischen. »Falls es dich beruhigt: Das Verfallsdatum ist noch längst nicht überschritten.«

»Aber der Reis kommt aus Italien!«, schimpfte Lydia und schob ihren Teller von sich. Einen Moment lang sah sie aus wie Irene, die ganz junge Irene auf den alten Hippie-Fotos, nur dass Lydia einen knapp schulterlangen, akkuraten Bob trug und keine von Sonne und Meer verfilzte Mähne.

»Ja, zum Glück!«, entgegnete ihre Mutter, mittlerweile auch ein wenig gereizt. »Italien ist nun mal die Heimat des Risottos.«

»Aber es steht nicht Bio drauf.«

»Reg dich ab, Lydi, daran stirbst du nicht. Iss.«

»Nein.« Bockig wie ein Kleinkind verschränkte sie die Arme vor der mageren Brust. »Ihr wisst, dass ich nichts esse, was mit Pestiziden verseucht ist.«

»Woher willst du eigentlich wissen, dass in dem Risotto Pestizide sind?«

»Kannst du mir vielleicht das Gegenteil beweisen?«
»Lydi ...«
»Also? Kannst du? Oder kannst du nicht?«

Anna wunderte sich bloß, dass sich ihre Mutter immer wieder auf Diskussionen wie diese einließ. Lydia hatte ihren Biofimmel ja schon eine ganze Weile, es war ein Spleen, der sicher wieder von allein verschwinden würde. So wie sich ihre anorektische Phase damals im Alter von fünfzehn auch wieder gelegt hatte, gewissermaßen von heute auf morgen. Zu viel Beachtung, so lautete Annas Theorie, würde alles nur noch verschlimmern.

»Was ist der Problem?«, mischte sich Gnot ein – wieder einmal ungefragt –, woraufhin Irene sofort mit blumigen Worten zu dozieren begann, ihre Enkelin sei eine übertriebene Verfechterin gesunder Lebensweise, Pommes und Burger seien für sie die Horrorvision schlechthin, viel lieber studiere sie in Bioläden die Packungsangaben der Lebensmittel, und falls er etwas über Peptide und Oligosaccharide in Milch oder den Mangangehalt von Lauch wissen wolle, nur zu, Lydia könne ihm sicher alles bestens erklären. Sei bitte still, Mutter, dachte Anna, aber sie sprach es nicht laut aus, beugte sich stattdessen zu ihrer Tochter rüber und wisperte: »Im Kühlschrank sind noch Tofuwürstchen. Oder willst du lieber was Frisches? Ich mache dir gern einen Salat.«

»Anna!«, bellte Irene. »Lydia wird fürs Fernsehen schreiben, das ist auch ganz großartig, nur musst du sie deswegen nicht so verhätscheln. Die Kleine ist kein Prinzesschen!«

»Das tut sie doch gar nicht!«, protestierte Lydia. »Außerdem ... ihr esst ja wohl sonst auch nicht so einen Dreck!«

»Lydi, bitte!« Jetzt wurde es selbst Anna langsam zu bunt. »Spargelrisotto ist kein Dreck! Ein für alle Mal.«

Es zuckte um Gnots Mundwinkel, dann brach er in schallendes Gelächter aus. Wahrscheinlich verstand er tatsächlich jedes einzelne Wort und tat lediglich immer so, als wäre er der deutschen Sprache nicht mächtig. Nun fuhr sein Kopf herum und er sagte zu Lydia: »Midchen, du bist schön.«

Lydia errötete zart, erhob sich dann aber brüsk und verließ die Runde mit den lapidar gemurmelten Worten »Wenn sich alle so wie ich ernähren würden, gäbe es keine Krankheiten auf dieser Welt.«

Einige Sekunden lang hing eisiges Schweigen in der Luft. Von draußen drang Geschirrgeklapper, das schmatzende Geräusch der Kühlschranktür. Gnot pulte derweil unermüdlich Spargelstücke aus seinem Risotto, um sie fein säuerlich auf dem Rand seines Tellers zu deponieren, Irene trank den Amarone wie Leitungswasser und Anna litt. Irgendetwas in ihrem Leben lief derzeit entsetzlich verquer, und dieses verunglückte Abendessen war nur ein Beispiel von vielen.

»Wenn Sie wollen, ich kochen Essen aus Polen«, sagte Gnot, als sich das Schweigen schon in die Länge zu ziehen begann. Vermutlich war es keine Absicht, dass er auf einmal die Sie-Form benutzte.

»Ja, das wäre außerordentlich reizend«, ließ Irene verlauten, und dann stand plötzlich Nina wie herbeigezaubert im Wohnzimmer.

»'N Abend allerseits!« Sie ließ ihren Arm in die Luft fliegen.

Gnot erhob sich gentlemanlike, machte einen Diener und beendete seinen nahezu grotesk anmutenden Ausbruch formvollendeten Verhaltens mit einem Handkuss. »Du bist Nina? Du bist gleich wie deine Schwester.«

»Wir sind ja auch Zwillinge.«

»Allerdings zweieiige«, warf Anna ein.

»Das sind schöne Midchen. Und sind die zwei blond.«

Gnot lächelte in Irenes Richtung, als sei die Attraktivität ihrer Enkelinnen allein ihr Verdienst.

»Na, wie war's noch in der Stadt?«, ergriff Anna das Wort. Es passte ihr nicht, dass Gnot den Charmeur spielte, kaum dass er ein paar Stunden im Haus war.

»Supi.« Nina zog ihre durchnässte Jeansjacke aus und knüllte sie nachlässig über ihre Stuhllehne. »Was gibt's zu essen? Oh, lecker! Risotto!«

»Nina, bitte«, sagte Anna tadelnd. »Wenn hier jeder einfach seine Jacke ...«

»Sorry.« Wohl erzogen sprang ihre Tochter sofort auf, brachte die Jacke raus und kam kurz darauf mit ihrer Schwester im Schlepptau zurück, die einen Blümchenteller mit zwei nackten Tofuwürstchen wie eine Trophäe vor sich her trug.

»Aber das willst du jetzt doch nicht etwa essen, oder?«, erkundigte sich Nina.

»Nein, ich lüfte die Würstchen bloß ein bisschen aus.«

»Igitt, wie eklig. Kalte Tofuwürstchen!«

»Ich könnte dir auch mal sagen, was eklig ist«, erklärte Lydia und ließ sich in Zeitlupe auf ihren Stuhl sinken.

»Ja, was denn?«

»Zum Beispiel jeden Tag ein neues Sahneschnittchen aufzureißen.« Lydia atmete tief durch. »Das ist nicht nur eklig, das ist richtig krank.«

»Wie du meinst. Ich finde Sex jedenfalls ziemlich gesund. Auf jeden Fall entspannend. Vorausgesetzt, alles läuft nach Plan.«

Gnots Kopf war die ganze Zeit über wie bei einem Tennismatch hin und her geflogen, jetzt lächelte er amüsiert.

»Ich verstehe alles nicht«, sagte er, »aber diese Midchen sind lustig.«

»Ja, sehr lustige Midchen«, ergänzte Anna, mit den Nerven am Ende.

Eine Weile plätscherte die Unterhaltung so dahin. Lydia konnte nicht an sich halten und berichtete ihrer Schwester trotz des vorausgegangenen Disputs von ihrem Erfolg versprechenden Gespräch bei *Working Class*, Nina wollte von Gnot wissen, was denn alles an dem Haus zu tun wäre (Subtext: wie lange sie sich auf eine Baustelle einzustellen habe), und Irene schlug vor, morgen mit Tomasz in den Baumarkt zu fahren, um das entsprechende Handwerkszeug und Baumaterial zu besorgen.

»Natürlich machst *du* das.« Anna schnappte wie ein Fisch nach Luft.

»Liebchen, wieso sagst du das jetzt so grantig?«

»Weil ich mich frage, wer sonst.« Sollte doch ihre Mutter Gnot kutschieren, umhegen und umsorgen. Schließlich war die Idee *polnischer Handwerker* auf ihrem Mist gewachsen, ganz abgesehen davon, dass Anna zufällig einen Beruf hatte, der sie morgen früh wieder um kurz nach sechs aus den Federn treiben würde.

Nicht zuletzt deswegen beendete sie das Abendessen zeitig. Sie entsorgte auf die Schnelle Gnots Spargelstücke im Mülleimer – was für ein Jammer –, dann verabschiedete sie sich unter dem Vorwand, sich noch auf die Schule vorbereiten zu müssen. Im Bad traf sie auf Nina, die vorm Spiegel eingehend die Form ihrer Augenbrauen studierte.

»Was tust du da?«, wollte Anna wissen.

Nina zuckte zurück. »Nichts. Sag mal«, sie beugte sich wieder vor, »von wem hab ich die eigentlich? Nicht von dir, oder?«

»Wieso fragst du?«

»Nur so.« Ein verräterisches Grinsen umspielte ihre Mundwinkel. »Es gibt Leute, die meinen, sie hätten einen aparten Schwung.«

»Leute? Eher Jungs, oder?«

»Nein, Männer.« Ihr Grinsen wurde noch eine Spur breiter. »Nenn sie von mir aus auch Typen oder Kerle.«

»Soso.« Anna verspürte einen kleinen Stich, und erst später, als sie, verfolgt vom durchdringenden Gelächter ihrer Mutter, ins Bett ging, wurde ihr bewusst, dass sie neidisch war. Nicht auf den Pilzkopf, den Nina mit Sicherheit noch abgeschleppt hatte, sondern auf ihre Jugend. Darauf, dass sie es so einfach hatte, mit ihrer Unbekümmertheit, mit ihrer noch unverletzten Seele. Ähnlich wie ihre Großmutter. Auch wenn diese im Gegensatz zu Nina viele Höhen und Tiefen erlebt hatte, man merkte es ihr nicht an. Sie war einfach Irene. Schrill und laut. Mitten im Leben.

3.

Der Morgen fing schon reichlich chaotisch an. Kurz nach sechs platzte Anna in Irenes Zimmer und riss sie aus einem wunderschönen Traum, in dem sie mit Tomasz ... ja, was hatte sie bloß mit Tomasz angestellt? Auf jeden Fall irgendetwas Verrücktes, Verbotenes.

»Herzchen, ich schlafe noch«, murrte Irene. Sie schaffte es kaum die Augen zu öffnen.

»Darauf kann ich jetzt leider keine Rücksicht nehmen.« Anna war mit einem Satz im Zimmer, riss die Gardinen zurück und das Fenster auf. »Dein Schnuckelchen Gnot hat beim Duschen das ganze Bad unter Wasser gesetzt!«

»Tomasz ist schon auf?«

»Das ist alles, war dir dazu einfällt?«

»Anna, mach dich fertig und geh in die Schule. Ich rede mit ihm, ja? Aber lass mich jetzt bitte, bitte weiterschlafen!« Sie zog sich die Decke über den Kopf, wollte noch einmal ins Reich der Träume abtauchen, um mit dem Polen an einen Ort zu fliegen, wo sie kein Pillendöschen brauchte und so aussah, wie sie sich von früher in Erinnerung hatte. Stattdessen drang wieder Annas genervte Stimme an ihr Ohr:

»Wenn ich aus der Schule zurück bin, will ich, dass die Sache geregelt ist. Oder der sympathische Handwerker kann gleich wieder seinen Koffer packen.«

»Hab ich nicht gerade gesagt, dass ich mich darum kümmern werde?«

»Und überhaupt«, ließ ihre Tochter nicht locker, »wieso steht dieser Mensch so früh auf?«

»Vielleicht, weil *dieser Mensch* arbeiten will?«

»Vor halb sieben hat er aber nichts im Bad zu suchen! Richte ihm das bitte auch aus. Andernfalls kann ich ziemlich ungemütlich werden.«

»Aye-aye, Sir.«

Annas Schritte entfernten sich, tapsten die Treppe hinunter und verklangen. Irene wälzte sich wie ein Walross auf die andere Seite und versuchte, indem sie der wohligen Bettwärme nachspürte, den Traum zurückzuholen, doch es war nichts mehr zu machen. Er hatte sich bereits durch das offen stehende Fenster verflüchtigt.

Warum um Himmels Willen reagierte Anna bloß so aggressiv auf den Handwerker und gab ihm nicht mal eine Chance? Er schien doch der reinste Hauptgewinn zu sein! Fleißig – weshalb stand er sonst so früh auf? -- gut aussehend, charmant und vor allem: ein Mann! Von der östrogengeschwängerten Luft in ihrem Haus hatte Irene langsam die Nase voll. Bei ihrem Malkurs in Südfrankreich war sie auf ein wunderbar bunt gemixtes Völkchen gestoßen. Jung und alt, Mann und Frau, hetero, homo, bi, alles war dabei gewesen und hatte dem Tag Schwung verliehen. Statt biestiger Zickereien gab es anregende Diskussionen, statt Fernsehen prickelnde, weingeschwängerte Tête-à-Têtes.

Sie musste wieder eingeschlafen sein, denn plötzlich riss sie eine helle Mädchenstimme aus einem traumhaft erfrischenden Bad im Marokkanischen Meer. »Omama, ich glaub, der Handwerker will los! Hey, er will los! *Los*!« Es war Lydia, die an ihrer Schulter rüttelte und mit schrillem Singsang dafür sorgte, dass sie gleich noch einen Hörsturz bekam.

»Wer? Was?«

»Tomasz Gnot – so heißt er doch, oder? Ich hab ihm Frühstück gemacht, aber jetzt will er in den Baumarkt. Damit er endlich mit der Arbeit anfangen kann.«

»Sag ihm, ich komme gleich.« Irene schwang sich aus dem Bett, absolvierte halbherzig zwei Yogaübungen – ihr komplettes Programm wäre ihr lieber gewesen –, dann duschte sie in aller Eile, schminkte sich nur flüchtig und zog eine geblümte Tunika zur frisch gebügelten weißen Leinenhose an. In den neuen Ballerinas, wie sie bei der Jugend gerade in Mode waren, lief sie die Treppen hinab und freute sich, dass sich das Herzstolpern der letzten Tage in Wohlgefallen aufgelöst hatte. Diese dummnussige Kardiologin hatte offenbar nicht die geringste Ahnung.

»Tomasz?! Wo steckst du?«

Ersticktes Ächzen drang aus der Ferne.

»Wo bist du?«

»Hier! Auf der Tarrasse!«

Irene durchmaß das Wohnzimmer mit langen Schritten zur angelehnten Terrassentür und fand Gnot in einer ausgewaschenen Jeans und in einem engen, weißen T-Shirt auf den verwitterten Fliesen im Sonnenlicht kauernd.

»Du arbeitest schon?«

»Nein, ich …«

Er kam lächelnd hoch, morgenblass, die Augenbrauen wirr, und Irene sah jetzt, dass er seine Fußnägel geschnitten hatte, hier, mitten auf ihrer *Tarrasse*. Das ging ihr nun doch gegen den Strich, aber Tomasz lächelte noch eine Spur bezaubernder und entschädigte sie zudem mit dem Anblick seiner schönen Füße. Ja, sie waren tatsächlich schön. Schlank, die Zehen gerade, wie mit der Wasserwaage angeordnet, gepflegte perlmuttfarben schimmernde Nägel – so sahen Füße in Bestform aus.

»Wir jetzt fahren zu Baumarkt.«

»Lass mich nur noch rasch einen Kaffee trinken, in Ordnung?«

Aus dem *nur noch rasch einen Kaffee trinken* wurde ein längeres Frühstück inklusive Plauderstündchen, zu dem sich erst Lydia, später auch noch Nina gesellte und Irene, obwohl sie Naschereien gar nicht zugetan war, eine polnische Praline nach der anderen verputzte. Es musste an Tomasz liegen, dass sie plötzlich Heißhunger auf Süßigkeiten bekam.

Der Zeiger bewegte sich bereits auf die zwölf zu, als sie endlich ihren alten Citröen aus der Garage lenkte. Er fauchte wie ein Drache, fuhr dann aber brav los. Tomasz saß neben ihr, den Stadtplan auf seinen Knien ausgebreitet.

»Ich hoffe, du kannst mich führen. Mein Orientierungssinn ist hundsmiserabel. Und wir wollen ja wohl noch heute im Baumarkt ankommen, nicht wahr?«

»Ich sehr gut liese Stadtplane«, erklärte Tomasz und lachte sein lautes, röhrendes Lachen, mit dem er schon am gestrigen Abend die ganze Familie unterhalten hatte.

In der Tat lotste er Irene zielsicher auf die Stadtautobahn. Eine ganze Weile zuckelten sie auf der rechten Spur dahin, wurden selbst von Kleinstwagen und Lastern überholt, aber da die Wörter zwischen ihnen nur so hin- und herflogen, spielte es keine Rolle. Sie redeten über das Leben, über die Liebe, über alles und nichts. Irene kam es so vor, als hätten sie die Philosophie neu erfunden, als sie sich mit einem Male außerhalb der Stadtgrenzen befanden, wo sie sich nun gar nicht mehr auskannte, dafür aber jede Menge frische Luft und der

Duft von Kuhdung durch die leicht geöffneten Wagenfenster hereinwehte. Sie nahmen die nächste Ausfahrt – irgendwo würden sie schon ankommen.

»Oh, tut mir wirklich leid!« Tomasz berührte sanft ihre Schulter. »Wir sind nicht auf der richtige Stelle.«

Irene war ihm gar nicht böse, ganz im Gegenteil, sie fand es eher amüsant, wie er sich mit dem Ungetüm von Stadtplan abmühte und doch nicht zurechtkam. Überhaupt, was war gegen eine Spritztour mit einem jungen, hübschen Mann auch einzuwenden?

»Weißt du was?« Irene bremste vorsichtig und lenkte den Wagen an den Straßenrand. »Wie wäre es mit einer Landpartie? Wo wir schon mal hier draußen in der Natur sind. Die Einkäufe erledigen wir am Nachmittag und morgen fängst du dann ausgeruht mit der Arbeit an.«

»Das ist sehr gut!« Tomasz schlug sich begeistert auf die Oberschenkel und Irene dachte: *Oui! Dieser schöne, sonnendurchflutete Tag ist ebenso wie der Handwerker ein Hauptgewinn!* Wolken glitten wie dickbäuchige Schafe über den azurblauen Himmel, Bäume und Sträucher standen in hellem, flirrendem Grün und überall blühten die Rapsfelder. Kilometer um Kilometer arbeitete sich der Citröen die kurvige Straße entlang, die sich durch die brandenburgische Landschaft schlängelte. Vergessen waren ihre Tochter, ihre Enkelinnen, Ärzte, Pillen, das Alter. Doch ausgerechnet in dem Moment, als sie über eine kleine Landstraße an einen See gelangt waren und Irene das Auto vor einem backsteinfarbenen Gasthaus parken wollte, klingelte ihr Handy.

»Mutter, wo seid ihr denn?« Anna klang reichlich ungehalten, und Irene war froh, dass es sich bei dieser keifenden Frau am anderen Ende der Leitung nicht um ihre Vorgesetzte oder Lehrerin, sondern bloß um ihre Tochter handelte. Bestimmt war sie gerade von der Schule nach Hause gekommen und wunderte sich über das gähnend leere Haus, in dem kein einziger Spachtel und kein Farbeimer vorzufinden war. Nur der Frühstückstisch, den Irene frei nach ihrem Motto *Was du später kannst besorgen* ... unabgeräumt zurückgelassen hatte.

»Liebchen, mach dir keine Sorgen«, flötete sie. »Tomasz und ich, wir sind nur ein bisschen ... unterwegs.«

»Unterwegs? Wie unterwegs?« Annas Stimme tönte so durchdringend, dass Irene ihr Telefonchen, wie sie es bisweilen liebevoll nannte, ein Stück vom Ohr weghalten musste. Aber so war sie schon immer gewesen: Bei dem geringsten Anlass plusterte sie sich auf, dass die Federn flogen.

»Kümmere dich einfach nicht um uns, in Ordnung?«

»Was soll das, Mutter? Ich ...«

»Jetzt hör mir mal zu«, unterbrach Irene ihre Tochter. »Du gestaltest deinen Nachmittag einfach so, wie du es immer tust, und freust dich darüber, dass Tomasz heute noch keinen Dreck im Haus macht, verstanden? Gegen Abend sind wir wieder da.«

»Mutter ...!«, hörte Irene ihre Tochter noch in den Hörer krähen, doch da hatte sie ihren Daumen schon auf der Aus-Taste.

»Hast du Problem?«, erkundigte sich Tomasz, seinen kleinen Bauchansatz massierend.

»Nein, alles in bester Ordnung. Und jetzt genießen wir die frische Luft. Die gibt es hier nämlich gratis.«

»Tak!«

Der Handwerker seufzte selig auf, dann sprang er aus dem Wagen und lief schon den sandigen, von Schlehenbüschen gesäumten Weg zum See hinab. Als Irene etwas außer Atem nachkam, saß er am Ende eines kleinen Stegs und ließ die nackten Füße ins Wasser baumeln.

»Hier ist sehr, sehr gut!«, rief er aus.

»Ja, es ist wunderschön.« Irene ließ sich neben ihm nieder und streifte ihre Ballerinas ab. Vorsichtig tauchte sie ihren Zeh ins Wasser. »Ihh, kalt!«

»Aber ist wärmer als Leben oft –« Tomasz sah sie durchdringend an. Es war dieser Blick, den alle Männer beherrschten, wenn sie mehr im Sinn hatten, als bloß ihre frisch pediküren Zehen zu baden. Himmel, was ging hier vor sich? Tomasz war jung, sie hingegen …

»Wie alt bist du, Irene?«, erkundigte er sich just in diesem Moment, als könne er Gedanken lesen.

»Wie alt bist *du* denn?«, wich Irene aus.

»Ich … ach … ich bin alt wie der Wolf aus dem Buch *Czerwony kapturek*.« Tomasz paddelte mit den Füßen, lachte. »Ich nicht weiß for die alles Märchen. Aber … Manchmal bin ich zu alt oder zu jung oder richtig.«

»Das trifft sich gut. Ich nämlich auch!« Sie musterte Tomasz von der Seite und hatte nicht übel Lust, ihm mütterlich über den Kopf zu streichen. Doch sie ließ es lieber bleiben, blinzelte ins Sonnenlicht und hoffte, dass ihm ihr Damenbärtchen durch den womöglich ungünstigen Lichteinfall nicht allzu sehr ins Auge stechen würde.

»Was du arbeiten?«

»Schauspielerin.«

»Ach so? Ja?« Er pfiff anerkennend, ließ seine Augen über ihren Körper wandern.

Ja, sie konnte stolz auf sich sein. Ein paar Nebenrollen in anspruchsvollen Filmen waren schon dabei gewesen. Wenn auch jede Menge Trash und einige Erotikfilmchen in den 70er Jahren. Später hatte sie an kleinen Theatern gespielt, in München, Bochum, Wiesbaden, Hamburg und Berlin, und sich in den vergangenen Jahren vor allem als Synchronsprecherin über Wasser gehalten. Ihre letzte große Rolle war das Biest Amanda in einer amerikanischen Soap gewesen; leider hatte ihr Alter Ego in Folge 1237 das Zeitliche segnen müssen. Seitdem war zugegebenermaßen wenig gelaufen. Was Irene fast noch mehr ausmachte als der Gedanke, demnächst von Pillen abhängig zu sein.

»Lydia zu mir gesagt, du bist fruhar eine Hippie Mädchen?«

»Diese kleine Petze!«, ereiferte sich Irene, wobei sie daran lediglich die Offenbarung ihres Alters störte. Eigentlich erinnerte sie sich nur allzu gerne an den Sommer, in dem sie mit ihrer Freundin Anita im VW-Bus über Ibiza und Marokko bis nach Kathmandu gereist war. Lächelnd erzählte sie Tomasz von damals. High sein, frei sein, überall dabei sein – es war eine herrlich unbekümmerte Zeit gewesen. Man lebte nachts, verschlief den Tag, frei nach dem Motto *Le temps n'existe plus*. Daneben gab es aber auch die Sehnsucht nach Spiritualität, nach Sinn, existentieller Tiefe – keine Frage, denn was hätte das Christentum ihrer Generation nach Auschwitz und Hiroshima schon noch zu bieten gehabt? Nichts als schwergewichtige Priester, verknöcherte Pfarrer, die in ungeheizten Kirchen Märchenstunden abhielten. Vielen ihrer Weggefährten hatte Hesses Siddhartha die Bibel ersetzt, andere hatten sich intensiv mit dem Buddhismus befasst, wieder andere sich häppchenweise das für sie Passende rausgepickt. Und dann die freie Liebe! Fabelhaft war es gewesen – eine einzige Hymne an die Libido. Ohne Ansprüche, ohne dieses ganze Besitzdenken, das die Beziehungen heutzutage vergiftete und jede zweite Ehe scheitern ließ …

Tomasz sah sie mit schreckgeweiteten Augen an; vielleicht hatte er in dem Labyrinth ihrer Worte schlicht die Orientierung verloren. Aber wie sollte er es auch verstehen? Er war zu jung, seine Kindheit vom Sozialismus geprägt, seine Jugend von Solidarność, vielleicht war er auch durch und durch von katholischen Werten infiltriert. Kathmandu, Summer of Love – das kannte er allenfalls vom Hörensagen.

»Bist du eigentlich katholisch, Tomasz?«

Er nickte.

»Und … du glaubst an Gott?« Irenes Worte schwirrten wie Libellen durch die Luft, schienen jedoch nicht bei ihm anzukommen, erst nach einigen Sekunden erhellte ein Lächeln sein Gesicht und er sagte: »Tak … Nie … Tak … Ich nicht weiß.«

»Also ja oder nein?«

Tomasz beugte sich vor und beobachtete ein kleines Plastikteil, das auf den Wellen tanzte. Irene nutzte den Moment, seinen muskulösen Rücken genauer zu betrachten. Das T-Shirt war hochgerutscht und entblößte einen Streifen weißer, von einem Flaum dunkler Härchen bedeckter Haut, der Gummizug seiner hervorlugenden Boxer war mit kleinen, grinsenden Delphinen bedruckt. Ihr Blick wanderte den Rücken aufwärts bis zu seinem babyzart erscheinenden Hals, erreichte seinen Schopf, der von weißen Strähnen durchzogen war, was seinem Aussehen einen seriösen Touch gab. Vielleicht war Tomasz Mitte 30, vielleicht aber auch schon Anfang 40, so genau ließ sich das nicht einschätzen. Plötzlich fuhr sein Kopf herum. Hoffentlich hatte er ihren taxierenden Blick nicht bemerkt.

Mit ernster Miene antwortete er: »Ich glaube mich und meine Mutter und das Leben ist for mich gut.«

»Du glaubst an deine Mutter?« Irene konnte sich ein spöttisches Lächeln nicht verkneifen.

»Ja.« Er senkte den Kopf und schabte auf dem ausgeblichenen Jeansstoff an seinen Knien herum. »Meine Mutti ist krank, wo ich ersten Mal zur Schule gekommen. Sie hat kaputtes Bein.«

»Oh, das tut mir leid.« Wie hatte sie bloß so spitz nachhaken können, ohne die Hintergründe zu kennen.

»Meine Schwester und ich … die Kinderzeit wie leben bei unserer Tante.«

»Und dein Vater?«

»Muss arbeiten in Katowice.«

Irene forschte nicht weiter nach. Ihre natürliche Neugier war einem Gefühl von Respekt gewichen, der es ihr verbot, gleich am ersten Tag all die kleinen und großen Tragödien seiner Kindheit aus ihm herauszupressen. Zudem interessierte sie sich mehr dafür, wie er heute lebte. »Hast du eigentlich eine Frau?«

Die Frage danach mochte ihm wie ein Überfall vorkommen, Irene registrierte genau, wie er zusammenzuckte, doch dann streckte er seinen Rücken durch und sagte zu dem im Wasser dümpelnden Plastikstück: »Ich bin allein. Ich bin nicht heiraten. Aber ich hab eine Freundin. Sie ist älter als ich. Sie macht Illustration für Kinderbücher.«

»Und Kinder? Hast du Kinder?«

Er verneinte mit knappem Kopfschütteln, und da er auch bei diesem Thema eher wortkarg zu sein schien, schlug Irene ihm vor, im Gasthaus nebenan einen Happen essen zu gehen.

Tomasz war nicht nur freundlich, sondern auch pflegeleicht. Es machte ihm nichts aus, dass trotz des herrlichen Wetters lediglich in der Wirtsstube eingedeckt war, und als Irene ihm empfahl, den Räucherfisch zu probieren, der direkt aus dem See stammte, willigte er sogleich ein. Kein kapriziöses Gehabe, wie sie es nur allzu gut aus ihrem Frauenhaushalt kannte. Und dazu besaß er eine Menge Sexappeal. Je länger Irene mit ihm zusammen saß, desto mehr musste sie sich am Riemen reißen, um ihre Gedanken im Zaum zu halten. Denn eins lag klar auf der Hand: Egal wie alt er selbst beziehungsweise seine Freundin sein mochte, zählte sie in seinen Augen gar nicht mehr zu den sexuell aktiven und begehrenswerten Frauen. Möglich, dass er sie schätzte – ganz gewiss schätzte er eine Arbeitgeberin, die gleich am ersten Arbeitstag eine Landpartie mit ihm unternahm –, nur war sie damit nicht automatisch für ihn attraktiv.

Die Zeit verrann viel zu schnell für Irenes Geschmack. Ihren Kaffee tranken sie unterwegs, und nach einigem Stop-and-Go-Gekurve durch die Stadt schafften sie es sogar noch in den Baumarkt, den sie erst eine gute Stunde später schwer bepackt wieder verließen. Mit Gnot ließ es sich prima aushalten, das stand für Irene fest, als sie gegen acht erschöpft und glücklich wie ein Kind, das den ganzen Tag an der frischen Luft gespielt hatte, die Haustür aufschloss. Mit ihrer Tochter weniger. Die saß in einem grauen Schlabberpulli mit verkniffener Miene am Küchentisch, vor sich ein Käsebrot und einen Stapel Klassenarbeiten, und würdigte sie und den Handwerker keines Blickes.

4.

Die ersten zwei Wochen waren hart für alle Beteiligten. Man umkreiste sich, beschnupperte sich und streckte vorsichtig die Fühler nacheinander aus, um im Zweifelsfall gleich wieder zurückzuzucken, so als könne man sich verbrennen. Auch wenn sich jede von ihnen redliche Mühe gab, ganz normal zu tun und gute Stimmung zu verbreiten, so stand doch überall in Leuchtlettern das Wort *Ausnahmezustand!* geschrieben.

Es blinkte Anna an, wenn sie morgens schlaftrunken ins Bad taumelte, wo Gnot bereits die alten senffarbenen Kacheln von den Wänden geklopft und damit in einem Zug den Staub bis ins letzte Eckchen verteilt hatte – selbst ihre Zahnbürste knirschte. Es leuchte auf, wenn sie das Wohnzimmer betrat, wo Gnot ebenso brutal mit der grüngemusterten Tapete umgegangen war, sprich, die er der Wand Stückchen für Stückchen vom Leib gerissen hatte. Es lauerte ebenso in der Küche, wo der werte Herr Handwerker bisweilen schon vor sechs Uhr sein Frühstück verputzte, um kurz darauf mit der Arbeit loszulegen. So gesehen war er natürlich auch ein Segen. Er arbeitete schnell und effektiv, was Anna bereits nach ein paar Tagen hoffen ließ, dass er nicht allzu lange bleiben würde. Offenbar wollte Gnot schnellstmöglich in seine Heimat zurück. Jedenfalls scheute er sich nicht, so lange vor einer Fußleiste zu kauern, bis ihm sämtliche Knochen weh tun mussten, es machte ihm nichts aus, sich in schwindelnden Höhen auf einer Leiter akrobatisch zu verrenken, Pausen waren für ihn ein Fremdwort und fast immer klopfte und hämmerte er noch, wenn Irene bereits in der Küche stand, um das Abendessen zuzubereiten. Zwölf Stunden harte körperliche Arbeit und das nahezu täglich – Respekt.

Nichtsdestotrotz hätte sie ihn am liebsten ohne Rückfahrkarte in die Wüste geschickt. Sie konnte den Dreck im Haus nun mal nicht ertragen, die Unordnung, die Tatsache, dass nichts mehr daran erinnerte, wie ruhig und beschaulich es mal gewesen war. Es passte ihr nicht, morgens gleich als Erstes seinen graumelierten Schopf zu Gesicht zu bekommen. Wenn sie aus der Schule kam, sah sie ihn zwangsläufig wieder, doch sie vermied es mit dem Mann zu Mittag zu essen, zumal ihre Mutter das zumeist auch schon mit Vergnügen übernommen hatte. Und abends, wenn Anna zu Bett ging, begleitete sie sein Lachen bis in den Schlaf, schlich sich hinterrücks und ganz perfide in ihre Träume ein. Einmal – sie erinnerte sich genau – war sie mit Gnot an den Comer See gereist, wo Rentner mit schreiend bunten Badekappen schwimmen lernten, ein andermal war er jodelnd, einen Hut mit Gamsbart auf dem Kopf, in ihr Zimmer gestürmt und hatte ihren geliebten Duden zerrissen.

»Nun stell dich nicht so an«, redete ihre Mutter ihr gebetsmühlenartig ins Gewissen. »Er ist ein attraktiver, junger Mann und stört doch so gesehen gar nicht.«

Nein, vielleicht tat er das nicht. Vielleicht störte sie vielmehr, dass Irene in seiner Anwesenheit wie ein Teenager aufdrehte und ihren Enkelinnen immer verrücktere Klamotten aus dem Kleiderschrank stibitzte, um sie sich über die mittlerweile leicht gerundeten Hüften zu zerren. So sehr lag Anna ihre Mutter nun doch am Herzen, dass sie es ihr ersparen wollte, sich lächerlich zu machen. Aber das war lediglich ein Punkt von vielen. Nina fühlte sich durch den Baulärm belästigt – »Wie soll man in diesem Sauladen nur lernen können!« –, und auch Anna hatte immer mehr Mühe, sich auf ihre Arbeit zu konzentrieren, weil unaufhörlich irgendwo gehämmert oder gebohrt wurde, manchmal übertönt von Gnots fröhlichem Geträller.

Zum Glück waren noch keine Ferien. Zum Glück konnte sich Anna jeden Morgen in die Schule flüchten und dort auch so manchen Nachmittag mit dem Korrigieren von Klassenarbeiten zubringen. Zwar war das spartanisch möblierte Lehrerzimmer nicht gerade ein Ort der Erholung, doch es bot Zuflucht vor Gnot, der üblicherweise in den späten Nachmittagsstunden einen mittelschweren Schweißgeruch zu verströmen begann. Einen Pluspunkt hatte der Handwerker indes: Er redete nicht viel. Vielleicht, weil es ihm schwer fiel, sich auf Deutsch auszudrücken, vielleicht, weil er sowieso kein Mann der großen Worte war. Ähnlich wie Ninas und Lydias Vater. Anna hatte sich oft gefragt, ob die Beziehung damals in die Brüche gegangen war, weil Mark so stumm, so in sich gekehrt gewesen war und sie es einfach nicht geschafft hatte, ihn aus der Reserve zu locken. Aber eigentlich spielte es nach so langer Zeit auch keine Rolle mehr. An die zwanzig Jahre mochte es jetzt her sein. Mark lebte inzwischen in Amerika; ob er eine neue Familie hatte, wusste sie nicht. In diesem Punkt waren Nina, Lydia und sie ausnahmsweise stets einer Meinung gewesen: Er interessierte sie nicht. Er war nichts als ein immer mehr verblassendes Foto in einer Kiste voller Krempel.

Anna war Lehrerin aus Leidenschaft. Zumindest redete sie sich das jeden Morgen ein, wenn sie Punkt acht vor eine ihrer Klassen trat, mit ihrem rotgemaserten Waterman-Füller auf das Pult klopfte und um Ruhe bat. Sie wiederholte es sich, wenn sie die erste Stunde ohne Katastrophen über die Bühne gebracht hatte, dann wieder in der großen Pause, bis ihr am Ende des Schultages vor lauter Selbstbetrug der Kopf dröhnte. Wie sollte sie ihr Leben nur weiterhin überstehen? Mit Schulkindern, ohne Schulkinder, mit Gnot, ohne Gnot, mit ihrer Mutter, ohne ihre Mutter. Eigentlich gab es bloß einen Glanzpunkt in ihrem Berufsalltag, und das war ihre 7K1. Eine ebenso lebendige wie manierliche Klasse, in der sie seit einem Jahr Französisch und Deutsch unterrichtete, und von der sie – allein die Götter wussten, warum – mit Liebe und Anerkennung überschüttet wurde. Anna hatte nie richtig durchschaut, was zwischen ihr und ihren Schülern im Einzelnen geschehen war, was in diesem Fall gut lief, während es bei anderen Klassen schlecht lief. Sie war doch ein- und dieselbe Person, wagte keine Experimente im Unterricht und fand sich selbst immer gleich. Gleich locker, gleich streng, gleich – langweilig? Vermutlich war es genau das, was sie von den wirklich Berufenen unterschied. Dass sie keinen echten Enthusiasmus an den Tag legte und bloß froh war, wenn sie das Pensum, das der Lehrplan nun mal vorschrieb, mit der Einförmigkeit eines tickenden Metronoms absolvierte. Umso mehr freute sie sich darüber, dass die 7K1 sie ohne Wenn und Aber in ihr Herz geschlossen hatte. Leider war eins klar: Aus der 7K1 würde bereits in wenigen Monaten eine 8K1 werden, und exakt an diesem Punkt verwandelten sich nette junge Menschen bisweilen über Nacht in kleine Monster. Es war, als würde in den Sommerferien ein Schalter umgelegt werden, der aus fröhlichen, noch unbedarften Vorpubertierenden bockig-verstockte Jugendliche machte.

Aber noch wollte Anna nicht daran denken, als sie an diesem Morgen, es war gut zweieinhalb Wochen nach Gnots Ankunft, vor ihrer 7K1 stand. Sie ließ gerade Mareike das Passé composé von *avoir* und *être* an die Tafel schreiben, als sie plötzliche eine Welle der Übelkeit überrollte und sie nötigte, sich am Lehrerpult festzukrallen. Himmel, würde sie sich gleich übergeben müssen? Der Anfall war zwar schnell vorüber, zum Glück, doch sie schien kreideweiß zu sein, denn der kleine Krisch mit den Segelohren sprang von seinem Platz auf und rief: »Frau Sass! Aber sie kippen jetzt nicht um, oder?«

Anna konnte zunächst bloß dünn lächeln. Sie zwang sich, aufrecht stehen zu bleiben, dann erklärte sie mit fester Stimme: »Keine Sorge, alles in Ordnung. Und du, Mareike, fahr bitte fort.«

Die Übelkeitsanfälle kamen noch zwei, drei weitere Male in der Stunde, doch diesmal war Anna vorgewarnt und verscheuchte sie, indem sie tief in ihren Bauch atmete. Dennoch blieb die bange Frage, was eigentlich mit ihr los war. Übelkeitsattacken kannte sie allenfalls aus ihrer Schwangerschaft, und diese Ursache schied eindeutig aus. Allein schon deshalb, weil sie sich nicht einmal mehr daran erinnerte, wann sie das letzte Mal Intimverkehr gehabt hatte. Vor fünf Jahren? Oder war ihre kurze Affäre mit ihrem Kollegen Gerd Blücher etwa schon länger her?

Weil sie sich auch nach einem Kamillentee in der großen Pause nicht wesentlich besser fühlte, meldete sie sich krank. Sie hatte ohnehin nur noch zwei Stunden Ethik in der Zehn zu geben – ein Fach für Schüler, die auf nichts als auf ihre eigene Bocklosigkeit Bock hatten und sicherlich froh waren, wenn die Doppelstunde ausfiel oder sie anderweitig sinnlos beschäftigt wurden.

»Geh zum Arzt, ja?« Ihre Kollegin und *fast*-Freundin Britta legte ihr von hinten die Hände auf die Schulterblätter und drückte sie sanft zusammen. »Vielleicht kommt es auch einfach bloß von deiner schlechten Haltung.«

»Was für eine schlechte Haltung?«, empörte sich Anna. Ging sie nicht stolz und aufrecht wie eine Ballerina?

»Merkst du gar nicht, dass du immer die Schultern hochziehst?« Brittas Lachen stieg zur Decke empor. »Tja, die Last des Lebens. Geht an keinem von uns spurlos vorbei.« Dann beugte sie sich vor und raunte ihr zu: »Lass dich ein paar Tage krankschreiben. Hauptsache, du bist Freitag wieder fit.«

Seit nunmehr zwei Semestern drückten sie zusammen die Schulbank in einer Sprachenschule. Britta, weil sie bei ihrem Lieblingsitaliener mehr als *buona sera* und *grazie* sagen wollte, Anna, weil sie heimlich davon träumte, irgendwann für länger ins Cilento zu gehen. Am besten noch in diesem Leben.

Als sie kurz darauf die Schule verließ, war ihr schon wieder schlecht, also schaute sie bloß stur geradeaus, selbst ein kleiner Gruß hätte sie zu viel Kraft gekostet. Überhaupt empfand sie das unaufhörliche Grüßen und Zurückgrüßen an der Schule als puren Ballast. Tagein, tagaus dem kompletten Kollegium die Hand schütteln, dazu hörte sie auf den Gängen an die hundertmal *guten Tag, Frau Sass, hallo Frau Sass, guten Tag, Frau Sass!* und bemühte sich in ebenso fröhlicher Tonlage *guten Tag, Nadine, tag Djamal, hallo Ronny* zu erwidern.

Auf dem Parkplatz reckte Anna die Nase in den frühsommerlichen Himmel und sog die Luft tief in ihre Lungen. Weiße Wolken türmten sich wie Zuckerwatte auf, ein lauer Wind streichelte ihr Gesicht und augenblicklich ging es ihr besser. Es war das erste Mal in ihrer zehnjährigen Schullaufbahn, dass sie wegen Krankheit nach Hause ging. Es war überhaupt das erste Mal, dass sie fehlte. Jeder Virenattacke hatte sie getrotzt, keiner Grippewelle war sie bisher zum Opfer gefallen.

Sie schloss ihren Golf auf, zwängte sich hinters Lenkrad und wusste nicht, was sie tun sollte. Einen Arztbesuch hielt sie für überflüssig, das wäre nur sinnlos vergeudete Zeit im Wartezimmer. Nach Hause zog es sie allerdings auch nicht. Gnot war mit 100 %iger Sicherheit da – natürlich, wo sollte er auch sonst stecken? – und würde ihr mit seinem Gehämmer und Geklopfe den letzten Nerv rauben.

Doch sie hatte keine andere Wahl. Daher ließ sie den Wagen an und machte sich schweren Herzens auf den Heimweg. Vorbei an einem Supermarkt, wo sie die nötigsten Lebensmittel für die kommenden Tage einkaufte. Im Schritttempo arbeitete sie sich durch verstopfte Straßen, passierte Baustellen, bremste an roten Ampeln und fragte sich, wer in dieser Stadt eigentlich arbeitete. Außer Gnot, natürlich. Beim Blumenladen bog sie rechts ab – die Übelkeit war inzwischen verflogen –, doch kaum näherte sie sich ihrem Haus, spürte sie, wie sich ein Kloß in ihren Magen hinabsenkte und das Blut heftig in ihren Ohren zu pulsieren begann. Gnot kauerte neben ihrer Mutter vor einem Farbeimer am Boden, das T-Shirt am Rücken durchgeschwitzt, barfuß.

»Liebchen, was tust du hier um diese Uhrzeit?« Ihre Mutter fuhr hoch und kam, überraschenderweise in einem altersgemäßen Hemdblusenkleid, auf sie zugeflattert, als Anna gegenüber unter der Linde einparkte. Gnot hob lediglich den Kopf und grinste ... irgendwie anzüglich. Oder doch ganz normal? Jetzt bemerkte Anna auch, dass weiße Farbe auf seinen ohnehin schon melierten Haarschopf gekleckert war und ihn ein bisschen wie das Fell einer Hyäne aussehen ließ.

»Darf ich nicht auch mal früher nach Hause kommen? Einfach so?« Anna kurbelte das Fenster hoch, öffnete die Wagentür und schob ihren Fuß vorsichtig raus. Warum hatte sie nur das seltsame Gefühl, sie könnte sich am Straßenpflaster die Fußsohlen verbrennen?

»Eigentlich nicht. Soweit ich weiß, bist du Lehrerin. Oder hat sich da etwas ergeben, wovon ich nichts weiß, aber unbedingt wissen sollte?«

»Spar dir deinen Sarkasmus.«

Ihre Mutter konnte es einfach nicht lassen, sie immer wieder auf subtile Weise spüren zu lassen, wie wenig sie von Annas Beruf hielt. Beamtin. Bürgerlicher, sprich spießiger ging es ja wohl kaum. Warum war sie nicht Trapezkünstlerin, Jazzsängerin, zumindest Yogalehrerin oder Heilerin geworden?

War sie eben nicht. Schon wieder hatte sie diesen säuerlichen Geschmack auf der Zunge. »Mir ist nicht gut«, erklärte sie und hievte die Einkaufstüten aus dem Kofferraum. »Besser, ich lege mich ein wenig hin.«

Sofort schwenkte ihre Mutter um und ihr Tonfall bekam etwas Säuselndes. Ähnlich wie wenn sie Männer angurrte, um sie in ihr Bett zu zerren. »Herzchen, kann ich etwas für dich tun? Magst du einen Tee? Oder … Moment mal, ich glaube, ich hab da noch etwas Homöopathisches.«

Schon stob Irene davon. Mit den Einkaufstüten beladen hastete Anna ihr nach, nickte Gnot bloß knapp zu und ging ins Haus. Noch in Straßenschuhen und in Jacke stellte sie die Einkäufe im Flur ab, dann beeilte sie sich, ihrer Mutter in den ersten Stock zu folgen.

»Mutter, du kannst mir nicht einfach irgendwelche Kügelchen verabreichen!«, rief sie. »Du weißt doch gar nicht, was mir fehlt.«

»Vertrau mir, Liebchen. Ich habe meinem Homöopathen im Laufe der Jahre so einiges abgeguckt.«

Irene war bereits im Bad verschwunden, jetzt kniete sie auf den aufgerissenen Fliesen vor dem Medizinschränkchen und grub fieberhaft in der untersten Schublade. »Warte … das hier ist ganz fabelhaft. Und das auch.«

»Bitte lass das. Ich will nichts.«

Der Blick ihrer Mutter war vorwurfsvoll, als sie kurz darauf gekrümmt wieder hochkam und Anna zwei Fläschchen sowie eine zerfledderte Schachtel Tabletten, die sicher längst abgelaufen waren, in die Hand drückte. »Schaden kann es jedenfalls nicht.«

Anna legte die Medikamente unverzüglich wieder zurück und brummte: »Du brauchst dich jetzt gar nicht so anzustrengen … bloß um Versäumtes nachzuholen.«

»Wie meinst du das denn jetzt?« Irene nutzte den Moment, ihr rötlich getöntes und wie immer akkurat geschnittenes Haar vorm Spiegel in Form zu drücken. Ihr Gesicht schimmerte sonnenbraun – vermutlich Selbstbräuner, doch es sah nicht schlecht aus. Reflexartig begutachtete sich Anna nun auch im Spiegel und musste sich eingestehen, dass sie mit ihrer fahlen Gesichtshaut und den dünnen, glanzlosen Haaren weitaus schlechter abschnitt.

»Dass du jetzt«, sagte sie, »wo wir diesen Handwerker im Haus haben, plötzlich zur Glucke mutierst. Das warst du nie. Das wirst du nie sein. Und musst es auch jetzt nicht vorspielen.«

Anna zuckte zusammen. Hatte sie das eben tatsächlich von sich gegeben? Ja, hatte sie. Denn auch ihre Mutter sah sie nun mit schreckgeweiteten Augen an. Sicher dachte sie, *was um Himmels Willen ist nur in meine Tochter gefahren?* Aber für Anna war es bloß, als würde sie die imaginären Dialoge, die sie bereits seit etlichen Jahren mit ihrer Mutter führte, endlich einmal laut artikulieren.

»Ich gaukele niemandem etwas vor, hörst du?«, fand Irene ihre Sprache wieder.

»Na, dann ist ja gut«, schnappte Anna zurück.

Ihre Mutter nickte, ging schleppend zur Tür und verharrte im Türrahmen. Plötzlich lachte sie schallend auf. »Weißt du, wie sich das eben angehört haben muss?«

»Nein?«

»Als wärst du Nina. Und ich du.« Ihr Gelächter verebbte und es blieb bloß ein spöttischer Zug um ihren Mund zurück. »So wie ihr miteinander geredet habt, als Nina in der Hochphase ihrer Pubertät steckte. Erinnerst du dich?«

»Kann sein … Weiß ich nicht mehr«, antwortete Anna vage. Bereits im nächsten Moment schob sie sich an ihrer Mutter vorbei, streifte sie dabei an der Schulter, was ihr aus unerfindlichen Gründen nicht behagte.

»Schlaf ein bisschen, mein Liebchen. Ich bin dann noch mal weg.«

»Ja, in Ordnung.« Sie war so müde, so kraftlos, so ohne jeden Elan und sehnte nach nichts anderem als nach ihrem Bett.

»Übrigens«, erschallte die Stimme ihrer Mutter, als sie bereits am Treppenabsatz war, »Tomasz streicht das Haus in einem hinreißenden Rosaton an.«

Anna fuhr herum. »Das tut er nicht!«

»Aber wieso nicht?« Ihre Mutter runzelte die Stirn.

»Weil ich da vielleicht auch noch ein Wörtchen mitzureden hätte.« Sie atmete pfeifend aus. »Rosa kommt ja wohl gar nicht in Frage!«

»Aber wir haben die Farbe doch schon besorgt!«

»Mutter, das ist jetzt nicht wahr.«

»Oh doch!«

»Ohne dich vorher mit mir abzustimmen?«

»Tomasz hat sich mit mir abgestimmt und meinte, dass sich Rosa in dieser Gegend hervorragend machen würde.«

Anna wusste nicht, ob sie lachen oder weinen sollte. »Na,

prima! Herr Gnot meint … Von mir aus kann Herr Gnot meinen, was er will, aber aus ästhetischen Fragen hat er sich verdammt noch mal rauszuhalten. Ein schweinchenrosafarbenes Haus – nur über meine Leiche!«

Gnot musste lautlos nach oben gekommen sein, denn Anna erschrak, als er so plötzlich auf dem Treppenabsatz auftauchte und sich mit leiser Stimme erkundigte, ob er etwas falsch gemacht habe.

»Meine Tochter meint, dass Rosa vielleicht doch nicht die richtige Farbe für unser Haus wäre.«

»Nein? Aber Rosa ist sehr schön!« Er lächelte spitzbübisch. »Lustig! Und immer positiv!«

»Das habe ich ihr auch gesagt. Aber Tomasz, du kennst meine Tochter nicht. Sie mag keine ausgefallenen Farben. Sieh dir nur ihre Bluse an. Schlammbeige. Ihre Hose: Schlammgrau. Ihre Schuhe …«

Da die beiden ausführlich damit beschäftigt waren, sie zu taxieren und sich dabei über sie zu amüsieren, machte Anna schnaubend auf dem Absatz kehrt, um sich endlich in ihr eigenes Reich ein Stockwerk höher zurückzuziehen. Hoffentlich würde ihre Mutter in ihrem Gnot-hier-Gnot-da-Wahn wenigstens daran denken die Einkäufe auszupacken. Ausgelaugt wie nach einem Marathon ließ sich Anna auf ihr Bett sinken; sie war selbst zu schwach, um sich ihre rehbraunen Mokassins von den Füßen zu streifen. In einer letzten Kraftanstrengung schaffte sie es gerade noch, sich ihr Kopfkissen unter den Kopf zu schieben, dann schlief sie ein.

Viele Stunden später, so kam es ihr zumindest vor, drang leises Klingeln an ihr Ohr. Vielleicht war es auch vielmehr ein Klirren, und als es ihr endlich gelang die Augen zu öffnen, saß der Handwerker an ihrem Bett und spielte mit den beiden Silberringen am Mittelfinger seiner linken Hand.

»Tomasz«, brachte sie nur lallend über ihre Lippen und erst nach einigen Sekunden ging ihr auf, dass sie Gnot, den sie eisern siezte, gerade beim Vornamen angesprochen hatte. Und dass er Ringe trug.

»Wie geht's dir?« Er lächelte, wobei die Farbe seiner Augen ins Grünliche changierte.

Anna überlegte kurz und antwortete: »Gut. Wie spät ist es?«

»Ich habe Tee und wenn du willst, ich koche for dich Suppe.«

Er reichte ihr einen Becher mit schwarzem Tee, der längst erkaltet war. Wie lange mochte er wohl schon an ihrem Bett gesessen und ihr beim Schlafen zugesehen haben? Es war ihr peinlich, so im Nachhinein.

»Danke. Also, wie spät ist es?«

»Halb acht.«

»Halb acht? Oh, mein Gott!« Sie fuhr hoch, sank aber sogleich wieder zurück, weil ihr schwarz vor Augen wurde.

»Du besser, wenn du bist im Bett«, sagte Gnot und breitete fürsorglich die Decke über sie.

»Wo ist meine Mutter? Wo sind Nina und Lydia?«

»Lydia angerufen und gesagt, heute muss länger arbeiten. Irene heute trefft Freundin und Nina …?« Gnots Schultern rutschten in die Höhe, wo er sie dann eine Weile zwischenparkte.

»Gut, dann mache ich Ihnen jetzt was zu essen.«

Anna wollte sich erneut aufrichten, diesmal langsam, doch Gnot drückte sie sanft zurück in die Kissen.

»Nein, heute bin ich der Chef.«

Auch gut. Also nahm sie sein Angebot eben an, sozusagen als Entschädigung für … ja wofür bloß? Dafür, dass er sich in ihrem Haus aufhielt? Dass er ein Mann war? Dass irgendjemand ihn auf diesen Planeten geschossen hatte?

Eine knappe Dreiviertelstunde später vernahm sie tapsende Schritte auf der Treppe und schon stand Gnot wieder in ihrem Zimmer. Er musste inzwischen geduscht haben; seine Haare fielen ihm nass in die Stirn und zur hellen Sommeranzughose trug er ein weißes Hemd mit Bügelfalten an den Ärmeln. Auf einem Tablett mit Streifenmuster, das Anna noch nie zuvor in ihrer Küche gesehen hatte, balancierte er zwei Teller, aus denen es dampfte. Der verlockende Geruch von Gemüsesuppe stieg ihr in die Nase.

»Ich kann aber auch aufstehen«, protestierte Anna und setzte sich auf. »Ich bin nicht krank.«

Doch als wäre er taub, ließ Gnot sich ohne ein weiteres Wort auf die Bettkante sinken und stellte das Tablett auf ihren Oberschenkeln ab. Im nächsten Moment griff er sich einen der Teller und begann zu essen, wobei er unaufhörlich ihre Bettdecke anlächelte.

»Das ist Rezept von meiner Mutti«, erklärte er zwischen zwei Löffeln.

Auch Anna kostete nun das *Rezept von seiner Mutti* und musste zugeben, dass die Suppe, die Möhren, Sellerie, Erbsen und überdies dicke Kartoffelstücke enthielt, ausgezeichnet schmeckte. Außerdem war es herrlich still im Haus. Keine Irene, die mit lautem Lachen um Aufmerksamkeit buhlte, keine Nina, die herumstänkerte, nicht mal Lydia vermisste sie, während sie wie in Kindertagen in ihrem Bett saß und mit Gnot einträchtig Suppe löffelte. Noch vor wenigen Stunden hätte sie sich ein Szenario wie dieses nicht ausmalen mögen. Völlig undenkbar, sie und der Handwerker in *ihrem* Schlafzimmer, er auf *ihrem* Bett, beide schweigend, doch zu ihrem Erstaunen hatte die Situation weder etwas Unangenehm-Peinliches noch etwas gar Anzügliches an sich. Es war so vertraut, als wären sie Geschwister.

»Willst du noch ein Teller?«, fragte Gnot, kaum dass sie das letzte Bisschen verspeist hatte.

»Gerne, aber jetzt stehe ich auf«, entschied Anna. »Vielleicht trinken wir noch einen Schluck Wein? Draußen im Garten?«

Gnot nickte. Das Angebot schien ihn regelrecht zu beflügeln, denn er eilte aus dem Zimmer. Anna ließ hingegen keine Hektik aufkommen. Sie wunderte sich bloß über sich selbst, während sie die Decke zurückschlug und sich gemächlich aus dem Bett schälte. Wieso wollte sie plötzlich mit Gnot ein Glas Wein trinken?

Sie unternahm einen Abstecher ins Bad, wo sie sich rasch ihre Zähne putzte und sich ein wenig zurechtmachte, dann ging sie runter.

Gnot war gerade dabei, die Gartenmöbel abzuwischen. »Tut mir wirklich leid für die rosa Farbe«, sagte er. »Wenn du willst, ich streiche eine andere Farbe.«

»Zeigen Sie mal her. Wo ist sie?«

»Da!« Er deutete auf den Geräteschuppen im hinteren Teil des Gartens. Im nächsten Moment wollte er sich an ihr vorbeidrängen, wobei er mit seiner Hand an ihre Hüfte geriet, vermutlich versehentlich, denn er lächelte entschuldigend, dann polterte er die provisorische Holztreppe hinab in den Garten. Als Anna nachkam, hatte er bereits den Deckel des Farbeimers gelüftet. Die Farbe war abscheulich. Wie giftrosa Marzipan.

Gnot lachte unsicher, vermutlich, weil sie so entsetzt dreinschaute. »Die Farbe auf der Wand ist anders als wie vorher gesehen«, verteidigte er sich.

»Wie anders?«

»Nicht su rosa!«

»Aber warum haben Sie rosa ausgesucht, wenn es eigentlich gar nicht rosa wirken soll?«

»Das ist bisschen zu viel rosa. Das muss bisschen leichter rosa. Wie deine Augen sind blau, aber nicht zu blau.«

»Meine Augen sind blau, aber nicht zu blau?« Anna entschlüpfte ein Lachen.

»Ja, wie diese Blumen im Frühling, die kommen als erste. Ich weiß nicht der Name.«

Gnot sah sie an, eine Sekunde, zwei Sekunden, vielleicht auch drei und offenbar wollte er auch gar nicht mehr damit aufhören. Augenblicklich verspürte Anna ein leises Ziepen im Unterbauch, wofür sie sich vor sich selbst so schämte, dass sie rasch den Blick senkte und erklärte: »Also gut. Von mir aus rosa. Aber nur ganz dezent rosa. Sonst gibt es Ärger, verstanden?

Und dann gingen sie zurück auf die Terrasse, um ein Glas Wein zu trinken.

★

So plötzlich, wie ihre Übelkeitsattacken gekommen waren, verschwanden sie auch wieder. Zwei Flaschen Rotwein mussten am Ende dran glauben, wobei Gnot penibel darauf zu achten schien, nicht den Großteil zu zechen. Das Weinglas fest umklammernd saß er da und erzählte in krudem Deutsch von seiner Kindheit. Es musste eine herrlich unbekümmerte Zeit gewesen sein. Die Sommer hatten er und seine Geschwister samt einer Handvoll Nachbarskinder am örtlichen Fluss vertrödelt. Baden, toben, sonnenwarme Brombeeren pflücken – in Annas Ohren klang das paradiesisch. Wie anders war dagegen ihr eigenes Vagabundenleben gewesen, ein Schicksal, das sie jedes Jahr aufs Neue in den großen Ferien ereilte, wenn ihre Mutter wieder auf Tournee ging. Sommer für Sommer in einer anderen Stadt, fremde Menschen, Pensionszimmer, Essen in Kantinen und Restaurants. Tage mit ihrer Freundin Katrin zu Hause im Schwimmbad waren immer bloß die Ausnahme gewesen. Andere Kinder traf Anna dabei selten. Andere Kinder waren mit ihren Eltern an der Ostsee, sie bauten Burgen und ließen Schiffchen fahren, nur sie musste die schulfreien Tage auf staubigen Probebühnen verbringen. Aber sie fand sich mit der Einsamkeit ab und bastelte sich ihre eigene Welt. Diese bestand aus ihren Puppen Heidi und Claudia und einem imaginären Schwimmbad. Den Rest erledigte ihre Phantasie unter Zuhilfenahme einiger Requisiten. Die Puppen schlüpften in die Rollen der Freundinnen, eine Schüssel und ein bisschen Wasser dienten als Schwimmbad, ein ausrangierter Putzlappen wurde zum Handtuch umfunktioniert. Das einzig Echte war die Sonnencreme, die sich zumeist von der einen oder anderen Schauspielerin auftreiben ließ und der Szenerie den Geruch Sommer verlieh.

Nach Gnots Wintern fragte Anna lieber gar nicht erst. Sie konnte sich nur allzu gut ausmalen, wie diese ausgesehen haben mochten. Derselbe Fluss, in dem er im Sommer schwamm, zugefroren, überall Kinder, die ausgelassen lachend Schlittschuh liefen, andere rodelten den nahe gelegenen Hang hinunter, während die Mutter zu Hause die Stube einheizte und Plätzchen buk.

Irene hatte selbstverständlich auch eingeheizt. Ihren Liebhabern zumindest. Aber wozu backen? Plätzchen gab es schließlich in jedem Supermarkt. Wozu Tannenduft und Kerzen? Kleinbürgerlich! Wozu am Heiligen Abend in die Kirche gehen? *Gott ist ein Scharlatan, Religion Opium fürs Volk* hatte ihre Mutter stets verlauten lassen, wenn Anna wie alle anderen Kinder auch abends vorm Schlafengehen ein Gebet aufsagen wollte. Dabei schien sie nicht zu ahnen, dass die heimliche Zwiesprache mit dem fernen göttlichen Wesen, das selbstverständlich einen Rauschebart trug, für viele Jahre zu Annas größter Stütze wurde.

Aber sie sprachen nicht bloß von früher. Wie beim Bewerbungsgespräch listete Gnot mit aller ihm zur Verfügung stehenden Ernsthaftigkeit seine Vorlieben auf. Er habe eine Schwäche für den Schriftsteller Witold Gombrowicz und für Anzüge von Boss, überdies möge er Oldtimer und Tennis, besonders Frauentennis, weil die Damen mit ihren geschmeidigen Muskeln wie Raubkatzen aussähen.

»Und Ihre Frau? Sieht die auch aus wie eine Raubkatze?«, konnte es sich Anna nicht verkneifen zu fragen, worauf Gnot bloß seine Nussknackeraugenbrauen zusammenzog und erwiderte, es gäbe zurzeit keine Frau in seinem Leben. Das war nur ein Glück für die nicht existente Person; so musste sie jetzt nicht wochenlang auf Gnot waren.

»Du hast kein Freund?«, wollte dieser im Gegenzug wissen.

»Nein.«

»Aber warum hast du kein Freund?«, ließ er nicht locker.

Weil Männer nie halten, was sie versprechen, dachte Anna verbittert. Stattdessen sagte sie: »Das Leben hat eben anders für mich entschieden.«

»Wie bitte? Das ich nicht verstehe.«

»Macht nichts.« Sie hielt Gnot ihr Weinglas hin. Sie wollte mehr. Mehr Schwanken und Flirren, mehr törichte Gedanken im Kopf. »Was sind Sie eigentlich von Beruf? Ich meine, was haben Sie gelernt? Was haben Sie in Polen gearbeitet?«

»Ich bin kein Herr. Bitte sagen du.«

»Nein!« Anna hatte Mühe, nicht zu lachen.

»Warum nicht?«

»Weil ich eben nicht will!« Wobei sie ehrlicherweise zugeben musste, dass sie den Handwerker in Gedanken bereits ein paar Mal geduzt hatte und sich inzwischen darauf konzentrieren musste, die richtige Anrede zu wählen. Aber es blieb dabei: kein Du, keine Vertraulichkeiten, keine Komplikationen.

Gnot schenkte ihr so behutsam Wein nach, als fürchte er, auch nur einen einzigen Tropfen zu verschütten. Dabei hatte Anna – vielleicht aus Geiz, vielleicht aus purer Böswilligkeit – die billigsten Weine aus dem Keller geholt, die sie hatte finden können. Einen Spanier mit Sonnenuntergangmotiv und sogar einen Rotwein undefinierbarer Herkunft im Tetrapack. Sie konnte sich nicht mal erinnern, wer den Fusel angeschleppt hatte. Die Kinder? Eine Nachbarin? Einer von Irenes ehemaligen Liebhabern?

»Nach der Grundschule ich fünf Jahre lernen diese Bautechnikum. Später ich habe ein Geschäft mit Blumen. Und noch später ein Geschäft for Wäschemangel.«

Bautechnikum – Blumenladen – Wäschemangel. Es klang wie ein Rätsel, dessen Logik ganz einfach war, wenn man erst dahinter kam, Anna gelang es jedoch nicht.

»Meine Mutter hat erzählt, dass Sie auch mal Tangolehrer waren?«

»Ich liebe Tango!« Gnot lachte so breit, dass Anna die Goldfüllungen in seinem Mund aufblitzen sah.

»Zeigen Sie mir ein paar Schritte?«

»Tango ist sehr schwer! Aber ich probiere mal.«

Anna stand auf und merkte, dass in ihrem Kopf bereits mittelstarker Seegang herrschte. Hoffentlich kamen die Mädchen jetzt nicht nach Hause und überraschten sie in diesem desolaten Zustand. Sie, die ihren Töchtern in jeder Lebenslage Vorbild sein wollte. Bei ihrer Mutter verhielt es sich genau andersherum. Anna hätte ihr nur zu gerne die Betrunkene, Unvernünftige, ja Wilde vorgespielt – einfach um sie ein bisschen zu provozieren: *Siehst du, was du kannst, kann ich schon lange!* Doch sie schob ihre Bedenken beiseite, als Gnot sie, eine Melodie summend, umfasste, und über die Terrasse zu schieben begann.

»Das ist gar kein Tango!«, protestierte Anna und hörte sich albern gackern. Die Tonfolge, die der Handwerker summte, hatte allenfalls Ähnlichkeit mit einem polnischen Volkslied – zumindest stellte sich Anna polnische Volkslieder so vor – und seine Schrittfolge erinnerte sie vage an erste Versuche in der Tanzschule.

»Also, jetzt mal ehrlich! Sie haben doch niemals Tango unterrichtet, oder?«

»Nein, nicht. Aber warum?«

»Sagte ich doch schon. Meine Mutter hat das behauptet.«

»Deine Mutti ist sehr interessant«, murmelte Gnot, als wäre das eine passende Erwiderung. Bloß einen Pulsschlag später wirbelte er Anna so schwungvoll herum, dass sie sich an dem Blumenkübel mit dem Oleander stieß. »Sie ist außen wie junge Frau!«

Anna konnte es nicht mehr hören! Das hatte sie sich ihr ganzes Leben lang anhören müssen. Wie blendend ihre Mutter aussah! Dieser Charme! Ganz zu schweigen von ihrer erotischen Ausstrahlung! Ja doch, sie hatte eine richtige Pluspunkt-Mutter! Schade bloß, dass sich nie jemand danach erkundigt hatte, wie sie sich dabei vorgekommen war. Die Mutter der Star, die Tochter das Mauerblümchen mit den aschblonden Schnittlauchhaaren. Nur allzu gerne hätte Anna damals das flippig-attraktive Muttermodell gegen ein pummeliges mit Küchenschürze eingetauscht.

»Also warst du nun Tangolehrer oder nicht?«, beharrte Anna, einfach, weil sie keine Lust hatte, über ihre ach so interessante Mutter zu sprechen.

»Nein, das ich doch gesagt!«

»Aber warum erzählst du Irene, dass du es warst?«

»Sie schlecht verstanden. Das ich nicht gesagt.« Sein Lächeln geriet schief. »Noch ein Glas Wein?«

»Unbedingt!«

Nun, da sie den Körperkontakt auflösten, merkte Anna erst, wie nah sie dem Handwerker gekommen war. Sie hatte ihn angefasst. Freiwillig. Ihn geduzt. Und seinen Geruch, der sie entfernt an Lebkuchen erinnerte, eingeatmet.

»Du kannst viel trinken!« Mit flinken Händen entkorkte er eine weitere Flasche und kicherte leise.

»Ja«, erwiderte Anna. »Wie sieben Matrosen auf einem Zehnmaster. Allerdings weiß ich das auch erst seit eben.«

Gnots Augenbrauen rutschten in die Höhe. Er hatte sie nicht verstanden, aber sie machte sich nicht die Mühe, den Satz zu wiederholen.

»Na zdrowie!«

»Na zdrowie!«

Sie prosteten sich zu. Gnot nahm einen kräftigen Schluck, dann legte er den Kopf schräg und sah sie süffisant lächelnd an. So wie ihre Mutter das nur allzu gerne tat.

»Was ist?«

»Nichts. Ich bin so glücklich.«

»Weshalb?«

»Du hast richtiger Humor. Irene denken ...« Er verstummte, wischte einen Weinfleck vom Glas.

»Was denkt meine Mutter?« Musste diese eigentlich den ganzen Abend lang wie ein Geist über ihnen schweben?

»Du ... du machs for sie manchmal Sorgen.«

»Warum?«

Gerade noch hatte sie sich darüber gefreut, dass der Abend mit Gnot so überraschend harmonisch verlaufen war, dass sie es endlich geschafft hatte, diesen Mann, dessen Sprache sie nicht sprach, zumindest ansatzweise zu mögen, da schaffte es ausgerechnet ihre nicht mal anwesende Mutter, ihr die gute Laune zu verderben.

»Also: Inwiefern mache ich ihr Sorgen?«, wiederholte Anna und nahm vorsichtshalber noch einen großen Schluck Wein.

Gnot musterte sie aus schläfrigen Augen, er schien sich nicht ganz sicher zu sein, ob er mit der Sprache rausrücken sollte, dann richtete sich sein Zeigefinger wie eine Pistole auf sie und er sagte: »Du nicht lieben. Du nicht lachen. Du bist tot.«

Einen Moment lang herrschte gespenstische Stille. Gnot schaute abwechselnd in sein Glas und auf seine Hände. Trotz der harten Arbeit waren sie immer noch makellos gepflegt. Anna grübelte darüber nach, wie er das wohl hinbekam, gleichzeitig lauschte sie einem Laster, der irgendwo in der Ferne vorbeirauschte.

Ihre Mutter hatte Unrecht. Sie liebte. Ihre Mädchen liebte sie sogar abgöttisch. Und sie lachte auch. Gerade heute hatte sie so sehr gelacht, dass sie ihre Wangenmuskeln spürte. Also lebte sie auch.

★

Peinlich. Einfach nur peinlich. Dabei hatte Nina sich extra Zeit gelassen, noch ewig lange in der Unibibliothek herumgetrödelt und sich später mit Noel auf eine Cola in der Strandbar Mitte am Monbijoupark getroffen. Aus dem einzigen Grund, möglichst spät nach Hause zu kommen und ihre Leutchen am besten schon im Bett vorzufinden, aber dann ... Ach, es war geradezu widerlich. Ihre Mutter angetrunken. Der Handwerker, der wie eine schlechte Tom-Cruise-Imitation aussah, ebenfalls. Und dieses Gespann dann im Garten, kichernd, krakeelend, koksend – na, zu Letzterem hätte ihrer Mutter nun doch der Mumm gefehlt.

Nina hatte bei dem Anblick des schäkernden Paares auf dem Absatz kehrt gemacht und sich nach einem Abstecher in die Küche, wo sie hastig einen Teller Suppe verschlungen hatte, sofort in ihr Zimmer verzogen. Ohne Zähne zu putzen. Was ihre Laune, die ohnehin schon auf dem Tiefpunkt war, noch um einige Grade in den Keller sacken ließ. Im Moment lief doch alles verquer. Rom war Vergangenheit, jammerschade, und ihr stand die harte letzte Studienphase, der Kräfte zehrende Endspurt, bevor. Dabei wäre sie viel lieber in Italien geblieben, ein bisschen jobben, das kulturelle Leben genießen, mit ihren Freunden feiern. Und die Nächte, die hätten Tommaso und ihr gehört …

Nein, sie zog ihr Studium jetzt selbstverständlich durch, so groß konnte die Liebe zu einem Mann gar nicht sein, dass sie seinetwegen alles aufgab. Dazu war sie viel zu sehr Realistin. Doch Noel gab bloß einen mauen Ersatz ab. Er küsste zwar nicht schlecht, davon hatte sie sich erst vorhin überzeugen können und vielleicht würde sie auch mit ihm ins Bett steigen, irgendwann später einmal, aber er war eben nicht Tommaso und sie nicht in ihn verliebt. Eigentlich hatte sie auch gar nicht vorgehabt sich auf ihn einzulassen, als sie neulich mit ihrer Mutter in diesem ausbeuterischen Coffeeshop Kaffee getrunken und er sie wie ausgehungert angestarrt hatte. Nur ging ihr die Wohnsituation zu Hause dermaßen auf die Nerven, dass er, als Notlösung, gerade recht kam. Es war ja gar nicht mal so, dass sie ihre Familie nicht liebte. Jedes Familienmitglied einzeln betrachtet war sogar schwer in Ordnung, allen voran ihre Zwillingsschwester Lydi, bloß im Viererpack krachte es dauernd derart, dass ein Therapeut einiges zu tun hätte, wollte er das wirre Familiengefüge auseinandersortieren, reparieren und wieder neu zusammenflicken.

Omama Irene war lässig, immer lässig gewesen, ein regelrechtes Prachtstück von Großmutter, da konnte sie sich wirklich nicht beklagen. Und ihre Mutter … tja …, die meinte es im Grunde ihres Herzens auch bloß gut mit ihr und Lydi. Natürlich. Wie jede Mutter. Abgesehen davon, dass ihre Fantasie bisweilen wundersame Blüten trieb. Gerade erst vor ein paar Tagen hatte sie sie wie eine Konfirmandin wegen eines türkisfarbenen Strings ins Gebet genommen. Der Witz an der Sache war, dass das scheußliche Wäschestück ihr nicht mal gehörte – so etwas war nun wirklich nicht ihr Geschmack –, sie hatte ihn bloß nach dem Schwimmen eingesteckt, weil ihre Freundin Emily ihn in der Umkleide hatte liegen lassen. Und nun meinte ihre Mutter, sie sei kurz davor, sich auf dem Straßenstrich zu prostituieren. In einem türkisfarbenen Tanga.

Ninas Handy klingelte, kaum dass sie die Tür hinter sich zugezogen hatte.

»Hi, Noel, was gibt's?«

Nina fragte sich das in der Tat, immerhin hatte sie ihn gerade erst vor einer Stunde verabschiedet.

»So gesehen eigentlich nichts ...«

»Warum rufst du dann an?« Herrje, er schien ja mächtig Feuer gefangen zu haben.

»Weißt du, was ich so großartig an dir finde?« Sein Lachen drang durch die Leitung.

Meine Brüste?, dachte Nina und räumte ein paar Socken und Schokopapierchen von dem alten Ledersessel, den sie sich damals zum bestandenen Abi auf dem Flohmarkt gekauft hatte, sagte jedoch: »Dass ich so intelligent gucke?«

»Das natürlich auch.« Er gluckste bloß noch leise, verstummte schließlich ganz.

»Und weiter?«, fragte sie, als sich das Schweigen in die Länge zu ziehen begann.

»Dass du mit deiner Mutter Kaffee trinken gehst.«

»Wie bitte?« Sie ließ sich auf ihre 2 x 2-Meter-Matratze fallen, die beinahe den ganzen Raum einnahm, und starrte auf das schwarzweiße Romy-Schneider-Foto an der Wand.

»Ja! Ich meine, wer tut so etwas schon?«

Nina fand das alles andere als weltbewegend. »Woher wusstest du eigentlich, dass Anna meine Mutter ist?«

»Na, hör mal! Ihr seht euch total ähnlich. Nur dass deine Mutter eben ein paar Tage älter ist als du.«

Die Ansage warf Nina nun doch ein wenig aus der Bahn und sie fauchte: »Bist du eigentlich noch ganz normal? Wenn ich überhaupt jemandem ähnlich sehe, dann ja wohl meiner Zwillingsschwester!«

Einen Moment lang herrschte Stille. Es knisterte bloß in der Leitung, ab und zu drangen leise schnalzende Geräusche an Ninas Ohr, so als würde Noel am anderen Ende etwas lutschen oder kauen. Ja, sie war sauer, sogar *stink*sauer! Grundsätzlich sprach natürlich nichts dagegen, der eigenen Mutter ähnlich zu sehen. Außer die Mutter hieß eben Anna und war pedantisch, verbissen und zudem mausgrau.

Verhaltenes Räuspern ertönte, dann war Noel wieder da. Es tue ihm leid, wenn er ins Fettnäpfchen getreten sei.

»Schon okay«, wiegelte Nina ab. Es war ja im Grunde auch kein Drama.

»Sehen wir uns morgen?«

»Vielleicht.«

»Oh ja! Wann?«

»Ich sagte *vielleicht*. Und das meine ich auch so«, entgegnete Nina. Sie fühlte sich matt und ausgelutscht wie ein Zitronenbonbon.

Als sie aufgelegt hatten, nahm sich Nina vor, Noel zumindest eine Chance zu geben. Vielleicht würde er sie auf andere Gedanken bringen. Außerdem – Rom und Tommaso waren weg, sehr weit weg.

★

Das Erste, was Anna am nächsten Morgen beim Weckerklingeln spürte, war ihr bleischwerer Schädel. Sie versuchte sich zu erinnern, was passiert war, doch erst als der Wecker ein zweites Mal lossurrte und sie ermahnte, dass sie ausgerechnet heute Frühstunde hatte, fiel ihr alles wieder ein. Das Saufgelage mit Gnot. Ja, genau, beschönigende Worte ließen sich für den Abend kaum finden. Zwei Flaschen Wein ... Oder waren es sogar drei geworden? Tanzschritte im Garten. Noch mehr Wein. Und jede Menge einfältiges Geschwafel, das Nina bloß mit den Worten *Na, Hauptsache, es geht euch gut.* kommentiert hatte. Wenig später war Lydia ins Haus geschneit, hatte sich höflichkeitshalber zu ihnen gesellt und an einem halbvollen Glas Wein genippt. Redselig war sie zwar nicht gerade gewesen, nur entsprach das ja ohnehin ihrem Naturell. Vielleicht fand sie die Freizeitgestaltung ihrer Mutter aber auch ebenso erbärmlich wie ihre Große und wollte sich bloß nichts anmerken lassen. Zu guter Letzt war dann ihre Frau Mutter, die Herrscherin des Sass-Clans, auf der Bildfläche erschienen. Wie immer mit einem Showlächeln auf den Lippen, und doch hatte sie es nicht geschafft, den säuerlichen Zug um ihren Mund zu kaschieren.

Anna schlug die Bettdecke zurück und richtete sich so langsam wie nur irgend möglich auf. Über Nacht hatte die Vernunft in ihr wieder Oberhand gewonnen und warnte sie jetzt, ihr könne nach so einem exzessiven Lotterabend möglicherweise wieder schlecht sein. Doch alles war in bester Ordnung. Abgesehen von ihrem Kopf, in den eine Bleiplatte versenkt zu sein schien, ging es ihr sogar ausgesprochen gut. Sie schwang sich aus dem Bett, durchmaß den Raum mit langen, vitalen Schritten, drückte die Türklinke runter und lauschte. Im Haus war es still. Gut so. Denn selbst wenn sie einen ausgelassenen Abend mit Gnot verbracht hatte, hieß das nicht zwangsläufig, dass sie ihn sehen wollte. Sie brauchte den Morgen für sich allein, um sich auf den anstrengenden Tag einzustellen. Und er würde in der Tat anstrengend werden. Frühstunde, danach volles Unterrichtsprogramm, am Nachmittag war sie vertretungsweise für eine Kollegin eingeteilt, die die Schauspiel-AG betreute. Soweit nicht weiter schlimm, sie musste nicht mal unterrichten, sie brauchte bloß anwesend zu sein, um die Schüler und Schülerinnen im Zaum zu halten. Das Problem an der Sache war lediglich, dass ihr fremde Klassen generell Angst machten. Eine denkbar ungünstige Voraussetzung für diesen Beruf und manchmal wunderte sie sich selbst darüber, wie viele Jahre sie es bereits geschafft hatte, dieses Manko zu überspielen.

Rasch ins Bad. Sie huschte auf Zehenspitzen über den Flur, drückte die Klinke runter und erschrak sich, weil sich Gnot im selben Moment wie ein Geist aus einer Wolke aus Wasserdampf materialisierte. Nackt. Behaart.

»Oh, Verzeihung.« Sie zog die Tür sofort wieder hinter sich zu.

Wieso stand dieser Mann bloß zu den unchristlichsten Zeiten auf und duschte dann auch noch im Familienbad, obwohl Anna ihm nach den anfänglichen Überschwemmungsorgien mehr als einmal ans Herz gelegt hatte, sich unten in der Gästetoilette fertig zu machen – zumindest zu den Stoßzeiten am Morgen? Und warum um Himmels Willen schloss er nicht ab? Aus purer Gedankenlosigkeit? Oder wollte er sie – womöglich sogar die Mädchen – provozieren?

Die Kleidung für den Tag unter die Achsel geklemmt lief Anna eilig die Treppen hinab ins Erdgeschoss und setzte Teewasser auf, bevor sie sich leise fluchend im Gästebad einschloss. Weder hatte sie hier eine Zahnbürste noch ein Handtuch zum Abtrocknen zur Hand, geschweige denn die Spülung, die ihre

Haare erst kämmbar machte. Aber wenn sie jetzt wieder nach oben stiefelte und Gnot aus dem Bad warf, würde es bloß ein weiteres Mal peinlich werden. Sie hatte zwar nur flüchtig hingeguckt, dabei allerdings mehr erblickt, als ihr eigentlich lieb war. Die starke Brustbehaarung, den kleinen Bauchansatz, selbst ... Nein, sie wollte sich nicht daran erinnern, wie Gnot unterhalb der Gürtellinie ausgesehen hatte. Es spielte ja auch keine Rolle. Schließlich wurde er kaum für morgendlichen Striptease bezahlt. Sie duschte notdürftig, verzichtete auf die Haarwäsche und spülte ihren Mund rasch mit dem Duschkopf aus, während in der Küche bereits der Teekessel zu pfeifen begann, schrill und immer schriller. Sie war schon nahe dran, bloß ins kleine Gästehandtuch gewickelt, über den Flur zu spurten, als das Geräusch abrupt verstummte. Vermutlich hatte sich Gnot erbarmt.

Und sie lag richtig. Als sie wenig später die Küche betrat, hatte er bereits den Tee aufgegossen und zwei Gedecke hingestellt. In einem Wasserglas standen ein paar leuchtend gelbe Butterblumen aus dem Garten.

»Oh, danke, nett von Ihnen«, murmelte Anna und kam sich wie ein alberner Backfisch vor, der zum ersten Mal in seinem Leben einen nackten Mann zu Gesicht bekommen hatte.

»Dzień dobry, Anna.«

»Guten Morgen.« Es fiel ihr schwer, dem Handwerker in die Augen zu sehen, also schnitt sie Brot ab. Viele Scheiben Brot. Viel zu viele Scheiben Brot.

»Tut mich wirklich leid. Ich vergessen die Tür zumachen.«

»Schon okay.«

»Nein, das ist nicht okay.«

»Also gut. Es ist nicht okay.« Sie bemühte sich um einen entspannten Gesichtsausdruck. »Aber wir müssen jetzt nicht weiter darüber reden.«

»Vielleicht ist besser, wenn ich dusche unten?«

»Ja, das solltest du tatsächlich tun.« Sie verzichtete darauf, ihn daran zu erinnern, dass sie es ohnehin so abgesprochen hatten.

Gnots Lächeln hatte etwas von klebrigem Zuckerguss, als er bemerkte: »Du eben gesagt du!«

»Ach, tatsächlich?« Sie hielt dem Handwerker ihren Becher hin, damit er ihr Tee einschenken konnte. »Jemanden, den man nackt gesehen hat, darf man ja wohl duzen.«

»Ja! Das muss! Das muss!«

Anna straffte sich. »Jetzt mal im Ernst, Tomasz. Das ist mir eben bloß so rausgerutscht. Soll nicht heißen, dass ich Sie jetzt immer duze. Und jeden Abend Wein mit Ihnen trinken. Das sowieso nicht.«

»Oh«, machte Gnot und Anna wusste nicht, ob er überhaupt den Sinn ihrer Worte erfasst hatte. Der Mann war und blieb ein Rätsel. Bisweilen kam es ihr so vor, als würde er sich lediglich verstellen und in Wahrheit jedes einzelne Wort verstehen, dann wieder gab es Situationen, in denen er bloß bräsig in der Gegend herumguckte und den Eindruck vermittelte, nicht mal den einfachsten Wendungen folgen zu können. Vielleicht weil es manchmal einfach bequemer war.

»Und? Was steht heute an Arbeit an?«, erkundigte sich Anna, während sie ihr Brot geschäftig mit Butter bestrich.

»Boden schleifen.«

»Das macht sicher viel Dreck und Lärm, nicht wahr?«

Gnot nickte schuldbewusst wie ein kleiner Junge, den man beim Stibitzen von Süßigkeiten erwischt hatte, und obwohl er am allerwenigsten etwas dafür konnte, verspürte sie Genugtuung.

»Kein Problem«, ruderte sie zurück. »Ich komme heute sowieso später.«

»Wann später?«

»Ich weiß nicht, wieso?«

»Ich kann noch kaufen eine Flasche Wein und wir trinken ein Glas.«

Anna fuhr wie elektrisiert hoch. »Habe ich mich eben nicht klar ausgedrückt? Hier werden nicht jeden Tag Sauforgien gefeiert!«

»Sauf...?«

»Orgien! Sauforgien! Das haben Sie schon ganz richtig verstanden.« Sie hatte bloß einmal von ihrem Brot abgebissen und wickelte es für später in Butterbrotpapier ein. »Tomasz«, fuhr sie eine Spur sanfter fort, »das gestern war eine Ausnahme. Ist das klar?«

»Ja. Ist klar.« Er strich sich fahrig über seine massiven Augenbrauen. »Ich lieben, wenn du lachst. Wenn du lachst, bist du sehr schön. Und du lachst, wenn du trinkst Wein.«

Das war eine zugegebenermaßen umwerfende Logik. Wahrscheinlich würde Gnot auch gleich wieder mit dem Spruch ihrer Mutter ankommen. *Du nicht lieben. Du nicht lachen. Du bist tot.* Und weil sie dafür nicht in Stimmung war, stand sie lieber auf und verließ sieben Minuten zu früh das Haus. Sieben Minuten durchatmen, bevor der Trubel des Alltags losging.

5.

Es war die Zeit der verschwenderisch wuchernden Rosen. Ihr Duft wurde in sanften Wogen ins Haus getragen, kaum dass Anna am Morgen die Fenster öffnete. Sie liebte diese Frühsommertage und konnte sie doch nicht so genießen, wie sie wollte. Denn im gleichen Maße, wie Gnot das altersschwache Haus einer Verjüngungskur unterzog, verbreitete er auch Chaos. Überall lagen Gerätschaften herum – Bohrmaschine, Stichsäge, Werkzeugkasten, Schwingschleifer –, einmal stolperte sie sogar über einen Farbeimer und stieß dabei einen Sack mit Gips so ungünstig um, dass sich der staubig-pudrige Inhalt im ganzen Wohnzimmer verteilte und sie stundenlang auf den Knien herumrobben und den Boden feucht abwischen musste. Ihre Mutter fand sie wieder mal grauenhaft unentspannt, aber wie sollte sie auch ihren mehr als anstrengenden Alltag bewältigen, am besten noch mit einem Lächeln auf den Lippen, wenn ihr Haus nicht mehr *ihr* Haus war, sondern bloß noch eine chaotische Baustelle? Wenn sie sich kurz nach dem Duschen gleich wieder schmutzig fühlte, und sich die Anwesenheit des Fremdlings mit den Betonaugenbrauen beim besten Willen nicht verdrängen ließ?

»Du hast einen ganzen Abend lang Wein mit ihm getrunken«, konnte Irene es nicht lassen, sie in regelmäßigen Abständen perfide schmunzelnd zu erinnern, »was stellst du dich also so an?«

Anna *stellte sich nicht an,* sie wollte einfach nur zurück in ihr altes beschauliches Leben. Ein Herzenswunsch, den ihre Mutter offenbar nicht mal ansatzweise nachvollziehen konnte. Für sie bedeutete Beständigkeit Stillstand und Stillstand Tod. Schlummerstunden, wenn auch nicht vor dem Fernseher, würde sie später im Grab noch und nöcher haben.

Dabei lief es seit dem weinseligen Abend tatsächlich besser zwischen Anna und Gnot. Seine Anwesenheit riss sie zwar immer noch nicht zu Stürmen der Begeisterung hin, doch er störte sie nicht mehr so sehr wie am Anfang. Es war wie mit den Ameisen, die im letzten Sommer plötzlich im Haus aufgetaucht waren. Anfangs war Anna zu Tode erschrocken gewesen und hatte sich überdies geekelt, doch nach und nach war ihr Widerwille einer halbwegs entspannten Laissez-faire-Haltung gewichen. Die Viecher nervten zwar, taten jedoch niemandem etwas zuleide. Und eines Tages waren sie dann von ganz allein verschwunden.

Dennoch: Kleine Krabbelviecher konnte man notfalls übersehen, Gnot nicht. Er thronte am Frühstückstisch, am Mittagstisch, am Abendbrottisch, außerdem machte er ständig Krach. Zu dem Gelärme seiner Gerätschaften und seinem ewigen Gesumme und Geträller war im Laufe der Wochen noch das Rezitieren polnischer Gedichte hinzugekommen, was Nina in schöner Regelmäßigkeit dazu brachte, die Augen zu verdrehen.

Aber Gnot gab sich redliche Mühe, das musste selbst Anna zugeben. Seit ihrem Zusammenstoß im Bad duschte er unten in der Gästetoilette, er baute täglich sein Nachtlager im Wohnzimmer ab und er hockte ihnen nicht mehr jeden Abend auf der Pelle. Angeblich hatte er eine polnische Kneipe mit polnischem Bier aufgetan, doch weder Irene noch Anna, noch die Mädchen hatten je von einer derartigen Gaststätte in der näheren Umgebung gehört. Während Irene mutmaßte, dass er einfach bloß einen heben ging und sich, was seinen Alkoholkonsum anging, nicht in die Karten gucken lassen wollte, dichtete Lydia ihm eine romantische Liebschaft mit der hübschen blondierten Russin in der Cocktailbar zwei Straßenecken weiter an.

Nina folgerte hingegen messerscharf: »Der geht in den Puff, ist doch sonnenklar. Welcher Kerl hält es schon wochenlang ohne Sex aus? Habt ihr mal drauf geachtet, wie behaart er ist? Das lässt auf eine gehörige Extraportion Testosteron schließen.«

Doch Anna wollte von alldem nichts hören. Keine Frage, Menschen hatten ihre Abgründe, aber den Handwerker, der gerade ihr ganzes Haus wie ein Uhrwerk auseinandernahm und hoffentlich auch wieder zusammensetzte, wünschte sie sich durch und durch triebfrei – zumindest für die Dauer seines Aufenthaltes. Obendrein bezweifelte sie stark, dass er mit seinen rudimentären Deutschkenntnissen überhaupt in der Lage war, einen Puff ausfindig zu machen. Und dann noch im seriösen Zehlendorf, wo die Gärten akkurat bepflanzt und die Bürgersteige bereits abends um 18 Uhr hochgeklappt wurden. Gab es hier so etwas überhaupt? Sie hatte nie davon gehört.

Andererseits war es nur gut, dass der Handwerker jetzt abends häufiger seiner eigenen Wege ging. Je geringer die tägliche Gnot-Dosis, desto unbeschwerter fühlte sich Anna. Sie nutzte die freie Zeit, um sich im Schlafanzug und mit Fettcreme im Gesicht vor den Fernseher zu fläzen oder in Radlerhosen auf ihrem kleinen Stepper so lange zu trainieren, bis der Schweiß floss – Dinge, die sie sich in Gnots Anwesenheit stets verkniff.

»Du vermisst ihn«, stellte Irene eines Abends beim Essen fest.

Da Gnot sich bereits kurz nach 18 Uhr in den Feierabend verabschiedet hatte und Nina und Lydia noch nicht zu Hause waren, hatten sich Anna und ihre Mutter aus Bequemlichkeit eine Tiefkühlpizza in den Ofen geschoben und es sich vor dem Fernseher gemütlich gemacht. Es lief gerade die Serie, für die Lydia demnächst erste Schreibversuche unternehmen würde.

»Wie bitte? Wen vermisse ich?« Anna versuchte eine Fliege zu verscheuchen, die durch die offen stehende Terrassentür hereingeflogen war und nun um ihren Kopf herumsurrte.

Irene lachte auf. »Na? Wie viele männliche Wesen gibt es in diesem Haus?«

»*Ich* soll Gnot vermissen?« Anna legte ihr Pizzastück zurück auf den Teller, wobei ein Käsefaden an ihrem Finger kleben blieb. »Das ist ja wohl absurd.«

»Lange nicht so absurd, wie du glaubst.«

Doch Anna tippte sich bloß an die Stirn und verbot ihrer Mutter für die verbleibenden zehn Serienminuten das Wort. Intrigantin Marita und ihr Widersacher lieferten sich gerade herrlich bissige Dialoge, die sie keinesfalls versäumen wollte. Ob ihre manchmal etwas weltfremde Lydi überhaupt in der Lage sein würde, in derart niederträchtige Charaktere zu schlüpfen?

Kaum lief der Abspann, wollte ihre Mutter wieder mit ihrem Lieblingsthema anfangen. Doch Anna würgte sie sofort ab: »Bitte, Mutter, sei nicht albern.«

Irene lächelte auf diese süffisante Art, die Anna so sehr hasste. »Verstehe. Ich bin albern. Macht nichts. Ich bin es gerne.«

»Prima, freut mich für dich.« Anna schob sich den letzten Bissen Pizza in den Mund und stand auf.

»Bist du jetzt etwa beleidigt, Herzchen?«

»Ich? Nein, ich bin doch nicht beleidigt.«

»Warum gehst du dann?«

Ihre Mutter lächelte nun wieder normal freundlich. In solchen Momenten erkannte Anna in ihr die hinreißend schöne Irene von früher, so wie sie auf manchen Fotos aussah. Grüne Katzenaugen, rotblonde Haare, blasser Teint – ein Divengesicht wie aus dem Bilderbuch, dazu die beneidenswert weißen Zähne, die nie überkront worden waren.

»Ich hab noch zu tun. Klassenarbeiten korrigieren.«

Anna war schon halb aus der Tür, als ihre Mutter sich nun auch erhob: »Apropos ...«

»Ja?«

»Tomasz meint, wir sollten unbedingt auch das Dachgeschoss in Angriff nehmen.«

Sofort lief Anna eine Gänsehaut über den Kopf und verebbte irgendwo in ihrem Nackenbereich.

Nach endlosen, nervenaufreibenden Diskussionen hatte Anna dem Wunsch ihrer Mutter, das Haus renovieren zu lassen, nachgegeben – unter einer Bedingung: Das Dachgeschoss wurde nicht angetastet. Aus dem einfachen Grund, weil sie hart arbeiten musste, viel härter als ihre Mutter je in ihrem Leben, und ihre kleine Oase wie die Luft zum Atmen brauchte. Es gab sowieso keinen Grund für eine Generalüberholung. Das Dach war bereits vor ein paar Jahren isoliert worden, neuer Teppichboden verlegt, die Raufasertapete weiß übergestrichen.

»Mutter, das ist jetzt nicht dein Ernst.«

»Oh doch!« Irene warf theatralisch die Arme in die Luft, dann bückte sie sich, um die beiden Pizzakartons zusammenzuklappen und übereinanderzuschichten. »Wir sollten ein schnuckeliges, kleines Bad einbauen lassen. Ideal für eine Familie mit halbwüchsigen Kindern.«

Ein Mozzarellaklümpchen fiel zu Boden, was Irene jedoch nicht weiter zu stören schien. »Das Haus würde erheblich an Wert gewinnen. Was denkst du, die Käufer werden hier Schlange stehen!«

Wirre Gedanken rauschten durch Annas Kopf, während der Tränenkloß in ihrem Hals auf die Größe eines Tennisballs anschwoll. Sie zwang sich, ein paar Mal trocken runterzuschlucken, bevor sie einen härteren Ton anschlug: »Der Dachboden wird nicht renoviert. Und basta.« Ihre Mutter anfunkelnd schob sie hinterher: »Wenn du aber Krieg willst, nur zu.«

Irene war einen Moment lang still, dann lachte sie heiser auf und stolzierte, ohne ihren Pizzakarton wegzuräumen, aus dem Zimmer.

Es dauerte bloß bis zum nächsten Tag, da kam sie, wieder ganz auf Schmusekurs, bei Anna angekrochen und entschuldigte sich. So habe sie das doch gar nicht gemeint und wenn Anna absolut gegen ein Bad im Dachgeschoss wäre, also bitte sehr, schließlich habe Gnot ohnehin genug mit den beiden unteren Etagen zu tun, im Anschluss müsse er noch die ganze Terrasse neu fliesen, das Haus streichen und überhaupt ... Anna nahm die Entschuldigung an. Sie wollte keinen Streit. Je angespannter die Situation zu Hause, desto ungeduldiger wurde sie in der Schule, was ihre Schüler wiederum zum Anlass nahmen, sich wie Rüpel aufzuführen.

Kaum war der Ärger mit ihrer Mutter verdaut, hatte Mademoiselle Nina ihren Auftritt. Sie kam mit einer prall gefüllten McDonald's-Tüte von der Uni, was bei der armen Lydia, die ebenfalls schon zu Hause war, prompt Würgereflexe auslöste. Das brachte wiederum Nina in Rage: Es reiche ihr langsam mit der *Scheißwohnsituation* zu Hause, sie wolle verdammt noch mal endlich ausziehen, und wenn Anna schon kein Geld lockermachen würde, solle doch ihr *Scheißvater* rückwirkend seine *Scheißalimente* zahlen. Anna wusste zwar nicht so genau, welche Laus ihrer Tochter nun eigentlich über die Leber gelaufen war, doch im Grunde genommen hatte sie sogar Recht. Ninas *Scheißerzeuger* hatte nie auch nur einen Cent überwiesen, und da Anna nicht mal wusste, wo er sich in den Staaten herumtrieb, bestand kaum Hoffnung, dass sie ihn jetzt noch drankriegen würde. Ihr waren die Hände gebunden, das musste ihre Tochter einsehen. Allenfalls mochte sie ihr vorwerfen, dass sie in früheren Jahren, als der *Scheißkerl* noch in Deutschland lebte, nicht entschiedener vorgegangen und ihm beispielsweise den Gerichtsvollzieher auf den Hals gehetzt hatte. Dann sähe es jetzt nicht so mau auf ihrem und auf Ninas Konto aus.

200 Euro schlug Anna als Kompromiss vor; mehr konnte sie neben den Studiengebühren von 243 Euro pro Semester beim besten Willen nicht berappen – zumal die Zuschüsse für Italien sie bereits in die Miesen katapultiert hatten. Für den Rest würde Nina sich eben einen Job suchen oder aber ihre Großmutter anbetteln müssen. Doch da Nina nicht müde wurde zu meckern und zu maulen – bei all der Lernerei könne sie nun mal schlecht nebenher jobben und Geld für den Flug nach Rom im September bräuchte sie ebenfalls – trug Anna kurzerhand ihren rosenholzfarbenen Freitagabend-Lippenstift auf und verließ mit umgepackter Schultasche das Haus.

Der Italienischkurs am Freitagabend war ihr ebenso heilig wie der Drink, den sie danach meistens noch mit Britta nahm. Dabei ging es nicht bloß darum, eine neue Sprache zu erlernen. Es war viel mehr: unter Menschen kommen, die weder den Nachnamen Sass trugen noch ihre Schüler waren. Die Verantwortung wie einen Mantel an der Garderobe abgeben und es genießen, dass nicht *sie* unterrichten musste. Sie brauchte einfach nur zu konsumieren – wie herrlich, wenn die einzige Sorge darin bestand, ob man den conjuntivo nun verstanden hatte oder nicht. Und dazu kam natürlich Lorenzo. Lorenzo stammte aus Trieste, hatte rötlich-gelocktes Haar, braune Augen und einen athletischen Körperbau. Doch leider war er ein denkbar ungünstiges Objekt der Begierde: Gerade mal Anfang Dreißig, mit einem blonden Ex-Model aus Thüringen verheiratet und vor ein paar Wochen Vater geworden. Den begehrlichen Blicken der Kursteilnehmerinnen trotzte er, indem er Fotos von seiner Bilderbuchfamilie mit in den Unterricht brachte, von nächtlichen Wickeldiensten erzählte und die Liebe zu seiner Birgit als das größte Glück auf Erden beschrieb.

Nun ja, dachte sich wohl der Großteil der Kursteilnehmerinnen und schwärmte heimlich wie die Teenager. In dem Punkt war auch Anna keine Ausnahme. Wobei ihr nie in den Sinn käme, tatsächlich etwas mit Lorenzo anzufangen. Die wöchentliche Dosis Prickeln war lediglich eine willkommene Frischzellkur für ihren sonst so auf Eis gelegten Gefühlshaushalt.

★

Gegen elf kam Anna nach Hause. Zum Glück hatte sie den Weg ohne Unfälle oder Polizeikontrollen hinter sich gebracht. Denn heute war es nicht bei einem Drink geblieben: Sie hatte Britta trösten müssen, die sich wider besseren Wissens Chancen bei Lorenzo ausgerechnet hatte und bitter enttäuscht worden war. Als sie die Haustür aufschloss, war alles dunkel. Vermutlich schliefen die anderen bereits. Sie tastete nach dem Lichtschalter, stieß sich dabei an einem scharfkantigen Gegenstand, in der nächsten Sekunde durchschnitt ihr Fluch die Luft wie eine Gewehrsalve. Sie kannte das Haus in- und auswendig und hatte sich nie zuvor an irgendetwas gestoßen. Als der Flur endlich im matten Licht des kleinen Kronleuchters erstrahlte, war der Übeltäter sofort entlarvt. Gnot. Er hatte den Küchentisch mitten in den Flur gestellt, wohl, weil er sich morgen um die Fliesen in der Küche kümmern würde. Wieso hatte er das nicht vorher angekündigt! Überdies – und das ärgerte sie am meisten – thronte seine Reisetasche mit teils sauberen, teils dreckigen Kleidungsstücken auf dem Tisch. Zwar hatte sie ihm nicht extra einen eigenen Schrank besorgt – das wäre ja auch noch schöner gewesen –, doch es schien Gnot ein diebisches Vergnügen zu bereiten, die Reisetasche mal in das eine, mal in das andere Zimmer zu räumen. Sie hatte sogar schon beim Abendbrot am Fuße des Esstischs gestanden und Anna mächtig irritiert. Damit war jetzt Schluss. Sie würde sich erbarmen und in ihrem eigenen Schrank Platz für Gnots Kleidung schaffen. Nicht für seine Unterhosen und Socken, das ginge zu weit. Aber was seine Anzüge, Hemden, Hosen und T-Shirts betraf, wollte sie mal nicht so sein.

Sie zog die Schuhe aus, schlüpfte in ihre Espandrillos und huschte, die Reisetasche geschultert, in den ersten Stock hinauf. Lydia und Irene hatten wie üblich ihre Türen zur Nacht zugezogen, nur Ninas Tür war angelehnt, sie war also noch gar nicht zu Hause. Anna unterdrückte den Impuls, einen Blick ins Zimmer zu werfen. Wenn ihre Tochter tatsächlich nicht in ihrem Bett lag, wovon sie felsenfest ausging, würde sie sich bloß wieder unnötig Sorgen machen. Albern. In Rom hatte sie auch nicht rund um die Uhr über Nina wachen können.

Also schlich sie auf Zehenspitzen weiter und stiefelte ohne Umweg über das Badezimmer die steilen Stiegen ins Dachgeschoss. Es brannte ihr unter den Nägeln, endlich Ordnung in Gnots Reisetaschenchaos zu bringen; erst danach würde sie sich bettfertig machen. Während Anna noch darüber nachgrübelte, wo sie das Leinenungetüm später am wenigsten stören würde – vielleicht in der Gästetoilette oder unter dem Bettsofa, das Gnot jeden Abend auszog, möglicherweise auch unter der Kommode im Flur – öffnete sie den Reißverschluss der Tasche mit einem Ratsch. Für den Bruchteil einer Sekunde durchzuckte sie zwar der Gedanke, dass man so etwas nicht tat – ungefragt in fremde Taschen spähen –, doch ihr Ordnungssinn besiegte ihre Skrupel. Obenauf lagen ein paar Bücher von polnischen Autoren, deren Namen Anna nichts sagten, ein Berlin-Stadtplan, ein weiterer von Hamburg, darunter einige CDs: Wagners Parzival, Bach-Sonaten, Pop von einer vermutlich polnischen Sängerin namens Kora. Seltsam. Gnot hatte nicht einmal darum gebeten, seine CDs anhören zu dürfen. Behutsam, als würde sie auf diese Weise weniger in seine Privatsphäre eindringen, legte Anna die persönlichen Gegenstände auf dem Boden ab, dann begann sie, ein Kleidungsstück nach dem anderen aus der Tasche zu fischen. So wie sie das früher bei ihren Mädchen getan hatte, wenn sie zu dritt von der Ost- oder Nordsee zurückgekehrt waren.

Eine wohl schon häufiger getragene Jeans landete neben ein paar Socken, einem dunkelblauen T-Shirt und zwei schwarzen Hemden gleich an der Tür auf einem neu eröffneten Buntwäschestapel; den Anzug, den Gnot bei seiner Ankunft getragen hatte, hängte sie fein säuberlich auf einen Bügel, ebenso zwei weitere Anzughosen, eine hellgraue und eine cremeweiße. Was wollte Gnot nur mit so vielen piekfeinen Hosen? Schließlich war er zum Arbeiten hier. Sie grub tiefer und fand prompt eine löcherige Freizeithose und ein paar T-Shirts älteren Datums, die wohl als Arbeitskleidung gedacht waren. Anna lud den Stapel auf ihrem Unterarm ab und balancierte ihn zum Schrank. Ein Fach ganz unten war bis auf einen Beutel mit Halstüchern frei, sie zog ihn heraus, ein paar Wollmäuse flatterten hinterher, und ohne das Fach erst auszuwischen, legte sie Gnots Kleidungsstücke hinein.

Eine Weile stand sie unschlüssig vor dem weit geöffneten Teakholzschrank und dachte nach. Durch ihre Umräumaktion war zwar für Ordnung in der Wohnung gesorgt – sofern man momentan überhaupt davon sprechen konnte –, aber Gnot würde von nun an häufiger in ihrem Zimmer auflaufen. Zwangsläufig. Und sie, die diese Nacht- und Nebelaktion zu verantworten hatte, wäre dann die Letzte, die sich darüber beschweren durfte.

Doch beschlossen war beschlossen. Anna ging erneut vor der Tasche in die Knie. Ein karierter, fein säuberlich zusammengelegter Schlafanzug war das letzte Kleidungsstück, das sie darin fand, aber aus Gründen des Anstands ließ sie ihn ebenso wie die Unterwäsche an Ort und Stelle. Gerade wollte sie den Reißverschluss wieder zuziehen, als ihr etwas Goldenes ins Auge stach, das zwischen den Socken hervorblitzte, und auch wenn sie ihren Töchter stets gepredigt hatte, dass Neugier eine Todsünde sei, schob sie die Socken behutsam beiseite, um genauer hinzusehen. Das waren ja wohl nicht etwa ... Sie beugte sich vor, als wäre sie stark kurzsichtig, streckte ihre Hand aus, doch augenblicklich zuckten ihre Finger wieder zurück, als hätte sie sich verbrannt.

Sie hatte es befürchtet: Kondome. Nicht nur eins, eine ganze Armada glänzender Päckchen kam zum Vorschein, als sie, nun schon ein wenig enthemmter, auch noch die Unterhosen beiseite schaufelte. Hatte Nina also tatsächlich recht und Gnot trieb sich in seiner Freizeit im Puff herum? Himmel! Waren eigentlich alle Männer so gestrickt, dass sie es nicht mal ein paar Wochen *ohne* aushielten?

Angewidert legte Anna die Unterwäsche zurück, fein säuberlich, so dass Gnot hoffentlich nichts bemerken würde, und schloss die Tasche wieder. Bereits in diesem Moment bereute sie es, seine Kleidung in ihren Schrank verfrachtet zu haben. Es gab Dinge, die sie nicht über Gnot wissen wollte, und dazu gehörte sein Sexleben.

In der festen Absicht, so schnell wie möglich ins Bett zu verschwinden und sich die Decke über den Kopf zu ziehen, um von der Welt nichts mehr mitzukriegen, lief Anna, die Tasche diesmal unter die Achsel geklemmt, die Treppe hinab zum Badezimmer. Plötzlich hielt sie inne. Erstickte Geräusche drangen an ihr Ohr. Halluzinierte sie? Nein, schon wieder erklang das Seufzen.

Annas Herz hämmerte. Die nahe liegende Lösung war, dass Nina einen Liebhaber mit nach Hause gebracht hatte. Andererseits war die Tür ihrer Großen bloß angelehnt und ein beherzter Blick in ihr Zimmer bestätigte auch, was Anna ohnehin gewusst hatte: Ihre Tochter war noch nicht mal zu Hause. Lydia? Nein, ihr kleines Mädchen schleuste keine Männer in ihr Zimmer und schlief sicher schon längst. Blieb also nur ihre Mutter. Himmel! Hoffentlich kein Herzanfall! Aber nein, beruhigte sich Anna augenblicklich wieder. Das eine Mal, als ihre Mutter mit Atemnot aufgewacht war, hatte sie um Hilfe gerufen. Andererseits ... Wenn sie dazu gar nicht mehr in der Lage war? Ein paar herumstehende Stühle umschiffend schlich Anna zur Tür und lauschte mit seitlich vorgerecktem Ohr. Doch alles blieb still, zumindest einige Sekunden lang, dann war es wieder da. Ein leises ..., ja, es war eindeutig ein Stöhnen. Und es hatte weniger mit einer Herzerkrankung als mit ganz anderen Dingen zu tun.

Nein, Mutter, tu mir das nicht an, flehte Anna. Ihr wurde speiübel. Sie ließ die Tasche an Ort und Stelle fallen, stürzte ins

Bad und zog die Tür leise hinter sich zu. Das Paket ... Sie hatte es einfach verdrängt. Wie den Postboten, der ihre im-Reich-der Sinne-Mutter beliefert hatte. An dem Tag, an dem Gnot eingetroffen war.

Hektisch schrubbte Anna mit der Zahnbürste in ihrem Mund herum und ging dabei so rabiat zur Sache, dass das Zahnfleisch zu bluten anfing. Erst nach einer ganzen Weile spuckte sie aus und trällerte bei laufendem Wasserhahn so lange ein Lied, bis sie hoffen konnte, nichts mehr aus Irenes Zimmer zu hören.

6.

Das Haus war wie eine Wunde, die, statt zu heilen, jeden Tag nur noch blutiger, eitriger und unansehnlicher wurde. Überall Bauschutt, Gerätschaften, Staub und Mörtel, die Wände nackt und schutzlos, die Räume wie Leiber aufgeschlitzt und ihrer Biografie entraubt. Möglich, dass Gnot mit System vorging, für Anna sah es jedoch so aus, als würde er hier den Blinddarm entfernen, dort den Magen, an anderer Stelle gleich die ganze Haut abziehen, und sie fragte sich, ob es überhaupt möglich war, dass sich die Blessuren eines Tages wieder schließen und ganz abheilen würden.

Derlei Gedanken beschlichen Anna gleich beim Aufwachen. Es war Samstag – der erträglichste Tag der Woche. Weder musste sie um sechs aus den Federn, um völlig talentfreien Geschöpfen den Subjonctif beizubringen, noch bestand für die nächsten 24 Stunden die Gefahr einer sonntäglichen Depression. Sie schlug die Augen auf und hatte plötzlich den Wunsch, mit ihrer Familie an den Ku'damm zu fahren. Sie, ihre Töchter und ihre Mutter auf einen Bummel durchs KaDeWe. Eigentlich sprach auch nichts dagegen, den Handwerker mitzunehmen. Für jemandem aus dem Osten müsste das KaDeWe doch das reinste Paradies sein. Oder waren das jetzt bloß wieder ihre Vorurteile? Doch kaum hatte sie die erste Bettschwere abgeschüttelt, kam ihr der gestrige Abend wieder in den Sinn. Wie sie nach dem feuchten, wenn auch nicht fröhlichen Beisammensein mit Britta zu Hause eingetrudelt war und Ohrenzeugin dessen geworden war, was ihre Mutter mit dem vermaledeiten Paket …

Aus dem Erdgeschoss drang ohrenbetäubendes Hämmern, wahrscheinlich klopfte Gnot die Küchenfliesen ab. Also schob Anna den unbehaglichen Gedanken beiseite, reckte und streckte sich eine Weile am geöffneten Fenster, bevor sie runterging. Jetzt, am Morgen, sah es in der ersten Etage anders aus: Ninas Tür war zugezogen – also hatte es sie doch noch mitten in der Nacht nach Hause verschlagen –, Lydias und Irenes Zimmertüren standen hingegen einen Spalt offen. In Windeseile scannten Annas Augen den Flur ein: Die Stühle standen noch an Ort an Stelle, aber Gnots Reisetasche, die sie so hastig hatte fallenlassen, war verschwunden.

»Anna, bist du's?«, gellte die Stimme ihrer Mutter von unten.
»Ja! Psst! Nina schläft noch.«
»Kommst du bitte mal?«
»Gleich.«

Nichts konnte so dringend sein, dass sie Gnot ungeduscht und mit ungeputzten Zähnen unter die Augen trat. Nicht mal sich selbst trat sie gern ungeduscht und mit ungeputzten Zähnen unter die Augen.

Als sie knappe 15 Minuten später die Küchentür aufstieß, hatte Gnot mit dem Krachmachen aufgehört – in der Tat waren die Fliesen dran – und frühstückte in aller Eintracht mit ihrer Mutter und Lydia. Wohl damit niemand im Schutthaufen sitzen musste, hatte er den Küchentisch dicht an die Spüle gerückt.

»Warum um Himmels Willen esst ihr nicht im Wohnzimmer?«, empörte sich Anna. »Das ist doch viel praktischer!«

»Guten Morgen, Liebchen!«, tirilierte Irene.

»Guten Morgen, Anna!«, echote Gnot.

»Morgen, Mummy!«, ahmte nun auch Lydia den Tonfall ihrer Großmutter nach.

Anna grüßte gezwungenermaßen zurück, zwängte sich an Lydias Stuhl vorbei zur Espressomaschine, und weil niemand es für nötig hielt, auf ihre Frage zu antworten, forschte sie nach: »Also?«

»Ist doch viel gemütlicher hier«, erklärte Lydia.

Anna klopfte den Metallfilter aus und befüllte ihn neu. Erst, als der Kaffee wie Öl in ihre Tasse zu tröpfeln begann, drehte sie sich zu ihrer Mutter um: »Was war denn eben so Dringendes?«

»Ach, eigentlich nichts.« Irene hüstelte und sah zur Decke, als würde sich dort irgendetwas Interessantes abspielen.

»Bist du krank?«

»Ich? Gott bewahre! Ich bin kerngesund.« Wie zum Beweis fuhr sie mit dem Messer ins Honigglas und bedachte ihr Brot mit einer extra dicken Schicht der zähflüssigen Masse. »Ich wollte nur wissen, wie deine Wochenendplanung aussieht.«

»Wieso?«, entgegnete Anna erstaunt und trank ihren Espresso noch im Stehen aus.

Ihre Mutter fragte sonst nie danach. Die Wochenenden ergaben sich zumeist *irgendwie*. Mal unternahmen sie etwas zusammen, mal werkelte jede einfach so vor sich hin, doch es gab keinen Familienrat, der am Samstagvormittag zusammentrat, um Pläne zu schmieden.

»Nun ja«, Irene ließ ihren Blick zu Gnot schweifen, »ich dachte, wir könnten mit unserem Gast einen kleinen Ausflug machen. Wannsee, Schlachtensee, Krumme Lanke. Was meint ihr?«

Anna kam der Vorschlag ihrer Mutter gerade recht, nur schlug sie im Gegenzug den Ku'damm vor. Natur habe Gnot in seiner Heimat sicher zur Genüge.

Irene ließ sich sofort umstimmen. »Was meinst du, Tomasz? Lust auf ein bisschen Konsum?«

»Konsum?«

»Ja, einkaufen gehen. Shoppen. Das hart verdiente Geld mit beiden Händen zum Fenster hinauswerfen.« Sie biss vorsichtig ein kleines Eckchen von ihrem Brot ab. Seit der Handwerker im Haus war, hatte sich ihre Mutter angewöhnt, schon am frühen Morgen ihren karmesinroten Lippenstift aufzutragen.

»Gerne. Ich liebe kaufen.« Gnot stemmte sich an der Tischkante hoch, als würde es ihm unsagbar schwer fallen, einfach ganz normal aufzustehen. Sicher tat ihm von der harten Arbeit der Rücken weh. »Ich sage Schuldigung.«

Er ging leicht gebeugt raus, kurz darauf klappte die Toilettentür zu.

»KaDeWe ist prima. Da findet er bestimmt was Nettes für seine Freundin«, meldete sich Lydia zu Wort. »Ein Halstuch oder so. Polen kaufen ihren Freundinnen doch bestimmt Halstücher. Oder Schmuck.« Sie kicherte. »So richtig fett und protzig.«

»Wie kommst du darauf, dass er eine Freundin hat?«, erkundigte sich Anna. Bisher war sie immer davon ausgegangen, Gnot sei ungebunden – wofür ja auch die stattliche Anzahl der Kondome in seiner Tasche sprach.

»Omama hat's mir gesagt.«

»Ach so?«

»Ja, hab ich«, bekannte Irene. »Was dagegen?«

»Nein. Aber ... woher weißt *du* das?«, wandte sich Anna jetzt an ihre Mutter. Sie verspürte einen kleinen Stich beim Gedanken an den weinseligen Abend mit Gnot; damals hatte er ihr doch ganz eindeutig zu verstehen gegeben, dass es zurzeit keine Frau in seinem Leben gäbe. Oder hatte sie ihn missverstanden?

Irene blickte eine Weile starr auf ihren Teller, dann erwiderte sie: »Weil er's mir erzählt hat. Ganz einfach.«

»Ach so? Was hat er dir denn genau erzählt?«

»Gar nicht viel. Bloß, dass sie älter ist als er und Kinderbücher illustriert.«

Anna schenkte sich Tee ein und verkniff es sich, Irene zu widersprechen. Wozu auch? Es war ja auch egal. »Wie alt ist Gnot eigentlich?«, fragte sie stattdessen.

»Ja, genau, wie alt ist er?«, hakte nun auch Lydia interessiert nach, lüftete den Deckel ihres Biojoghurts und lugte vorsichtig drunter, als könnten ihr Killermikroben ins Gesicht springen.

»Ich weiß es nicht.« Irene biss jetzt weniger damenhaft in ihr Honigbrot. »Spielt das denn eine Rolle?«

In dem Moment kam Gnot zurück, und alles verstummte, als wäre sein Alter eine wirklich brisante Angelegenheit.

»Noch Kaffee, Tomasz? Tee?«, erkundigte sich Irene, den Mund zu einem übertrieben breitem Lächeln verzogen, doch Gnot blieb stocksteif im Türrahmen stehen. Man konnte förmlich zusehen, wie sich ein kleines Unwetter auf seiner Stirn zusammenbraute.

»Meine Tasche!« Er klang ganz aufgelöst. »Wo ist meine Tasche?«

»Oh«, machte Anna und fühlte einen Hitzeschub in sich aufsteigen, aber zum Glück kam ihr Irene zuvor und erklärte, dass sie sie vorhin vor sein Bett gestellt habe.

Gnot kniff die Augen zusammen, wodurch seine finsteren Augenbrauen noch bedrohlicher wirkten. »Ich gesehen, meine Sachen sind aus der Tasche weg!«

»Das war ich«, meldete sich Anna kleinlaut zu Wort. »Entschuldigen Sie, Tomasz, nur als ich gestern Abend nach Hause gekommen bin –« Ihr blieb einen Moment lang die Luft weg. »Um es kurz zu machen«, hob sie dann von neuem an, »ich dachte mir, Sie wollen Ihre Anzüge und Sakkos vielleicht doch ganz gerne aufhängen. Deswegen habe ich ein wenig Platz in meinem Kleiderschrank geschaffen. Das heißt, Ihre Sachen sind jetzt bei mir oben.« Sie merkte, wie ihre Stimme immer mehr an Kraft verlor. »Also ... schlage ich vor, dass Sie Ihre Tasche in Zukunft unter der Kommode auf dem Flur oder an Ihrem Bett deponieren. Damit sie nicht immer irgendwo im Weg herumsteht. Wäre das in Ordnung?«

Gnot sagte nichts. Er stand einfach da, ließ seine Arme hängen und atmete schnaufend. Erst nach ein paar Sekunden erklärte er mit geradezu verstörender Ernsthaftigkeit: »Ich nicht so gerne mag, wenn andere Leute in meinen Sachen gucken.«

»Tomasz, ich habe nicht in Ihren Sachen gewühlt, ich habe sie bloß aufgehängt, aber wenn es Ihnen lieber ist ...«

»Herzchen, wie konntest du nur?«, echauffierte sich nun ihre Mutter. »Stell dir vor, Tomasz würde einfach deinen Schrank ausräumen. Wie würdest du das finden?«

»Das ist ja wohl was völlig anderes! Ich habe seine Sachen lediglich aufgehängt, nicht seinen Schrank ausgeräumt.«

»Aber man guckt wirklich nicht in fremde Taschen, Mummy«, schaltete sich zu allem Überfluss auch noch Lydia ein. »Echt mal. Du hättest ruhig bis heute Morgen warten und ihn dann fragen können.«

Anna fühlte Stiche hinter ihren Augen, als sie ihre Teetasse von sich schob und aufstand. »Also gut, ich habe eine Todsünde begangen und gehe gleich beichten. Ist das in eurem Sinn? Kommen Sie, Tomasz. Wir holen jetzt Ihre Klamotten von oben. Tut mir leid, dass ich es gewagt habe, sie auch nur anzurühren.«

»Nein, ist alles gut«, lenkte Gnot überraschend ein. Sein linker Mundwinkel zuckte nach oben in der Andeutung eines Lächelns. Dann hob er seine Hand wie ein Verkehrspolizist und bedeutete Anna, sich wieder zu setzen. Was sie auch tat, nicht jedoch ohne ihrer Mutter und auch Lydia einen kleinen triumphierenden Blick zuzuwerfen. Dann schnappte sie sich eine Scheibe Brot, belegte sie mit Emmentaler und begann zu essen, als wäre nichts weiter passiert. Es war ja auch nichts weiter passiert. Außer dass sie Kondome in Gnots Tasche entdeckt hatte und der Handwerker – zum ersten Mal, seit er in ihrem Haus war – leicht ungemütlich reagiert hatte.

Eine Weile schwiegen alle, bloß das Radio, das Gnot wie jeden Morgen eingeschaltet hatte, plärrte leise vor sich hin. Anna verzehrte ihr Brot, Lydia löffelte bedächtig ihren Joghurt, Gnot aß Wurstscheiben aus der Hand und ihre Mutter betrachtete ihre Fingernägel, die passend zum Lippenstift karmesinrot lackiert waren. Nach ein paar Sekunden blickte sie auf und wollte wohl gerade anheben zu sprechen, als Nina mit zerzaustem Haar und im Schlafanzug in der Küche auftauchte.

»Ihr macht hier einen Lärm, also wirklich!« Sie umschiffte Gnots Stuhl, stieß sich an der Kante des Bauernschranks, fluchte und schlurfte weiter zum Kühlschrank, um die Milchflasche herauszunehmen und direkt daraus zu trinken. Anna ließ der Anblick jedes Mal erschaudern. Milch auf nüchternen Magen. Ihre Große war ohnehin die Einzige in der Familie, die Milch in jeder Lebenslage trank, und Anna wusste beim besten Willen nicht, von wem sie das hatte. »Selbst schuld, wenn man erst mitten in der Nacht nach Hause kommt«, konnte sie es nicht verkneifen, den Moralapostel heraushängen zu lassen. Dann wandte sie sich an ihre Mutter: »Also? Was wolltest du eben sagen?«

»Wegen der Wochenendplanung«, hob Irene erneut an, »ich schlage vor, ich kümmere mich um die Wäsche und beziehe die Betten, und du, Anna, erledigst derweil mit den Mädchen die Wochenendeinkäufe. Später fahren wir dann mit Tomasz ins KaDeWe.«

»Wir? Ins KaDeWe?« Nina ließ die Milchflasche sinken. »Was für eine Zwangsveranstaltung soll das denn werden?«

Anna ärgerte sich über den ungehobelten Ton ihrer Tochter und schnappte zurück: »Deine Großmutter meint es nur gut. Schließlich unternehmen wir viel zu selten etwas zusammen.«

»Kann schon sein ... Von mir aus ... Aber in diesen imperialistischen Konsumtempel kriegen mich keine zehn Pferde. Und danach geht's bestimmt noch in die Gourmetetage, richtig? Ganz pervers Schnecken und Austern futtern.«

»Ich dachte, ich lade euch danach irgendwo zum Essen ein«, sagte Irene mit dünnem Lächeln. »Doch wie heißt es so schön? Wer nicht will, der hat schon.«

»Macht nur, ich bin sowieso verabredet.«

»Dann tu mir wenigstens den Gefallen und geh vorher noch mit deiner Mutter und deiner Schwester einkaufen!«

Ninas Blick wanderte zur Küchenuhr. »Ich treffe mich aber schon in einer Stunde und überhaupt, warum sollte ich ...«

»Die Wochenendeinkäufe schleppen?«, ergänzte Lydia und schabte angestrengt mit dem Löffel auf dem Boden des geleerten Joghurtbechers herum. »Stimmt. Klappt ja auch prima, wenn Mummy und ich das allein machen. Wie immer.«

»Hey, sorry. Muss ich jetzt etwa meine Verabredung absagen, bloß, weil ihr hier vor Tomasz einen auf Bilderbuchfamilie machen wollt? Gehen wir sonst vielleicht zu dritt einkaufen? Nö. Also bitte!« Sie stellte die Milch zurück und warf mit Nachdruck die Kühlschranktür zu.

»Und?«, fragte Lydia. »Wie heißt er?«

»Wie heißt wer?«

»Der Kerl, den du triffst.« Sie hielt eine ihrer Haarsträhnen ins Sonnenlicht, das zackige Muster auf den Bauernschrank warf, und begann konzentriert nach gespaltenen Spitzen zu suchen.

»Emily heißt er. Und er hat leider keinen Schwanz. Zufrieden?«

»Du triffst nicht Noel?«

»Nein.«

»Lydia, was machst du?« Gnot beäugte das Mädchen wie eine wissenschaftliche Versuchsanordnung.

»Ich? Gar nichts.«

»Gar nichts?«

»Nein, gar nichts.«

Gnot legte den Kopf schief und lächelte, als habe er einen Engel erblickt.

»Was ist denn?«, fragte Lydia angespannt. Wenn Anna nicht alles täuschte, wurde sie dabei rot.

»Midchen, wenn du hast längere Haare, bis du schöner.«

Nina kicherte und es klang wie das Meckern einer Ziege.

»Was gibt's denn da zu lachen?«, schaltete sich Irene ein.

»Nichts. Kleine, unschuldige Engelchen sollten am besten auch unschuldig-langes Engelshaar tragen. Logisch!«

Gnot sah Nina irritiert an; er hatte die Ironie nicht begriffen, vielleicht aber auch den ganzen Satz nicht verstanden. Dennoch sagte er: »Du bis sehr schönes Mädchen mit kurzer Haare. Irene hat sehr schöne roter Haare und Anna ...«

»Anna macht sich jetzt zum Einkaufen fertig«, unterbrach sie das Geplänkel. Es war ihr herzlich egal, was Gnot über ihre zippeligen Haare dachte, die ohnehin nie richtig saßen. »Lydi, kommst du mit?«

Ihre Tochter wirkte zwar immer noch ein wenig verstört, straffte sich jedoch und erklärte sich bereit, sofern sie im Bioladen vorbeifahren würden.

»Ja, natürlich«, lenkte Anna ein.

Im Supermarkt gab es zwar auch eine Bioabteilung mit Obst, Gemüse, Milch und Käse, doch Lydia misstraute den Produkten ebenso wie Nina dem KaDeWe und den neumodischen Coffeeshops. Ja, sie waren schon eine sonderbare Familie. Und ihre Mutter, die gerade mit geschürzten Lippen Gnot zuzwinkerte, machte dabei mit Sicherheit keine Ausnahme.

★

Die Tür fiel mit einem Knall ins Schloss – Gott sei Dank! Irene hatte sich aber auch redliche Mühe gegeben, die ganze Bagage aus dem Haus zu bekommen. Am Ende hätte ihr beinahe noch Nina mit ihrer endlosen Trödelei im Bad, mit ihrem *Zieh ich besser die hellgrüne oder die dunkelgrüne Armeehose an?* einen Strich durch die Rechnung gemacht. Schlussendlich hatte sie sich dann doch für eine indigoblaue Jeans entschieden, weil sie plötzlich fand, dass sowohl die *hellgrüne* als auch die *dunkelgrüne* Armeehose einen fetten Arsch machten. Dazu hätte Irene nur anmerken können, dass das weniger an den Hosen als an dem tatsächlichen Volumen ihres Gesäßes lag, doch sie enthielt sich jeglichen Kommentars. Erstens, um ihre Enkelin nicht zu verletzen, zweitens, um sich nicht in überflüssige Diskussionen zu verstricken, was Ninas Abflug noch mehr verzögert hätte.

Tomasz hatte sich bereits wieder an die Arbeit gemacht und klopfte in der Küche Fliesen ab. Was seinen Arbeitseinsatz anbetraf, war der Gute wirklich unermüdlich und somit auch in dieser Hinsicht ein Volltreffer.

»Tomasz?« Irene lehnte im Türrahmen, das Kinn um knappe 45 Grad angehoben – eine reine Vorsichtsmaßnahme, damit ihre erschlafften Gesichtskonturen nicht so auffielen.

Er drehte sich um, von der Kraftanstrengung des Hämmerns und Klopfens erhitzt.

»Kleine Pause gefällig?«
»Wie bitte?«
»Du sollst nicht immer nonstop arbeiten. Das tut deinem Rücken nicht gut.«
»Ich gerade starten.«
»Das macht nichts, Chéri.« Irene stieß sich mit dem Fuß ab, war mit zwei Schritten bei Tomasz und legte ihm ihre Hand auf den Nacken. Es war eine mütterliche Geste und doch kein bisschen so gemeint. Tomasz' Haut fühlte sich pfirsichzart an. Pfirsichzart und ein bisschen verschwitzt. »Anna und Lydia sind bestimmt nicht vor zwölf zurück. Wir haben also viel Zeit.« Sie räusperte sich und setzte nach: »Zumindest ausreichend Zeit.«

Gnot lächelte schief zu ihr hoch. »Ich muss noch arbeiten. Wenn Anna später sieht, ich nicht gearbeitet ...«

»Mach dir deswegen mal keine Sorgen. Mir fällt schon etwas ein.« Sie griff nach seinem Handgelenk und zog ihn hoch, als wolle sie ihn zum Tanz auffordernd und war schlagartig elektrisiert, wie am gestrigen Abend. Sie hatten zusammen gesessen, wie so oft bei einem Glas Wein, und plötzlich – Lydia war längst im Bett, Anna noch bei ihrem Italienischkurs – lag Tomasz' Hand auf ihrem Knie. Irene wusste nicht mal, wie sie dorthin gekommen war. Irgendwie schien sie den entscheidenden Moment, das Überschreiten der magischen Grenze, verpasst zu haben. Aber es spielte auch keine Rolle. Zu lange war es her, dass überhaupt eine Männerhand auf ihrem Knie gelegen hatte, zudem eine junge, kräftige, die zu einem attraktiven Mann und nicht zu irgendeinem Ausschussmodell mit unbekanntem H-Namen gehörte. Die Zeiten, in denen sie sich vor den Übergriffen der Männer, vor all dem Testosteron kaum hatte retten können, waren vorbei. Nein, sie machte sich nichts vor. Trotz ihrer Eloquenz und der guten Absicht, die Welt verändern zu wollen, war es eher ihr hinreißendes Äußeres gewesen, das die Männer in Scharen angelockt hatte. Das rotblonde Haar, die festen Brüste, die makellose weiße Haut, die unter südlicher Sonne bloß einen sandfarbenen Schimmer annahm und Irene neben all den braun gebrutzelten Durchschnittsschönheiten den besonderen Touch verlieh. Ganz abgesehen von ihren Sommersprossen, die gleich beim ersten Sonnenstrahl zu sprießen begannen. Nun gut, die Sommersprossen waren immer noch da, sie schimpften sich heute jedoch Altersflecken, verschwanden aber unter der seidigen Textur eines hervorragendes Make-ups von Chanel wie von Zauberhand.

Im ersten Moment war Irene schon irritiert gewesen: Warum sie?, warum nicht die hübsche, junge Lydia, deren Blick Tomasz immer wieder suchte? Doch nach anfänglichem Zögern hatte sie ihre Bedenken rasch über Bord geworfen. Der Herbst ihres Lebens war zu weit fortgeschritten, um auf irgend etwas zu verzichten. Auf gutes Essen, guten Wein, gute Kleidung, gute Männer. Da konnte es ihr herzlich schnuppe sein, warum er das reife Modell der Jugend vorzog. Die Erkenntnis, dass alles noch funktionierte, wie es funktionieren sollte, dass sie eine Frau war, die den Mann, der mit ihr im Bett lag, nicht mit ihren Besenreißern und der alternden Haut in die Flucht schlug, war so überwältigend, dass sie die ganze Nacht lang kein Auge hatte zutun können. Auch nachdem Gnot längst auf leisen Sohlen in sein eigenes Bett gehuscht war.

Immer noch nagte der Gedanke an ihr, ob Anna oder Lydia

möglicherweise etwas von dem Schäferstündchen mitbekommen hatten, als sie Tomasz nun wie Ginger Rogers seinerzeit Fred Astaire über den Flur und die Treppe in ihr Zimmer zog. Aber nein, eigentlich waren am Morgen alle ganz normal gewesen. Nina patzig, Lydia unsicher, ihre Tochter fahrig, und als Irene die Aufgabenverteilung für den Samstagvormittag verkündet hatte, war nicht eine von ihnen stutzig geworden.

Während Irene rasch die Tür hinter sich schloss, blieb Tomasz an der bordeauxroten Chaiselongue stehen und strich über das florale Webmuster. Hier hatten sie sich gestern geliebt, nicht in ihrem Bett.

»Du bist sicher?«, fragte er.

»Ganz sicher«, erwiderte Irene und hoffte, dass er nicht plötzlich seine Meinung geändert hatte, weil ihm über Nacht aufgegangen war, dass sie nichts weiter als eine alte Schachtel war.

Doch schon im nächsten Moment zog er sie dicht zu sich heran, küsste zart ihren Hals, ihre knittrigen Wangen, ihre Lippen, bevor er die eine Hand in ihren Ausschnitt, die andere Zentimeter für Zentimeter unter den Bund ihrer Hose schob. Sie seufzte. Es war wie früher. Wie ganz, ganz früher. Als sie noch nicht hatte wahrhaben wollen, wie rasch das Leben an ihr vorüberziehen würde.

★

»Lydi, nun trödel nicht so!«
Anna stand an der Kasse des Bioladens in der Schlange und ärgerte sich über den Mann in der Trekkingjacke vor ihr, der seinen schätzungsweise 3-jährigen Zwillingen Luna-Marie und Finn-Ole den Unterschied zwischen gluten- und lactosefrei erklärte und damit den ganzen Betrieb aufhielt.

Lydia kam mit drei Tüten Sojakeimen angetrödelt.

»Willst du das wirklich essen?«, fragte Anna skeptisch.

»Guck nicht so böse, Mummy! Das macht Falten!«

Anna bemühte sich ihre Gesichtszüge zu entspannen und erklärte resigniert: »Ich weiß, ich bin ein Fall für Botox.«

»Nein, du bist ein Fall dafür, dass man das Leben nicht immer so bierernst nehmen soll. Und Soja ist gesund.« Lydia zwinkerte ihr zu. »Besonders in den Wechseljahren.«

»Ich bin nicht in den Wechseljahren«, zischte Anna. Der Familienvater vor ihr drehte sich nach ihr um. Der Mann war ihr egal, aber nicht die Tatsache, dass er den kleinen Disput zwischen ihr und ihrer Tochter mitbekommen hatte.

Kaum saßen sie kurz darauf wieder im Auto und hupten sich durch eine übervolle Samstagvormittags-Stadt, entschuldigte sich Lydia für ihren Spruch mit den Wechseljahren.

»Ach, Lydi. Weit entfernt bin ich in der Tat nicht mehr davon.« Anna schaltete das Radio ein. Ein Klavierkonzert lief. Chopin. »Kommst du nachher mit Gnot, Großmutter und mir in die Stadt?«

»Ja, gerne. Aber wieso sagst du eigentlich immer Gnot?«

»Weil er so heißt.«

»Ja, mit Nachnamen. Stell dir vor, irgendjemand würde sagen: Kommst du nachher mit Sass, Großmutter und mir in die Stadt?«

Anna musste lachen.

»Siehst du! Es klingt bescheuert! Außerdem bist du die Einzige von uns, die Tomasz siezt. Ziemlich albern, wenn du mich fragst.«

»Ich frage dich aber nicht. Angestellte siezt man nun mal und basta.«

Lydia kurbelte das Fenster herunter und schnaubte geräuschvoll.

»Wie läuft denn dein Praktikum?«, fragte Anna.

»Ach, ganz gut.«

Anna taxierte ihre Tochter kurz von der Seite. Sie machte sich Sorgen. Nach ihrer anfänglichen Euphorie, dem Storydepartment zuarbeiten zu dürfen, war Lydia in letzter Zeit recht wortkarg geworden und Anna befürchtete schon das Schlimmste. Dass sie nicht zurechtkam, dass die Arbeit mehr Qual als Freude war. Doch je öfter Anna bohrte, desto schneller blockte Lydia ab.

»Wie findest du Tomasz eigentlich?«, erkundigte sich ihre Tochter, als Anna an einer Ampel bremsen musste.

»Wie ich Gnot finde?«

»Genau das habe ich gefragt.«

»Tja, wie finde ich ihn ...« Anna trommelte mit den Fingern aufs Lenkrad. Sie wusste, dass Lydia diese Angewohnheit nicht ausstehen konnte, sie hasste sich ja selbst für ihre nervösen Marotten, andererseits war ihre Kleine mit ihrem Geknibbel gespaltener Haarspitzen auch nicht viel besser. »Er ist ganz in Ordnung, oder? Was meinst du?«

Lydia sah aus dem Fenster. Einen Moment versank sie in grüblerisches Schweigen, dann verkündete sie: »Stimmt. Er ist nicht unnett.«

Anna lachte auf. »Nicht unnett! Was soll das denn heißen?«

»Nicht unnett ist das Gegenteil von doof, gemein, ätzend. Und er arbeitet ziemlich professionell, oder? Ansonsten ...« Sie warf Anna einen knappen Blick zu und zuckte die Schultern. »Keine Ahnung. Irgendwie wird man nicht so richtig aus ihm schlau. Vorhin zum Beispiel. Ich meine, es war zwar nicht in Ordnung von dir, einfach an seine Tasche zu gehen, aber dass ihn das gleich so auf die Palme bringt ...«

Auf der linken Spur überholte sie ein Laster mit bestimmt 80 Sachen. Als er vorübergebrettert war, erkundigte sich Lydia mit kaum verhohlener Neugier: »Sag mal ..., war eigentlich irgendetwas Spannendes in seinem Gepäck? Drogen, Diamanten, Diademe?«

Anna zögerte einen Moment. »Nein.«

»Das klingt jetzt aber eher wie ja!«

»Wirklich, Lydi, da war nichts außer Jeans, Anzügen, T-Shirts, eben das Übliche.«

»Warum grinst du dann so?«

»Weil ich ein freundlicher Mensch bin?«

»Ach, auf einmal. Haha.«

Und weil ihre Tochter gar nicht mehr mit ihrem penetranten Verhör aufhören wollte, gestand Anna: »Also gut. Gnot hat Kondome in seiner Tasche. Aber sag's bitte nicht weiter.«

»Kondome?«, gellte Lydias Stimme voller Entsetzen.

»Na ja«, wandte Anna sich. »Es ist ja eigentlich auch normal, dass junge, gesunde Männer so etwas bei sich haben. Für den Fall der Fälle, meine ich. Du weißt ja, man sollte sich heutzutage auf jeden Fall schützen.« Sie wusste selbst nicht, warum sie wie eine verklemmte Lehrerin dozierte und die Worte dadurch mehr Gewicht bekamen, als sie beabsichtigt hatte.

»Schon klar, aber wozu trägt man einen ganzen Haufen Kondome mit sich herum, wenn man zu Hause eine Freundin hat?«

»Es war kein ganzer Haufen.«

»Okay, wie viele?«

»Ich weiß es nicht, Lydi.«

»Komm, sag schon!«

»Ich weiß es wirklich nicht! Denkst du, ich habe sie gezählt?«

»Mehr als zwei?«

»Ja, mehr als zwei.«

»Mehr als fünf?«

Anna nickte und ärgerte sich, überhaupt von ihrem Fund

erzählt zu haben. Aus dem Augenwinkel sah sie, dass Lydia mit ausdruckslosem Gesicht ein kleines Loch in ihren Häkelpulli bohrte.

»Aber nicht mehr als zehn, oder?«, kam es gedämpft von rechts.

»Keine Ahnung. Schon möglich.«

»WAS? Unser Handwerker hat mehr als zehn Kondome im Gepäck? Das ist doch pervers!«

»Lydi, ich sagte doch, ich weiß es nicht. Ich hatte gestern Abend wirklich Besseres zu tun, als seine Präservative zu zählen!«

Lydia verstummte und sank wie ein Häufchen Elend in ihrem Sitz zusammen.

»Was interessiert dich das überhaupt so brennend?«, fuhr Anna fort. »Das ist doch nun wirklich seine Privatangelegenheit.«

»Na, hör mal, Mummy! Willst du jemanden im Haus haben, der es quer durch den Gemüsegarten treibt?»

Anna musste lachen. »Du meinst wohl, der es mit jungem Gemüse treibt.«

»Nein! Das habe ich ganz bestimmt nicht gemeint.«

»Jetzt hör mal zu, Lydi«, schlug Anna nun einen ernsteren Ton an. »Ich bin ja vollkommen d'accord mit dir, dass das mit den vielen Kondomen ein wenig sonderbar ist, aber solange Gnot gut arbeitet, geht es uns wirklich nichts an, was er in seiner Freizeit damit anfängt. In Ordnung?«

Doch Lydia gab bloß einen grunzenden Laut der Missbilligung von sich. So jung wie sie war, wusste sie zum Glück noch nichts von den sexuellen Abgründen mancher Menschen. Anna hoffte inständig, dass es auch so bleiben würde. Nicht, dass sie noch eines Tages an einen Mann wie Mark geriet … Am Anfang, ja, da war alles noch harmlos gewesen.

Harmlos und normal. Vielleicht zu normal, auch wenn es Anna vollkommen gereicht hatte. Sie brauchte kein Kamasutra-Geturne, kein Bondage und Frottage und was für Praktiken ihr Duden mit den sinn- und sachverwandten Wörtern noch so vorschlug. Doch Mark war in diesem Punkt anders gestrickt. Er wünschte sich exotischeren Sex. Zunächst hatte er sie bloß ganz sanft gebeten und geduldig auf sie eingeredet, aber schon bald darauf war er aggressiv geworden, um sie am Ende gewaltsam zu bedrängen. Er wollte ein bisschen Reizwäsche, ein bisschen Lack und Leder und noch viel mehr. Doch erst, als er eines Tages ein bis zum Anschlag zugekifftes, junges Ding mit schwarz umrandeten Augen anschleppte, legte sie ihr Veto ein. Sex zu dritt? Ausgeschlossen. Sie hatte die Verantwortung für zwei kleine Mädchen zu tragen, und selbst wenn Nina und Lydia noch nicht auf der Welt gewesen wären – für Drogen, Alkoholexzesse und Sexspielchen mit Fremden war sie sich zu schade. Es gab wochenlange, nervenaufreibende Diskussionen, Anna drohte sich von Mark zu trennen und ihre Töchter mitzunehmen. Dieser weinte und versprach unter großen Gesten, sich zu ändern, ein ganz normaler Familienvater zu werden. Sie glaubte ihm, wieder und wieder, doch in der selben Regelmäßigkeit fiel er in sein altes Leben zurück, brachte mal Sexutensilien, mal Koks, mal ein minderjähriges Mädchen mit nach Hause. Von neuem gab es Streit, Geheule, Szenen, die natürlich mit Marks Beteuerungen endeten, sich zu bessern.

Lydia und Nina wussten bis zum heutigen Tag nichts davon, auch nichts vom großen Finale. Anna hatte ihnen lediglich erzählt, ihr Vater habe sie wegen einer Amerikanerin sitzen gelassen und lebe jetzt irgendwo in den USA. Sie hatten es geschluckt und stellten keine Fragen. Wenn auch bloß, weil sie nichts von einem Vater wissen wollten, der seinerseits nichts von ihnen wissen wollte. Vielleicht hatte er inzwischen weitere Kinder in die Welt gesetzt, die dann ihre Halbgeschwister wären, aber selbst danach hatten sie sich nie erkundigt. Anna auch nicht. Sie wollte keinen Kontakt. Besser, dieser Mann existierte bloß als blinder Fleck auf der Landkarte ihres Hirns. Lydia und Nina waren ja auch all die Jahre bestens ohne ihn zurechtgekommen und zu recht vorzeigbaren jungen Frauen herangereift.

Zu Annas zweiter großer Liebe Axel gab es nicht viel zu sagen. Chemiker, Hundezüchter, Quartalstrinker. Er hatte sich einer Therapie verweigert, was Anna jedoch zur Bedingung gemacht hatte. Nicht zuletzt deswegen war die Beziehung bereits nach ihrem ersten gemeinsamen Portugalurlaub in die Brüche gegangen. Anna wollte alles, nur nicht ihre kostbaren Jahre mit einem Trinker vergeuden. Und es war die einzig richtige Entscheidung gewesen. So hatte sie *ihr* Leben gelebt und es in erster Linie den Zwillingen gewidmet. Das Studium, ihr Beruf, all das war stets nebenher gelaufen und es störte sie nicht im Mindesten, schon seit so vielen Jahren ohne Partner zu sein. Sie vermisste nichts. Was denn auch? Streitereien? Das tägliche Gezerre an den Kindern? Lauen Sex zum Wochenende?

Es war bereits halb eins, als sie endlich zu Hause eintrudelten, wo Anna als Erstes das Hinterteil des Mannes mit den Kondomen im Gepäck zu Gesicht bekam. Gnot stand gebückt neben der schon stadtfeinen Irene und inspizierte den Gartenzaun.

»Er ist kaputt«, hörte Anna ihn sagen, als sie die Wagentür öffnete. »Vielleicht is besser, wenn ich das renoviert.«

Um Himmels Willen, nein! – war Annas erster Gedanke. *Dann würde er ja noch länger bleiben.*

»Wenn du meinst, dass er gemacht werden muss, muss er

eben gemacht werden.« Irene sah hoch, winkte. »Da seid ihr ja endlich! Können wir bald los?«

»Bloß keine Eile«, entgegnete Anna angespannt. »Die Einkäufe müssen ausgepackt werden und – Tomasz?« Sie tippte dem Handwerker auf die Schulter, bloß ganz leicht, als könnte sie sich mit einer seltenen Krankheit anstecken. »Wären Sie so nett, über Lydias Bett eine Lampe anzubringen?«

Eben im Wagen hatte ihre Tochter sie gebeten, Tomasz damit zu beauftragen. Sie selbst war zu schüchtern, um ihn darum zu bitten.

»Das ich mache sehr gerne. Komm, Lydia. Welches is das der Lampe und wo willst du anhängen diese Lampe?«

Die beiden verschwanden im Haus; Irene half ihrer Tochter unterdessen beim Ausladen der Einkäufe.

»Wie sieht's denn hier aus?«, stöhnte Anna auf, kaum dass sie die Küche betreten hatten.

»Wieso, wie meinst du?« Ihre Mutter stellte die Tüten mit dem Obst in der Spüle ab und riss die Fenster sperrangelweit auf.

»Noch nicht mal die Butter ist weggeräumt! Geschweige denn das Geschirr!« Ihr Blick fiel auf den aufgeklopften Boden, wo sich seit ihrem Aufbruch ebenfalls nicht viel verändert hatte. »Was habt ihr eigentlich die ganze Zeit getrieben?«

Irene strich sich das Haar zurecht und erwiderte gelassen: »Bevor du dich gleich noch mehr aufregst, Liebchen, die Betten sind auch noch nicht bezogen.«

Anna konnte bloß mit den Augen rollen. Wahrscheinlich hatte ihre Mutter mit dem Handwerker auf der Terrasse gesessen und es sich bei einem Tässchen Kaffee gut gehen lassen.

»Tomasz musste sich im Keller um eine undichte Wasserleitung kümmern«, erklärte ihre Mutter und begann ganz gemächlich den Tisch abzuräumen.

»Und du?«

Täuschte Anna sich, oder zuckte ihre Mutter zusammen?

»Stell dir nur vor …, ein alter Freund hat angerufen.«

»Wer denn?« Eigentlich interessierte es Anna herzlich wenig, mit wem ihre Mutter am Samstagvormittag telefonierte, doch ein Rest Argwohn ließ sie vermuten, dass Irene vielleicht doch nur einfach Zeitung gelesen oder ihre ganze Garderobe durchprobiert hatte, um beim Ausflug an den Ku'damm auch fesch auszusehen.

»Peter Heschel.«

»*Wer* ist Peter Heschel?«

»Ach, ein Bekannter aus meiner wilden Zeit.« Bei dem Wort *wild* rotierte ihre Zunge im Mund und blitzte kurz hervor. »Übrigens hatte ich nie etwas mit ihm – falls du danach fragen wolltest.«

»Keine Sorge, wollte ich nicht.«

Von oben drang Gnots Gelächter und kurz darauf Lydias Mädchenkichern. Die beiden schienen sich prächtig zu amüsieren.

Irene nahm inzwischen Lydias Sojakerntüten aus der Tasche und betrachtete sie befremdet. »Warum muss das mit der Lampe eigentlich sofort sein?«, erkundigte sie sich und fügte spitz hinzu: »Es dauert ja wohl noch ein Weilchen, bis Lydi zu Bett geht und liest, nicht wahr?« Sie legte die Sojakerne, mit denen sie augenscheinlich nichts anfangen konnte, auf die Arbeitsfläche und trommelte sacht mit den Fingerspitzen über ihr Gesicht. Das sollte ihren Falten den Garaus machen, hatte bisher jedoch nicht zu sichtbaren Ergebnissen geführt. »Aber ich verstehe«, sagte sie. »Prinzessinnenwünsche gehen selbstverständlich vor.«

»Was soll das, Mutter!«, ereiferte sich Anna. »Du telefonierst stundenlang, kannst nicht mal nebenher den Tisch abräumen, und jetzt regst du dich auf, dass wir später als geplant losfahren? Von den nicht bezogenen Betten ganz zu schweigen!«

»Stell dir bloß vor, man könnte die Bettwäsche ja auch erst morgen wechseln«, provozierte Irene. »Oder wäre das ein Drama?«

»Für mich schon.«

»Natürlich! Weil du ohne deine Prinzipien wie der Zuckerwürfel im Kaffee absaufen würdest.«

Anna schichtete die Milchprodukte in den Kühlschrank, den frischen Parmesan nach unten, die Joghurtbecher älteren Datums ganz nach vorne, dann ging sie ohne ein weiteres Wort zur Tür.

»Liebes, wo willst du hin?«

»Betten beziehen.«

»Ach, Anna-Kind, so war das doch gar nicht gemeint! Ich erledige das schon.«

»Gib du dich besser mal deiner Prinzipienlosigkeit hin. Ich rackere mich mit dem allergrößten Vergnügen für euch alle ab.«

»Sei nicht albern!«

»Ich bin also albern?« Sie machte erneut einen Schritt auf ihre Mutter zu. »Dasselbe könnte ich über dich sagen.«

Irene schob Anna wie einen im Weg stehenden Staubsauger beiseite, dann lief sie behände die Treppen nach oben und summte fröhlich, als gäbe es keine schönere Beschäftigung, als die Betten eines 5-Personenhaushaltes zu beziehen.

★

Lydias Herz wummerte im Takt der Musik, die aus dem Radio schallte. Egal, wo sich Tomasz aus welchem Grund aufhielt, wenn ein Radio im Raum war, stellte er es auch an. Leider. Sie hätte lieber nur seinen Atemgeräuschen gelauscht, die in Tempo und Lautstärke variierten. Mal atmete er flach und leise, mal schnell und schnaufend, dann wieder ächzte er sekundenschnell angestrengt auf, um im nächsten Moment erneut in einen gleichmäßigen, ruhigen Rhythmus zu fallen. Lydia hatte gleich am ersten Tag bemerkt, dass Tomasz eine sehr spezielle Art zu atmen hatte. Inzwischen konnte sie anhand der Geräusche, die er von sich gab, ziemlich genau seine Stimmung erkennen. In diesem Moment, da er die kleine himmelblaue Muranoglas-Lampe anschraubte, die Nina ihr aus Rom mitgebracht hatte, wirkte er aufgekratzt, und Lydia wünschte sich, dass sie nicht ganz unschuldig an seiner Erregung war. Nein, sie wollte sich nichts einbilden, Tomasz war ein erwachsener und gebundener Mann, überdies hatte sie auch gar nichts weiter mit ihm im Sinn, zumindest nichts Konkretes ... also, nichts Körperliches ... was man gemeinhin als Sex bezeichnete. Es war lediglich so, dass der Handwerker sie nicht kalt ließ und sie sich danach sehnte, dass sie ihn ebenfalls nicht kalt ließ. Sie hätte ihn gerne beeindruckt – auf ihre ganz eigene, stille Art.

Das schien ihr offenbar auch zu gelingen. Schließlich hatte er ihr so viele nette Sachen gesagt. Beispielsweise, dass sie schön wäre. Dieses Kompliment hatte nur sie bekommen, nicht Nina oder ihre Mutter. Ansonsten hielt er sich jedoch mit Schmeicheleien zurück – verständlich, es wäre ja auch reichlich unpassend, mit der Enkelin der Arbeitgeberin anzubändeln. Wer setzte schon seinen Job für einen kleinen Flirt aufs Spiel? Dennoch waren da diese Blicke, denen Lydia sehr viel mehr Bedeutung beimaß als dem, was Tomasz so redete. Er konnte ihr nichts vormachen, sie hatte ihn genauestens studiert und auch durchschaut. Gelegentlich, wenn sie beim Essen waren, krempelte er seine Ärmel hoch, so dass seine kräftigen, von der Sonne gebräunten Unterarme sichtbar wurden, dann legte er den Kopf leicht schräg und betrachtete sie, indem er bloß mit den Augen lächelte; seine Mundwinkel rutschten dabei nicht mal einen Millimeter in die Höhe. Es war ein Blick, der keine Zweifel offen ließ. *Du bist schön. Ich begehre dich. Ich will dich.* Es gefiel ihr ausgesprochen, wenn der Handwerker sie so ansah, offen gestanden konnte sie kaum genug davon kriegen, und manchmal stellte sie sich vor, er würde sie mit seinen starken Armen an sich ziehen, umarmen und küssen. Kitschig wie in einer ihrer Telenovelas. Ihre feministisch angehauchte Schwester hätte vermutlich nur mit den Augen gerollt – *der starke Mann und das schwache Mädchen, haha, aus welchem Jahrhundert stammst du eigentlich?* –, aber wenn es schon so etwas wie Liebe gab, sollte sie auch durch und durch romantisch sein.

»Lydia, guck mal. Das ist gut?«

»Ja, ich denke schon.«

Tomasz hatte die Lampe am Kopfende angebracht und knipste sie nun an. »Komm, Midchen, lege dich.«

Lydia zuckte zusammen, als hätte der Handwerker statt der Lampe aus Versehen sie an den Stromkreislauf angeschlossen. »Wieso? Wozu?«

»Nicht sagen! Lege dich!«

Tomasz argwöhnisch im Auge behaltend – vielleicht hatte sie seine zärtlichen, begehrlichen Blicke ja doch falsch eingeschätzt und er war in Wirklichkeit ein Wüstling – streifte Lydia ihre Chucks ab, zupfte ihre akkurat gebügelte Bluse zurecht und setzte sich vorsichtig, bloß wie zur Probe, auf die Bettkante.

»Lege dich!«

Das Lächeln, das er ihr jetzt zuwarf, ließ ihren letzten Widerstand wie Mürbegebäck zerbröckeln und sie streckte sich auf dem Bett aus.

»Und jetzt?« Ihr Herz schlug, als wolle es aus ihrem Körper springen.

»Nimm zum Liesen!«

Lydia langte neben sich auf den Nachttisch und fischte nach dem erstbesten Buch. Es war ihr ein bisschen peinlich, weil es sich um ein Kinderbuch handelte und Tomasz das ganz sicher bemerken würde. Aber es schien ihm egal zu sein, was für ein Buch sie in der Hand hielt, er bat sie lediglich, es probehalber aufzuschlagen.

»Warum?«

»Ich will gucken, ob diese Lampe ist auf der richtige Stelle zum Liesen.«

»Ja, das ist ganz prima so«, erwiderte Lydia und atmete tief in ihren flachen Bauch. Zum Schein überflog sie ein paar Wörter, was eigentlich überflüssig war, weil sie gleich auf den ersten Blick bemerkt hatte, dass die Seiten gut ausgeleuchtet waren.

Doch Tomasz schien nicht restlos überzeugt zu sein: »Warte mal. Vielleicht ist besser, wenn die Lampe ist ein bisschen höher. Ich will auch ein Test machen.«

Schon im nächsten Augenblick zwängte er sich einfach neben Lydia aufs Bett. Ihn so unerwartet neben sich zu spüren – seine Wärme, seinen Geruch – war so überwältigend und schockierend zugleich, dass ihr einen Moment schwindelig wurde und sie sich an der Wand abstützen musste.

»Was ist?«, fragte Tomasz erschrocken.

»Nichts. Alles gut.« Vielleicht träumte sie ja bloß und lag gar nicht hier neben dem Handwerker auf ihrem Bett, doch dann rückte er noch ein Stückchen näher und linste in ihr Buch. »Hm«, rief er aus. »Das sind komische Wörter! Was ist das Buch?«

Plötzlich öffnete sich die Tür wie von Geisterhand und ihre

Großmutter steckte ihren Kopf zur Tür herein. Lydia zuckte zusammen, so als hätte sie gerade verbotene Dinge mit Tomasz getan, die über das gemeinsame Lesen eines Kinderbuchs hinausgingen. Auch Irene schien einen Moment irritiert zu sein, zumindest zog sie ihre Stirn in Falten wie eine Bulldogge und fragte mit eingefrorenem Lächeln: »Na, ihr beiden Hübschen? Was treibt ihr denn so?« Ohne eine Antwort abzuwarten, fuhr sie schon fort: »Lydi, kann ich eben deine Bettwäsche wechseln?«

»Natürlich!« Sie richtete sich auf und strich verstohlen ihre Haare glatt, aber da Tomasz immer noch wie ein gestrandeter Wal an der Bettkante lag, musste sie zwangsläufig über das Fußende aus dem Bett robben. »Tomasz ist auch schon fertig.«

»Hübsche Lampe«, stellte Irene nüchtern fest. »Sehr nett.«

»Hat Nina mir aus Italien mitgebracht.«

»Sie passt mit deine Auge«, schaltete sich Tomasz ein und hob träge die Wimpern, dann rappelte auch er sich endlich auf. »Das sehr schön blau.«

Da war er wieder, dieser ganz spezielle Blick, doch weil es Lydia widerstrebte, vor ihrer Großmutter den Flirt zu erwidern, bedankte sie sich bei Tomasz förmlich für den Arbeitseinsatz und schickte beide mit den Worten, sie würde ihr Bett schon selbst beziehen, aus dem Zimmer.

7.

Die Hitze des Julinachmittags schlug Anna ins Gesicht, als sie mit Irene, Lydia und Gnot aus dem U-Bahnschacht am Ku'damm stieg. Sie waren später als geplant losgekommen, und Anna hatte darauf bestanden, öffentliche Verkehrsmittel zu benutzen. Sich mit dem Auto durch den Nachmittagsverkehr zu quälen, Gehupe, Stress, um am Ende ohnehin keinen Parkplatz finden – das war nicht nach ihrem Geschmack. Sonderbar war es allerdings schon gewesen, ein bisschen wie beim Klassenausflug, zumal Gnot kurz nach dem Umsteigen am Rathaus Steglitz ein belegtes Brot und einen Apfel auspackte; zum Glück hatte er es sich verkniffen, eine Thermoskanne mitzunehmen oder gar die Kühltasche wie bei einer Spritztour an den Strand von Sopot. Aber Gnot war eben immer noch derselbe Vielfraß wie am ersten Tag: stets hungrig, stets bereit, sich bei jeder passenden oder auch unpassenden Gelegenheit einen Happen in den Mund zu schieben. Einmal hatte Anna es gewagt, sich bei ihrer Mutter zu beschweren, der Handwerker würde ihnen noch die Haare vom Kopf fressen, doch diese hatte ihn vorbehaltlos in Schutz genommen und gemeint, Anna sollte selbst mal körperlich so hart arbeiten, dann würde sie schon sehen, wie es um ihren Appetit bestellt wäre.

Ganz die Rudelanführerin steuerte Irene nun auf direktem Weg die Gedächtniskirche an, um dort wie ein Model vor der Turmruine zu posieren.

»Oh«, sagte Gnot und ließ seine Hand in die Luft fliegen. »Das Kirche ist wie kaputt.«

»Ja, das Kirche ist wie kaputt«, ahmte Anna ihn nach. Wegen der Hitze hatte sie ihre fisseligen Haare am Hinterkopf festgesteckt.

»Warum?«

»Ja, warum wohl?«, echote sie erneut, diesmal mit einer Portion Sarkasmus in der Stimme.

»Das Krieg gemacht diese Kirche kaputt?« Gnot warf nun Lydia einen Hilfe suchenden Blick zu, doch die war vollauf damit beschäftigt, die Schnürsenkel ihrer *trampki* zuzubinden.

»November 43«, dozierte Anna. »Ich muss Ihnen nichts von dem düsteren Kapitel unserer Geschichte erklären, das wissen Sie ja selbst. Seitdem steht die Ruine hier als Mahnmal.«

Gnot nickte und kratzte sich sein stoppeliges Kinn, so als müsse er die Worte erst mal auf sich wirken lassen.

»Liebchen«, schaltete sich ihre Mutter ein, »nun lass den armen Tomasz doch einfach mal das Wochenende genießen, ein wenig ausspannen! Geschichtsnachhilfe kann er ja immer noch bei dir nehmen.«

Lydia, die heute ein Hängerkleidchen über engen Röhrenjeans trug, die ihre mageren Beine betonten, kam wie ein kleines Mädchen die Stufen hinaufgehüpft und fragte den Handwerker: »Und? Was sagst du? Schön?«

»Hm.« Gnot massierte sich eine Weile die Schläfen, schien unschlüssig zu sein, was er antworten sollte. Vermutlich, weil er sich nicht auskannte, im Leben, in der Welt, und überdies ein ganz schrecklicher Kunstbanause war – die Wagner- und Bach-CDs in seiner Tasche hatte sich Anna sicher bloß eingebildet. Wohl, um nicht ganz als Vollidiot dazustehen, machte er ein paar Schritte auf die Kirche zu, so als könne er die wabenförmigen Betonplatten und die blauen Glasflächen besser in Augenschein nehmen. Lydia näherte sich ihm Zentimeter um Zentimeter. Erst als sie schon dicht neben ihm stand und er ihrem fordernden Blick nicht mehr ausweichen konnte, verkündete er, wobei ihm kleine, kaum erkennbare Schweißperlen auf die Stirn traten: »Das Kirche ist sehr schön, aber die andara Gebäude ...« Er schüttelte entschieden seinen graumelierten Schopf.

»Oh, ja, das finde ich auch!« Begeistert strahlte Lydia den Handwerker an, ihre Hand zuckte, so als wolle sie ihn am Arm berühren, doch sie unterließ es im letzten Moment.

»Ihr habt Recht, ihr Süßen«, pflichtete Irene bei, »mir haben diese Bienenwaben auch noch nie zugesagt. Sie verschandeln doch regelrecht das Stadtbild.«

Anna enthielt sich eines Kommentars. Wie sollte sie den Dilettanten an ihrer Seite auch erklären, dass jede Zeit ihren eigenen Geschmack und die frühen Sechziger nun mal Bauwerke wie dieses hervorgebracht hatten.

Doch ihre Mutter war jetzt ganz in ihrem Element und deklamierte: »Ku'damm, das war einmal! Tomasz, warte nur ab, bis du erst den Ostteil der Stadt gesehen hast!« Sie hakte sich bei ihm unter. »Die Museumsinsel, den Berliner Dom, den Gendarmenmarkt ... Darling, wir beiden Hübschen sollten mal in der Woche ein kleines Ausflügchen unternehmen. Dann zeige ich dir alles, wir gehen eine Kleinigkeit essen, setzen uns in ein Café ... ach, ist das nicht ein herrlicher Tag heute?« Sie löste sich wieder von Gnot und begann sich mit ausgebreiteten Armen um sich selbst zu drehen. Ein bisschen sah sie dabei aus wie eine Hollywooddiva der 40er Jahre, ein bisschen wie eine komische Alte, eine verlorene Seele im Großstadtdschungel Berlins.

Ja, es war ein herrlicher Tag, das musste selbst Anna zugeben. Der Himmel blau wie mit einem breiten Pinsel angestrichen, bloß ein leises Lüftchen wehte und ließ die hellgrünen Blätter der Platanen flirren. Gnot trug seinen Sommeranzug, den er während ihrer Einkaufstour aus Annas Schrank geholt haben musste, mit Würde. Dennoch verspürte Anna eine leichte Verstimmung. Ihr missfiel, wie ihre Mutter den Handwerker ganz selbstverständlich vereinnahmte. Natürlich wusste sie am besten, wie er sein Wochenende zu gestalten hatte, natürlich wusste sie auch, an welchen Plätzen in der Stadt es am schönsten war, wo man vorzugsweise aß und dass man das alles mit ihr zusammen erleben wollte, verstand sich ohnehin von selbst.

Sie zogen weiter Richtung KaDeWe, Gnot und Irene bildeten die Vorhut, danach kam Anna, das Schlusslicht bildete Lydia, die immer wieder vor einer der Boutiquen mit junger Mode stehen blieb und in die Fenster starrte, als befänden sich dort Schätze, so kostbar wie die Grabbeigaben eines Tutanchamun. Zum Glück hatte sie ihren Biofimmel bisher nicht auf Kleidung übertragen. Vielleicht war ihr aber auch gar nicht so ganz klar, dass die zumeist in China produzierten Hosen, Pullöverchen und T-Shirts vor Chemie nur so strotzten, und Anna würde einen Teufel tun, sie darauf aufmerksam zu machen.

»Schatz, wenn du mal irgendwo reingehen möchtest ..., wir warten gerne auf dich«, bot Anna ihrer Tochter an.

Lydia sah angestrengt in die Ferne, als habe ihre Mutter ihr eine wirklich knifflige Aufgabe gestellt, dann schüttelte sie jedoch entschieden den Kopf. Das KaDeWe sei schon okay und überhaupt, sollte nicht heute Tomasz im Mittelpunkt stehen?

»Gnot?«, gab Anna erstaunt zurück. »Nein, Lydi. Das hier ist *unser* Tag. Kommt ja selten genug vor, dass wir alle zusammen etwas unternehmen.«

Lydia hakte sich bei ihr unter. »Aber ohne Nina sind wir sowieso nicht komplett!«, jaulte sie, indem sie die Vokale traurig in die Länge zog. Das war es also – wieder einmal.

Bis zur Pubertät hatten die Mädchen ihre Tage in trauter Zweisamkeit verbracht. Sie hatten gespielt, gelacht und geweint, sich gerauft, geneckt und alles miteinander geteilt. Nicht einmal nachts hatten sie voneinander lassen können und, ihre schwitzigen Finger ineinander verkeilt, wie Ölsardinen in der Büchse nebeneinander gelegen.

Seit einigen Jahren war alles anders. Schleichend oder doch von heute auf morgen – Anna wusste es kaum zu sagen – hatte sich Nina von ihrer Zwillingsschwester abgenabelt. Ohne dass es je Streit gegeben hätte, ohne dass sie je groß darüber gesprochen hätten. Eines Tages wurden Lydia, sie und Irene vor vollendete Tatsachen gestellt. Als habe sich Nina über Nacht verpuppt, stand plötzlich ein fremdes Mädchen vor ihnen, das sich nichts mehr sagen ließ und seiner eigenen Wege gehen wollte. Lydia litt, sehr sogar. Anna spürte es genau, ohne dass ihre Kleine es jemals ausgesprochen hätte. Das Band zwischen ihnen schien noch nicht ganz gekappt zu sein, doch es wurde brüchiger und brüchiger und offenbar fürchtete sie sich vor dem Tag, an dem es vielleicht ganz reißen würde.

Gnot hatte inzwischen vor einem Handy-Laden Position bezogen und musterte, den Oberkörper schräg nach vorne geneigt, die Hände in den Taschen seines Sakkos vergraben, die Auslagen. Verständlich. Er besaß kein Handy. Zumindest hatte Anna ihn nicht einmal telefonieren sehen; andererseits war ihm auch nie in den Sinn gekommen, vom Festnetz aus in Polen anzurufen. Was Anna gelegentlich schon stutzig gemacht hatte. Aber Gnot war eben sonderbar.

Als eine Gruppe japanischer Touristen, die ganze Breite des Bürgersteiges in Anspruch nehmend, an ihnen vorüberwalzte, nutzte Anna die Gunst der Stunde und zitierte ihre Mutter mit dem Zeigefinger herbei.

»Was gibt es, Herzchen?«

»Also bitte, Mutter«, wetterte sie, musste jedoch erst einen Doppeldeckerbus passieren lassen, bevor sie fortfuhr: »Die Bemerkung mit der Nachhilfe hättest du dir wirklich sparen können!«

Irene sah Anna fragend an.

»Muss das immer sein! Mich so vorzuführen! Außerdem sollte man auch bei einem Handwerker elementares Geschichtswissen erwarten dürfen, oder sehe ich das etwa falsch?« Irgendetwas in dem dick gepuderten Gesicht ihrer Mutter war so verstörend, dass sie einen Moment inne hielt und nach Atem rang. Aus dem Augenwinkel registrierte sie, dass Lydia, winzige Steinchen wegkickend, am Kantstein herumtrödelte, dann stieß sie hervor: »Und falls Gnot wirklich keine Ahnung hat, muss man ihn eben aufklären, diesen Ignoranten!«

Ihre Mutter lachte glucksend, es klang beinahe wie ein Schluckauf. »Das haben sich die Missionare früher auch gesagt und dann im Namen Gottes blutige Kriege geführt.«

»Was für ein überaus treffender Vergleich«, bemerkte Anna spitz. »Vielen Dank. Jetzt bin ich im Bilde.«

»Liebchen, ich verstehe dich wirklich nicht.« Irene verrenkte sich den Hals nach Gnot, der immer noch wie gebannt vor dem Handy-Laden stand. »Ich denke, Tomasz soll bloß unser Haus renovieren und sonst nichts weiter.«

»Ganz genau.«

»Und warum muss er dann auf einmal auch noch gebildet sein?«

»Der zweite Weltkrieg hat nichts mit Bildung zu tun. Das ist Grundwissen.«

»Seid ihr bald fertig?«, mischte sich Lydia ein, doch Irene beachtete sie gar nicht weiter und sagte: »Sei unbesorgt, Tomasz hat mehr Esprit als du glaubst. Deine Mutter stellt ja wohl keinen Dummkopf ein! Und nun reg dich bitte wieder ab, ja?«

Das brachte Anna vollends auf die Palme: »Hast du dir eigentlich mal überlegt, wie ich mich fühle, wenn du mich wie eine Schülerin maßregelst? Gnot ist *unser* Handwerker, zwangsläufig … Da erwarte ich einfach, dass wir an einem Strang ziehen!«

»Schon gut, Liebchen«, ruderte ihre Mutter zurück.

Einen Moment schienen die Wogen geglättet zu sein, doch Anna hatte sich zu früh gefreut. Denn Irene musste das letzte Wort behalten und erklärte gedämpft: »Versteh mich nicht falsch, das ist jetzt wirklich nicht als Vorwurf gemeint, aber ich finde, dass du manchmal ziemlich die Lehrerin raushängen lässt.« Sie lachte heiser auf. »Ich weiß ja, du kannst nichts dafür. Ist eine Art Berufskrankheit.«

»Ja, so wird's sein«, bestätigte Anna matt, einfach, weil es ihr zu anstrengend war, den Streit erneut aufflackern zu lassen.

Sie schnippte behutsam einen kleinen Marienkäfer vom Bund ihres Polohemds und hielt das Thema damit für beendet. Die Zeit war viel zu kostbar, um sich unentwegt zu zanken. Es kam oft genug vor, dass sie sich kabbelten, ohne es zu bemerken. Bis Lydia unter Protest den Raum verließ oder Gnot sie mit starrem Raubvogelblick musterte und sich wohl seinen Teil zu denken schien.

Als hätte der kurze Disput wie ein reinigender Gewitterschauer gewirkt, schlenderten sie nun in aller Eintracht weiter und studierten die Auslagen der Boutiquen und Warenhäuser.

Doch kaum wurden sie wie von unsichtbaren Düsen ins Innere des KaDeWe gesogen, ging die nächste Diskussion los. Gnot wollte in die Elektroabteilung, Lydi zu den CDs, ach ja, und zu den Socken, Anna hatte die Damenabteilung im Visier, und Irene zeigte sich enttäuscht, dass Gnot nicht jubelnd auf ihr Angebot einging, sie erst in die Dessous- und dann in die Lebensmittelabteilung zu begleiten.

»Also gut«, entschied Anna in der Hoffnung, einmal so bestimmend wie ihre Mutter rüberzukommen. »Dann trennen sich jetzt entweder unsere Wege oder wir klappern alle Etagen zusammen ab.«

»Warum bilden wir nicht zwei Gruppen?«, schlug Lydia vor und kratzte sich die filigrane Nase.

»Genau!« Gnot wackelte wie ein batteriebetriebener Hase mit dem Kopf, bevor er sich seines Sakkos entledigte und bloß noch im weißen Hemd dastand. »Irene und Lydia gehen zu Wäscheabteilung und Anna komm mit mir. Ich will kaufen Rasierenapparat. Und später kaufen wir eine schöne Kleid for dich. Anna, ich glaub, du muss schöne Kleid tragen.«

»So, finden Sie?«

»Ja!« Er zeichnete mit seinen Händen eine weibliche, überaus kurvige Figur nach, und Anna wusste nicht, ob sie sich geschmeichelt fühlen oder beleidigt sein sollte. Doch sie verkniff es sich nachzufragen, wie er es gemeint habe – zumal ihre Mutter bereits genervt schaute und Lydia wie ein Teenager kicherte. Wahrscheinlich war alles auch ganz einfach. Gnot vermutete bei ihr Kurven und beschwerte sich auf seine Art darüber, dass sie diese nie herzeigte. Aber das sollte er sich nur rasch abschminken. Sich für einen Mann sexy herzurichten war nicht ihre Art. Sich für den Handwerker im Haus sexy herzurichten erst recht nicht. Bevor es noch unerfreulicher werden konnte, lenkte Anna ein und sagte: »Also gut. Treffen wir uns in einer halben Stunde in der Lebensmittelabteilung? Beim Fischstand?«

Alle schienen einverstanden zu sein – es war ja auch keine große Sache, sich für ein paar Minuten zu trennen –, auch wenn Anna fast damit rechnete, dass sich ihre Mutter auf den letzten Drücker bei ihr einklinken würde. Die Platzhirschkuh war und blieb nun mal ihre Paraderolle. Doch Irene hakte sich widerspruchslos bei ihrer Enkelin unter und die beiden zuckelten eng aneinandergeschmiegt zum Fahrstuhl. Anna war mit Gnot allein.

»Ich will fahren Rolltreppe«, bat er wie ein kleiner Junge. Selbstverständlich wollte Anna ihm den Wunsch nicht abschlagen und lotste ihn zwischen Tiegeln, Parfüms und grell geschminkten Verkäuferinnen hindurch zur zentralen Treppe. Gnot schien beeindruckt zu sein, vielleicht tat er aber bloß ihr zuliebe so, weil sie nun mal den weiten Weg von Zehlendorf hierher auf sich genommen hatten.

»Das is sehr schönes Kaufhaus«, sagte er. »Bei Warschau und Krakau sind auch schöne Kaufhäuse. Aber nicht so groß wie hier.«

Anna machte vor der Hinweistafel halt, um sich zu vergewissern, in welcher Etage sich die Elektroabteilung befand, kam jedoch nicht mehr dazu, weil Gnot sie am Handgelenk packte, als wolle er sie zum Tanzen auffordern und mit elegantem Schwung auf die Rolltreppe zog. Vielleicht war die Sache mit dem Tangolehrer doch nicht gelogen gewesen, ging es ihr durch den Kopf, und er hatte sie neulich auf der Terrasse absichtlich ein wenig ungeschickt herumgewirbelt. Kaum stand sie sicher, verscheuchte sie Gnots Hand wie eine lästige Fliege. Sie und ihr Handwerker in vertrauter Haltung auf der Rolltreppe im KaDeWe – nur ungern wollte sie so gesehen werden.

»Tomasz, ich weiß aber nicht, in welcher Abteilung wir Rasierapparate ...«

»Mach nichts«, unterbrach er sie. »Wir jetzt nich kaufen Rasierapparat, nur for dich das schöne Kleid.«

Gnot kam mit seinen unrasierten Wangen so nahe, dass sie für einen Moment seinen Duft erschnuppern konnte. Weihrauch. Nicht dass Anna auch nur ansatzweise wusste, wie Weihrauch roch, bloß war im Bruchteil einer Sekunde das Bild einer Barockkirche vor ihrem inneren Auge aufgetaucht, in der Tomasz als junger Messdiener im langen weißen Gewand eine Hostienschale vor sich hertrug.

»Ich will aber gar kein Kleid«, protestierte sie.

»Warum nicht?«

»Weil ...« Sie wich seinem Blick aus, schaute in den Strom der auf der anderen Seite hinabfahrenden Menschen. Wenn sie ehrlich war, fiel ihr nicht mal eine passable Begründung ein. Eigentlich fiel ihr überhaupt keine Begründung ein, außer, dass sie keine Kleider trug, weil nun mal keine in ihrem Schrank hingen. Stattdessen erklärte sie so gewichtig und ernsthaft, dass sie beinahe selbst dran glaubte: »Sie stehen mir nicht. Und sind im Übrigen auch nicht mein Stil. Tussis tragen Kleider.«

»Tussis?«

»Frauen, die eben anders sind als ich.«

»Du bist weibliche Frau.«

»Bin ich nicht.«

»Oh, doch.«

Ja, ja, dachte Anna verärgert und sah Gnot im Geiste bereits wieder imaginäre Rubensformen mit den Händen nachzeichnen, doch dann verkündete er: »Sehr viele Frauen weiblich, aber sie wissen nicht.«

Kaum waren sie in der zweiten Etage angekommen, stürmte Gnot los und pflügte durch die Kleiderständer wie ein Eisbrecher durchs arktische Meer. Er schlängelte sich an Regalen vorbei, zog mal hier, mal da ein Kleidungsstück hervor, um es dann doch wieder zurückzulegen und sich weiter durch den Warenbestand zu kämpfen.

Und dann geschah es. Einen Pfiff ausstoßend stürzte Gnot auf einen Ständer mit – eine andere Bezeichnung fiel Anna kaum ein – Nuttenfummeln zu.

»Ausgeschlossen, Tomasz, so etwas trage ich nicht. Niemals!«

»Warte mal! Jetzt suche for dich etwas sehr schön.« Fieberhaft ließ er den Ständer kreisen, Tigermuster, Leo-Print, Schlangenoptik, verruchtes Schwarz, durchsichtige Négligés, und weil Anna vom bloßen Zusehen schwindelig wurde, wandte sie rasch den Blick ab. Sie wollte ihm den Spaß nicht verderben; das war der einzige Grund, weshalb sie überhaupt stehen blieb. Ein zweiter Pfiff ertönte, diesmal war er lang gezogen und durchdringend, einen Pulsschlag später rief Gnot: »Anna, guck mal! Ich hab deine Kleid! Richtig deine Traum!«

Auch dieser Tag würde zu Ende gehen. Auch dieser Tag würde in nicht allzu ferner Zukunft im Allerlei vorübergezogener Tage wie in einer Nebelverwirrwolke verschwinden. Anna atmete tief durch und drehte sich um. Zunächst sah sie bloß Gnots entspanntes, ja glückliches Strahlen, so als wäre er nach langen Tagen harter Arbeit endlich mit sich selbst im Reinen, in der nächsten Sekunde fiel ihr Blick auch auf das Kleid.

»Oh«, sagte sie überrascht, und weil ihr vor Verblüffung die Worte abhanden gekommen waren, befühlte sie lediglich den Stoff. Er fühlte sich seidig an, wie babyweiche Haut, und doch viel zarter. Das Kleid war mit seinem im Licht changierenden taubenblauen Farbton geschmackvoll, keine Frage. Elegant, schlicht und sportlich zugleich – ganz nach Annas Geschmack. Und der Wickelschnitt schien im Zweifelsfall alle Körperteile zu bedecken, die sie auch bedeckt haben wollte.

»Is das schön?«

»Ja.«

»Ich auch das gedenk.« Er schaute sie an. »Das Kleid passt mit deine Auge.«

»Kann schon sein, aber wahrscheinlich sitzt es gar nicht«, machte Anna einen Rückzieher. Sie ließ den Stoff los und tat, als würde sie sich brennend für ein Leopardenkleid interessieren. Gnot hatte sie angesehen, viel zu lang und viel zu intensiv. Das behagte ihr nicht. Sie waren einkaufen. Und einkaufen hieß, dass man …

»Anna, zeig es für mich. Dann ich bin glücklich!«

Gnot drückte ihr das Kleid in die Hand, ein paar Sekunden lang stand sie verstört da, doch dann lief sie wie ferngesteuert zur Umkleidekabine, stieß die Schwingtür auf und ließ sie hinter sich zufallen. Einmal tief durchatmen. Im Spiegel sah ihr eine verkniffen dreinblickende Frau mit schmalen ungeschminkten Lippen und einer etwas zu spitzen Nase entgegen. War das tatsächlich sie? Warum guckte sie bloß so angestrengt? Warum konnte sie es nicht einfach genießen, dass ihr der Handwerker im Handumdrehen ein wunderschönes Kleid, in dessen Farbe sich Anna bereits Hals über Kopf verliebt hatte, herausgepickt und damit genau ins Schwarze getroffen hatte?

Ihre Beine zitterten, als sie sich aus ihrer Bundfaltenhose schälte, sich das Polo-Shirt über den Kopf zog und schließlich bloß noch in Unterwäsche dastand. Irgendetwas Sonderbares ging hier vor. In aller Eile, so als könne sie dadurch das schwammige Gefühl in ihrem Kopf vertreiben, schlüpfte sie in das Kleid, doch die Wickeltechnik war komplizierter als ursprünglich angenommen. Zunächst schauten Teile ihres BHs raus, beim zweiten Anlauf klaffte das Kleid seitlich auf.

»Zeig mal!«, rief Gnot von draußen. »Komma hier!«

»Einen Moment noch!« Hektisch löste sie wieder das Band, wickelte und zurrte aufs Neue und kam trotzdem nicht klar.

»Anna?«

Die Schwingtür quietschte, schon betrat Gnot die Kabine, das Sakko seines Anzugs lässig über die Schulter geworfen. Anna war so überrascht, dass sie es gerade noch schaffte, den Stoff des Kleides vor ihrem Körper zusammenzuraffen, damit er nicht noch einen Blick auf womöglich nackte Körperpartien erhaschen konnte. Ihn einfach rauszuschmeißen kam ihr nicht in den Sinn.

»Brauchst du Hilfe?«, fragte er mit seltsam melancholischem Blick.

Anna lachte eine Spur zu laut auf, so in etwa, wie ihre Mutter das immer tat, wenn sie verlegen war oder auch jemanden brüskieren wollte. »*Sie* können Wickelkleider binden?«

»Ich denke ja. Ich mache viele Sache.«

Und nur, weil er ebenfalls peinlich berührt zu sein schien – zumindest presste er sich, stets zur Flucht bereit, mehr und mehr gegen die Schwingtür, lockerte Anna den Griff vor ihrem Bauch.

»Soll ich?«

Sie nickte und hörte ihr Herz wummern.

Zu ihrer Überraschung ging Gnot mit der Geschicklichkeit eines Hütchenspielers vor, ohne dass dabei zu viel Fleisch hervorblitzte oder er ihr gar zu nahe trat. Die Stirn in Falten gelegt, band, wickelte und prüfte er den Sitz des Kleides gründlich und gewissenhaft. Das Resultat konnte sich durchaus sehen lassen.

»Na, was sachs du?«, fragte er, indem er nun die Position wechselte und sich neben ihr vor dem Spiegel aufbaute.

Anna brauchte einen Moment, um zu begreifen, dass die Frau in dem taubenblauen Kleid sie war und dass sie darin –

so hätte ihre Mutter es vermutlich formuliert – hinreißend aussah. Eben wie eine Frau. Nicht wie eine Lehrerin, die, eine Stulle aus dem Butterbrotpapier schälend, zur Pausenaufsicht eilte oder sich mit einem Stapel Klassenarbeiten und ihrem Waterman bewaffnet an ihren Arbeitsplatz zurückzog. Auch nicht wie eine Mutter von erwachsenen Kindern, die am Samstagvormittag durch die Supermärkte und Bioläden der Stadt jagte, um ihrer kapriziösen Tochter jeden Wunsch zu erfüllen. Nein, sie wirkte jung und weiblich und dabei nicht albern auf jugendlich getrimmt wie ihre Mutter bisweilen.

Gnot lächelte ihrem Spiegelbild zu. Zum ersten Mal fiel Anna auf, wie groß er war und dass er Grübchen hatte, die seinem Gesicht trotz des finsteren, von den Augenbrauen beherrschten Blicks einen femininen Zug verliehen.

»Bis du zufrieden mit dir?«, fragte er.

»Ja«, entgegnete Anna schlicht. Es war das erste Mal, dass sie einfach so geradeheraus antwortete. In früheren Jahren hätte sie gestottert und gestammelt, fishing for compliments betrieben und sich selbst als zu dick, zu dünn, zu unproportioniert, zu irgendwas beschrieben. Aber nein, heute gefiel sie sich und konnte das sogar zugeben.

Gnot stand immer noch wie angewurzelt da. Sie spürte die Wärme, die von seinem Arm ausging, als er sagte: »Anna, bis du sehr schönes Midchen.«

»Danke, Tomasz.« Sie hatte nicht sein Kompliment gemeint – weder war sie ein Mädchen noch schön – sondern die Tatsache, dass er mit aller Beharrlichkeit vorgegangen und das Kleid für sie ausgesucht hatte. »Dann ziehe ich es jetzt aus und bezahle.« Bisher hatte sie nicht mal einen Blick auf das Preisschild geworfen, aber es war ihr einerlei. Dieses Kleid musste es sein. Auch wenn sie das Geld dafür an anderer Stelle würde einsparen müssen.

»Ja, gut.« Allerdings rührte sich Gnot nicht von der Stelle, und weil Anna glaubte, dass er sie möglicherweise nicht verstanden hatte, wiederholte sie wie bei einem Schwerhörigen: »Tomasz, ich möchte das Kleid jetzt wieder ausziehen und bezahlen.«

»Bezahlen immer ist sehr gut. Klauen sehr schlecht.« Für einen Augenblick blitzte der Schalk in seinen Augen auf, dann war er wieder vollkommen ernst und bevor Anna sich den abrupten Stimmungswandel überhaupt bewusst machen konnte, hatte Gnot sich bereits zu ihr runtergebeugt und küsste sie züngelnd wie eine Schlange. Reflexhaft zuckte sie zurück, womit sie dem Kuss ein vorschnelles Ende setzte.

»Tomasz!«, empörte sie sich und legte schützend ihre Hände vor die Brust. »Bist du verrückt?«

»Du!« Gnot nestelte am Knopf seines Hemdes, er öffnete ihn kurz, um ihn sogleich wieder zu schließen. »Du gesagt du!«

»Verzeihung. Das ist mir nur so rausgerutscht.« Hoffentlich klang sie so entschieden, wie es der Situation angemessen war.

»Tut mir wirklich leid …«

Mit einer harschen Geste brachte Anna den übergriffigen Handwerker jetzt zum Schweigen, musste jedoch zugleich lächeln, was Gnot mit spitzbübischem Grinsen quittierte. Und sie ließ es obendrein zu, dass er ihr wie einem Mädchen über den Kopf strich, bevor er endlich die Kabine verließ.

Kaum war die Schwingtür hinter ihm zugefallen, sank Anna auf den mit ihren Kleidungsstücken bedeckten Hocker und starrte auf ihre Hände, die bleiern in ihrem Schoß lagen. Gnot hatte sie geküsst. Und sie hatte es sich gefallen lassen. War sie eigentlich noch ganz bei Trost? Ihr Kopf dröhnte, und weil sie den Zustand nicht länger ertragen konnte, erhob sie sich, testete, ob ihre gummiartigen Beine sie überhaupt trugen, dann griff sie unter Gnots *O sole mio*-Geträller, das von draußen drang, nach ihren Jeans. Sie hatte ihr Zeitgefühl verloren, schätzte aber, dass die halbe Stunde längst um sein musste und ihre Mutter und Lydia vermutlich bereits oben bei den Fischen warteten. Vielleicht sollte sie Gnot vorschicken, damit sie sich in Ruhe anziehen und das Kleid bezahlen konnte.

Glücklich über diese Möglichkeit ihn loszuwerden, öffnete sie die Tür bloß einen Spalt breit und rief: »Tomasz, fahren Sie bitte schon mal vor? 5. Stock. Fischstand.«

Gnot nickte, seine Augenbrauen rutschten hoch, während er den Kopf kurz in den Nacken legte, im nächsten Moment erkundigte er sich mit leicht verwirrter Miene: »Und wo sind das Fisch?«

»Fragen Sie sich durch. Das kriegen Sie schon hin. Sie schaffen doch sonst auch alles.«

Sie ließ die Tür wieder zufallen, und nun, da sie mit sich und dem Kaufhaus allein war, beruhigte sich ihr Herzschlag allmählich auch wieder. Warum hatte Gnot das nur getan? Hatten seine Hormone derart verrückt gespielt, als er sie in dem Kleid erblickt hatte? Oder hatte er die Sache von A bis Z eingefädelt? Aber eigentlich spielte es auch keine Rolle. Es war passiert. Nicht mehr zu ändern.

In Polohemd und Bundfaltenhose – ein Outfit, das ihre Mutter himmelschreiend langweilig fand – war Anna sogleich wieder die Alte und vergaß augenblicklich, dass sie sich eben noch, wenn auch bloß für einen kurzen Moment, verwegen gefühlt hatte.

Draußen lauerte eine Verkäuferin mit Haifischlächeln. »Kommt etwas in Frage?«

Ohne ihre Antwort abzuwarten, wollte sie ihr das Kleid wegschnappen, doch Anna riss ihren Arm hoch und schwenkte den Fummel wie eine Trophäe. »Ich überlege noch«, erklärte sie, sich im Gefühl der Genugtuung suhlend, aus diesem Spiel ohnehin als Siegerin hervorzugehen. Die Verkäuferin nickte mit süßsaurer Miene, deutete mit dem Kopf Richtung Kasse, dann machte sie sich aus dem Staub.

Anna trieb sich noch ein Weilchen zwischen den Kleiderständern herum und überlegte, ob sie das Kleid tatsächlich nehmen sollte. Wozu brauchte sie es überhaupt? Sicher nicht, um wie ein Teenager heimlich in der Umkleidekabine eines Kaufhauses zu knutschen.

Ein paar Minuten später hatte sie entschieden. Ja zum Kleid, nein zu Gnots Annäherungsversuch. Entsprechend kühl lächelte sie, als sie weitere fünf Minuten später, vielleicht waren es auch sieben, Gnot, Lydia und ihre Mutter am Fischstand aufgabelte.

»Liebchen, Tomasz hat uns von dem ganz wunderbaren Kleid erzählt! Zeig doch mal!«

Bevor Anna auch nur einen Ton sagen konnte, hatte ihre Mutter die Tüte erbeutet und warf einen Blick hinein.

»Oh, ganz blau!«, rief sie aus, wobei Anna sehr wohl bemerkte, wie sehr sie sich anstrengte, Begeisterung zu heucheln.

»Was? Blau? Echt?« Lydia beugte sich nun ebenfalls über die Tüte, als gäbe es dort seltene Schätze zu entdecken.

»Ja, blau«, bestätigte Gnot. Er versuchte Annas Blick zu erhaschen, doch die ließ ihn abblitzen. Auf gar nichts würde sie sich mehr einlassen, so viel stand fest.

Ein kleinwüchsiger Mann, dessen letzte Rasur schon einige Tage zurückzuliegen schien, trat aus Irenes Schatten. »Dürfte ich auch mal sehen?«

Anna zog impulsiv die Tüte weg. Womöglich wollte noch das ganze Kaufhaus an ihrem Kauf, dem Zeichen ihrer neuen Weiblichkeit, teilhaben.

»Verzeihung, habe mich gar nicht vorgestellt. Holger Krepp. Bin ein Bekannter Ihrer Frau Mutter.«

Anna musterte Irene argwöhnisch, doch die gab sich vollkommen unbeteiligt. Anstandshalber reichte Anna dem Unbekannten die Hand. »Ach, dann sind Sie sicher der Herr, mit dem meine Mutter heute Morgen erst telefoniert hat, richtig?«, fragte sie in einem spöttisch-plänkelnden, um Leichtigkeit bemühten Ton.

»Ich? Nein.« Der Oberlippenbart des Mannes, der noch um einiges voller war als der Rest der Gesichtsbehaarung, hob und senkte sich. »Haben uns zufällig getroffen. Schon das zweite Mal so kurz hintereinander. Nicht wahr, Irene? Kann ja wohl nur ein gutes Omen sein.«

Lydia verdrückte sich, wohl um rasch eine Schrippe oder Banane, irgendwas Essbares, das zudem ein Biosiegel trug, zu kaufen.

»Anna-Liebchen«, setzte Irene zu einer Erklärung an. »Holger wäre so nett, sich unser Haus anzusehen und den Preis zu schätzen.«

»Ach, tatsächlich.« Sie fixierte einen schwärzlichen, wie gerußt aussehenden Riesenfisch, der sich bloß eine Armlänge von ihr in der Glasvitrine befand und sie, obwohl er toter als tot war, flehend anzusehen schien. Gleichzeitig breitete sich eine Gänsehaut über ihren Kopf aus. »Dann sind Sie also Immobiliengutachter?«, erkundigte sie sich, um ein höfliches Lächeln bemüht.

»Sozusagen.«

Der Mann roch nicht gut. Er roch überhaupt nicht gut, und Anna widerstrebte die Vorstellung, ihn in ihr Haus zu lassen.

»Sozusagen? Das müssen Sie mir erklären.«

»Holger hat so dies und das gemacht«, übernahm nun ihre

Mutter die Regie. »Unter anderem Architektur studiert und ... Was war das noch gleich, Holger?«

»Na, hör mal, Irene!« Er lachte heiser. »Bin ich hier beim Bewerbungsgespräch? Dachte, ich tu euch einen Gefallen. Klitzekleinen Freundschaftsdienst, gewissermaßen. Dräng mich aber nicht auf, wenn ihr nicht wollt.«

Ihre Mutter sagte mit reglosem Gesichtsausdruck: »Wir denken darüber nach, Holger. Danke jedenfalls für dein Angebot. Wirklich lieb von dir.«

»Meine Nummer hast du noch?«

»Deine Nummer? Deine Nummer?« Irene tastete fahrig ihre Hüften ab, als würde dort irgendwo ein Post-it mit Holger Krepps Telefonnummer kleben. »Ach, gib sie mir doch sicherheitshalber noch mal.«

Inzwischen kam Lydia, mit einer Brötchentüte raschelnd, zurück. Eine günstige Gelegenheit sich überstürzt zu verabschieden, weiterzuziehen und das neu gekaufte Kleid mit keinem weiteren Wort zu erwähnen. Vermutlich würde Anna es ohnehin nicht tragen – nie.

»Wer war das denn? Woher kennst du ihn?«

»Er ist schrecklich, ich weiß«, entgegnete ihre Mutter. »War er früher schon. Aber soll er ruhig ein Gutachten erstellen, das kann doch nicht schaden, oder?« Sie klatschte in die Hände. »So, Tomasz, möchtest du hier irgendetwas einkaufen? Ansonsten wäre ich dir ausgesprochen dankbar, wenn du mir auch etwas Hübsches zum Anziehen aussuchen würdest. Ich muss schon sagen, du hast wirklich ein gutes Händchen. Sogar in puncto Mode.« Ihre Charme-Offensive gipfelte in sekundenlangem Dauerlächeln neben einem Käselaib am holländischen Gourmetstand, und auch Lydia, die mittlerweile mit den Zähnen die Sonnenblumenkerne von ihrem Körnerbrötchen schabte, verlangte nach seiner modischen Beratung.

Anna blieb nichts weiter übrig, als sich zu wundern. Das Kleid, das Gnot für sie ausgesucht hatte, hatte noch nicht mal besonderen Anklang gefunden. Waren die beiden gar auf die Art der Sonderbehandlung eifersüchtig? Aber sollten sie sich ruhig an der Seite des Handwerkers durch die übervolle Damenabteilung drängeln, sie für ihren Teil würde hier oben bei einem Kaffee warten.

»Ach, und vergesst nicht, Herrn Gnot einen Rasierapparat zu kaufen!«, rief sie den Dreien nach, als sie bereits die Rolltreppe ansteuerten. Lydia fuhr herum und lachte glucksend. Anna verstand zwar nicht, was am Kauf eines Rasierapparats so komisch sein sollte, ersparte es sich jedoch nachzufragen. Sie war bloß froh, inmitten des Nachmittagstrubels ein Weilchen für sich zu sein. Ein starker Kaffee brachte ihr Herz zum Klopfen, und sie genoss es, dem Vorfall in der Kabine nachzuspüren, nicht ohne immer wieder einen verstohlenen Blick in die Einkaufstüte zu werfen. Natürlich würde sie Gnot nicht noch einmal küssen – auf gar keinen Fall –, dennoch amüsierte sie der Gedanke, dass es geschehen war und sich auf der Landkarte ihrer Erinnerungen nun nicht mehr würde auslöschen lassen. Gnot hatte ihre Reife der unverbrauchten Jugend ihrer Töchter vorgezogen, was ihn nicht nur ehrte, sondern obendrein vor einem hochkantigen Rauswurf bewahrte.

Menschenmassen wälzten sich an ihr vorüber, unter Einsatz ihrer Ellenbogen und Einkaufstüten. Doch so hektisch und laut es auch um Anna herum sein mochte, sie versank gleichsam in einem ruhigen Strom wohliger Gedanken. Als sie schläfrig wurde, trank sie einen zweiten Kaffee, und dann kamen die Drei auch schon wieder zurück – aufgekratzt, als hätten *sie* eine Überdosis Koffein zu sich genommen.

»Und? Was hat Tomasz Schönes für euch ausgesucht?«

Gnot trät näher, so als habe er in der Pralinentheke hinter

ihr irgendetwas erspäht und streifte dabei Annas Hand. Sie zweifelte nicht eine Sekunde daran, dass er es mit Absicht getan hatte, doch weder ihre Mutter noch Lydia schienen etwas mitbekommen zu haben. Wie Göttinnen der Jagd zeigten sie stolz ihre Beute her: Lydia ein waldgrünes Hemdblusenkleid aus festem Leinen, ihre Mutter schwarze Leggings und ein grafisch gemustertes Hängerchen. Um Himmels Willen!

»Mutter, das ist ein Minikleid!«, entrüstete sich Anna.

»Na und? Zu Leggings sieht es ganz fabelhaft aus. Meint Tomasz auch. Nicht wahr, Tomasz? Stimmt doch, oder? Hast du doch gesagt?«

Gnot wandte sich kurz um, lächelte kokett und war schon wieder bei den Pralinen.

»Aber Leggings …« Anna fehlte einen Moment lang die Luft zum Atmen. »Die haben wir schon in den 80er Jahren gehasst!«

»Wir? Ich nicht.«

»Gut, wenn du dich unbedingt lächerlich machen willst … Aber sag später nicht, ich hätte dich nicht gewarnt.«

»Reingelegt!« Irene gluckste und Lydia bekam einen Kicheranfall. »Dein Töchterchen und ich … wir haben die Outfits mal eben getauscht. Das grüne Kleid ist selbstverständlich für mich.«

» Und stell dir vor.« Lydia kicherte und kicherte. »*Herr Gnot* ist Besitzer eines funkelnagelneuen Rasierers.«

»Ihr seid albern. Richtig albern«, beschloss Anna die Diskussion und steuerte auf den Fahrstuhl zu.

Unten auf der Straße übernahm Irene erneut das Ruder und spendierte ein Taxi, das sie in ein japanisches Lokal in der Kantstraße brachte. Es sollte eine Überraschung sein, kam jedoch bei der Hälfte der Anwesenden nicht gut an. Gnot machte beim Anblick der kleinteiligen Sushi zunächst nur große Augen, doch schon der erste Happen ließ ihn vor Ekel blass werden und er legte die Stäbchen höflich, aber entschieden beiseite. Er, der sonst alles und in rauen Mengen vertilgte. Lydia ekelte sich wegen des nicht zu bestimmenden Biofaktors sowieso. Bloß Anna und ihre Mutter schlemmten und tranken Champagner, so lange die Flasche, die Irene geordert hatte, noch einen Tropfen hergab. Es war einfach ein viel zu schöner Tag, um keinen Champagner zu trinken, befand Anna und ließ es sich nur allzu gern gefallen, dass der arme, hungrige Gnot ihr immer wieder über den Tisch hinweg verstohlen zulächelte.

8.

Nina lag auf ihrem Matratzenlager, die Nase ins frisch bezogene Bett vergraben, und heulte. Wegen der Liebe und weil das Leben einen Dreck wert war. Was bildete sich dieser Mensch eigentlich ein? Sie selbst hatte in ihrem Leben schon so manche Affäre beendet, zumeist telefonisch, einmal zugegebenermaßen auch aus Feigheit per Mail. Aber sich wie ein Teenager mit einer SMS aus der Verantwortung zu stehlen – das war der Gipfel, schlimmer als ein Tritt in den Hintern.

Dabei hatte sie sich den Samstag so ganz anders vorgestellt. Kaffee kochen und Tommaso anrufen, sobald ihre Leutchen aus dem Haus waren. Auf Wochenendfirlefanz und Zwangsunternehmungen mit der Family stand sie nicht. Sowohl ihre Mutter als auch ihre Großmutter drehten ja förmlich am Rad, seit dieser Handwerker mit den wuchernden Augenbrauen im Haus war. Als wäre er ein Staatsgast, wurde er umtänzelt und hofiert. Wahrscheinlich waren es aber bloß die männlichen Ausdünstungen, die er wie ein Hirsch in der Brunft verströmte. Ihre Mutter und Lydia taten zwar immer, als seien sie gegen Männer immun, schlimmer, als wären diese der Abschaum, doch kaum war mal einer im Haus, rüschten sie sich wie Mädchen vorm Abschlussball auf, baggerten und flirteten, dass man besser daran tat, in Deckung zu gehen. Zu diesem Zweck hatte Nina extra eine Verabredung vorgeschoben und nahm es obendrein in Kauf, am Samstagmorgen ohne Sinn und Verstand durch die Zehlendorfer Spießergegend zu spazieren, im Café um die Ecke Pirandello zu lesen und darauf zu warten, dass sie endlich zurückkehren und ungestört zum Telefonhörer greifen konnte …

Doch dann hatte Tommaso ihre Pläne durchkreuzt, einfach so. Ihr Handy fiepte exakt in der Sekunde, als sie die Haustür aufschloss. Zweimal kurz, einmal lang. Er schrieb ihr öfter Liebes- oder Sexbotschaften, manchmal auch nur einen kleinen Gruß. Dementsprechend vollführte ihr Herz einen Looping, als sein Name auf dem Display erschien – immer noch, nach so vielen Monaten. Sie klickte die Nachricht auf und las:

Mi dispiace, ma non ha più senso, un bacio, Tommaso.

Nina brauchte einen Moment, um zu begreifen. *Non ha più senso* … Es hat keinen Sinn mehr … Mit Verzögerung dockten die Worte in ihrem Hirn an, ließen sich dann jedoch nicht mehr abschütteln und wurden wie in einer Endlosschleife wieder und wieder abgespult.

Dass Nina jetzt immer noch weinend dalag, hatte einen ebenso banalen wie nachvollziehbaren Grund: Tommaso war der bisher einzige Mann in ihrem Leben, für den sie jemals aufrichtige Gefühle in die Waagschale geworfen hatte. Dabei hatten sie Freunde von der Uni in Rom gewarnt. Tommaso sei nicht mehr als sein eigenes Klischee. Ein Macho, der niemandem treu sein könne und auch wolle, aber wenn es sie nicht störe …, offenbar sei sie ja selbst kein Kind von Traurigkeit. Das entsprach in gewisser Weise schon der Wahrheit, dennoch hatte Nina gehofft, dass es mit Tommaso anders wäre. Dass eine verschüttete Seite ihrer Persönlichkeit wieder hervorträte, die mehr wie Lydi war und nicht von Party zu Party jetten musste, um sich überhaupt lebendig zu fühlen.

Doch alles Sehnen und Hoffen hatte sich mit dem Eintreffen der SMS auf einen Schlag erledigt. Seit nunmehr zwei Stunden fühlte sich Nina innerlich tot, wie ausgelöscht. Das *vaffanculo!*, das sie anfänglich noch wie eine Furie in die Kissen gebrüllt hatte, kam bloß noch schleppend über ihre blutleeren Lippen. Liebe gab es lediglich in Groschenromanen.

Man nehme nur mal ihre Mutter und Großmutter. Beide hatten sich frühzeitig von dem Lebensmodell Kleinfamilie verabschiedet – aus dem einfachen Grund, weil die Männer Idioten waren. Ihren Großvater kannte Nina bloß vom Hörensagen; er war bereits vor Lydias und ihrer Geburt an den Folgen seiner Alkohol- und Drogensucht gestorben. Doch offenbar hatte weder ihre Großmutter noch ihre Mutter dem verantwortungslosen Hallodri, der nicht einen Tag bei seiner Familie gelebt hatte, auch nur eine Träne nachgeweint. Ninas eigener Vater schien ein ebenso wenig taugliches Exemplar Mann gewesen zu sein. Sie konnte sich nur schemenhaft an ihn erinnern, was jedoch nichts weiter machte. Wozu sich einen Kerl ins Gedächtnis rufen, der ihre Mutter, Lydi und sie wegen einer anderen im Stich gelassen und es seitdem nicht mal für nötig befunden hatte, auch nur mal eine Postkarte zu schreiben?

Sie musste eingeschlafen sein, denn nur allmählich drang ein Klingeln an ihr Ohr, das sie zunächst nicht einzuordnen wusste. Erst als sie automatisch ihre Hand ausstreckte und auf dem mintgrünen Nachtschränkchen herumtastete, wurde ihr klar, dass ihr Handy Alarm schlug und sie bereits danach suchte.

Tommaso? Sollte er tatsächlich …?

»Tommaso?«, keuchte sie in ihr Handy.

»Ich bin's, Noel.«

»Hi, Noel!« Sie bemühte sich um einen frischen, fröhlichen Tonfall.

»Geht's dir gut?«

»Ja, klar. Blendend.«

»Du klingst aber gar nicht so.«

»Doch. Hab nur geschlafen.«

»Oh, pardon. Soll ich gleich wieder auflegen?«

Unten klapperte und polterte es, dann schwirrte das Lachen ihrer Großmutter durchs Treppenhaus.

»Quatsch. Meine Familie ist auch gerade nach Hause gekommen. Die hätten mich sowieso geweckt.«

»Nina, bist du da?«, tönte Lydias helle Stimme.

Nina schätzte sich bloß glücklich, dass sie, im Gegensatz zu ihrer Zwillingsschwester, nach Bardame und durchfeierten Nächten klang.

»Ja! Telefoniere gerade! Komme gleich!«

»Autsch«, rief Noel, weil Nina zu sehr in den Hörer gebrüllt hatte.

»Sorry.«

»Ach, kein Problem.« Noel klang belustigt. »Meine Ohren haben schon die härtesten Clubs der Stadt überlebt.«

»Soso.«

»Du glaubst mir nicht? Ich kann's dir gern beweisen. Hast du Lust?« Er klang bettelnd, fast devot.

»Mal sehen, vielleicht.«

»Heißt *mal sehen, vielleicht* ja oder nein?«

»Beides. Je nachdem.«

Noel lachte, sie sei die unentschlossenste, leider aber auch interessanteste Person, die ihm in letzter Zeit untergekommen sei. Dann folgte eine Aneinanderreihung verschiedener Komplimente, die zwar allesamt nicht besonders originell klangen, doch immerhin schmeichelhaft genug, um sie nicht auflegen zu lassen, bevor er sie mit der beiläufig platzierten Bemerkung kriegte, ob sie etwa als ein braves Zehlendorfer Töchterchen enden und darüber das wirkliche Leben verpassen wolle.

»Also gut«, lenkte Nina ein, nicht zuletzt, weil immer noch eine widerwärtige Stimme in ihrem Hinterkopf *vaffanculo* trompetete. »In zwei Stunden am Tacheles.« Alles war besser, als in Liebeskummer zu ersaufen.

Sie wischte sich die verschmierte Wimperntusche weg und ging runter, um sich ein Käsebrot zu schmieren. Doch ihre Großmutter fing sie in der Küche ab, sie müsse unbedingt mit in den Garten kommen, sie würden mit Tomasz ein Sektchen trinken, er habe ihnen ja so hinreißende Sachen zum Anziehen rausgesucht und überhaupt – sei das Leben nicht wundervoll?

Ja, ganz großartig. Es konnte kaum besser sein.

Draußen saßen sie alle in trauter Runde. Lydi mit erhitzten Wangen, ihre Mutter mit Glimmerblick, als hätte sie weitaus mehr als ein Glas Champagner getankt und der Handwerker in knalliger Anzughose, unter der sich vorne so einiges abzeichnete, was man, frau oder wer auch immer besser gar nicht so genau sehen wollte.

»Hast du geweint?«, raunte Lydi ihr zu. Ihrer Schwester konnte sie nichts vormachen, dafür kannten sie sich einfach zu gut. Also wisperte sie ihr ins Ohr: »Mit Tommaso ist Schluss.«

»Oh – echt?«

»Geht's vielleicht noch ein bisschen lauter?«, beschwerte sich Nina.

»'Tschuldigung«, senkte Lydia sofort die Stimme. »Hat er oder du …?«

»Er.« Ninas Blick fiel auf die hervorstehenden Schlüsselbeine ihrer Schwester. Sie trug eine enge Bluse mit Puffärmeln, die sie noch zerbrechlicher aussehen ließ.

»Aber bevor du gleich vor Mitleid zerfließt … Alles halb so wild. Ich hab ein bisschen rumgeheult und jetzt ist es wieder gut. Kapitel Italiener abgeschlossen.«

Natürlich stimmte das nicht, aber Lydia schluckte es, vielleicht auch nicht, zumindest hielt sie vorerst ihren Mund. Was nur gut so war, denn Tomasz hatte schon wieder neugierig seine Lauscher aufgestellt und erkundigte sich jetzt:

»Was sprechen leise, Midchen?«

»Zwillinge dürfen ruhig mal flüstern«, kam ihnen ihre Mutter zur Hilfe und schenkte Nina ein Glas Sekt ein. »Und seien Sie nicht immer so neugierig!«

»Eben«, bekräftigte Nina und tat, als würde sie sich brennend für die Einkäufe der drei interessieren. Als hätten Lydi und ihre Großmutter bloß darauf gewartet, sprangen sie von ihren Gartenstühlen auf, um eine kleine Modenschau zu inszenieren. Freiwillig. Wie peinlich.

»Und du?«, erkundigte sich Nina bei ihrer Mutter. »Willst du gar nichts vorführen?«

»Nein.« Sie schob ein kleines Fragezeichen hinterher.

»Warum nicht?«

»Weil ich kein Model bin.« Ihr Lachen flackerte auf, schwirrte zu Tomasz rüber und dann ertappte Nina die beiden dabei, wie sie sich ansahen. Sie sahen sich nicht wie normale Menschen an, sondern wie zwei, die entweder etwas miteinander hatten oder sehr bald etwas miteinander haben würden.

Nina wandte ihren Blick ab und ging abrupt ins Haus. Sollte die alberne Modenschau auf der Terrasse ruhig ohne sie stattfinden, es interessierte sie ohnehin nicht, was für Fummel der Handwerker ihrer Schwester und ihrer Großmutter aufgeschwatzt hatte. Dieses Getanze um den Tapetenankleber und

Fliesenabklopfer hatte ja schon längst bizarre Formen angenommen, aber wenn ihre Mutter tatsächlich mit ihm ... Ein Kloß in Größe eines Fußballs lag ihr im Magen, als sie den Vollkornlaib aus dem Brotkasten fischte und sich eine dicke Scheibe absäbelte.

»Was ist los, Nina?« Ihre Mutter stand plötzlich hinter ihr. Sie musste lautlos hereingekommen sein. »Wieso läufst du einfach weg?«

»Hunger.«

»Das trifft sich gut. Tomasz will gleich etwas Polnisches kochen. Er ist eben beim Japaner ... sagen wir ...«, sie lachte leise, »nicht satt geworden.«

»Nicht mein Problem.« Das Messer klirrte, als Nina es auf die Ablagefläche schmetterte. »Aber nur ein kleiner Tipp am Rande: Trinkt mal besser nicht so viel.«

»Wie bitte?«

»Ihr – solltet – nicht – so – viel – trinken«, wiederholte Nina im Stakkato und konnte es sich nicht verkneifen, dabei eine angewiderte Grimasse zu ziehen.

Von draußen erklang das Gelächter ihrer Großmutter. Eigentlich gefiel es Nina ja, dass Irene mit ihren 63 Jahren immer noch so unbeschwert im Leben mitmischte, nur neigte sie hin und wieder zur Übertreibung, worunter auch ihre Mutter bisweilen zu leiden schien. Omama Irene war eben kein junger Feger mehr, auch wenn sie immer noch glaubte, jeden Kerl, der ihr über den Weg lief, abgreifen zu können.

»Reg dich ab«, beeilte sich ihre Mutter zu sagen und pustete wie zum Protest ein paar Ponysträhnen hoch. »Wir können doch mal ein Gläschen Sekt trinken. Was ist so schlimm daran? Du tust ja geradezu so, als würden wir uns sinnlos besaufen.«

Nina strich ein paar Krümel mit den Händen zusammen,

entsorgte sie im Waschbecken, dann fuhr sie herum und fragte: »Warst du mit ihm im Bett? Sei ehrlich!«

»Wie bitte? Mit wem soll ich im Bett gewesen sein?«

»Sag mal, nuschele ich? Oder hast du was an den Ohren, dass du mich nie verstehst?«

Ihre Mutter trat zurück und ließ die Tür mit sanftem Druck zuschnappen.

Na, also. Das schlechte Gewissen nagte an ihr, ganz klar. Doch sie schüttelte bloß mit den Kopf und sagte schmallippig: »Du bist ja wohl völlig übergeschnappt.«

»Ach, ja?«

»Ja, du siehst Gespenster! Wie kommst du überhaupt auf so einen Unsinn? Du weißt ganz genau, dass ich nicht besonders gut auf Gnot zu sprechen bin. Das war von Anfang an so und hat sich bis jetzt nicht geändert.« Den Blick auf den Boden geheftet beendete sie ihren Sermon mit den Worten: »Mit einem Gläschen Sekt lässt sich das alles ein bisschen besser ertragen.«

»Ach«, machte Nina nur und biss in die trockene Brotscheibe. Sie schmeckte nicht, und eigentlich hatte sie auch gar keinen Appetit mehr. Sollte sie ihrer Mutter allen Ernstes erklären, dass sie eben mit dem Handwerker geflirtet hatte und sich entweder selbst etwas vormachte oder gerade eine bühnenreife Show abzog? Doch Anna schien in diesen vier Wänden ohnehin nicht die Einzige zu sein, die Gefallen an dem radebrechenden Mann gefunden hatte. Ihre Großmutter war Opfer Nummer zwei. Aber gut, sie musste an Streicheleinheiten mitnehmen, was sie in ihrem Alter noch kriegen konnte. Lydi hingegen, Himmel, wieso machte sie sich bloß für so jemanden zum Affen? Niemand – und das war ihr bitterer Ernst – sollte sich überhaupt für irgendeinen Kerl zum Affen machen. Affen waren sie selbst, diese fabelhaften Herren der Schöpfung.

Trotz allem interessierte es Nina brennend, wer von den Dreien sich den Handwerker als Erstes zum Dessert genehmigen würde. Oder statt Dessert – je nachdem. Sie tippte auf ihre Mutter. Ihre Großmutter war schlicht zu alt, Lydi zu verklemmt und schüchtern. Ihre Mutter war zwar in gewisser Weise auch verklemmt und schüchtern, dennoch hatte sie ihrer Tochter gegenüber den entscheidenden Vorteil, dass sie weitaus mehr erlebt hatte und daher in puncto Selbstsicherheit um Längen vorne lag. Schade nur, dass Nina mit niemandem wetten konnte. Es hätte ihr eine geradezu diebische Freude bereitet, am Ende Recht zu behalten.

»Sonst noch Anmerkungen?«, erkundigte sich ihre Mutter und schnappte wie ein Karpfen nach Luft.

Weil sie keine Lust auf weitere Diskussionen hatte, lenkte Nina ein. Bemüht, jeden Anflug von Sarkasmus zu vermeiden, erklärte sie: »Natürlich Mama, ich sehe Gespenster. Du findest Tomasz total daneben, Omama Irene mag ihn zwar, aber so richtig scharf findet sie ihn auch nicht, und Lydi ... ach, egal, ich hau ab.«

»Möchtest du nicht auf Tomasz' Essen warten?«

Nina schüttelte kurz und knapp den Kopf, ging mit der Brotscheibe im Mund auf den Flur und schlüpfte in ihre Ballerinas.

»Wohin willst du?«

»Bin noch verabredet.«

»Mit dem Jungen aus dem Café?« Das Lächeln ihrer Mutter hatte etwas von einem süßen, klebrigen Törtchen.

Nina nickte und sah zu, dass sie wegkam. Bloß kein Wort zu viel sagen. Wenn ihre Mutter jetzt eine unbedachte Bemerkung machte, würde sie womöglich in Tränen ausbrechen. Und ihre Mutter würde sie dann nicht eher aus ihren Klauen lassen, bevor sie sich ihr anvertraut hätte. Sie erwartete das, sozusagen als Freundin-Mutter ihrer Töchter. Aber ohne sie. Es reichte ja wohl schon, dass Lydia und sie oft kichernd wie Busenfreundinnen durch die Gegend liefen, was Nina mehr als unpassend fand. Außerdem gab es Dinge, die man nun mal mit sich selbst ausmachen musste. Liebeskummer gehörte ganz eindeutig dazu.

★

»Noel?«

»Ja?«

»Warum heißt du eigentlich Noel?«

Noel gab einen amüsierten Laut von sich. »Weil meine Mutter, als sie mit mir schwanger war, wohl einen schwachen Moment hatte und es zu banal fand, mich Peter oder Kai oder Thomas zu nennen.«

»Noel mit Pünktchen auf dem *e*?«

»Ohne.«

Es war weit nach Mitternacht, sie lagen auf Noels ausklappbarem WG-Sofa und fummelten ein wenig herum. Nina hatte sich darauf eingelassen, weil der Abend alles in allem ziemlich schön gewesen war und Noel es tatsächlich geschafft hatte, sie von ihrem Liebesummer abzulenken. Erst der Film – eine halbdokumentarische Low-Budget-Produktion, in der es um Jugendliche in Kreuzberg ging, die auf die schiefe Bahn geraten waren –, danach ein, zwei Biere in einer Jazzkneipe, und als Nina bereits ein leichtes Schwanken im Kopf verspürte, hatte Noel angefangen, sie so herrlich zu küssen. Er küsste wirklich ganz fantastisch, was sie zu der Überlegung gebracht hatte, ob er nicht auch für andere Dinge taugte – zum Beispiel Tommaso ganz und gar zu vergessen.

Noel studierte Mathematik im fünften Semester, er wohnte mit zwei Kommilitonen zusammen und hatte die schräge Eigenart, sich ständig und überall Notizen zu machen, wobei er aus Gründen des Zeitmanagements die Vokale wegließ. Nina hatte eine ganze Reihe dieser Zettel in seinem Zimmer entdeckt, das zu ihrem Erstaunen mit Theatersesseln, verkitschten Spiegeln und allerlei Plüsch eingerichtet war. Es gefiel ihr – zumal sie einem Mathematiker nicht so viel Exzentrik zugetraut hätte und die Einrichtung zweifellos einen wohltuenden Kontrast zu Tommasos spartanischem Kinderzimmer bildete. Ihr Ex hatte noch bei seinen Eltern gewohnt, durchaus normal für römische Verhältnisse, doch Nina war jedes Mal aufs Neue irritiert gewesen, wenn sie und Tommaso in dem gerade mal 85 cm breiten, in einen roten Plastikrahmen gefassten Kinderbett miteinander geschlafen hatten – das alles in der Angst, seine Eltern könnten jeden Moment ins Zimmer platzen.

In Anbetracht dessen hatte sie mit Noels Luxuszimmer das große Los gezogen. Das Bett war breit, die Wäsche sauber und softer Jazz perlte aus den Musikboxen, da störte es sie herzlich wenig, dass er sie nun langsam, aber zielstrebig auszuziehen begann, auf den Bauch drehte und von hinten in sie eindrang.

Ein bisschen spät kam die Frage, ob sie die Pille nähme, doch sie kam immerhin. Den Römern war dieser Aspekt zumeist völlig fremd gewesen und sie hatte die lustig verpackten Päckchen im entscheidenden Moment stets selbst aus dem Hut zaubern müssen.

»Ja«, stieß sie mit unterdrücktem Seufzen aus, »alles im grünen Bereich.« Gleichzeitig wunderte sie sich darüber, dass sie nicht wie sonst auch auf einem Kondom bestand. Eigentlich war das Pflicht. Ob Italiener oder Deutscher, ob Theaterwissenschaftler oder Mathematiker, schließlich wusste man nie ... Doch dieser flüchtige Gedanke verpuffte gleich wieder. Weil es ihr in diesem Moment wichtiger erschien, Tommaso eins auszuwischen. Tommaso, der sie einfach verschmähte, obwohl er nie eine Hübschere, Intelligentere, eine, die auch noch gut im Bett war, kriegen würde. Ja, sie war eine Koryphäe auf diesem Gebiet, zumindest hatten ihr die Männer dies immer wieder bescheinigt. Alle waren gierig nach mehr gewesen, ausnahmslos. Bis auf Tommaso.

Ein Schweißtropfen rieselte auf ihren Rücken, schon kitzelte sie ein zweiter und bevor sie sich daran gewöhnen oder es gar sexy finden konnte, hielt Noel abrupt in der Bewegung inne. In Zeitlupe legte er sich ab, sie wartete darauf, dass sein Gewicht sie gleich erdrücken würde, doch er stützte sich so geschickt mit den Ellenbogen ab, dass sie seine Last kaum spürte.

»Alles in Ordnung?«, flüsterte er dicht an ihrem Ohr.

»Ja.« Es klang erstickt, weil ihre Nase und ihr Mund nun ins Kissen gepresst waren.

»Aber du stehst nicht drauf.«

»Doch, Noel.«

»Wir müssen auch nicht … Ich mein, nicht heute. Drängt uns ja keiner.«

»Ich will aber.«

»Nein, du willst nicht.«

Er versuchte an ihrem Ohrläppchen zu knabbern, doch Nina wehrte die Liebkosung leise murrend ab. »Sag du mir bitte nicht, was ich will und was nicht, ja!«

Noel stemmte sich jetzt wie beim Liegestütz hoch, zog sich aus ihr zurück, dann drehte er sie auf den Rücken und sah ihr forschend in die Augen. »Hey, was ist los?«

Nina drehte ihren Kopf zur Seite, trotzig wie ein kleines Kind, doch Noel brachte ihn mit sanftem Druck in die ursprüngliche Position zurück.

»Weinst du? He, du weinst ja.«

»Quatsch!«

»Und was ist das?« Er tupfte ihr eine Träne aus dem Augenwinkel und hatte die dunkle Schmiere ihrer Wimperntusche am Zeigefinger.

»Hast du noch nie geweint, weil der Sex so schön war?«, wich sie aus, womit sie ihm ein beglücktes Lächeln entlockte.

Sie küssten sich und Nina hoffte, dass Noel dort weitermachen würde, wo er aufgehört hatte. Sie hasste Diskussionen im Bett. Meistens ging danach gar nichts mehr. Doch nun rückte Noel auch noch ein Stück von ihr ab und erkundigte sich höflich, ob ihr eine andere Position möglicherweise besser gefalle.

Bitte, mach es nicht noch schlimmer!, flehte sie stumm.

»Nina?«

»Komm schon!«

»Sicher?«

»Ja!« Das *prendimi*, das sie bei Tommaso das eine oder andere Mal über die Lippen gebracht hatte, verkniff sie sich. Vielleicht hätte es Noel verschreckt, sowohl auf Italienisch als auch in deutscher Übersetzung. Diesmal schliefen sie ganz klassisch miteinander. Er auf ihr, so konnte sie ihm dabei in die Augen sehen und Zeugin seiner wachsenden Erregung werden. Es gefiel ihr, sie vergaß Tommaso einen Moment lang und blieb doch auf halber Strecke zurück.

Später lagen sie Arm in Arm da, Nina kraulte Noels Brusthaare, Noel kitzelte ihren Bauchnabel, wobei ein kleiner Wettkampf entstand, wer von ihnen gemeiner kitzeln konnte. Auf einmal lag sie in der Luft, diese Heiterkeit und Unbeschwertheit, das Privileg aller frisch Verliebten. Aber Nina war nicht verliebt. Sie hatte bloß Sex mit Noel gehabt. Um sich abzulenken, um das Leben einfach nicht mehr so schwer zu nehmen. Plötzlich piepste ihr Handy und vermeldete eine SMS. Nina zuckte zusammen, was auch Noel bemerkte, doch sie unterdrückte den Impuls nachzusehen, ob sich Tommaso unter Umständen gemeldet hatte.

»Geh ruhig ran.«

»Nein.«

»Vielleicht ist es was Wichtiges.«

»Was kann wichtiger sein als das, was wir hier gerade tun?«, lenkte sie von ihrem eigenen Herzklopfen ab.

Noel lächelte und wollte wissen, ob sie die Nacht mit ihm verbringen würde.

»Wie spät ist es?«

»Viel zu spät für die Bahn. Außerdem solltest du unbedingt hierbleiben.« Er küsste ihren Bauch.

»Und warum?«

»Deswegen.« Er wanderte mit seinen Lippen abwärts und spreizte gleichzeitig langsam ihre Beine.

Eins zu null für Noel. Also blieb ihr nichts weiter übrig, als sich zurückzulegen und den Dingen ihren Lauf zu lassen. Warum auch nicht? Alles war besser, als sich zu so später Stunde in der S-Bahn von Besoffenen anpöbeln zu lassen. Noel machte seine Sache gut, es war ein kleiner Trost bei all ihrem Kummer, und dann schlief sie mit der diffusen Hoffnung ein, am nächsten Morgen verliebt aufzuwachen.

9.

Die Tage tröpfelten so zäh dahin wie der Tapetenkleister, der dauernd, in einem roten Eimer angemischt, irgendwo im Weg herumstand. Anna hatte sich durchgesetzt. Raufasertapeten. Verputzte Wände, für die ihre Mutter plädierte, hatte sie ihr mit Gnots Hilfe ausreden können. Der puristische Look war sicher reizvoll, doch Leute, die sich in Zehlendorf ein Haus aus dem Jahr 1937 kaufen wollten, zogen die gute alte Raufasertapete vor. Der Meinung war auch der ungepflegte Bekannte ihrer Mutter gewesen, der gleich am nächsten Wochenende in seinem alten Opel Vectra angeschnurrt gekommen und über den guten Zustand des Hauses in helle Begeisterung ausgebrochen war. 400 000, vielleicht sogar 425 000 müssten drin sein. Ein stolzer Preis und Anna fühlte sich bereits wie Onkel Dagobert, inklusive blinkender Dollarzeichen in den Augen. Bei all dem Kummer und Schmerz über den Verlust ihres Heims, ihrer Vergangenheit, ihrer ganzen Existenz – immerhin würde sich Gnot amortisieren und sie würde bald ein neues Sofa besitzen, weiß und wattig wie eine Schäfchenwolke am Sommerhimmel.

Alles in allem schritt die Renovierung voran. Mal schneller, mal langsamer, Anna hatte es sich abgewöhnt, Gnots Fortschritte im Einzelnen zu kontrollieren. Er würde es schon richten, in seinem Chaos lag System – zumindest erweckte er nach wie vor den Eindruck. Nahezu täglich tauchten auf dem bereits renovierten Flur Versatzstücke der Wohnung auf, wie Figuren eines Schachspiels wurden die Möbel gemeinsam mit den Arbeitsutensilien hin- und hergeschoben, ohne dass Anna je mitbekam, wann und zu welchem Zweck der Spieler sie bewegte. Und doch war jedem Familienmitglied klar: Hier herrschte König Gnot; Anna, Irene und die Mädchen waren nichts weiter als schnöder Hofstaat.

Wie es sich für echte Untergebene gehörte, mussten sie bisweilen auch nachts ihr Reich verlassen, jedenfalls solange die Renovierungsarbeiten ihr Zimmer betrafen, das entweder einem Schutthaufen glich oder nach frischer Farbe roch, was Kopfschmerzen auslöste. Unterschlupf fanden sie zumeist bei Anna, in deren Dachbereich man sich nur geringfügig in die Quere kam. Lydia und Irene hatten bereits ein paar Tage bei ihr zugebracht. Bloß Nina, deren Zimmer inzwischen an der Reihe war, wollte nicht. Sie zog es vor, bei ihrem neuen Freund Noel zu nächtigen, wofür Anna vollstes Verständnis hatte. Er sah ja auch einfach umwerfend aus, und Nina konnte noch so sehr beteuern, Noel sei nicht *ihr* Freund, sondern lediglich ein guter Freund, sie glaubte ihr nicht. Sie kannte doch ihre Große. Nach außen gab sie sich cool und lässig und tat, als könnten bloß alberne Teenager, romantisch veranlagte Seelen oder anderweitig Verwirrte der Macht der Gefühle erliegen. Vielleicht hatte sie damit sogar Recht, nur war sie eindeutig zu jung, um so zynisch zu denken.

Trotz aller Widrigkeiten fühlte sich Anna weitaus wohler in ihrem Mikrokosmos als noch vor einigen Wochen. Was nicht zuletzt daran lag, dass sie sich mit Gnot arrangiert hatte. Seit dem Nachmittag im KaDeWe hatte er nicht auf aufgehört, sie zu umgarnen; das war selbst ihrer Mutter nicht verborgen geblieben. Doch er mochte noch so sehr flöten, sein Gefieder spreizen und zwischen Tür und Angel den Körperkontakt zu ihr suchen, im entscheidenden Moment zeigte sie ihm stets die kalte Schulter. Es war ein Zeitvertreib, nichts weiter. Ein Spiel, das sie vor den anderen tunlichst geheimzuhalten versuchte. Nicht noch einmal wollte sich Anna von ihrer Tochter vorwerfen lassen müssen, dass sie mit Gnot flirtete. Auch wenn sie es in gewisser Weise schon tat. Doch schließlich verfolgte sie damit kein bestimmtes Ziel, außer ein wenig mehr Freude am Leben zu haben und das Zusammenleben erträglicher zu gestalten. Überdies wollte sie Lydia nicht verletzen. Ihre Tochter schien sich – auch das war der hellsichtigen Irene nicht verborgen geblieben – in den Handwerker verguckt zu haben. Sicher nichts weiter als eine harmlose Schwärmerei, also maß sie dem Ganzen keine besondere Bedeutung bei. Aber man durfte Lydias Gefühle nicht belächeln. Zumal niemand wusste, wie lange Gnot noch bleiben würde. Er wollte oder konnte sich nicht festlegen, so ganz genau durchschaute Anna ihn nicht. Fakt war, an Gnot kam zurzeit in ihrem Haus niemand vorbei. Er war sowohl morgens als auch mittags und abends anwesend, und auch sein anfänglicher Elan, sich nach Feierabend in einschlägigen Bars oder Clubs herumzutreiben, hatte schon sehr bald wieder nachgelassen.

»Was findet Lydi bloß an dem Kerl?«, fragte Anna ihre Mutter eines Mittags nach dem Essen. Irene hatte Birnen, Bohnen und Speck auf den Tisch gebracht, ein norddeutsches Gericht, das von einem ihrer ehemaligen Liebhaber stammte. Wenn Anna ehrlich war, hatte sie die bizarre Mischung aus süß und salzig noch nie leiden können, aber ein Sommer ohne Birnen, Bohnen und Speck war für Irene eben kein Sommer. Anders als bei dem Sushi hatte sie immerhin Gnot davon überzeugen können. Ganze drei Portionen hatte er vertilgt und nun musste er sich ein wenig die Füße vertreten.

»Wieso, er ist doch ein schmucker Kerl«, entgegnete ihre Mutter. Sie klang nervös. »Oder etwa nicht?«

»Geschmackssache«, entgegnete Anna und sah aus dem Küchenfenster. Der erste Schwung Rosen im Vorgarten war bereits verblüht, aber ein angrenzender, unauffälliger kleiner Strauch steckte mit seinen hellroten Knospen bereits in den Startlöchern, als warte er bloß darauf, die imposante Kletterrose endlich ablösen zu dürfen. Kinderheim-Horst wollte die Tage vorbeischauen, um den Rasen zu mähen, ein wenig Unkraut zu jäten und die verblühten Rosen abzuschneiden.

»Und dein Geschmack ist er nicht?«

»Mutter! Diese Augenbrauen!«

»Was hast du gegen kräftige Augenbrauen?«

»Wahrscheinlich ist er von Kopf bis Fuß behaart! Wie ein Tier. Ein Monstrum.« Ja, das war er in der Tat. Anna konnte sich bloß allzu gut daran erinnern, nur musste ihre Mutter von der Szene damals im Bad nichts wissen, vor allem nicht, dass die Erinnerung daran sie in Wahrheit zum Schmunzeln brachte.

»Aber«, wandte Irene ein, »darin liegt doch auch ein gewisser Reiz. Unter Umständen jedenfalls.«

»Wenn du meinst … Dann schnapp ihn dir ruhig. Nur zu.«

Das Lachen ihrer Mutter heulte wie eine Sirene auf. »Mach dich nicht lächerlich. Er könnte mein Sohn sein!« Und trocken fügte sie hinzu: »Theoretisch. Praktisch wohl eher nicht.«

»Und das würde dich abhalten?«

»Liebchen! Er ist unser Gast!«

»Nein, unser Handwerker. Den wir im Übrigen bezahlen.«

»Gut, dann ist er eben unser Handwerker – genau deswegen soll er auch seine Arbeit verrichten und nicht für die Ausgeglichenheit meines Hormonhaushaltes sorgen. Versteht sich ja wohl von selbst.« Mit einem Ruck schob sie ihr leeres Glas von sich. »Außerdem habe ich im Moment beileibe andere Sorgen.«

Anna erschrak. Ihr Herz spielte doch nicht etwa wieder verrückt? Ihre Mutter dementierte, räumte allerdings bloß einen Wimpernschlag später ein, vor einiger Zeit bei ihrer Kardiologin gewesen zu sein.

»Und das sagst du erst jetzt?«

Irene hob träge den Blick und sah in diesem Moment älter aus als sie tatsächlich war. »Mach dir keine Sorgen, Liebchen. Alles im grünen Bereich. Die sympathische Ärztin meinte nur, ich solle bei Gelegenheit mal bei meinem Homöopathen vorbeischauen.«

»Dann mach das auch.«

»Sobald hier etwas Ruhe eingekehrt ist.«

»Du hast den ganzen Tag Ruhe! Ich bin in der Schule, die Kinder sind auch nicht da, Gnot arbeitet nonstop ... Also wo liegt das Problem?«

Ihre Mutter malte mit gespreizten Fingern Figuren auf die Tischplatte und sagte wie aus heiterem Himmel: »Also, dieser Holger ... falls der noch mal auf der Matte stehen sollte, lass ihn bitte nicht rein, ja?«

»Aber ... Es war doch *deine* Idee, ihn herzuzitieren. Oder etwa nicht?«

Ihre Mutter nickte eifrig, wobei der schlohweiße Ansatz ihrer rot gefärbten Haare sichtbar wurde. »Da wusste ich auch noch nicht, dass er mir so hartnäckig, um nicht zu sagen penetrant den Hof machen würde.« Ein verächtliches Grunzen kam aus ihrer Kehle. »Kannst du dir das vorstellen? Dieser Stinkbolzen und ich?«

Anna musste lachen. Offen gestanden konnte sie das nicht.

Eins musste man ihrer Mutter lassen: Was Männer betraf, hatte sie – abgesehen von ihrem Vater vielleicht – immer einen erlesenen Geschmack gehabt.

Aber Irene geriet jetzt erst recht in Fahrt. »Er ist auch noch verheiratet! Und glaubt, hier nebenbei ein Nümmerchen schieben zu können! Verrate mir eins, Liebchen. Warum nimmt er sich nicht gleich eine Jüngere? Eine 40-Jährige zum Beispiel? Männer seines Alters brüsten sich doch gern damit, mit älteren Frauen gar kein Problem zu haben und meinen damit knackige Damen in deinem Alter. Jetzt mal ehrlich: Wie würdest du das finden, wenn dir dieser Holger an die Wäsche …«

Sie unterbrach sich, weil Gnot überraschend zurückgekommen war und nun in die Küche polterte, um sich ein Glas Leitungswasser zu holen.

»Machen weiter! Ich bin nicht da«, sagte er.

»Aber natürlich, Chéri!« Ihre Mutter starrte auf Gnots Gesäß, Anna hatte es genau registriert, und da sie ihrem Blick gefolgt war, studierte sie nun ebenfalls unabsichtlich sein Hinterteil. Sie zwang sich wegzusehen. Im nächsten Moment spazierte der Handwerker, das Wasserglas wie einen kostbaren Kelch vor sich hertragend, bereits wieder zur Tür hinaus, dabei lächelte er erst Irene an, dann sah er zu Anna rüber, tastete gleichsam nervös ihr Gesicht ab.

»Tschau, Tomasz!«, flötete ihre Mutter, »und mach bitte die Tür zu!«

Er tat, wie ihm aufgetragen, schon waren sie wieder allein.

»Also, was meinst du?«, fragte Anna, bemüht, ihre Irritation zu überspielen. »Sollen wir Lydi die Schwärmerei lassen?«

»Ja, was denn sonst? Willst du es ihr etwa verbieten?«

»Nein, natürlich nicht. Aber Gnot ist viel zu alt für sie.«

Irene lächelte aus schmalen Katzenaugen. »Und du glaubst, das weiß sie nicht?«

»Vielleicht, ja.« Anna ließ ihren Blick durch die unaufgeräumte Küche wandern. Ein Schlachtfeld. Seit Gnot im Haus war, hatte sich vieles geändert. »Nur manchmal ist sie eben ein bisschen von gestern.«

»Weil du es auch nicht zulässt, dass sie sich weiterentwickelt! Du klebst doch an ihr wie ... wie eine Klette!« Ihre Mutter schnappte nach Luft. »Lass sie ruhig mal mit einem 45-Jährigen ins Bett steigen – und auf die Nase fallen. Das ist die Schule des Lebens! Nicht bis zur Rente an Mamis Rockzipfel.«

»Gnot ist 45? Woher weißt du das?«

Ihre Mutter schwieg ein, zwei Sekunden lang, dann fragte sie erstaunt: »Wie bitte? Das ist alles, was dir dazu einfällt?«

»Natürlich nicht«, entgegnete Anna unabsichtlich schroff, »ich wundere mich einfach nur, woher ...« Sie brach ab und setzte erneut an: »Er macht doch sonst immer so ein Geheimnis um sein Alter.«

»Liebchen, ich habe keine Ahnung. Vielleicht ist Gnot auch erst 35. Oder 25. Und offen gestanden ist es mir herzlich egal!«

Sie lächelte blasiert, so als wolle sie sagen, gib dir keine Mühe, Mädchen, ich habe dich ohnehin längst durchschaut.

Aber was konnte ihre Mutter eigentlich wissen? Gar nichts. Im Grunde wusste Anna ja selbst nichts. Weil es letztlich auch gar nichts zu wissen gab. Eine kleine Tändelei mit dem Handwerker war schließlich nicht verboten und ernst zu nehmen schon gar nicht.

»Trotzdem fände ich es fatal, wenn sich Lydi ausgerechnet bei Gnot in die ... wie du es nennst ... Schule des Lebens begeben würde.«

»Keine Sorge. Lydi wird schon nicht mit ihm ins Bett steigen.«

»Und was macht dich da so sicher?«

»Sie ist meine Enkelin.«

Anna lachte höhnisch auf. »Das überzeugt mich jetzt aber kolossal.«

»Herzchen!« Irene beugte sich quer über den Tisch, um die Hand ihrer Tochter zu streicheln. »Als Mutter ist man manchmal einfach zu dicht dran. Da fehlt einem der Abstand. Glaub mir, ich spreche aus Erfahrung.«

Da Irene nunmehr versöhnlich lächelte, beschloss Anna, die Sache auf sich beruhen zu lassen. Egal, was zwischen Lydia und dem Handwerker passieren würde – oder eben auch nicht – sie hatte ohnehin keinen Einfluss darauf.

★

In der Schule waren die letzten Wochen vor den Ferien wie immer mühsam: Arbeiten wurden am Fließband geschrieben und korrigiert, eine Konferenz jagte die nächste, doch neuerdings hagelte es Zuspruch von allen Seiten – nicht nur von Annas 7K1, die sie ja ohnehin vorbehaltlos liebte. Manche Schüler steckten ihr im Vertrauen, sie sei in letzter Zeit sehr viel lässiger geworden, gar nicht mehr so verbissen wie früher, und als sie dann noch zum Friseur ging, um die halblangen Zotteln auf Kinnlänge stutzen und mit hellblonden Strähnchen aufpeppen zu lassen, begann die Gerüchteküche erst recht zu brodeln. Ein Schüler aus der 12 pfiff ihr hinterher, ein anderer, der sogleich wieder in der Anonymität der Menge untertauchte, brüllte ihr gar *geiler Arsch!* nach.

»Gib's zu, du bist verliebt«, sprach Britta sie unverblümt auf ihre Verwandlung an, die sie selbst am allerwenigsten einsehen wollte. Sie war beim Friseur gewesen, na und? Es war wieder einmal Freitag und sie warteten vor der Tür der Sprachschule darauf, dass der Italienischkurs begann. Britta mit unangezündeter Kippe im Mundwinkel und ausnahmsweise nicht aufgetakelt – Lorenzo war wohl passé.

»Unsinn. In wen soll *ich* bitteschön verliebt sein?«

»Zum Beispiel in euren Handwerker?«

»Ach, herrje!«, schimpfte Anna, »du siehst ja wohl Gespenster!« Verliebt. Das war ja noch irrsinniger als die Annahme, dass ihre Mutter plötzlich in puncto Männer zur Kostverächterin geworden war.

Britta ließ die Zigarette geschickt von einem in den anderen Mundwinkel wandern.

»Weißt du was?« Anna spürte, wie sich der Ring ihrer Kollegin in ihren Rücken bohrte. »Seit der Handwerker im Haus ist, hast du diesen ... na, sagen wir ... leicht verwirrten Blick. Zumindest wenn du von ihm sprichst.«

»Willst du wirklich die Wahrheit hören?«, entgegnete Anna, indem sie sich straffte und Britta auf einmal um ein, zwei Zentimeter überragte.

»Klar doch. Ich liebe Bettgeschichten.«

»Ich würde dir ja gerne welche erzählen, aber da muss ich dich leider enttäuschen.«

»Okay, und wie lautet nun die Wahrheit?«

»Lydia ist in Gnot verknallt. Zumindest deutet einiges darauf hin.«

Britta nahm die Info eher desinteressiert zur Kenntnis. »Und du? Was ist mir dir?«

»Ich finde Gnot inzwischen ...« Annas Augen suchten nervös die Hauswand ab, dann entdeckte sie eine kleine Spinne, an der sie sich festhalten konnten, und sie fuhr fort: »... nicht mehr ganz so unerträglich.«

»Du Arme! Was für ein langweiliges Leben!«

»Ist deins denn spannender?«

»Es könnte spannender werden.« Britta lächelte sentimental. »Vorausgesetzt, du hast nach dem Unterricht noch ein wenig Zeit.«

»Aber bitte nicht mit Lorenzo zum Italiener«, stöhnte Anna. Einmal hatte sie sich das angetan. Einmal und nie wieder.

»Nein, aber vielleicht mit Nabukow?«

»Ausgeschlossen!«

Nabukow hieß in Wirklichkeit Frieder Schwinghammer, verdiente sein Geld als Sachbearbeiter beim Bundesumweltamt und werkelte nebenher seit Menschengedenken an seiner Karriere als Opernsänger, weshalb er sich bemüßigt fühlte, einen Italienischkurs nach dem anderen zu belegen. Leider ohne nennenswerten Erfolg. In diesem Punkt gab es nichts schönzureden. Doch weil er immerhin selbstkritisch genug war, sich seinen Mangel an Sprachtalent einzugestehen, haderte er fortwährend mit sich selbst. Vor dem Unterricht auf Deutsch, während des Unterrichts auf rudimentärem Italienisch, nach dem Unterricht erneut auf Deutsch. Ohne ihre Phantasie groß zu bemühen, konnte sich Anna lebhaft vorstellen, wie ein Restaurantbesuch mit ihm verlaufen würde.

»Warum gehst du nicht allein mit ihm aus?«

»Weil …« Sie knetete ihre Hände. »Wie sähe das denn aus? Ziemlich blöd, oder?«

»Nicht weniger blöd, als wenn ich mitkomme.«

»Ach, Anna!« Britta lachte zwar, doch hinter ihrer Fassade schimmerte echte Verzweiflung durch. »Ich halte mein Leben so nicht aus.«

»Was soll das? Wieso sagst du so etwas?«

Brittas Lachen wich einem gequältem Grienen. »Du hast es selbst mal auf den Punkt gebracht: Mein Leben ist so ohne jede Höhepunkte. So ohne Glanzlichter. Es passiert einfach nichts. Wenn ich mir vorstelle, die nächsten 30 Jahre an unserer Schule zu arbeiten – das ist doch wie lebendig begraben sein.« Sie stieß die Luft in einem Schwall aus und sah mit leerem Blick in die Ferne.

Anna konnte das nachvollziehen. Die Vorstellung, bis zur Pensionierung an die Schule gefesselt zu sein und zu unterrichten, erschreckte sie ebenfalls. Dennoch redete sie Britta sanft ins Gewissen: »Und du meinst, ausgerechnet Frieder Schwinghammer wird dich aus deinem Gefängnis befreien?«

»Nein, aber vielleicht ablenken, zumindest für ein paar Minuten oder Stunden.«

Es blieb keine Zeit, das Thema zu vertiefen, weil Lorenzo, die abgewetzte Ledermappe unter die Achsel geklemmt, im Eilschritt und lächelnd auf sie zusteuerte.

Anna genoss die kleine Auszeit der Italienischstunde so, wie Britta womöglich ein Abenteuer mit Nabukow genossen hätte, der heute nicht mal auftauchte, womit sich der gemeinsame Gang zum Italiener ganz von selbst erledigte. Anna war gerne Freundin, sie war es viel zu selten in ihrem Leben gewesen – abgesehen von ihrer Busenfreundin Katrin in der Grundschule hatte es da kaum jemanden gegeben –, doch um als fünftes Rad am Wagen bei einem sich anbahnenden Techtelmechtel dabeizusitzen, fühlte sie sich schlichtweg zu alt. Nicht mal Nina würde so etwas tun. Anna war zwar auch zu alt, um in einem Italienischkurs als Musterschülerin zu brillieren, aber den kleinen Luxus gönnte sie sich ganz ungeniert. Sie liebte es nun mal zu lernen und wurde ebenso gerne auch für ihre Leistungen belohnt; vielleicht war das letztlich der Grund, warum sie überhaupt Lehrerin geworden war.

Als Britta nach der Stunde, wohl mangels Alternative, erneut Lorenzo zu becircen begann, indem sie langatmig ein grammatisches Problem erörterte, das alle Kursteilnehmer längst begriffen hatten, verabschiedete sich Anna mit betonter Beiläufigkeit und sah zu, dass sie rauskam. Im Grunde tat Britta ihr leid. Kein Mensch, der bei Verstand war, konnte sich so anbiedern.

Schwungvoll stieß Anna die Eingangstür der Sprachschule auf, sauste die Treppen hinab und prallte beinahe gegen Gnot, der, die Hände in die Taschen seines 60er-Jahre-Anzugs vergraben, einfach dastand und die Lippen aufeinanderpresste.

»Was tun Sie hier?«

»Ich komme dir abholen.«

»Wozu?«

Er sagte nichts, strich sich bloß eine Haarsträhne aus dem Gesicht.

»Ich brauche kein Kindermädchen.«

»Aber das Luft ist so leicht!«

»Leicht? Sie meinen lau?«

»Tak!«

Die Luft war in der Tat lau, der Mond blitzte ab und zu als messerscharfe Sichel zwischen den Wolken hervor. Sie liefen los, schweigend. Der kurze Weg zum Parkplatz zog sich diesmal endlos. Jede Zigarettenkippe, jedes Steinchen nahm Anna auf dem Schotterboden in Augenschein, als dürfe sie sich kein auch noch so unbedeutendes Detail entgehen lassen. Aus dem Augenwinkel bemerkte sie Gnots Blick, der von ihrer Hüfte die Schenkel abwärts glitt und wieder zurückwanderte, wo er dann verharrte. Dabei gab es dort gar nichts zu sehen. Sie trug eine unauffällige, weite Leinenhose, dazu eine längere Strickjacke, die noch aus den 80er Jahren des letzten Jahrhunderts stammte, aber jetzt, im Zuge der alle Jahrzehnte aufs Neue wiederkehrenden Modeströmungen, wieder schwer en vogue war. Anna machte sich nichts aus Mode, dennoch war sie froh, diese Jacke zu haben, in der sie sich wie in einer Festung aufgehoben fühlen konnte.

»Deine italienische Kurs ist okay?«, erkundigte sich Gnot mit dem schwülen Lächeln eines Gigolo.

»Ja.«

»Viel gelernt?«

»Ach, Tomasz, wollen Sie das wirklich wissen? Sie verstehen von der italienischen Sprache doch noch viel weniger als von der deutschen.«

»Bitte?«

»Sehen Sie!«, lachte Anna. »Genau das meine ich.«

Sie waren beim Auto angekommen, doch just, als Anna aufschließen wollte, beugte sich Gnot von hinten über sie und hielt ihr Handgelenk fest. Obwohl die Berührung sie elektrisierte, machte sich Anna mit einem Ruck los und drehte sich um.

»Ich will nur …«, begann Tomasz und wich einen Schritt zurück.

»Was wollen Sie? Nur spielen«?

»Spielen? Warum spielen? Ich will nicht spielen!«

Offenbar kannte er diese Lieblingsfloskel aller Hundebesitzer nicht.

»Dann ist ja gut. Können wir fahren?«

»Ja, zufort.« Er machte einen Satz nach vorne, und bevor Anna begreifen konnte, was geschah, umfasste er sie und begann sie zu küssen. Die Weichheit und Wärme seiner Zunge traf sie mit einer solchen Wucht, dass sie im ersten Moment glaubte, sich nicht auf den Beinen halten zu können. Nach ein paar Sekunden, vielleicht waren es auch Minuten, entzog sich Anna, und während sie endlich die Wagentür aufschloss, ermahnte sie Gnot in aller Schärfe, so etwas nie wieder bei ihr zu versuchen. Andernfalls … Aber statt die Drohung noch weiter auszuführen, zog sie es dann doch vor, das Auto zu starten und einfach loszufahren.

10.

Irene liebte die regelmäßigen Schäferstündchen mit Tomasz, die zumeist vormittags stattfanden, wenn die ganze Bagage aus dem Haus war. Tomasz hatte dann in der Regel bereits zwei, drei Stunden Arbeit hinter sich und einen Bärenhunger. Auf drei Rühreier mit Speck und Schnittlauch, auf einer großen Scheibe Bauernbrot angerichtet, danach zogen sie sich in Irenes Zimmer zurück. Tomasz' Schlafstelle im Wohnzimmer für ihr Liebesspiel zu benutzen war zu heikel: Nicht auszudenken, wenn eines der Mädchen überraschend nach Hause käme! Besonders Lydia wollte Irene die bittere Wahrheit ersparen: Dass sie, die abgetakelte Fregatte, sich ungeniert mit dem Handwerker verlustierte und es genoss, wie sie schon lange nichts mehr genossen hatte. Tomasz stellte alles in den Schatten: ihr Geflirte mit Luigi, jegliches Geplänkel mit den jungen, feschen Franzosen in den *Galeries Lafayette,* selbst gelegentliche Treffen mit ihren Verflossenen. Tomasz war ein guter, ausdauernder Liebhaber und brauchte kein Viagra. Nein, es störte sie nicht, wenn Männer nachhalfen – warum auch, sie war ja selbst nicht mehr die Jüngste –, dennoch fühlte es sich anders an mit einem Mann zu schlafen, der sie begehrte und bei dem ohne Einsatz von Chemie alles funktionierte, wie es funktionieren sollte. Es war ein wenig, als würde sie sich ihre Jugend zurückholen, jedes Mal aufs Neue. Hatte sie anfangs noch Hemmungen gehabt, ihren Büstenhalter auszuziehen, so liebte sie es inzwischen, wenn Tomasz die Häkchen am Rücken mit behenden Fingern löste, erst die Träger abstreifte und dann den Rest. Ihre Brüste fielen ihm wie reife Früchte in die Hände, er liebkoste sie ohne jede Abscheu und dafür liebte sie ihn in jenen Minuten. Womit hatte sie dieses kleine Glück bloß verdient? Sie wusste, dass es nicht von Dauer sein würde, nichts in ihrem Alter würde mehr von Dauer sein. Umso wichtiger erschien es ihr, mitzunehmen, was ihr die Wundertüte namens Leben bot, und nicht an morgen zu denken. Es war ihr schon zuwider gewesen, bei ihrem letzten Synchronjob eine Großmutter auf dem Sterbebett mimen zu müssen. Sicher, sie war hineißend gestorben, der Take hatte auch bloß wenige Minuten gedauert und war damit übermäßig gut bezahlt gewesen. Doch seitdem wandte sie sich erst recht begierig allem Lebendigen zu. Beispielsweise Tomasz und seinem immer Gewehr bei Fuß stehenden Geschlechtsteil. Sie liebten sich, so oft es nur ging, bloß das zählte, und wenn Charles Trenet später mit wehmütiger Stimme *Que reste-t-il de nos amours* sang und sie dabei in die Kissen schluchzte, blieb das ihr Geheimnis.

Trotz des bittersüßen Schmerzes, der sie bisweilen überrollte, fühlte sich Irene auf der Überholspur des Lebens. Es war wie Flitterwochen, die sie nie gehabt hatte, nie hatte haben wollen. Aber jetzt, mit diesem jungen Mann stand die Welt plötzlich Kopf und sie konnte sich vorstellen, alles Mögliche nachzuholen, selbst das bürgerlichste aller Lebensmodelle. Das Wichtigste war, Tomasz' Abreise so lange wie möglich hinauszuzögern. Sie zeigte ihm die Museumsinsel, flanierte Seite an

Seite mit ihm über den breiten Boulevard Unter den Linden rüber zum Gendarmenmarkt, wo sie sich wie frisch verliebte Teenager auf die Stufen des Konzerthauses setzten und einen Coffee to go aus dem *Café Einstein* tranken. Irene liebte diese Streifzüge, die bisweilen damit endeten, dass sie sich in irgendeinem Eckchen verstohlen küssten. Sollte sich Anna ruhig darüber beschweren, dass die Renovierung nicht schnell genug voranging. Irene war es schnuppe. Sie wollte die Tage mit ihm genießen – vielleicht war es das letzte Mal in ihrem Leben, dass ihr ein amouröses Abenteuer dieser Art vergönnt war. Auch zu Hause sorgte sie mit aller Raffinesse für kleine Auszeiten: Mal war es ein Plauderstündchen im Garten, mal tranken sie und Tomasz eine Tasse Tee auf dem Sofa – wenn sie nicht gleich auf Irenes Chaiselongue landeten. Die Zeit war viel zu kostbar, um sich mit Skrupeln herumzuplagen. Wer wusste schon, ob Tomasz nicht bald auch seine Fühler nach Anna oder gar Lydia ausstrecken würde. Wobei zumindest von ihrer Tochter, die so moralisch wie eine Klostervorsteherin daherkam, kaum Gefahr ausging.

An einem heißen Dienstagmorgen Anfang Juli nahm Irene ihren polnischen Liebhaber mit zu einer Wohnungsbesichtigung. Anna gegenüber erwähnte sie das wohlweislich mit keinem Wort, denn die hätte den Ausflug ganz sicher zu torpedieren gewusst. Aber Irene mochte nicht auf den Luxus verzichten, ihn als fachkundigen Begleiter an ihrer Seite zu haben. So speiste sie ihre Tochter mit der Ausrede ab, Tomasz wolle wegen einer kleinen Magenverstimmung eine Bekannte von ihr, Allgemeinmedizinerin, aufsuchen. Ohne Krankenversicherung könne man ihn ja wohl schlecht zu einem niedergelassenen Arzt schicken. Das musste sie schlucken. Anna tat es auch, wenngleich ihre Miene einen leisen Anflug von Zweifel verriet.

Jetzt standen sie oben in dem schmucken Dachgeschoss in der Auguststraße, Irene nach Luft japsend, Tomasz und der Makler quietschfidel, und schauten über die Dächer Berlins. Die Sophienkirche, der Dom, wenn man den Kopf ein bisschen verrenkte, konnte man seinen Blick sogar bis zum Alex schweifen lassen.

»Ist das nicht ein herrlicher Ausblick?«, keuchte Irene und ärgerte sich nun doch ein wenig, ihr morgendliches Walking, das sie in Frankreich neben diversen Yogaübungen mit geradezu preußischer Disziplin durchgezogen hatte, aufgegeben zu haben. Zugleich fiel ihr ein, dass immer noch der Besuch beim Homöopathen anstand. Globuli im Dienste des Treppensteigens; vielleicht hätte sie sich dann etwas weniger blamiert.

»Ja, sehr schön«, sagte Tomasz.

»Sie gefällt dir also?«

Tomasz nickte, doch die steile Falte zwischen seinen Augenbrauen ließ darauf schließen, dass er nicht hundertprozentig überzeugt war.

»Sie müssen die hochwertige Ausstattung bedenken«, schaltete sich der Makler, ein junger Mann in Anzug und Sneakers, eilfertig ein. »Eichenparkett, Marmorfliesen, offene Küche, Dachterrasse nach Süden, Gäste-WC – und dann die ausgesprochen ruhige Lage!«

Tomasz lächelte indifferent. »Aber ohne Fahrstuhl.«

»Also wenn Ihr Sohn Zweifel hat …« Die Miene des Mannes bewölkte sich und er sah immer wieder ungeduldig auf seine Armbanduhr. »Dafür sind die Nebenkosten äußerst gering.«

»Haben Sie es eilig?«, forschte Irene nach.

Der Makler nickte und schwenkte seine Mappe mit den Unterlagen. »Ist aber kein Problem. Ich schlage vor, Sie sehen sich in Ruhe um, lassen alles noch mal auf sich wirken, und wenn Sie hier fertig sind, ziehen Sie die Tür einfach hinter sich zu. Frau Sass ...« Er reichte Irene die Hand. »Rufen Sie mich an?«

»Selbstverständlich.«

Eine knappe Verabschiedung, dann war er draußen.

»Du magst sie nicht, stimmt's?« Irene durchmaß den Raum mit langen Schritten. Er war so hell, so wunderbar lichtdurchflutet!

»Doch!«, protestierte Tomasz. »Aber is das zu teurer.«

»Du darfst das nicht mit den Wohnungspreisen in deiner Heimat vergleichen. Wir sind hier im Zentrum in einer der aufregendsten Städte der Welt.«

»Zehlendorf ist auch schön.«

Irene bedachte ihn bloß mit einem mitleidigen Blick. Was für ein kleiner Romantiker. Ein zugegebenermaßen liebenswerter Romantiker. Mit einem Satz war sie bei ihm und tätschelte die frisch rasierte Wange.

»So lange ich in unserem Frauenhaus wohne, wird sich nie etwas in meinem Leben ändern.«

»Is das andere, wenn du kommst in das neue Wohnung?«

»Mal sehen.« Sie hauchte ihm einen Kuss auf den Mund, den er sogleich begierig erwiderte. Doch bevor es noch zu wild wurde, entzog sie sich ihm und schob ihn ins Bad. »Guck mal, wenn ich in der Badewanne liege, kann ich den Himmel sehen! Ist das nicht wunderbar?«

»Da bist da nicht so weit vor das Gott.«

»Wie bitte? Gott?«

»Tak, Gott.«

»Ach, der ist mir doch piepegal!«

Aber Tomasz entgegnete mit der Ernsthaftigkeit eines Priesters: »Das Gott ist unser Herr. Komma hier.«

Mit dem linken Arm umschlang er ihre Taille, mit dem

rechten ihren Hals und kam dann so schnell zur Sache, dass sie kaum ihre Lesebrille in Sicherheit bringen konnte. Im Stehen. In einer leeren Wohnung. Bei wahrscheinlich nur angelehnter Tür. Gott ist unser Herr.

Vor Irenes innerem Auge stieg ein Bild auf: Sie als junge Frau, damals auf ihrem Trip durch die Welt. Die Männer hatten mit ihr geschlafen, immer und überall, doch nur selten hatte der Sex sie zufrieden gestellt. Mit Tomasz war es anders. Es war wie ein kleines Stück Paradies, das sie auf dem Weg zum Grab noch mitnahm. Immer wenn sie ihm seine außergewöhnlichen Fähigkeiten als Liebhaber bescheinigte – in ihrem Alter hatte man nichts mehr zu verlieren, wenn man Männern Komplimente machte –, lächelte er bloß wissend. Er war nicht eingebildet, keine Frage, aber offenbar wusste er sowohl sein Talent als Handwerker als auch seine Männlichkeit richtig einzuschätzen.

»Tomasz, darf ich dich um etwas bitten?«, hob Irene zögerlich an, als sie kurz darauf die Wohnung verließen und Schulter an Schulter die Treppe hinabstiegen.

»Ja, natürlich.«

»Ich weiß, ich bin eine ... sagen wir ... ältere Frau ... und nicht mehr unbedingt begehrenswert.«

»Doch, Irene, du bis sehr, sehr schön.«

»Unterbrich mich bitte nicht, Tomasz. Mag sein, dass ich für meine 63 noch ganz passabel bin, aber mir ist schon klar, dass Männer deines Alters ...« Sie blieb stehen und zog sich rasch die Lippen nach. »Versteh mich bitte nicht falsch, es ist herrlich mit dir und ich genieße auch jede Minute, die mir das Leben mit dir schenkt, aber ich mache mir nichts vor. Es wird irgendwann vorbei sein. Vielleicht nicht heute, vielleicht nicht morgen, spätestens jedoch, wenn du weg bist.«

Tomasz schien etwas einzuwenden wollen, doch Irene ließ

ihn gar nicht erst zu Wort kommen. »So ist nun mal das Leben, Tomasz, merk dir das. Man wird älter, gehört irgendwann zum alten Eisen und dann ... Ach, ich möchte dich nicht mit Plattitüden langweilen. Nur so viel: Du kannst tun und lassen, was du willst, du *sollst* sogar tun und lassen, was du willst, aber bitte ...« Sie benötigte eine kleine Pause, um tief Luft zu holen. »Bitte brich Lydia nicht das Herz.«

»Lydia? Herz?«, echote Tomasz, als habe er noch nie zuvor auch nur ein deutsches Wort verstanden.

»Ja, tu ihr nicht weh. Hörst du?«

Tomasz stieß die Eingangstür auf, und sie traten ins Freie. Eine Welle schwülheißer Luft schwappte ihnen entgegen. »Warum ich Lydia schmerzen?«

»Vielleicht ist es dir nicht so bewusst, aber sie mag dich sehr.«

»Ja, ich sie auch.«

»Aber sie ist in dich verliebt.«

»Oh«, machte Tomasz, als wäre ihm das bisher noch nicht mal ansatzweise aufgefallen. »Aber ich ...«

»Egal, was du tust oder auch nicht tust«, fiel Irene ihm harsch ins Wort. »Du sollst nur wissen ... Lydia ist ... sie ist so jung ... und psychisch nicht besonders stabil. Es würde ihr sehr weh tun, wenn du sie erst ... na, du weißt schon ... und sie danach fallen lässt. Das ist bei einem unempfindlichen Brauereipferd wie bei mir anders.«

Tomasz nickte zwar, doch Irene war sich nicht sicher, ob er auch verstanden hatte. Eine Weile schlenderten sie stumm nebeneinander her, umschifften Touristen, Mütter mit Kinderwagen, eine Gruppe Schulmädchen, die kichernd ihre Fahrräder über den Bürgersteig schoben.

Erst als das weißgrüne S-Bahn-Schild bereits in der Ferne sichtbar wurde, fand Tomasz seine Sprache wieder und er sagte: »Irene, ich auch hab Bitte. Ich darf?«

»Aber natürlich.«

»Bitte ...« Er sah sie flehend an; ein Welpe konnte kaum herzzerreißender gucken. »Bitte nicht verkaufen dieses Haus. Er is sehr schön. Das Leben is schön.«

Und Gott ist unser Herr, fügte Irene in Gedanken hinzu und ließ ihr sarkastisches Lächeln in den Himmel steigen.

★

Lydia hatte sich am Morgen stärker als üblich geschminkt und besonders das Blau ihrer Augen betont, in der Hoffnung, Tomasz auf sich aufmerksam zu machen, ihm zu gefallen, ihn zu becircen. Zwar konnte sie sich inzwischen sicher sein, dass er sie mochte – natürlich waren ihr seine Blicke nicht entgangen, die, wenn er sich unbeobachtet glaubte, immer wieder über ihren Körper glitten. Dennoch blieb ein kleines Restrisiko, dass alles bloß Zufall war. Wie sehr wünschte sie sich, dass er sie bezaubernd fand, dass er ebenso für sie schwärmte wie sie für ihn. Eine heimliche Liebe, die bloß aus Blicken, allenfalls flüchtigen Berührungen bestand, war so viel prickelnder, als jede Phantasie ratzfatz in die Tat umzusetzen. Lydia war nicht der Typ für *ratzfatz*. Sie wollte Romantik, überbordende Gefühle, und wenn sie diese nicht kriegen konnte, verzichtete sie lieber gleich auf den ganzen Rest.

Wie jeden Morgen hatte sie sich kurz nach halb acht aus dem Bett gequält, fünfzehn Minuten später stieß sie frisch geduscht die Küchentür auf. Um diese Zeit war die Chance, Tomasz allein anzutreffen, am größten. Ihr Mutter verließ bereits um 7.30 das Haus, Nina schlief – wenn sie überhaupt anwesend war – bis in die Puppen, Omama Irene stand meistens kurz nach acht auf, um sich dann erst ausgiebig im Bad aufzurüschen. So war das Zeitfenster zwischen viertel vor acht und halb neun geradezu perfekt. Bisweilen hatte Lydia Glück und Tomasz unterbrach seine Arbeit, um ihr bei einer Tasse Kaffee Gesellschaft zu leisten, manchmal hörte sie ihn bloß nebenan summen oder trällern.

Heute lehnte er, einen Apfel in seiner Hand drehend, am Fenster und blickte nach draußen auf die Zierkirsche.

»Lydia … Guten Morgen«, sagte er, ohne sich umzudrehen. Woher wusste er so genau, dass sie es war?

»Dzień dobry!«, kiekste sie wie ein Backfisch, wofür sie sich in diesem Moment hasste.

»Hast du gut geschlafen, meine Liebe?« Tomasz fuhr herum und zwinkerte ihr zu. So wie Männer taten, wenn sie einen auf die ganz plumpe Tour anzumachen versuchten.

»Ja, danke.«

Er deutete mit dem Kopf auf den Küchentisch. »Ich gemacht für dich Brote.«

»Ach wirklich?« Tomasz hatte ihr noch nie zuvor Brote geschmiert und Lydia wusste nicht, ob sie sich geschmeichelt oder verletzt fühlen sollte. Väter kümmerten sich um das leibliche Wohl ihrer Töchter, potenzielle Liebhaber verhielten sich anders. Einen Moment lang betrachtete sie verunsichert ihre abgekauten Fingernägel, dann bedankte sie sich förmlich und erklärte, sie werde heute zu Hause arbeiten, was Tomasz jedoch bloß mit einem fast unmerklichen Zucken seiner Augenbrauen zur Kenntnis nahm.

Die Woche als Probeplotterin lag gerade hinter Lydia und war ein mittelprächtiges Desaster geworden. Die ersten beiden Tage hatte sie vollkommen eingeschüchtert dagesessen und zugeschaut, wie ihre Kolleginnen und Kollegen Einfälle am Fließband produzierten. Ab Wochenmitte hatte ihr Denkapparat zwar langsam seinen Betrieb aufgenommen, doch jedes Mal, wenn eine Idee aufgeblitzt war, war jemand anders schneller gewesen und hatte bereits den Gedanken formuliert, während sie noch nach den richtigen Worten suchte.

Gott sei Dank gab es Steve. Steve, der sie tröstete, der ihr das Händchen hielt, der ihr Mut zusprach. Das würde schon werden, mit der Routine kämen auch die Einfälle. Aber Lydia wagte kaum noch daran zu glauben. Allem Anschein nach war sie schlichtweg unbegabt, eine Null im Universum, die besser putzen ging oder sich im Heer namenloser Aushilfskräfte verdingte, da konnte Steve noch so viel schönreden. Gleich in der ersten Minute hatte sie es gespürt. Sie war die Außenseiterin, gefangen in ihren Hemmungen, das Prinzesschen, das in der Kantine nicht aß, was alle aßen, die Mimose, die mal über Kopfschmerzen, mal über Übelkeit, mal über Schwindel klagte. Sie hatte es verbockt, daran gab es nichts zu rütteln. Blieb nur die Hoffnung, dass ihr das Aufschreiben der Handlungsbögen zu Hause am Laptop besser gelingen würde.

»Du bist müde?« Tomasz schlug wie ein Tier seine Zähne in den Apfel, riss ein großes Stück heraus und begann geräuschvoll zu kauen.

»Ja«, sagte sie schlicht und suchte im Bauernschrank nach einer Schale für ihren Milchkaffee.

»Warum du nicht länger schlafen?«

Die Frage war in der Tat berechtigt. Da Lydia ohnehin zu Hause arbeiten würde, kam es auf eine halbe Stunde kaum an. Doch der Reiz, ein paar Worte mit Tomasz zu wechseln und ihm dabei in seine tintenblauen Augen zu sehen, war einfach größer gewesen. Natürlich konnte sie ihm das nicht sagen, also zog sie sich aus der Affäre, indem sie viel Arbeit vorschob, sehr viel Arbeit, was noch nicht mal gelogen war. Den Großteil der Storylines hatte sie bereits am Wochenende ausformuliert, jetzt stand der Rest an, sieben Szenen an der Zahl, die sie bis zum Nachmittag fertig bekommen wollte. Damit Nina noch einen

Blick drauf werfen konnte. Sicherheitshalber. Ihre Schwester war zwar keine Expertin auf diesem Gebiet, aber sie hatte einen messerscharfen Verstand. Dumm nur, dass sie nicht in ihrem Bett lag – das hatte Lydia vorhin mit einem flüchtigen Blick in ihr Zimmer festgestellt – und zudem noch nicht mal etwas von ihrem Glück wusste. Was, wenn sie bis zum Nachmittag gar nicht mehr auftauchte? Sie hasste Ninas Angewohnheit, manchmal einfach von der Bildfläche zu verschwinden, ohne irgendjemanden darüber zu informieren, wo sie steckte. Lydia fand das nicht nur rücksichtslos, sondern geradezu gemein, allerdings konnte sie ihrer Schwester noch so sehr ins Gewissen reden, doch wenigstens ihr Bescheid zu geben, sie bestand auf ihre Auszeiten wie ihre Mutter auf Ordnung im Haushalt.

»Lydia? Ich dich was gefragt.«

Beim Kaffeekochen hatte sie Tomasz den Rücken zugekehrt, nun drehte sie sich um und sah ihn ungeduldig vor- und zurückwippen. Sein Lächeln hatte etwas Nervöses, fast Drängendes.

»Ach, so Verzeihung.« Lydia nahm ihre Kaffeeschale und setzte sich ihm gegenüber, so dass das Tageslicht frontal auf ihr Gesicht fiel. Sie wusste, dass die Farbe ihrer Augen auf diese Weise besonders gut zur Geltung kam.

»Kennst du das nicht? Du kannst nicht mehr schlafen, obwohl du noch hundemüde bist?« Automatisch imitierte sie seinen Gesichtsausdruck: »Aber egal. Ist doch schön, dass wir hier zusammen Kaffee trinken.« Sie führte die Schale zu hastig zum Mund, schlug mit den Zähnen gegen das Porzellan, verschluckte sich beinahe. Hatte sie das eben tatsächlich gesagt? Du liebe Güte, wie plump! Vielleicht dachte er jetzt, dass sie mit ihm ... Unsinn, beruhigte sie sich bloß einen Pulsschlag später. Mit jemandem gerne einen Morgenkaffee zu trinken und das obendrein zu äußern hieß nicht zwangsläufig, dass man Freiwild war.

Tomasz' Augen verengten sich einen Moment, dann füllte sein Gelächter die Küche: »Ich nicht trinken Kaffee. Ich esse Apfel.«

Lydia senkte beschämt den Kopf und war froh, sich mit der Schaumkrone ihres Milchkaffees beschäftigen zu können. Offenbar hatte Tomasz ihre Worte in den falschen Hals gekriegt und ihr nun auf vermeintlich lustige Art klarmachen wollen, dass er sie nicht weiter ernst nahm. Dass sie nichts als ein dummes Huhn, eine unreife Göre, was auch immer für ihn war.

Absätze klackerten über den Flur, dann steckte Omama Irene ihren Kopf zur Tür hinein. »Na, ihr beiden Hübschen, ist das Wetter nicht fabelhaft? Ein richtiger Prachtmorgen!«

Lydia mochte ihre Großmutter, sie vergötterte sie geradezu, weil sie mit ihren 63 Jahren immer noch so unkonventionell wie ein Bugatti in einer Reihenhaussiedlung daherkam. Trotzdem bedauerte sie bisweilen ihre Mummy, die es mit einer Mutter von Irenes Kaliber sicherlich nicht leicht gehabt hatte. Omama Irene war ebenso bestimmend wie theatralisch und es gab Tage, da nervte ihr übertriebener Singsang. Kein Mensch konnte immer nur fröhlich sein, auch wenn ihre Großmutter stets so tat, als ginge es ihr blendend, als sei das Leben ein purer Spaß. Das war es nicht. Meistens war es – ganz im Gegenteil – bitterer Ernst.

Omama Irene trat jetzt federnden Schritts an die Espressomaschine und nahm sich eine Tasse von der Warmhaltevorrichtung, um sich ihren verlängerten Espresso zuzubereiten.

»Na, Lydi, musst du nicht langsam mal los?« Sie drehte ihren Kopf ein Stück zur Seite und einen Moment lang lag etwas Lauerndes in ihrem Gesichtsausdruck – wie bei einer Katze.

»Nö. Ich schreibe doch die Storylines.«

Als Lydia bemerkte, dass Tomasz und ihre Großmutter einen raschen Blick wechselten, hakte sie nach: »Schlimm? Stör ich vielleicht?«

»Nein, nein«, beeilte sich Irene zu sagen. »Ist nur die Frage, ob du dich bei dem Lärm überhaupt konzentrieren kannst.«

»Geht schon. Mach dir keine Sorgen.«

Da ihre Zweisamkeit mit Tomasz nun ohnehin gestört war, schnappte sich Lydia ihren Kaffee, dazu eines der Pausenbrote und verließ mit einem genuschelten »Schönen Tag noch« die Küche.

»Lydi«, hörte sie ihre Großmutter rufen, als sie bereits die ersten Treppenstufen erklommen hatte. »Sag Bescheid, falls du was brauchst!«

Und ob sie etwas brauchte. Beistand. Hilfe. Irgendjemanden, der beim Schreiben ihre Hände dirigierte. Es war bei jeder Szene derselbe Kampf. Sie fühlte sich elend, wie gelähmt, als befänden sich in ihrem Hirn anstelle von Synapsen Wattebäusche, die nun alles verstopften.

Von unten schallte das Gelächter ihrer Großmutter wie eine Gewehrsalve, kurz darauf flog eine Tür zu und irgendwann kehrte Ruhe ein. Lydia hatte ihren Schreibtisch nah ans Fenster gerückt, um beim Schreiben in die Baumkrone des alten Apfelbaumes im Garten sehen zu können. Das Grün beruhigte sie, vielleicht würde es sie sogar ein wenig inspirieren, doch heute schien keiner ihrer Tricks zu funktionieren. Ihr Kopf war leer wie die Biogummibärchentüte vor ihr, mit der sie nun, weil sie sonst nichts mit sich anzufangen wusste, herumraschelte. Ihre Schwester war ihre letzte Hoffnung. Sie wählte Ninas Handynummer. Nach ewigem Klingeln, sie wollte gerade aufgeben und auflegen, drang endlich eine krächzende Stimme an ihr Ohr: »Ja?«

»Ich bin's, Süße.« Lydia griff nach einem Papiertaschentuch und zog den Hocker in die Mitte des Raumes. »Wo zum Teufel steckst du? Bei Noel?«

Nina räusperte sich ausgiebig, wahrscheinlich saß ihr ein Morgenkloß quer, dann fauchte sie: »Was zum Teufel geht dich das an? Kann ich nicht mal –?«

»Hör zu, ich brauch deine Hilfe«, kam Lydia ohne Umschweife auf den Punkt. Sie war inzwischen auf den Hocker geklettert und machte sich daran, den rosaroten Kronleuchter, ihren ganzen Stolz, zu entstauben, während sie mit gleichsam dramatischem Unterton ihr Problem zu schildern begann. Doch ihre Schwester unterbrach sie bereits nach wenigen Sätzen und erklärte: »Klar helfe ich dir. Du musst allerdings in die Stadt kommen.« Und leicht angespannt fügte sie hinzu, dass ihr das Gebalze um den Handwerker zu Hause extrem auf die Nerven gehen würde, außerdem sei sie später noch mit Emily zum Lernen verabredet.

Lydia war einverstanden. Natürlich war sie einverstanden. Sie verabredeten sich für zwei Uhr in der Strandbar am Monbijoupark, kurz darauf legte sie erleichtert auf, warf das staubige Taschentuch weg und setzte sich erneut an den Schreibtisch. Zum Glück gehorchten jetzt auch die Finger und flogen in Windeseile über die Tastatur. So problematisch ihr Verhältnis zu Nina oft auch war – wenn es drauf ankam, konnte sie sich voll und ganz auf ihre Schwester verlassen. Allein dieser Gedanke beflügelte sie so sehr, dass sie bereits gegen Mittag die Rohfassung in den Computer getippt hatte. Sie aß ein kaltes Tofuwürstchen und einen Bioapfel – weder von Tomasz noch von ihrer Großmutter war etwas zu sehen oder zu hören –, danach druckte sie das Script aus und fuhr mit der S-Bahn in die Stadt.

Schon von weitem sah sie ihre Schwester, die sich in einem

der Liegestühlte fläzte, eine Bierflasche in der Hand. Ihre Sneakers hatte sie ausgezogen und malte mit den Zehen Muster in den Sand. Erst beim Näherkommen bemerkte Lydia, dass Nina nicht allein war. Im benachbarten Liegestuhl, zirka einen halben Meter von ihr entfernt, saß ein junger Mann mit Topfhaarschnitt. Er fuhr gerade seine Hand aus, um die Speckrolle zu befummeln, die aus dem Bund von Ninas knapp geschnittener Jeans hervorquoll.

Einem ersten Impuls zufolge wollte Lydia am liebsten gleich wieder fliehen – ihre Schwester mit einem Kerl, das war ihr mehr als zuwider –, doch dann gab sie sich einen Ruck und stiefelte durch den aufgeschütteten Ostseesand tapfer auf die beiden zu. Sie brauchte Nina. Egal, wer gerade an ihr herumgrabschte.

»Hi.«

Zwei Köpfe flogen gleichzeitig herum. Ninas Haare waren wild toupiert und sahen im Sonnenlicht splissig aus; ihr Gesicht war von ungesunder, bleicher Farbe. »Na, endlich! Dachte schon, du kommst nicht mehr. Das ist übrigens Noel.«

Der Pilzkopf hob seine Hand und winkte ihr albern wie ein Teletubbie zu. »Na, klar, die Zwillingsschwester!«, rief er aus. »Sieht man auf den ersten Blick.« Er lehnte sich zurück und verschränkte die Hände hinter dem Kopf. Wahrscheinlich, um seinen zugegebenermaßen imposanten Bizeps zu präsentieren.

»Noel, du wolltest doch gehen«, mahnte Nina.

»Wollte ich?« Ein jungenhaft-freches Grinsen huschte über sein Gesicht. »Ach so, ja, stimmt. Hätte ich beinahe vergessen.«

Es folgte eine kleine Knutscherei, während der Lydia ihren Blick diskret zum Bodemuseum schweifen ließ; wenige Augenblicke später machte Noel endlich den Abflug.

»Bist du jetzt mit ihm zusammen?« Lydia fegte ein paar Krümel vom Liegestuhl, dann ließ sie sich schwer darauf sinken, als habe sie in Sekundenschnelle das Doppelte an Gewicht zugelegt. Auf der Spree tuckerte ein Ausflugsboot vorüber und sorgte für kleine, kräuselige Wellen, die nun gegen das Quai der Museumsinsel schwappten.

»Nein, eigentlich nicht.«

»Und warum küsst du ihn?«

Nina zuckte bloß die Achseln. Aber klar, in ihrem Universum bedeuteten Küsse nicht mehr als ein lauwarmer Händedruck.

»Was ist mit deinem Liebeskummer?«

»Weg.« Nina nahm einen Schluck Bier, schüttelte sich den Bruchteil einer Sekunde später angewidert.

»Wirklich?«

»Wer sich länger als ein paar Tage mit Liebeskummer aufhält, ist selbst schuld. Sonst noch Fragen?«

»Ja, wieso übernachtest du bei einem Typen, mit dem du gar nicht zusammen bist?«

»Alles ist besser, als bei uns zu Hause schlafen.« Nina zeigte auf das Pergamonmuseum, kicherte unvermittelt. »Weißt du noch? Als wir mit der Schule drin waren? Wann war das noch mal? In der Siebten?«

Lydia konnte sich nur allzu gut daran erinnern. Sie hatte das erste Mal ihre Tage bekommen – zum Erstaunen aller ein Vierteljahr früher als ihre so viel weiter entwickelte Zwillingsschwester – und vor den Augen ihrer Klassenkameraden ihre weiße Hose besudelt.

»Muss das sein? Immer dieses Gemecker über Zuhause«, wechselte sie abrupt das Thema. Sie hatte keine Lust auf die alten Kamellen, in denen sie sich meistens zum Gespött der Leute gemacht hatte. »Du hast dort ein warmes Bett, der Kühlschrank ist voll, und unsere Mutter wäscht deine dreckigen Sachen.«

Doch ihre Schwester lachte bloß höhnisch auf. »Hol dir doch erst mal was zu trinken. Es gibt auch Bionade. Für Freaks wie dich.«

»Ich bin kein Freak.«

»Aber ein bisschen irre – das schon.«

Ninas ausgelassenes Gelächter verfolgte Lydia, als sie sich zum Bretterbudenverschlag aufmachte. Drei Euro kostete die Bionade einschließlich Pfand – eine Frechheit für ein bisschen Zuckerwasser mit Holundergeschmack.

Als sie zurückkam, kratzte sich Nina genüsslich die Speckrolle, die Noel eben noch betatscht hatte, und meinte: »Kapierst du's wirklich nicht oder tust du nur so?«

»Was denn?«

»Dass ihr euch wegen dem Handwerker allesamt zum Affen macht.«

»Wie meinst du das?«

»Lydi, knips mal deinen Verstand an! Der Typ will euch an die Wäsche!« Sie schnaubte. »Und ihr ihm wohl auch. Das ist ja so was von krank!«

In Lydias Magen fuhr etwas Karussell und ließ nach einer Weile ein diffuses Gefühl des Unbehagens zurück.

»Was meinst du mit *ihr*?«

»Ihr – das bist du, Mama und rat mal, wer sonst noch.«

Lydia schnaubte. »Tomasz will was von Omama Irene und Mummy und die beiden auch von ihm? Du bist ja wohl komplett durchgedreht! Geh mal zum Psychodoc!« Um sich zu beruhigen, trank sie die Bionade in kleinen, hastigen Schlucken, doch es funktionierte nicht. Ihr Herz schlug bis zum Hals.

Nina geriet jetzt erst richtig in Fahrt: »Ich will ja gar nicht behaupten, dass die drei es wie die Tiere treiben, aber irgendwas ist da längst im Gange, dazu muss man keine Hellseherin sein.«

»Du bist …«

»Ja, was?«

»Eklig! Widerlich! Und so … dermaßen … respektlos! Wird dir nicht selbst schlecht, wenn du dir zuhörst?«

»Reg dich ab, ja?« Beschwichtigend legte Nina ihrer Schwester die Hand auf den Arm. Doch Lydia schüttelte die Hand wie ein lästiges Insekt ab und keifte: »Ich reg mich aber so viel auf, wie ich lustig bin! Und besonders über deine vulgäre Sprache!«

Nina unterbrach sie vorsichtig: »Lydi …«

»Ja, so heiße ich.«

»Jetzt mal im Ernst: Was willst du überhaupt von so einem alten Sack?«

»Er ist kein alter Sack, und ich will auch nichts von ihm.«

»Aber du magst ihn.«

»Ist das vielleicht verboten?«

Darauf schien Nina keine Antwort zu haben. Die Öffnung ihrer Bierflasche mit dem Zeigefinger reibend saß sie bloß da und schaute aufs Wasser. Einen Moment lang war es fast wie früher, wenn sie mit ihrer Mutter Ferien am Meer gemacht hatten. Friedlich. Harmonisch. Außer dass es damals noch keine Bionade gegeben und Nina noch kein Bier getrunken hatte. Zwei Armlängen von ihnen entfernt hatten es sich zwei Mütter mit ihren kleinen Kindern bequem gemacht, die sich nun laut juchzend mit Sand bewarfen.

Mitten ins Krakeelen hinein bemerkte Nina: »Ich will bloß nicht, dass du hinterher leidest.«

»Wie *hinterher*?«

»Du weißt doch selbst, dass es mehr weh tut, wenn man erst emotional verstrickt ist.«

»Kann sein. Aber dass du das auch weißt, ist mir neu. So oft, wie du die Kerle wechselst.«

Nina rülpste leise, dann erklärte sie: »Ist dir vielleicht schon mal in den Sinn gekommen, dass ich die Typen so häufig wechsle, damit es gar nicht erst wehtut?«

Das war ein Aspekt, den Lydia in der Tat noch nicht bedacht hatte, doch sie bezweifelte stark, dass es funktionierte. Man hatte Liebeskummer wegen eines Mannes, betäubte sich mit einem anderen Mann, der schlimmstenfalls auch wieder Liebeskummer verursachte, und schon steckte man in der Endlosschleife des Unglücks.

Nina erzählte von Tommaso und gestand in holprigen Halbsätzen, dass er ihr sehr, sehr viel bedeutet hätte, mehr als jeder andere Mann zuvor. Lydia war sprachlos, dann schimpfte sie los: »Und warum erfahre ich das erst jetzt? Immer diese Geheimniskrämerei!«

»Gar nicht! Ich hab's nur nicht an die große Glocke gehängt.«

»Zwischen *der Zwillingsschwester einfach mal die Wahrheit sagen* und *etwas an die große Glocke hängen* besteht aber ein meilenweiter Unterschied! Du bist manchmal so was von ...«

»Ja? Was?«

»Gar nicht wie meine Schwester!«

Eine Weile schwiegen sie, beide gefangen in ihrem Trotz, dann sagte Nina, als spräche sie mit dem Saum ihres T-Shirts: »Was soll ich dich denn mit diesem ganzen Scheiß belästigen. Es reicht doch schon, dass ich da durch muss!«

»Naja, aber ...« Lydia brach ab und verwischte mit ihren *trampki* die Muster, die ihre Schwester zuvor in den Sand gepinselt hatte. »Ich würde es einfach schön finden, wenn du mich ab und zu in Dinge einweihst, die mich auch interessieren könnten. Außerdem ... es tut doch nur gut, sich den Kummer von der Seele zu reden. Dachte ich jedenfalls.«

Ninas Blick glitt in die Ferne und verharrte an einem unbestimmten Punkt. »Du bist doch bis zum Abwinken mit deiner Serie beschäftigt und in deiner Freizeit hockst du immer nur mit Mama zusammen.«

»Ja, und weißt du auch, warum? Weil du sowieso nie da bist.«

»Und ich bin nie da, weil *du* immer mit dieser blöden Serie beschäftigt bist oder mit Mama ...«

Sie sahen sich an, brachen wie auf ein geheimes Kommando in Gelächter aus. Dennoch blieb bei Lydia ein schales Gefühl zurück. Nina hatte ihren Liebeskummer verharmlost, das war eine Sache. Eine andere, dass sie Lydia offenbar um das innige Verhältnis zu ihrer Mutter beneidete. Doch diesen Punkt hatte ihre Schwester sich selbst zuzuschreiben. Zu oft in den letzten Jahren hatte sie sich Anna gegenüber so verhalten, dass diese glauben musste, Nina legte keinen besonderen Wert auf eine engere Beziehung. Familie – das war wohl spießig, nichts, womit man freiwillig zu tun haben wollte.

Nina bohrte ihre noch halb volle Bierflasche in den Sand und erklärte, sie würde sich einen Pfefferminztee holen gehen, vielleicht würde der ihren offenbar rebellierenden Magen beruhigen.

»Ja, nur zu«, sagte Lydia. Jedes Bier weniger, jede Affäre, auf die sich gar nicht erst einließ, brachte ihre Schwester sicher in ein ruhigeres Fahrwasser. Und vielleicht würden sie eines Tages sogar wieder das alte, eingespielte Team sein: Nina, sie und ihre Mutter. Ein Urlaub zu dritt oder auch zu viert mit Omama Irene – das klang so gewöhnlich und war doch alles, wonach sich Lydia sehnte.

Als Nina zurückkehrte, sah sie schon nicht mehr ganz so käsig um die Nase aus und knöpfte sich sogleich das Script vor. Lydia lag währenddessen in ihrem Stuhl, eine Schäfchenwolke nach der anderen zählend. Ab und zu hörte sie ihre

Schwester etwas murmeln oder Tee schlürfen, doch da sie sich vor ihrem Urteil, dem Moment der Wahrheit, fürchtete wie ein Nichtschwimmer vor den Tiefen des Ozeans, sah sie lieber gar nicht erst hin.

»Ich weiß gar nicht, was du hast«, drang Ninas Stimme nach einer Weile in ihr Bewusstsein. »Liest sich doch ganz passabel.«

»Ehrlich?«

»Um dich zu verscheißern ist mir meine Zeit zu kostbar, echt mal!«

Erleichtert nahm Lydia ihr den Packen Zettel aus der Hand und war selbst überrascht, wie wenig Nina angestrichen hatte. Das erwartete Rotstift-Massaker war ausgeblieben.

»Das Einzige, was ich nicht so ganz verstehe −«, schränkte sie im nächsten Atemzug ein, indem sie sich in einer akrobatischen Verrenkung nach vorne beugte und auf einen der gefetteten Sätze deutete, die jeder Szene vorangestellt waren. »Wozu soll das gut sein?«

»Der One-liner ist absolut unentbehrlich!«, rief Lydia im Brustton der Überzeugung aus und kam sich in diesem Moment ganz wichtig vor. »Er fasst den Inhalt der jeweiligen Szene zusammen.«

»Hm«, machte Nina und rülpste wieder leise. »Trotzdem kapiere ich nicht ...« Sie nahm ihr die ausgedruckten Seiten erneut aus der Hand und suchte darin herum. »Diese Szene zum Beispiel ... Wieso heißt es hier: *Elisa gesteht Ben, dass ihr Leben ein Scheiterhaufen ist.* Im Grunde geht es doch darum, dass sie ihm erklärt, warum sie sich in den anderen ... wie heißt der noch mal ... ach ja, Samuel ... warum sie sich in Samuel verliebt hat.«

Nina hatte zweifellos Recht. Und je länger sie blätterten, prüften und analysierten, desto mehr Ungereimtheiten deckte ihre Schwester auf. Ein Desaster. Lydia hatte Nina engagiert, damit sie kleinere Patzer ausbesserte, doch jetzt, wo sie routiniert wie ein alter Fernsehhase den Rotstift ansetzte, fühlte sich Lydia einfach nur als Versagerin. Ganz wie früher in der Schule. Nina, die Klassenbeste, Nina die Jahrgangsbeste, Nina die beste Abiturientin, die das Gymnasium seit Jahrzehnten hervorgebracht hatte ... Ihre Zwillingsschwester hatte nie mit sich gehadert. Sie war die Frau der Tat, über jegliche Selbstzweifel erhaben, und was sie anpackte, gelang ihr auch.

»Sorry«, presste Nina hervor, nachdem sie auch die letzte Szene wie ein Insekt seziert hatte, »aber irgendwie ist mir total ...«

Lydia sah hoch und bemerkte, dass ihre Schwester anders als noch vor ein paar Minuten leichenblass war. Schon in der nächsten Sekunde sprang sie auf, spurtete über den Sand Richtung Spree und übergab sich in einen Blumenkübel. Bloß ein paar Atemzüge später folgte ihr Lydia und reichte ihr ein Papiertaschentuch.

»Also, es war nicht das Bier, falls du gleich auf Moralapostel machen willst«, sagte Nina und konnte schon wieder schief grinsen. Ihre Sorge galt vielmehr den anderen Strandbesuchern, die schaulustig zu ihr rübersahen. »Oh Gott, wie peinlich!«, stöhnte sie leise. »Könnte ich nur sterben!« Sie besah sich die unappetitliche Lache, die sich rund um den Kübel verteilt hatte. »Was machen wir jetzt damit?«

»Na, was wohl? Recyclen. Ist doch alles Bio«, scherzte Lydia und erwies sich diesmal als die praktisch Veranlagte, indem sie kurzerhand Sand rund um den Blumenkübel anhäufte. »Hauptsache, die arme Pflanze krepiert jetzt nicht.«

An diesem Nachmittag fuhren sie gemeinsam nach Hause. Nina fühlte sich zwar wieder besser, verzichtete aber darauf, mit ihrer Kommilitonin zu lernen. Lydia war bloß froh drum. So sehr es sie einerseits schmerzte, immer im Schatten ihrer

Schwester zu stehen, so brauchte sie sie andererseits so dringend wie die Luft zum Atmen. Hoffentlich würde Nina nicht allzu schnell von zuhause ausziehen, denn dann würde sie womöglich ganz von der Bildfläche verschwinden. Lydia wusste nicht, ob sie das ertragen könnte. Kein Mensch stand ihr so nah wie ihre Zwillingsschwester, mit niemandem teilte sie so viele Erinnerungen – selbst mit ihrer Mutter verband sie nicht dasselbe. So gut sie und Anna auch miteinander auskamen, bisweilen war es einfach ein Quäntchen zuviel an Mutterliebe. Es gab Momente, da malte Lydia sich aus, wie es wohl wäre, mit ihrer Schwester zusammenzuziehen. In irgendeine kleine Wohnung, Kohleofen, schäbiger Hinterhof, völlig egal. Aber das waren bloß aberwitzige Spinnereien, die sie schnell wieder in ihrem Inneren einschloss wie in einer eisernen Schatulle. Ihr Leben fand hier und jetzt statt, mit ihrer Mutter, Omama Irene und dem Baustellenchaos. Ach ja, und mit einem Handwerker, der sie über alle Maßen faszinierte.

11.

Es war wieder einmal spät geworden. Obwohl Anna bereits während der Doppelstunde Italienisch dauernd hatte gähnen müssen, war Britta hartnäckig genug gewesen, sie zu einem Glas Wein im Biergarten zu überreden. Ohne Nabukow, zu dem sie aus undurchschaubaren Gründen doch wieder auf Abstand gegangen war. Vermutlich hatte sie endlich begriffen, wie erbärmlich es war, sich jedem Mann, der nicht gleich wie Quasimodo daherkam, an den Hals zu werfen.

Nun lenkte Anna ihren Wagen durch die Nacht und machte sich Sorgen, ob sie möglicherweise zuviel getrunken hatte. Etwas mehr als ein Viertelliter Rotwein war es schon geworden, dazu noch auf nüchternen Magen. Um die beklemmende Angst vor einer möglichen Verkehrskontrolle zu vertreiben, dachte sie an Gnot. Britta hatte beim Verlassen des Biergartens die Rede auf das Thema Handwerker gebracht und beiläufig bemerkt, dass sie diesen Mann, der Annas Augen wie Kerzen die Weihnachtsstube zum Glänzen bringen würde, ja zu gerne einmal kennen lernen würde. Ihre Augen glänzten? Unfug! Britta wünschte sich so sehr eine eigene Liebesgeschichte, dass die Fantasie wieder einmal mit ihr durchging.

Gleichwohl musste Anna zugeben, dass Gnot häufiger in ihrer Gedankenwelt auftauchte, als ihr eigentlich lieb war. Im Moment grübelte sie schon wieder darüber nach, warum er seit seiner Ankunft kein einziges Mal darum gebeten hatte, seine Freundin, seine Mutter, wen auch immer anrufen zu dürfen. Vielleicht hatte er ja gar kein soziales Netz in Polen. Und auch die Freundin war lediglich ein Produkt seiner fein gesponnenen Lügen.

Knappe zehn Minuten später parkte Anna den Wagen gegenüber vom Haus unter der großen Linde. Sie war froh, den Heimweg ohne weitere Zwischenfälle überstanden zu haben. Normalerweise fuhr sie nicht, wenn sie etwas getrunken hatte; sie hielt sich eisern an diese Regel und schimpfte über Leute, die andere mit ihrer Leichtfertigkeit in Gefahr brachten. Umso mehr schockierte es sie, dass sie ebenso wie neulich nach dem Trinkgelage mit Britta dem leichten Weindusel in ihrem Kopf erlegen, einfach in ihr Auto gestiegen und abgebraust war. Wo hatte sie nur ihren Verstand gelassen, der sie sonst so sicher durchs Leben navigierte?

Das Haus stand, eingebettet in eine rabenschwarze Schattenlandschaft aus Bäumen und Nachbarshäusern, wie eine kleine Festung da. Kein einziges erleuchtetes Fenster; vermutlich schliefen schon alle. Zu dumm, dass Gnot im Wohnzimmer auf der Matratze hauste. Wenn es den gierigen, maßlosen und behaarten Handwerker nicht gäbe, dachte sie in diesem Moment voller Ingrimm, könnte sie sich jetzt noch von einer Talkshow, einer Reportage, irgendeinem Spätfilm berieseln lassen. Und so beschloss sie spontan, die Einschränkungen in den eigenen vier Wänden nicht länger hinzunehmen. Ab morgen würde hier ein anderer Wind wehen. Gleich nach dem Frühstück würde sie Gnot bitten, den Fernseher in einem der anderen Zimmer zu installieren, egal wo, Hauptsache es herrschte Gnot-freie Zone. Sie schloss auf, tastete fahrig nach dem Lichtschalter, doch bevor sie ihn finden konnte, erschrak sie, weil sich etwas Warmes, Weiches auf ihre Hand legte. Sie schrie auf, dann wurde es so gleißend hell, dass sie im ersten Moment nichts erkennen konnte.

»Wszystko dobrze!« Gnot stand in einem blauen, weiß gepaspelten Schlafanzug vor ihr, das Gesicht in der grellen Flurbeleuchtung aschfahl.

»Was tun Sie hier … mitten der Nacht!« Anna hatte Mühe, Luft zu holen. Ihr Herz raste.

Gnot hob entschuldigend seine Hände. »Ich denke, ich irgendwas gehören.«

Anna schluckte ihren Ärger runter und ging zur Garderobe rüber, um ihre Jacke aufzuhängen. Im nächsten Moment stieß sie hervor: »Ja, es ist normalerweise so, dass man Geräusche macht, wenn man die Haustür aufschließt. Aber ich werde mich bessern. Wird nicht wieder vorkommen. Versprochen.«

»Anna?«

Anna?, äffte sie Gnot bloß in Gedanken nach und bemühte sich, seine durchdringenden Blicke zu ignorieren.

»Welche Zeit willst du das neu Kleid tragen?«

»Welches Kleid?«, stellte sie sich dumm.

»Komm, du weißt, welches Kleid ich hab im Kopf.«

»Tomasz, was soll das! Es ist sehr spät, ich habe Durst und wirklich keine Lust, mich über Kleider zu unterhalten.«

Sie lief in die Küche, doch Gnot trottete wie ein Hündchen hinterher. Barfuß. Das sah sie bloß aus dem Augenwinkel, als sie den Kühlschrank öffnete, um eine Flasche Mineralwasser rauszuholen. Obendrein bemerkte sie, dass seine Zehen behaart waren, ganz wie bei einem prähistorischen Urmenschen. Sein Glück war lediglich, dass seine Fußnägel wie üblich einen frisch pedikürten Eindruck machten.

»Aber du musst diese Kleid tragen! Warum das du so viel bezahlen?«

»Psst! Nicht so laut. Oder willst du das ganze Haus aufwecken?«

»Kein Problem. Wir sind allein.«

Annas Durst war plötzlich so übermächtig, dass sie sich nicht erst die Mühe machte, ein Glas aus dem Schrank zu holen, sondern gleich aus der Flasche trank. »Allein?«, hakte sie nach, nachdem sie sie wieder abgesetzt hatte. »Wieso allein?«

»Weil ... weil is keine da.«

Das war mit Sicherheit eine Lüge, wohin sollten sie denn auch alle ausgeflogen sein, ihre Mutter, Lydi und Nina. Bestimmt meinte Gnot bloß ihre Große. Nina schlief in letzter Zeit ja ständig bei ihrem neuen Freund mit dem wohlklingenden Namen Noel. »Du musst dich irren«, bemerkte sie. »Meine Mutter und Lydia sind um diese Uhrzeit immer zu Hause.«

Doch Gnot verneinte, indem er seinen Zeigefinger wie einen Scheibenwischer hin und her wandern ließ. »Lydia ist in Kino. Mit Stefan.«

»Steve?«

»Ja, Steve. Und deine Mutti«, ein mokantes Lächeln schlich sich in sein Gesicht, »sie ist im Restaurant. Mit einem Mann, der ist Makler.«

»Gut, dann sind eben alle außer Haus«, seufzte Anna, als wäre das ein kleines Drama, stellte die Wasserflasche zurück und ließ die Kühlschranktür zufallen.

»Willst du eine Glas Wein?«

»Nein, danke, ich hatte gerade welchen.«

»Nur klein Glas! Für das Nacht.«

Bevor sie sich der Situation ganz entziehen konnte, hatte Gnot eine bereits geöffnete Rotweinflasche in der Hand und schenkte zwei Gläser voll ein.

»Tomasz —«

»Tak?«

»Männer in Schlafanzügen sind kein allzu schöner Anblick.«

»Oh, Entschuldigung.«

Er huschte nach draußen auf den Flur, kam schon kurz darauf in dem orangerot gemusterten Samtblazer ihrer Mutter zurück. Das sah so absolut grotesk aus, dass Anna jeder Logik zum Trotz beschloss, Gnots Drängen nachzugeben und einen Schluck mit ihm zu trinken.

»Also gut«, sagte sie und schnappte sich eins der Gläser.

»Prima. Ich will mit dir sprechen, Anna.«

»Ach so, ja? Worum geht's?« Ein unbehagliches Gefühl überrollte sie wie eine Welle bei Windstärke sieben.

»Komm zu Wohnzimmer.«

Widerwillig ließ Anna sich nach nebenan lotsen. Im Wohnzimmer befand sich Tomasz' Bett, wodurch der Raum zu einer Art verbotenen Zone wurde – zumindest nach 22 Uhr. Bevor es unfreiwillig peinlich werden konnte, nahm sie in Windeseile auf dem Sofa Platz; Gnot sank mit einem Plumps neben sie, so dicht, dass kaum ein Blatt Papier zwischen sie gepasst hätte.

»Anna, ich hab eine Frage.« Er drehte seinen Kopf um 45 Grad und war jetzt so dicht vor ihr, dass sie jede Bartstoppel, jeden Mitesser genauestens studieren konnte.

Kann ich mit dir schlafen? Dich flachlegen? Vögeln? Immer obszönere Worte kreisten in ihrem Kopf, während ihr Herz bereits wieder zu hämmern anfing. Fast so heftig wie vorhin an der Haustür.

»Nun sag schon!«, drängte sie eine Spur zu schroff. »Worum geht's?«

Tomasz atmete tief ein und wieder aus, dann erkundigte er

sich sparsam lächelnd, wie es mit einem Vorschuss aussähe ... vielleicht ... eventuell ... er wolle gern etwas Geld nach Hause schicken.

»Zu deinen Eltern?« Anna war erleichtert und enttäuscht zugleich, während ihr Herzschlag sich nach und nach wieder beruhigte.

»Ja, und zu meine ... Tanten.«

»Tanten?«

»Ja, Tanten.«

Während Anna darüber nachdachte, ob er damit tatsächlich seine Verwandtschaft oder womöglich seine unzähligen Freundinnen meinte, klappte ihr Mund mechanisch auf und wieder zu und sie sagte: »Ich denke, das wird sich einrichten lassen. Aber lassen Sie mich erst mit meiner Mutter reden.«

Gnots Lächeln war jetzt eine Spur weniger schmallippig, als er ihr zuprostete. »Na zdrowie.« Dann trank er das Glas in einem Zug aus, schluckte am Ende ein paar Mal nach, so als sei der Weingeschmack zu kostbar, um ihm nicht noch eine Weile nachzuspüren. »Denkst du wie ich, das Leben ist manchmal crazy?«

Anna nickte. »Ja, ziemlich crazy.«

Gnot liebte Binsenweisheiten und Kalendersprüche und Anna amüsierte es, wenn er sie regelmäßig abspulte wie ein Priester das Vaterunser.

Er fuhr fort: »Was denkst du? Wenn Menschen küssen, das Leben ist weniger crazy?«

Anna fuhr hoch, als habe sie ein Insekt gestochen. »Tomasz, lassen Sie das bitte. Habe ich mich neulich etwa nicht klar ausgedrückt?«

»Neulich? Was neulich?« Er schlug seine Beine übereinander, so dass die Schlafanzughose hochrutschte und seine behaarten Knöchel sichtbar wurden. Schon im nächsten Moment entwirrte er seine Beine jedoch wieder, sprang ebenfalls auf und stand dann stocksteif da, im Samtblazer ihrer Mutter. Er sah eingeschüchtert aus, doch das, was er von sich gab, sprach eine andere Sprache. »Warum, Anna, du zu viel denken?«, gurrte er. »Was passiert, das passiert.«

»Das wird es ganz bestimmt nicht!« Die Empörung in ihr fing an zu brodeln, kochte nach und nach immer höher. Trotz allem war sie nicht in der Lage, sich vom Fleck zu rühren, geschweige denn einfach rauszugehen, was ja wohl naheliegend gewesen wäre.

»Anna, ich will mit dir …«

»Schlafen! Ja, Sie wollen mit mir schlafen, ich weiß! Und das finde ich angesichts der Tatsache, dass Sie bei mir … bei uns … also, was ich sagen will, Sie sind bei uns angestellt … da fragt man so etwas nicht, das ist mehr als respektlos! Sie dringen in meine Intimsphäre ein, machen sich hier breit, achten nicht im Geringsten auf die Gefühle Ihrer Mitmenschen!«

Einen Moment lang war es still. Nur der kleine Wecker an Gnots Schlafstelle tickte unbeirrt vor sich hin. Die Sekunden zogen vorüber, eine nach der anderen und nahmen das Leben in ihrem Gepäck mit.

Gnot verharrte indes auf der Stelle, bloß seine Augenbrauen tanzten rauf und runter.

»Tut mir wirklich leid, Anna … Ich will mit dir reden, was willst du weitermachen mit das Renovierung. Der Terrasse und Keller und … und die rosa Farbe.«

»Ja, ganz gewiss.« Unangenehm berührt versuchte sie ihrem Lächeln eine spöttische Note zu geben. »Mitten in der Nacht und im Schlafanzug. Und wieso mit mir? Sonst besprechen Sie doch auch alles mit meiner Mutter.«

Um nicht ganz ihr Gesicht zu verlieren, nahm Anna ihr Glas und verließ eilig das Wohnzimmer. Erst später im Bett ging ihr die Peinlichkeit der Situation in ihrer ganzen Tragweite auf. Ihr Gefühl sagte ihr zwar, dass Gnot spontan gelogen hatte und doch auf Sex aus gewesen war – immerhin hatte er sie zweimal geküsst, das würde er kaum leugnen können. Was aber, wenn sie sich trotz allem täuschte? In diesem Fall stand sie ziemlich dumm da. Nicht wie Britta, die glaubte, alles, was männlichen Geschlechts war, in ihr Bett zerren zu müssen. Schlimmer. Man kannte doch diese Frauen jenseits der vierzig, die sich einbildeten, dass die Männer immer noch verrückt nach ihnen waren, keinen Deut weniger als nach all den straffgesichtigen 20-Jährigen mit ihren flachen Bäuchen und Nabelpiercings. Diese Damen gehobenen Alters, die so gerne Leoprint trugen, um damit noch unwiderstehlicher als ohnehin schon zu wirken. Genau so kam sich Anna gerade vor. Und jetzt ließ sich nicht mehr gutmachen, was sie durch ihre voreiligen Schlüsse angerichtet hatte.

*

Übers Wochenende geriet der Vorfall glücklicherweise erstmal in Vergessenheit. Nina war krank. Ein Magen- und Darmvirus hatte sie in seinen Klauen und Anna nutzte die Gelegenheit, ihre große Kleine nach allen Regeln der Kunst zu verwöhnen. Sie brachte ihr Bücher und Zeitschriften, nötigte Gnot, ein Antennenkabel in Ninas Zimmer zu verlegen, sie kochte Pfefferminz- und Ingwertee, und als sich Ninas Wangen gegen Abend schon wieder rosig färbten, bereitete sie ihr eine kräftige Hühnersuppe zu. Nach dem Rezept ihrer Großmutter Hilde wohlgemerkt. Ihre Mutter hatte ja nie besonderen Wert auf traditionelle Küche gelegt. Bei Krankheit gab es Fertigsuppen oder Kartoffelpüree aus der Tüte; einmal hatte sie es sogar fertiggebracht, Anna eine südvietnamesische

Nudelsuppe, die zum großen Teil aus Ochsenschwanz und Ochsenpenis bestand, vorzusetzen. Ebenso schlimm war es in ihrer Kindheit an Festtagen wie Ostern oder Weihnachten gewesen. Während bei ihrer Freundin Katrin Lammbraten oder Gans auf den Tisch kamen, probierte sich Irene mal an Froschschenkeln, mal an einem Kalbshirn, und falls ihr überhaupt nicht der Sinn nach Kochen stand, gab es eben Spiegeleier. Ganz abgesehen von ihrer strikten Weigerung, die Stube am 24. Dezember mit einem Tannenbaum zu schmücken. Frühlingshafte Tulpen taten es doch auch, und die Kerzen, die Irene auf Annas Drängen hin gekauft hatte, waren wie vom Erdboden verschluckt, feierten jedoch ein halbes Jahr später in einer lauen Sommernacht draußen auf dem Gartentisch ein überraschendes Comeback.

Am Sonntag sah Nina bereits wieder aus wie das blühende Leben. Gleich nach dem Frühstück zwitscherte sie zu Noel ab und ließ den Rest der Familie zwischen Eierschalenresten, Brotkrümeln und benutztem Geschirr am Küchentisch zurück. Keine Frage, es war ein trostloser Sonntag. Der Himmel verhangen, ab und zu entleerten sich die Wolken in kurzen, heftigen Güssen, dementsprechend mürrisch waren die Gesichter.

Anna vermied den Augenkontakt mit Gnot – sie vermied grundsätzlich alles, was sie an das peinliche Zusammentreffen am Freitag erinnerte. Lydia litt indes still vor sich hin. Ihre Probe-Storylines hatten nicht den Anklang gefunden, den sie sich erhofft hatte, und bloß, weil sie so ein sympathisches Mädchen war, gab ihr Chef Hans eine zweite Chance. Selbst Irene und Gnot, die sonst immer und überall gute Laune versprühten, bliesen Trübsal. Vielleicht wegen des Wetters, vielleicht wegen anderer Vorkommnisse, die Anna entgangen waren.

So konnte es nicht weitergehen! Kaum war der Küchentisch abgeräumt, die Sonntagszeitung gelesen, begann Irene wie ein Brummkreisel zu wirbeln, um ein passables Freizeitprogramm auf die Beine zu stellen. Für den polnischen Gast nur das Beste. Inzwischen hatte sie Gnot sowohl im West- als auch im Ostteil der Stadt eine Menge Sehenswürdigkeiten gezeigt, nur schien er weder ein großer Museumsliebhaber noch auf andere Weise kulturbeflissen zu sein. Womit konnte sie ihn also noch beglücken? Ein weiterer Park? Ein neues, angesagtes Café? In ihrer Ratlosigkeit schlug sie den Grunewaldsee vor.

»Die Hundekackmeile?«, stöhnte Lydia auf. »Oh bitte! Dann aber ohne mich.«

Gnot wollte prompt wissen, was eine *Hundekackmeile* sei, woraufhin Irene erklärte, dass sämtliche Hundebesitzer in dieser Gegend den Seeweg als Auslaufstelle für ihre Köter benutzen würden, sofern sie die Viecher nicht schon um die Krumme Lanke oder den Schlachtensee gejagt hätten.

Der Handwerker lachte so schallend auf, dass er rot anlief und sich seine Augen zu Schlitzen verengten. »Das ist lustig.«

»Ja, sehr lustig«, schaltete sich nun auch Anna ein. »Besonders wenn man sich nach dem Spaziergang den Hundekot von den Sohlen kratzen muss.« Sie plädierte im Gegenzug für den Tegeler See: Der sei doch wirklich etwas Besonderes mit seiner Promenade, dem Yachthafen und der schnuckeligen Fußgängerzone. Gleichzeitig fragte sie sich, wie es eigentlich dazu hatte kommen können, dass sie inzwischen jeden Sonntag im Tross durch die Gegend liefen. In Zeiten *vor Gnot* hatte es am Wochenende nie einen vergleichbaren Familiengruppenzwang gegeben, jede von ihnen war der eigenen Lust und Laune gefolgt. Lydi hatte Steve oder eine Freundin getroffen, ihre Mutter Bekannte von früher, und Anna war einfach glücklich gewesen, mit einer Zeitschrift oder einem Buch auf dem Sofa zu liegen und herrlich zu faulenzen.

»Vielleicht hat Tomasz mal Lust auf Kino?«, brachte Lydia mit leiser, fast erstickter Stimme hervor. Gleichzeitig warf sie Gnot einen träumerischen Blick zu, den Anna sehr wohl bemerkte. Und Gnot ließ es sich auch nicht nehmen, diesen lächelnd zu erwidern. Was wollte der Mann nun eigentlich? Sie? Oder ihre Tochter? Oder machte es ihm womöglich einen Heidenspaß, sie alle an der Nase herumzuführen? Lydia stellte sich das sicherlich prickelnd vor, Arm an Arm mit Tomasz in samtroten Kinosesseln dazusitzen, seine Wärme zu spüren, den sanften Druck seines Armes, der sich in kleinen Wellen auf ihren ganzen Körper übertragen würde …

»Kino!«, rief Irene über Gnots Kopf hinweg aus und gab einen Zischlaut der Missbilligung von sich. »Dafür versteht er die Sprache nun wirklich nicht gut genug.«

»Ich verstehe sehr viel! Ich will mit euch laufen in Kino.«

Er beäugte erst Irene, dann Anna und am Ende Lydia, bevor er, wie so häufig, eine schräge Melodie pfeifend, den Tisch abzuräumen begann. Der Handwerker hatte entschieden. Amen.

Sogleich wurde die Zeitung hervorgekramt, das Kinoprogramm studiert und ein Film ausgewählt. Mit Rücksicht auf Gnots rudimentäre Deutschkenntnisse plädierten Irene und Lydia einhellig für eine amerikanische Liebeskomödie, da konnte Anna noch so viel reden, amerikanische Dutzendware sei Zeitverschwendung, nichts, wofür man freiwillig Geld ausgeben sollte.

»Mummy, du hast ja keine Ahnung«, beendete Lydia die Diskussion, und lediglich, weil sie ein Auge auf Gnot haben wollte – wer wusste schon, was er mit ihrer kleinen Lydi in der Dunkelheit des Kinosaals anstellen würde –, ließ Anna sich am Ende breitschlagen, doch mitzukommen.

Irene drängte schon bald zum Aufbruch. Ihr war eingefallen, dass Gnot bisher weder das Holocaust-Mahnmal noch den Potsdamer Platz gesehen hatte, was das Touristenprogramm jedoch erst perfekt machen würde. So sehr sie üblicherweise über die monumentalen Hochhäuser und die triviale Einkaufspassage schimpfte – wenn es darum ging, ihren kleinen Kulturbanausen Tomasz zu beeindrucken, schien ihr jedes Mittel recht zu sein. Und Gnot *war* beeindruckt. Wie eine winzige Ameise stand er bereits eine gute Stunde später in der Hochhausschlucht, den Kopf in den Nacken gelegt, staunend, und wandte seinen Blick erst ab, als er schon nach hinten wegzukippen drohte.

Da bis zum Beginn des Films noch Zeit blieb, bummelten sie ein wenig herum. Gnot hatte wieder einmal Hunger, natürlich, und gedachte diesen mit einem Hamburger zu stillen. Er wollte selbst zahlen, doch Irene hatte bereits ihr Portemonnaie gezückt, bestellte für sich selbst eine Cola und fragte auch Anna und Lydia, ob sie auf etwas Lust hätten. Anna lehnte dankend ab, Lydia kommentierte ihren Widerwillen, indem sie sich andeutungsweise den Finger in den Hals steckte. Irene hätte es wissen müssen. Warum fragte sie Lydia auch erst? Vermutlich war es für diese ohnehin schlimm, das Objekt ihrer Begierde beim Vertilgen eines vollkommen unbiologischen Fleisch-Brötchen-Soßen-Berges, dem Mount Everest aller Burger, zuzusehen. Anna fand den Anblick nicht weniger abstoßend. Gnot stopfte und kaute, während die weißliche Soße seine Finger hinabtropfte. Er war eben doch ein Prolet, allein seine schönen, nunmehr besudelten Hände passten nicht ins Bild.

Wenig später im Kino musste Anna ihr ganzes Geschick aufwenden, nur damit Lydia sich nicht neben Gnot fläzte. Irene setzte sich gleich zu seiner Linken, das ging in Ordnung, doch als Lydia sich schon wie selbstverständlich an seine rechte Seite setzen wollte, bat sie ihre Tochter, ihr rasch ein Mineralwasser zu holen – ihr sei gerade etwas unwohl.

Lydia guckte erschrocken, als ihre Mutter sich, vielleicht eine Spur zu theatralisch, an der Lehne des Vordersitzes festkrallte, nahm dann jedoch ohne zu murren Annas Geldbörse entgegen und lief, die Stufen mit langen Schritten nehmend, aus dem Saal. Ein, vielleicht zwei Sekunden lang spürte Anna den misstrauischen Blick ihrer Mutter, aber da hatte sie sich bereits wieselflink in den Sitz neben Gnot fallen lassen.

»Bist du krank?« Anna konnte seinen Burger-Atem riechen.

»Nein, nein, alles in Ordnung.« Um Gnot glauben zu lassen, dass sie ihren Zustand bloß beschönigte, wischte sie sich mit der flachen Hand über die Stirn und seufzte erstickt. Vielleicht hatte sie ja doch ein Quäntchen Schauspieltalent von Irene geerbt und falls nicht, war es auch egal. Niemand würde ihr nachweisen können, dass sie sich gerade so quicklebendig wie ihre Mutter auf Männerfang fühlte.

Kurz darauf kam Lydia mit dem Wasser zurück; sie war offenbar alles andere als begeistert, ihre Mutter auf ihrem Platz vorzufinden. Aber natürlich protestierte sie nicht lautstark, wie es Nina garantiert getan hätte. Sie stand bloß wie erstarrt und mit seltsam verdrehten Beinen da, dann reichte sie Anna das Wasser und ließ sich neben sie plumpsen. Für die Dauer eines Pulsschlags fühlte sich Anna auch ziemlich schäbig, dass sie ihrer Kleinen die Tour vermasselt hatte. Aber schließlich hatte sie ja bloß in Lydias Sinne gehandelt. Ein Techtelmechtel mit Gnot – daran würde sie zerbrechen, gerade jetzt, wo sie bei *Working Class* so hart zu kämpfen hatte, bloß um ihrem Traum ein klein wenig näherzukommen.

Es war stickig im Kino. Der Klimaanlage zum Trotz senkte sich mehr und mehr eine dumpfe Schwüle über den Saal, die

Anna den Atem raubte. Kurzerhand zog sie ihre Sommerjacke aus, faltete sie zu einem Quadrat und legte sie auf ihren Knien ab.

»Anna!« Gnot brach in Gelächter aus, dann beugte er sich vor und hämmerte gegen den Sitz seines Vordermannes, als habe sie gerade einen brüllend komischen Witz erzählt. Anna wusste hingegen nicht, was so komisch sein sollte. Mit ihrer Familie und Gnot im Kino zu sitzen war alles andere als komisch.

»Was soll das?«, fragte sie, vermutlich ein wenig schmallippig.

»Du bist so … so …« Gnots Stimme hallte im Saal, und weil Anna das mehr als unpassend fand, warf sie ihm einen drohenden Blick zu und legte gleichzeitig ihren Zeigefinger auf die Lippen.

»Du bist sehr korrekt«, raunte er ihr nun zu, als würde er ihr eine vertrauliche Mitteilung machen. »Auch im Kino du bist auch korrekt.« Wieder lachte er, diesmal leise und glucksend.

Anna hatte auf die Schnelle keine Antwort parat. Was ging es Gnot eigentlich an, wie sie gestrickt war. Nur weil ihre Mutter bisweilen in ungebügelten Blusen aus dem Haus ging und Nina sowieso unmöglich herumlief, musste sie ja nicht zwangsläufig vom gleichen Schlag sein.

Irene beugte sich indes vor und trompetete: »So ist meine Anna nun mal. Sie könnte es einfach nicht ertragen, dass ihre Jacke knittrig wird. Lieber geht sie nackt, nicht wahr, Liebchen?«

»Es wäre ausgesprochen nett, wenn ihr euch um euren eigenen Kram kümmert, ja?«, zischte Anna. Mit einer blitzschnellen Bewegung schüttelte sie ihre Jacke auf, um sie betont nachlässig über ihren Schoß zu werfen. Bereits im nächsten Moment senkte sich die Dunkelheit über den Kinosaal, der Vorhang ging auf und der Werbeblock begann. Als kleines

Mädchen war Anna für die flackernden Bilder, kurz bevor der richtige, der ganz echte Film, losging, Feuer und Flamme gewesen. Mit einem kribbeligen Gefühl im Bauch hatte sie dagesessen, voller Vorfreude auf das, was da kommen würde. Heute war das eine ebenso abgeschmackt wie das andere, und auch dieser Film riss sie nicht vom Hocker. Handlungsablauf und Dialoge waren flach, trotzdem juchzten Lydia und ihre Mutter wie der Rest des Publikums bei den billigsten Witzen auf. Anna blickte zu Gnot hinüber. Seine Miene wirkte wie versteinert, dann wandte er sich langsam, wie von Bindfäden gezogen, ihr zu. Im Dunkeln wirkten seine Brauen noch mächtiger, seine Nase wuchtig, sein Mund groß und gierig.

»Das Film ist Schrott«, flüsterte er.

»Stimmt, das ist kein guter Film«, entgegnete sie, indem sie rasch wieder nach vorne sah. Aus dem Augenwinkel bemerkte sie jedoch, dass Gnot mit dem Gesäß ein Stück vorrutschte und seinen Körper leicht durchdrückte, wohl um besser an seine vordere Hosentasche ranzukommen. Bloß einen Atemzug später hielt er ihr ein Kaugummi hin. Anna griff mit spitzen Fingern danach – es war Gnot-warm –, und als sie es sich in den Mund schob, flackerte eine leichte Übelkeit in ihr auf.

Eine Weile passierte nichts, außer dass der Film sie langweilte und sie nichts weiter tun konnte als abzuwarten, dass die 90 Minuten endlich verstrichen. Ihre Mutter und Lydia waren von der Story gefesselt, doch Gnot ruckelte immer wieder unruhig hin und her, so als könne er einfach keine bequeme Position finden. Schräg in den Sitz geflätzt saß er dann links Schulter an Schulter mit Irene, während der kleine Finger seiner rechten Hand an der Naht von Annas flatteriger Viskosehose auflag. Möglich, dass der Körperkontakt purer Zufall war, doch er versetzte sie schlagartig in eine Art Schockzustand. Ein paar Minuten verstrichen, in denen Anna kaum zu atmen wagte und auch Gnots Finger einfach dort liegen blieb, wo er sich nun mal befand. Auf der Kinoleinwand geschahen grauenvolle Dinge. Die Heldin war bei einer Bergwanderung abgerutscht, hing nun an einem Felsen über dem Abgrund und drohte abzustürzen, falls nicht bald ein Retter auftauchte, und während die Musik von Sekunde zu Sekunde an Dramatik gewann, begann sich der kleine Finger an Annas Hosennaht selbstständig zu machen. Zunächst drückte er bloß stärker gegen ihr Bein, dann schob er sich, im Schutz ihrer ausgebreiteten Sommerjacke, langsam an ihrem Schenkel nach oben.

Das ist jetzt nicht wahr, redete sich Anna ein und versuchte, sich der aufkeimenden Erregung mit aller Macht entgegenzustemmen, doch vergebens. So sehr sie es auch wollte, es gelang ihr nicht, sich Gnots drängenden Fingern zu entziehen. Zu groß war auf einmal ihr Verlangen, dass er weitermachte, ungeachtet der Tatsache, dass sie eine respektable Studienrätin war und ein Teil ihrer Familie neben ihr in den Kinositzen lümmelte. Es gab kein Zurück. Als sich die Filmheldin nach langen, nahezu endlos erscheinenden Minuten endlich in Sicherheit befand, lagen Gnots Finger zwischen ihren Beinen und schabten ganz leicht auf dem Stoff hin und her. Annas Atem ging inzwischen so heftig, dass sie fürchtete, Lydia könne etwas von ihrem Zustand mitbekommen, aber ein rascher Seitenblick beruhigte sie; ihre Tochter schaute immer noch gebannt nach vorne. Und Gnot ließ sich ohnehin nicht beirren, fuhr ebenso bedächtig wie konsequent mit seinen Streicheleinheiten fort. Ohne seine Hand wegzunehmen, begann er sich umständlich aus seiner Jeansjacke zu schälen, wohl, um sie auf seinem Schoß auszubreiten. Doch sein Gehampel und Gezappel rief nun ihre Mutter auf den Plan. Sie beugte sich zu Gnot rüber und flüsterte mit belegter Stimme: »Alles klar?«

»Ja, alles klar.«

»Liebchen? Bei dir auch?«

»Ja, natürlich«, entgegnete Anna mit einer Schroffheit, die es ihr sogleich ermöglichte, sich mit einem Ruck von Gnots blutegelartiger Hand loszueisen. »Aber ich gehe jetzt. Der Film ist wirklich unerträglich.«

Im nächsten Moment war sie bereits aufgesprungen, stolperte über Lydias Knie und flüchtete aus dem Kino. Draußen blieb sie einen Moment stehen, sog die frische Luft in ihre Lungen und beobachtete die schwärzlichen Wolkenschiffe, riesige Fregatten, die sich vor ein paar hilflose Schönwetterwölkchen geschoben hatten. Sie atmete ein zweites Mal durch, diesmal so tief, dass es in ihren Lungen schmerzte. Die Erregung war verflogen. Ihre Mutter hatte mit ihrem beherzten Eingreifen treffsicher dafür gesorgt, so als habe sie den Braten gerochen. Aber es war nur gut so. Pubertäres Gefummel mit dem Handwerker im Kino – wie tief war sie eigentlich gesunken?

Anna lief los Richtung Arkaden, ertappte sich jedoch dabei, dass sie sich noch einmal umdrehte, um zu prüfen, ob Gnot ihr vielleicht nacheilte. Er tat es nicht. Er blieb im Kino sitzen und das war ebenfalls nur gut so. Damit waren die Fronten geklärt – ein für alle Mal.

*

Anna wurde am Montagmorgen früher als gewohnt wach, in ihrem Bauch grummelte es. In der Schule stand nichts Spezielles auf dem Plan. Doch da sie Gnot am gestrigen Abend nicht mehr über den Weg gelaufen war – sie hatte sich regelrecht vor ihm versteckt und er war auch nicht wie üblich mit der Bitte, an ihren Schrank gehen zu dürfen, in ihr Zimmer geplatzt –, fieberte sie der ersten Begegnung wie ein Teenager entgegen. Insgeheim hoffte sie, dass alles ganz normal sein würde, so als habe er niemals seine Finger in verbotenen Zonen gehabt. Doch war das überhaupt möglich? Er hatte sie liebkost und sie hatte es sich gefallen lassen – das war eine Tatsache, aus der sie sich nicht mehr rausreden konnte.

Anna duschte, cremte sich wie gewohnt ein und zog einem spontanen Impuls folgend erstmals das Wickelkleid an, das Gnot ihr im KaDeWe aufgeschwatzt hatte, streifte sich jedoch eine unförmige, grob gestrickte Baumwollstrickjacke über. Ein flüchtiger Blick in den Spiegel – ja, so fiel kaum auf, dass sie das Kleid überhaupt trug – schon huschte sie auf leisen Sohlen die beiden Stockwerke nach unten. Alles war ruhig. Vielleicht schliefen alle noch? Sie schlich an der lediglich einen Spalt breit offen stehenden Wohnzimmertür vorbei und reckte ihre Nase in die Luft, als könne sie Gnot erschnuppern, bloß noch zwei, drei Schritte bis zur Küche, dann nahm sie ihren ganzen Mut zusammen und stieß die Tür schwungvoll auf. Nina saß mutterseelenallein in ihrem karierten Lieblingsschlafanzug am Küchentisch, vor sich einen Becher Tee, und hob träge das Kinn. Ihr Gesicht war so weiß wie die Teller, die irgendjemand aus dem Geschirrspüler geräumt und auf dem Tisch gestapelt hatte.

»Liebes! Du bist doch nicht etwa wieder krank?«

»Weiß nicht, vielleicht ja doch.« Nina ließ ihre Stirn auf die Tischplatte sinken. »Wenn mir nur nicht ständig so schlecht wäre!«, jammerte sie. Den Kopf bloß ein paar Zentimeter anhebend angelte sie sich eine trockene Scheibe Brot und biss ein winziges Stück davon ab.

»Ja, Kind, iss mal etwas. Vielleicht ist dir bloß flau, weil du am Wochenende so wenig in den Magen gekriegt hast …«

Nina atmete schwer, dann schob sie ihre linke Hand unter ihr Schlafanzugoberteil und kratzte sich den Bauch. »Kann mir nicht schaden, wenn ich ein bisschen abnehme«, brummte sie, um ein Lächeln bemüht. »Oder? Was meinst du, Mama?«

Anna ließ die Bemerkung unkommentiert und sagte: »Hör zu, du lässt dich nachher von deiner Großmutter zu Dr. Walkner fahren.«

»Ach, wozu denn?«

»Um abzuklären, was du hast!«

Nina machte eine unwillige Geste. Ihre Töchter verabscheuten Ärzte und alles, was einen weißen Kittel trug. Selbst zur Zahnprophylaxe gingen sie nur unter Androhung von Gewalt. Erst als ihre Großmutter wenig später noch ein wenig verschlafen in der Küche auftauchte und in dieselbe Kerbe hub, willigte Nina ein.

»Wo steckt eigentlich Tomasz?«, erkundigte sich Irene, kaum dass Nina rausgegangen war. Sie wollte sich noch ein wenig aufs Ohr hauen, bevor sie sich für den Arztbesuch fertigmachte.

»Keine Ahnung, vielleicht schläft er noch.«

»Soll ich ihn wecken?«

»Ach«, winkte Anna ab. »Lass dem Armen seine Nachtruhe. Er arbeitet hart genug bei uns.«

»So, findest du?« Ihre Mutter tapste auf Zehenspitzen zur Espressomaschine und fluchte, weil irgendjemand, vermutlich sie selbst, am Vortag den Siebträger nicht geleert hatte. »*Ich* war ja schon immer der Ansicht, dass er wie ein Tier schuftet.« Sie jonglierte geschickt mit dem Kaffeesieb, klopfte es aus, befüllte es neu, schon röhrte die Espressomaschine los und ließ die Unterhaltung ersterben. Anna war das nur recht. Sie mochte nicht über Gnot reden. Denn wenn sie über ihn sprach, wurde sie automatisch an die Intimitäten im Kino erinnert, die ihr mit dem Abstand einer ganzen Nacht umso mehr als völlig unangemessene Grenzüberschreitung erschienen.

Irene zog den Hebel wieder runter, wartete einen Moment, bis der letzte Tropfen Kaffee in die Tasse geträufelt war. »Was war eigentlich gestern mit euch los … im Kino?« Es klang beiläufig und doch eine Spur schneidend.

Annas Blick flitzte von ihrer Teetasse zum Fenster und wieder zurück, sie zählte die Punkte auf der Zuckerdose, dann fing sie sich wieder und bemühte sich zu lächeln: »Nichts, wieso?«

»Du hast so einen verstörten Eindruck gemacht.«

»Ich hatte bloß Kopfweh. Außerdem, der Film …« Sie wischte mit der Hand durch die Luft. »Niveaulos ist ja wohl gar kein Ausdruck.«

Ihre Mutter lachte spöttisch. »Typisch Anna. Kann sich nicht einfach mal so amüsieren … loslassen … sich gehen lassen.« Ihr Lachen flackerte erneut auf. »Nimm das Leben doch mal von der leichten Seite, Herzchen! Nur einen Nachmittag lang! So wie unser lieber Tomasz. Er hat sich doch auch bestens amüsiert. Oder etwa nicht?«

Doch, das hatte er. Anna konnte dies nur bestätigen. Über weite Strecken schien es ihm sogar ganz ausgezeichnet gefallen zu haben.

Irene schlürfte ihren Kaffee in winzigen Schlucken, spreizte dabei manieriert den kleinen Finger ab, und fuhr fort: »Bloß, dass du einfach so gegangen bist, Herzchen … Welcher Teufel hat dich da eigentlich geritten? Eine Kinokarte kostet sage und schreibe …«

»Ich weiß, was eine Kinokarte kostet«, schnaubte Anna. »Aber hast du vielleicht schon mal Migräne gehabt? Weißt du, wie das ist, wenn einem der Schädel zu platzen droht? Du hast ja gar keine Ahnung! Du mit deinem ewigen Sonnescheingemüt, deinem Dauergrinsen, deinem …«

»Es ist gut, Anna. Frühstücken wir jetzt in Ruhe?«

Anna erwiderte nichts mehr. Sie hatte gelogen. Ihr Kopf

war so klar wie ein Schweizer Bergsee gewesen, nicht mal der harmloseste Spannungskopfschmerz hatte sie geplagt.

Ihre Mutter knipste ein nunmehr mitleidiges Lächeln an, von dem Anna nicht wusste, ob es echt oder ironisch war, und erklärte mit getragener Stimme: »Liebchen, der Tag ist viel zu schön um zu streiten. Tut mir leid, falls ich dir etwas unterstellt haben sollte.«

Irgendwo im Haus klappte eine Tür. Vielleicht Gnot, der endlich aufgestanden war und nun ins Gästebad duschen ging? Anna hatte es plötzlich ungemein eilig, sich auf den Weg zur Schule zu machen. Sie schnappte sich einen Pfirsich aus der Obstschale und war bereits halb aus der Tür, als ihre Mutter ihr nachrief: »Anna, du hast ja das Kleid an! Ich fasse es nicht! Das schöne blaue Kleid! Liegt denn heute etwas Besonderes an?«

»Nein. Nicht, dass ich wüsste.«

»Oh«, machte Irene bloß, als wären ihr sämtliche Worte abhanden gekommen. Das erstaunte Anna. Sie hatte ihre Mutter, die selbst bei raustem Seegang immer noch wie ein Fels in der Brandung zu stehen schien, mit dem Tragen eines banalen Wickelkleides aus der Fassung gebracht.

Sekunden später verließ sie das Haus und war froh, Gnot nicht mehr über den Weg gelaufen zu sein. Vielleicht hätte er es noch falsch aufgefasst, sie in dem Kleid zu sehen, und einen entsprechenden Kommentar abgelassen, vielleicht hätte er aber auch gar nichts gesagt, bloß anzüglich gelächelt – beides wäre gleich schlimm gewesen.

Der Schultag verlief ohne besondere Vorkommnisse. Die 7K1 war bezaubernd wie immer, der neunte Jahrgang nervenaufreibend, in der Pause lobte Britta ihr Kleid und wollte es auch ohne Strickjacke sehen, was Anna jedoch unter Einsatz ihrer Ellenbogen zu verhindern wusste. Sie schrieb zwei Klassenarbeiten, roch Bohnerwachs und ungelüftete Jeansjacken, und als sie in der letzten Stunde im Rahmen des Sexualkundeunterrichts über das Thema *Die Pubertät – Gehirn im Ausnahmezustand* referierte, konnte sie nicht umhin sich einzugestehen, dass sich ihr eigenes Hirn gestern im Kino nicht bloß im Ausnahmezustand, sondern im Delirium befunden haben musste.

»Frau Sass, sind Sie verliebt?«

Der kleine Minh, ein vietnamesischer Junge, der zumeist Sportkleidung trug, hatte nach dem Klingeln an ihrem Pult haltgemacht und scharrte nun mit seinem Turnschuh wie ein Fohlen auf dem Linoleumboden.

»Wie kommst du denn darauf, Minh?« Anna verwandte ihre ganze Konzentration darauf, mit unbeteiligter Miene ihre Bücher einzupacken.

»Weil Sie so ein schönes Kleid tragen.«

»Hepp!« Sie warf ihm einen Schwamm zu und bedeutete ihm mit dem Kopf, die Tafel abzuwischen. »Was habe ich heute mit euch durchgenommen?«

»Die Pubertät?« Sich auf die Zehenspitzen reckend wischte er auf der Tafel herum, verschmierte jedoch mehr, als dass er saubermachte.

»Warum mit Fragezeichen? Erinnerst du dich nicht genau?«

»Doch. Klar.« Minh grinste und hüpfte in die Luft, um auch die obere Zeile, die *Pubertät* und das *Chaos im Kopf* abzuwischen.

»Gut«, fuhr Anna jetzt schon wieder abgeklärt fort. »Und habe ich euch beigebracht, dass Frauen Kleider tragen, wenn sie verliebt sind?«

»Nein!« Minh wich verlegen ihrem Blick aus. »Aber Ihre Augen leuchten so. Als meine Schwester mal verliebt war, haben ihre Augen auch so geleuchtet.« Er räusperte sich und ergänzte leise: »Sie sind ja nicht verheiratet, oder?«

»Richtig. Ich bin weder verheiratet noch verliebt.« Sie steckte ihren Füller weg und schloss die gepflegte Ledermappe mit einem Klick. »Und trotzdem trage ich ein Kleid, verstanden?«

Minh nickte einsichtig, als habe er soeben begriffen, wie das Leben funktionierte, dann schnappte er sich seinen Ranzen und steuerte o-beinig die Tür an. Dort drehte er sich allerdings noch einmal um und stotterte: »Sieht richtig ... echt mal ... richtig verschärft aus!«

Den Rückweg nutzte Anna, um einige schon seit längerem aufgeschobene Besorgungen zu erledigen. Sie ließ ihre Sandaletten neu besohlen, holte ihren Sommermantel aus der Reinigung, kaufte Biomilch und -joghurt für Lydia, Brot, Käse und Aufschnitt für die ganze Familie und – aus Gründen des Zeitmanagements – Kartoffeln und Matjes fürs Abendessen. Der Matjesdip mit Zwiebeln und Äpfeln war schnell zubereitet, die Kartoffeln kochten ohnehin von allein. So großspurig ihre Mutter bei Gnots Eintreffen verkündet hatte, sich um das leibliche Wohl des Handwerkers zu kümmern, sprich, täglich ausgewogene Mahlzeiten auf den Tisch zu bringen, so war ihr Elan nach und nach immer mehr verflogen. Typisch. Und an wem blieb wieder mal alles hängen? An ihr, Anna! Sie hatte es ja vorausgesehen. Und Gnot? Wie oft hatte er wichtigtuerisch verkündet, Gerichte aus seiner Heimat kochen zu wollen, doch abgesehen von der Suppe damals, als sie gekränkelt hatte, und einem polnischen Gemüsesalat aus Kartoffeln, Möhren, Erbsen, Eiern, Gürkchen und ziemlich viel Mayonnaise, ward nichts Essbares gesichtet. Das würde sich ändern müssen. So einfach kam er damit nicht durch.

Entsprechend vor Wut kochend traf sie zu Hause ein. Alles war still, nirgends wurde geklopft, gehämmert oder gebohrt. Vielleicht trieben sich Gnot und ihre Mutter ja irgendwo in der Stadt herum. Der Konfrontation noch ein wenig aus dem Weg gehen, das konnte ihr nur recht sein.

»Mutter? Nina?«, rief sie, bekam jedoch keine Antwort.

»Lydia, bist du da?«

»Hallo Anna.«

Gnot kam in Socken aus der Küche getapst, und auch wenn Anna damit hatte rechnen müssen, dass er irgendwo herumgeisterte, erschrak sie.

»Keine Angst. Da bin ich.« Er reckte und streckte sich, dann ließ er seine Schultern kreisen. »Lydia arbeiten. Deine Mutti und Nina sind bei Arzt.«

»Ach wirklich?« Wie aufs Stichwort fühlte sich Anna in einer Zeitmaschine gefangen, die ihr Leben um zwei Tage zurückspulte. Es war erneut Freitagabend nach dem Italienischkurs und sie konnte vor lauter Durst kaum noch sprechen. Bloß dass das Sonnenlicht durch das Milchglasfenster flirrte, verzerrte ihr Empfinden.

Gnot lächelte und ließ seine Zungenspitze hervorblitzen. »Du trägst das neues Kleid! Anna, du trägst ja das neues Kleid!«

Weil sie sich keine passende Antwort zurechtgelegt hatte, nickte sie bloß. Trotz der drückenden Schwüle im Flur raffte sie die Baumwolljacke vorne enger zusammen.

»Warte mal. Ich hole für dich Getränk.«

Konnte Gnot Gedanken lesen oder woher wusste er, dass ihr Mund staubtrocken war? Wenige Sekunden später kam er mit einer Wasserflasche in der Hand zurück.

»Hier, proszę.«

Anna nahm die kühle Glasflasche, und noch während sie den Verschluss mit zittrigen Fingern abschraubte, spürte sie, wie sich Gnots Hände um ihre Taille legten. »Kommst du?« Als wäre seine Frage ein Befehl, dem man sich nicht widersetzen durfte, ließ sie sich wie ein Wesen ohne eigenen Willen in ihr Dachzimmer führen.

★

Es war wie ein Ausbruch aus Raum und Zeit. Als würde sie in ein Paralleluniversum geschossen, wo die Farben und Düfte intensiver waren, die Uhr verlangsamt tickte, der Körper bloß dazu da war, um zu schmecken, zu fühlen, zu riechen und sich dem, was kommen musste, nicht länger entgegenzustemmen. Vielleicht empfanden andere Menschen immer so, wenn sie Sex hatten, Anna wusste es nicht. Sie wusste nur, dass sie Gnot nicht liebte, ihn auch niemals lieben würde, was ihr in diesem Moment jedoch völlig unerheblich erschien. Ebenso wie die Tatsache, dass das harte Licht ihrer Nachttischlampe sie womöglich alt aussehen ließ, dass ein kleiner Muskel unterhalb ihres Lides beständig zuckte und ihr Bauch, wenn sie auf allen Vieren kauerte, wie der Beutel eines Kängurus nach unten hing. Alles einerlei. Sie lebte, sie genoss, sie gierte nach mehr. Keine Berührung erschien ihr schal oder gar abgeschmackt, alles war ganz im Gegenteil unerhört neu und frisch wie eine Landschaft im Frühling, nachdem der Schnee geschmolzen war und überall leuchtende Krokusse sprossen.

Was hatten die Männer ihrer Vergangenheit ihr eigentlich zu bieten gehabt, fragte sie sich, nachdem sie ein zweites Mal erschöpft in die Kissen gesunken war. Nichts als läppische Appetithappen, kleine Amuse-Gueules, die auf den ersten Blick vielleicht verlockend ausgesehen, sich dann jedoch als fad und vollkommen ungewürzt herausgestellt hatten. Gnot war indessen ein Kenner seines Fachs, und während sie sich streichelten, küssten und Dinge taten, die Anna zu Marks Zeiten noch verabscheut hatte, interessierte es sie herzlich wenig, wie behaart ihr Liebhaber war, an wie vielen Frauen er sein Talent möglicherweise schon erprobt hatte und wie sein Leben in Polen aussah. Sie genoss Gnot wie einen guten Wein und bedauerte es allenfalls, nicht schon früher seinem Werben und Drängen nachgegeben zu haben.

Das blaue Kleid lag neben zwei goldglänzenden Kondomverpackungen zerknüllt am Boden, als sie nach Stunden aus ihrer Trance erwachte.

»Anna!« Gnot küsste ihre Lider. »Du bist ... wie ein Blum.«

Bitte, flehte sie inständig, *bitte mach jetzt nicht alles kaputt.* Doch bevor er weiter sein poetisches Talent unter Beweis konnte, gellte eine Stimme von unten, die zu sehr nach ihrer Mutter klang, um länger ignoriert werden zu können.

»Anna? Bist du da? Weißt du, wo Tomasz steckt? Ist er weg? Nina und ich möchten etwas mit dir besprechen.«

Anna fuhr so schnell hoch, dass ihr Kreislauf im ersten Moment schlappmachte. »Sie gehen ins Bad«, zischte sie Gnot zu. Sich hektisch ankleidend hüpfte sie zur Zimmertür und rief: »Komm ja schon!« Gnot drängte sich an ihr vorbei, seine Kleidungsstücke unter den Arm geklemmt, verschwand im Badezimmer und zog die Tür geräuschlos hinter sich zu.

Doch da ihre Mutter nicht müde wurde, in schrillem Ton nach Tomasz zu rufen, erwiderte Anna an seiner Stelle: »Vorhin war er noch bei Lydi ... wegen der Fußleisten. Vielleicht ist er gerade im Bad? Tomasz, bist du im Bad?«

»Ja, ich bin hier!«, klang seine Stimme gedämpft wie durch einen Schalltrichter.

Anna strich ihre Haare glatt, wischte die Reste der verschmierten Wimperntusche am unteren Lidrand weg, dann tastete sie sich die Treppe Stufe für Stufe vorsichtig nach unten. Zu groß war die Angst, dass ihre Beine, die immer noch wie Espenlaub zitterten, jeden Moment wegsacken könnten.

Nina und Irene saßen reglos wie Wachsfiguren am Küchentisch.

»Liebes, was ist los? Bist du krank?« Anna war sofort bei ihrer Tochter und wollte sie an sich drücken, aber diese wehrte ihre Mutter wie eine lästige Fliege ab.

»Dein Herzchen ist alles andere als krank«, warf Irene mit kühler Stimme ein und zog einen 10-Euro-Schein aus der Gesäßtasche ihrer weißen Sommerhose. »Würdest du das bitte Tomasz geben und ihm sagen, er soll irgendwo einen Kaffee trinken gehen?«

»Warum?«

Hatte ihre Mutter etwa etwas bemerkt? Hatte sie möglicherweise schon beim Reinkommen gerochen, dass dort oben unter dem Dach Dinge vor sich gingen, die jede Sitte und jeden Anstand verletzten? Oder, schlimmer, hatte sie sie *gehört*?

»Weil ich es dir sage. Also bitte.«

Anna wunderte sich über sich selbst, dass sie, ganz das brave Töchterchen, den Geldschein entgegennahm und die Treppen wieder nach oben trottete. Himmel, die Kondome!, fiel es ihr unterdessen siedendheiß an. Hatte Gnot sie bereits vom Boden gefischt und entsorgt? Falls ja, wo? Doch wohl hoffentlich nicht im Abfalleimer im Familienbad. Dort hatten sie ebenso wenig zu suchen wie am Fuße ihres Bettes.

»Tomasz?«, rief sie, woraufhin sich die Badtür sogleich öffnete und Gnot seine Hand nach ihr ausstreckte. Aber statt sich auf erneute Zärtlichkeiten einzulassen, hielt sie ihm das Geld wie einem Callboy hin und erklärte gedämpft: »Meine Mutter möchte, dass Sie einen Kaffee trinken gehen.«

»Warum?«

»Ich weiß es nicht. Tun Sie es einfach.« Sie sah ihn bittend an. »Und die Kondome … Nehmen Sie sie bitte mit nach draußen.«

Er fragte nicht weiter nach, nickte bloß, und als Anna wieder nach unten stiefelte, dachte sie nur: *Wie kindisch, du kennst jeden Quadratzentimeter Haut dieses Mannes und siezt ihn immer noch.* In der Küche herrschte nach wie vor Eiseskälte. Was war bloß vorgefallen, dass man Gnot extra aus dem Haus schicken musste? Der Arme wusste ja gar nicht, wie ihm geschah.

Nina saß in unveränderter Haltung am Küchentisch, Irene bereitete Espresso zu. Drei kleine Tassen füllte sie mit dem gallebittern Sud, dann ertönte endlich Gnots erlösendes: »Ich bin gleich weg!«

Kaum war die Haustür hinter ihm ins Schloss gefallen, senkte sich eine bleierne Stille über den Raum; Anna wagte kaum zu atmen.

»Also?«, fragte sie. Ihre Stimme vibrierte. Sie sah zunächst Nina an, doch die hielt den Kopf gesenkt und drehte den kleinen Espressolöffel auf ihrem Untertassenrand hin und her, als wäre dies eine abendfüllende Beschäftigung, dann Irene. »Mutter …?«

»Sie soll es dir selbst sagen.« Irene legte ihrer Enkelin die Hand auf die Schulter. Sie trug ein neues Silberarmband, ein bisschen zu jugendlich mit all den bunten Kugeln daran. Nina sah jetzt langsam hoch und krächzte, als hätte sie einen dicken Kloß im Hals: »Ich weiß aber nicht wie.«

»Herrje!«, rief Irene aufgebracht aus. »Du bist ja wohl der deutschen Sprache mächtig. So wie du auch in der Lage bist, ganz andere Dinge zu tun. Oder, Fräulein?«

»Nina«, beschwichtigte Anna. »Egal, was es ist, du kannst es mir ruhig sagen.«

Stille. Nur die Vögel zwitscherten unvermindert weiter.

Sie fuhr fort: »Ist es wegen der Uni? Hast du eine Klausur vergeigt? Willst du vielleicht ganz aufhören?«

Nina ließ den Kopf hängen und schüttelte ihn wie ein Pferd.

»Drogen?«

»Quatsch! Spinnst du?«

»Medikamente?«, ließ Anna nicht locker.

»Medikamente? Was denn für Medikamente? So ein Schwachsinn!«

Irene fuhr in die Senkrechte. »Himmel Herrgott!«, brach es aus ihr hervor, »dann sag deiner Mutter doch endlich, dass du schwanger bist!«

Die Worte detonierten wie eine Bombe, hingen eine Weile in der Luft und sanken langsam von der Zimmerdecke herab.

»Schwanger«, hakte Anna nach. »Du bist schwanger?«

Ninas Augen schienen einen dunkleren Farbton anzunehmen, als sie ihre Mutter ansah. Sie sagte: »Ja, so nennt man das wohl, wenn eine Eizelle befruchtet worden ist.«

»Aha«, murmelte Anna bloß, geschwächt von dem Liebesspiel mit Gnot und der schwülen Luft im Raum. Gleichzeitig begann es in ihr zu rumoren und brodeln, als wäre ein heftiger Magen-Darm-Virus im Anzug. Schwanger ... Wieso war sie nicht von allein darauf gekommen? Ihre Tochter hatte Sex, Sex mit Männern, da konnte so etwas schon passieren.

Irene setzte sich wieder und zupfte nervös an ihren Augenbrauen. »Mehr hast du nicht dazu zu sagen? Bloß *aha*? Liebchen! Deine Tochter ist gerade dabei sich kräftig ihr Leben zu vermasseln!«

»Sei einfach still, Mutter«, herrschte Anna sie an und vermied es, sie dabei anzusehen. Sie wollte nur eins: mit Nina allein sein, sie in den Arm nehmen, sich mit ihr freuen, mit ihr weinen, so viele gelebte und ungelebte Gefühle in die Waagschale werfen. Stattdessen fragte sie: »Ist Noel der Vater?«

»Vater, pah, was heißt hier schon Vater!«, schraubte sich Ninas Stimme hoch und höher, bevor sie wie ein waidwundes

Tier aufheulte. »Da ist gerade mal ein kleiner Zellklumpen in meinem Bauch, wie kannst du da von *Vater* reden!«

Anna schob ihre Hand über den Holztisch, und obwohl sie sich dabei an einer aufgerauten Stelle einen Splitter einfuhr, ignorierte sie den Schmerz, streichelte stattdessen den Handrücken ihrer Tochter mit sanft kreisenden Bewegungen. »Also gut, wer ist der *Erzeuger*? Noel?«

»Ja, Noel.« Es klang unwillig, doch Anna atmete beruhigt auf. So ungelegen ihr die Sache auch kam, Noel hatte schon damals in der Kaffeebar einen sympathischen Eindruck auf sie gemacht. Sie würde ihn als Vater des Kindes, als Schwiegersohn, als was auch immer vorbehaltlos akzeptieren.

Ihre Mutter stemmte sich schwerfällig am Tisch hoch. »Ich brauche einen Schnaps, Leute. Ihr auch?«

»Mutter! Nina ist *schwanger*!«

Irene reagierte mit stiernackigem Kopfschütteln und marschierte, unverständliche Worte vor sich hin brabbelnd, nach draußen. *Ja, geh du nur*, dachte Anna und nutzte ihre Abwesenheit, um einen Platz aufzurücken und Nina fürsorglich in den Arm zu nehmen. »Das wird schon, Nina«, sagte sie. »Man kriegt alles hin, irgendwie. Ich bin ja schließlich auch noch da.«

Doch die Worte, diese grauenhaft banalen Plattitüden, die wohl niemand in Ninas Lage hören wollte, schienen kaum bis zu ihr vorzudringen. Ihre Tochter lehnte sich bloß gegen sie und suchte aufschluchzend in der Kuhle unterhalb ihres Schlüsselbeins Zuflucht.

»Liebes.« Anna ließ ihre Finger Ninas Arm hinaufkrabbeln, auf Höhe ihrer Schulter verstärkte sie den Druck ihrer Hand. Es tat ihr leid, so furchtbar leid und doch wusste sie nicht, wie sie ihre kleine Große trösten sollte.

Nach und nach versiegten Ninas Tränen und mit spröder

Stimme gestand sie, dass sie nicht mal wisse, wie es passiert sei. Die Pille einmal vergessen ... eine Magenverstimmung ... sie könne sich nicht erinnern. Außer dass es das erste Mal in ihrem Leben gewesen sei, dass sie versäumt habe, auf ein zusätzliches Kondom zu bestehen – Sex ohne Netz und doppelten Boden ... Mit mechanischen Bewegungen pflückte sie ein paar Brotkrumen vom Tisch und knetete sie zu einer klebrigen Kugel. Sie sei am Ende, erklärte sie dann, eigentlich könne sie sich nur noch einen Strick nehmen.

»Sag so etwas nicht.«

»Aber es ist doch wahr!«

Inzwischen kam Irene mit zwei Schnapsgläsern und einer Flasche Grappa wieder zurück. »Liebchen? Doch einen?«

Anna nickte, und während Irene großzügig einschenkte, bat Nina, dem Handwerker gegenüber Stillschweigen zu bewahren.

»Natürlich erfährt Gnot nichts«, versprach Anna. »Warum sollten wir es ihm auch sagen?«

»Eben«, schaltete sich Irene ein und kippte den Schnaps in einem Zug runter. »Man weiß ja schließlich, wie streng gläubige Katholiken zu bestimmten Sachverhalten stehen.«

Nina hob den Kopf und fixierte ihre Großmutter mit glasigen Augen, während sich Anna erkundigte: »Wovon redest du eigentlich, Mutter?«

»Ach, Herzchen.« Irene genehmigte sich ein zweites Glas. »Du willst doch wohl auch nicht, dass Nina sich ihre Zukunft verbaut, oder?«

»Ich will, dass du jetzt einfach mal still bist!« Und verdrießlich brummend setzte sie nach: »Außerdem ist das im Moment nun wirklich nicht das Thema!«

»Nein?«

»Nein! Ist es nicht.«

»Irgendwann wird es Thema sein, glaub mir. Warum also nicht besser gleich darüber reden?«

»Weil es nichts zu reden gibt!«

»Oh doch!«

»Ich will aber nichts davon hören!«

»Ah, das ist ja wieder mal typisch!« Ihre Mutter streckte ihre Brust vor. Das tat sie gerne um zu signalisieren, wer das Alphatier im Haus war. »Immer schön die Augen verschließen … Anna, so kann man doch nicht durchs Leben gehen!«

»Bitte erzähl *du* mir nicht, wie man durchs Leben zu gehen hat! Ausgerechnet du!« Anna formte ihre Lippen zu einem O und blies kräftig in die Luft. »Du entführst Gnot, wie es dir passt. Du verkaufst Häuser, wie es dir passt! Du schläfst mit Männern, wie es dir passt! Alles bloß nach dem Lustprinzip!«

Ihre Mutter lachte laut auf: »Was dir im Übrigen auch mal ganz gut täte!«

Anna entdeckte eine von Lydias Haarspangen auf dem Boden und hob sie rasch auf. Hoffentlich verriet die Hitze sie nicht, die ihr augenblicklich ins Gesicht gestiegen war. »Mach dir keine Sorgen, mein Leben ist schon ganz in Ordnung so.«

»Natürlich! Irgendwann arrangiert man sich damit lebendig begraben zu sein! Und merkt auch gar nicht mehr, wie sehr man sein wundervolles, ach so perfektes Lügengebilde mit Zähnen und Klauen verteidigt. Die heile Welt könnte ja ins Wanken geraten, wie grausam, dann würde nämlich alles zusammenbrechen, woran man sich seit Jahren festklammert!«

Anna schnaubte bloß verächtlich, vielleicht, weil sie nicht zeigen wollte, wie verletzt sie war, gleichzeitig sprang Nina auf und stand mit hochgezogenen Schultern da. »Ihr …«, fing sie an und ihre Stimme flatterte, »ihr kotzt mich ja so was von an!« Bloß einen Wimpernschlag später knallte sie die Tür schwungvoll hinter sich zu.

12.

Irgendetwas hatte sich verändert, Irene spürte es wie das Heraufziehen eines Gewitters. Tomasz schlief zwar noch mit ihr, doch aus irgendeinem Grund war es anders. Dabei hatte nicht mal sein Begehren nachgelassen – was sie angesichts ihres Alters kaum erstaunt hätte –, es waren die kleinen, zunächst unbedeutend erscheinenden Dinge, die einem schleichenden Wandel unterlagen. Mal versäumte er es, ihr *danach* zärtlich über die Wange zu streicheln, ein anderes Mal rückte er ihr nicht das Kissen zurecht, sodass sie besonders bequem lag. Vielleicht war er sich dessen nicht mal bewusst, aber Irenes sensible Antennen arbeiteten wie Seismographen und ließen sich nicht darüber hinwegtäuschen, dass es bald vorbei sein würde. Er nabelte sich ab, Schritt für Schritt, doch alles war besser als ein abrupter Bruch. So konnte sie sich wenigstens an den Gedanken gewöhnen, schon sehr bald ganz auf Tomasz verzichten zu müssen.

Lydia. Ganz sicher steckte ihre Enkelin dahinter. Möglich, dass sich Tomasz nicht an ihre Abmachung gehalten und das Mädchen in einem schwachen Moment geküsst, vielleicht sogar mit ihr geschlafen hatte. Und Irene hätte es ihm nicht mal groß verübeln können. Lydia war jung, hübsch und zudem volljährig – was sollte ihn also davon abhalten? Die Eifersüchtelei einer alten Schachtel? Was auch immer sie im Bett miteinander getrieben hatten, er war ihr keine Rechenschaft schuldig. Das hatte sie ihm ausdrücklich ins Ohr geflüstert – wenn auch bloß, um sich mit ihren frühlingshaft-flatterigen Gefühlen nicht lächerlich zu machen. Generosität stand ihr besser zu Gesicht. Auf der anderen Seite wollte sie Tomasz' Liebesdienste selbstverständlich so lange genießen, wie es nur ging; eine andere Möglichkeit tat sich derzeit ohnehin nicht am Horizont auf. Holger, ja, der kratzte winselnd an ihrer Tür, war allerdings mehr abschreckendes Beispiel als annehmbare Alternative.

Ein einziges Mal hatte sie sich breitschlagen lassen mit ihm essen zu gehen, lediglich aus Dankbarkeit, weil er das Gutachten fürs Haus erstellt hatte. Ein Fehler. Holger war nicht nur himmelschreiend schmierig und zerlumpt, er hatte überdies schlechte Manieren, und wenn er nicht bekam, wonach ihm gelüstete, wurde er buchstäblich böswillig. In diesem Fall beharrte er darauf, dass ein bisschen Sex ja wohl nicht schaden könne, so unter alten Hippiefreunden. Irene fand ganz im Gegenteil, ein bisschen Sex könne sehr wohl schaden, schließlich wollte sie weder ihre körperliche noch ihre psychische Gesundheit ruinieren. Also erklärte sie ihm in aller Schärfe, er solle sich in diesem Punkt bitte schön keine Hoffnungen machen. Holger besaß daraufhin jedoch die Frechheit, sich schleimig lächelnd zu erkundigen, ob denn eigentlich noch niemand auf die Idee gekommen sei, den ach so wertgeschätzten Handwerker wegen Schwarzarbeit anzuzeigen. Nein, das hatte in der Tat noch niemand in Erwägung gezogen, und da Irene sich nicht erpressen ließ, beförderte sie sweet Holger mit einem schroffen *Leb wohl!* aus ihrem Leben. Seitdem rief er alle naselang auf ihrem Telefonchen an und schrieb SMS-Nachrichten mit der Bitte, sie möge ihm doch verzeihen, er habe das bloß so dahingesagt, keinesfalls ernst gemeint, aber Irene war auf diesem Ohr taub. Zumal sie in diesen heißen Julitagen ohnehin Wichtigeres zu tun hatte. Ihre Wohnungssuche lief nach wie vor auf Hochtouren, ebenso das Fahnden nach potentiellen Käufern für das Haus. Obendrein war Problem Nummer eins immer noch nicht vom Tisch: Ninas Schwangerschaft. Der Schock war zu groß gewesen, um ihn von jetzt auf gleich zu verdauen. Nicht nur sie selbst, auch der Rest der Familie schien seitdem aus dem Takt geraten zu sein. Sensibelchen Lydia hatte mit einem nicht enden wollenden Heulanfall die ganze Nachbarschaft aufgeschreckt. Es mochte viele Gründe für ihre heftige Reaktion geben, Irene tippte darauf, dass die Schwangerschaft ihrer Schwester sie mit einem Schlag hatte erwachsen werden lassen. Sie und Nina waren eben keine kleinen Mädchen mehr, das schien auch ihrer verträumten Enkelin langsam zu dämmern.

Trotz der hohen Temperaturen, die das Haus im Laufe des Tages wie eine Sauna aufheizten, war die Stimmung auf dem Gefrierpunkt. Man ging sich aus dem Weg, nahm kaum noch die Mahlzeiten zusammen ein; so saß Irene häufig mit Tomasz allein am Tisch, mal in der Küche, mal draußen im Garten, wo der Duft des blühenden Lavendels ihre Sinne betäubte. So sehr sie sich auch über die Zweisamkeit mit ihm freute – vielleicht sprangen ja ein paar Zärtlichkeiten dabei heraus –, so ärgerte es sie, dass immer sie diejenige war, die ihrem Liebhaber die Launenhaftigkeit ihrer Mädels erklären musste. Die Hitze, heuchelte sie, könne ja wohl kein Mensch ertragen.

Doch Tomasz musterte sie bloß mit zusammengekniffenen Augen und wurde nicht müde zu betonen, wie wunderschön der Sommer sei. Dabei hätte er als Einziger Grund gehabt, sich wegen der Hitze zu beklagen. Zurzeit flieste er die Terrasse und scheute die Außenarbeit nicht mal zur Mittagszeit. Irene hatte ihm extra den blau-weiß gestreiften Sonnenschirm aufgespannt, der ihn ein wenig vor der aggressiven Sonne schützen sollte. Tomasz' Schweiß floss ohnehin in Strömen.

Eines Freitagvormittags, als Nina wieder einmal unwohl war, schnappte Irene sich ihre Enkelin und verfrachtete sie in die Horizontale. Auf Tomasz' Bettsofa. Eine Weile kühlte sie ihr bloß mit einem kalten Taschentuch die Stirn und sah dabei durch die Terrassentür Tomasz beim Arbeiten zu. Er war fantastisch gebaut. Durchtrainiert auf eine natürliche Art und Weise, keine aufgeblähten Fitnessstudiomuskeln. Obendrein war er ein bisschen rundlich um die Hüften, was ihr ausgesprochen gut gefiel.

»Also, Nina, was wirst du tun?«, fragte Irene, ohne den Blick von Tomasz lassen.

Ninas Mundwinkel zuckten kurz, dann murmelte sie: »Du schläfst mit ihm, stimmt doch, oder?«

»Wie bitte? Mit wem?«

»Tomasz.«

Irene wusste nicht, was sie entgegnen sollte, und lachte gezwungen auf. Selten hatte sie sich so überrumpelt gefühlt. Woher wusste Nina das? Sie war doch kaum im Haus. Offenbar bekam sie mehr mit als gedacht.

Nina grinste schief: »Keine Panik. Von mir erfährt niemand ein Sterbenswort, ehrlich!«

»Hast du uns gesehen?«, wollte Irene wissen. Es ließ ihr keine Ruhe, wie Nina zu dem Schluss gekommen war.

»Nein, hab ich nicht.«

»Aber ...?«

»Ist doch nicht zu übersehen. Mann, wie ihr euch immer anguckt! Das ist doch ... sorry, wenn ich das so sage ... Sex pur.«

»Oje«, ächzte Irene. Und noch einmal: »Oje.«

»Ist doch nicht schlimm.« Nina ließ ihre nackten, unlackierten Zehen kreisen. »Also, am Anfang dachte ich ja schon, na ja ... muss das sein, ausgerechnet – aber inzwischen ...« Sie lächelte engelsgleich. »Gönn ihn dir ruhig. Warum auch nicht?«

Irene war froh, dass ihre Enkelin die Sache so locker nahm, wollte das Thema jedoch nicht vertiefen. »Nina, was wirst du tun?«, beharrte sie.

»Ich?«

»Ja, du! Wer sonst?«

Statt zu antworten, wälzte sich Nina bloß auf die Seite und kehrte ihrer Großmutter ihr breites Kreuz zu. All die Jahre hatte sie ihren Rat gesucht, wenn es ihr schlecht ging, sie hatte sich in Liebes- und Lebensdingen beraten lassen und sich so manches Mal bei ihr ausgeweint. Dass sie nun abblockte, versetzte Irene einen Stich. Was konnte sie tun, um die Mauer des Schweigens zu durchbrechen?

Gleich am selben Abend – Irene hatte ihr Nervenkostüm nach einer wieder einmal erfolglosen Wohnungssuche in Friedrichshain zunächst mit ein paar Yogaübungen beruhigen müssen – überredete sie Anna zu einem kleinen Verdauungsspaziergang. Seit ihrer Auseinandersetzung am Anfang der Woche hatten sie nicht mehr über Ninas Situation geredet. Dabei drängte die Zeit. Nina Raum zum Nachdenken zu geben war schön und gut, doch sollte man die Angelegenheit nicht allzu lange schleifen lassen. Fatal, wenn es bald für einen Abbruch zu spät wäre.

Irene hatte sich lange überlegt, wie sie das Gespräch einleiten sollte. Der Ton musste versöhnlich klingen, keine Frage, dennoch wollte sie das, was sie am Tag der Enthüllung gesagt hatte, nicht ganz zurücknehmen. Warum auch? Es entsprach nun mal der Wahrheit. Gleichwohl gab sie nun ein paar entschuldigende Worte von sich, konturlos wie Wattebäusche waberten sie durch die schwülwarme Luft und sie wusste nicht, ob sie ihre Tochter überhaupt erreichten.

»Liebchen …?«

»Ja?«, fragte Anna, legte ihren Kopf schief und heftete ihren Blick prüfend auf den Horizont.

Dunkle Wolken zogen so mächtig wie Walrosse heran, gen Osten zeigte sich ein schwefelgelber Streifen am Himmel. Da sich schwer abschätzen ließ, wann das Unwetter über Zehlendorf hereinbrechen würde, beschlossen sie, bloß eine kleine Runde zu drehen. Besser, sie blieben in der Nähe des Hauses. Anna fürchtete sich vor Gewittern wie ein kleines Kind, Irene fürchtete bloß um ihre Frisur. Bevor sie zu ihrer Wohnungsbesichtigung aufgebrochen war, hatte sie sich Tomasz gegenüber auf die Schnelle im Waschkeller erkenntlich gezeigt und sich danach, weil im Eifer des Gefechts Sperma auf ihr Oberteil sowie in ihre Haare geraten war, geduscht und sich frische Sachen angezogen. Tatkräftig krempelte sie jetzt die Ärmel ihrer weißen Hemdbluse auf und kam sogleich auf den Punkt: »Herzchen, was stellen wir denn nun mit unserer kleinen Nina an?«

Annas Kopf fuhr herum. »Wieso, was sollen wir mit ihr anstellen? Wir stehen ihr zur Seite – mehr können wir sowieso nicht machen.«

»Nun tu nicht so, als ob du nicht wüsstest, wovon ich rede.« Irene bemühte sich, es nicht vorwurfsvoll klingen zu lassen. Nichtsdestotrotz klang die Stimme ihrer Tochter biestig, als diese entgegnete: »Wenn du meinst, Nina geht in eine dieser Tageskliniken, vergiss es!«

»Hast du mit ihr darüber gesprochen?«

Anna schüttelte widerspenstig den Kopf.

»Und meinst du nicht, sie sollte besser selbst entscheiden, wie sie ihr Leben gestalten möchte?«

»Da sind' wir ganz einer Meinung, Mutter. Bloß wie ich dich kenne, würdest du sie am liebsten sofort zum Abtreibungsarzt schleifen und sie dort auf dem OP-Tisch anketten.«

»Das ist Unsinn, und das weißt du auch. Ich möchte nur nicht, dass sie sich ...«

»... die Zukunft verbaut«, ergänzte Anna mit belegter Stimme. »So wie du dir mit mir die Zukunft verbaut hast.«

Einen Moment lang herrschte Stille. Bloß ihre Absätze klackten auf dem Straßenpflaster, dann knatterte ein altersschwaches Käfer-Cabriolet an ihnen vorbei und übertönte auch noch den Schall ihrer Schritte. An der nächsten Straßenkreuzung klappte Irene ihren Hemdkragen hoch und erwiderte so versöhnlich wie nur irgend möglich: »Nein, Anna, du hast mir nicht mein Leben verbaut.«

»Aber ...?«

»Es gibt kein Aber.«

»Komisch, und wieso hast du es mich dann 40 Jahre lang spüren lassen? Jeden einzelnen Tag, den ich auf der Welt bin!«

»So ein Unfug«, rief Irene aus und wusste doch gleichzeitig, dass ihre Tochter ein klein wenig recht hatte. Vielleicht. Immerhin hätte sie ihre Karriere ohne ein Kind an den Hacken ganz anders vorantreiben können. Bühne, Film und Fernsehen – alles wäre möglich gewesen. Oder doch nicht? War ihr Talent für den ganz großen Durchbruch einfach zu begrenzt und Anna all die Jahre bloß das perfekte Alibi gewesen?

Ihre sonst immer so korrekte Tochter kickte eine leere Bierbüchse unter einen Fliederbusch. Irene bückte sich danach und entsorgte sie im nächsten Mülleimer.

»Danke, Mutter.«

»Sicher doch.«

Aber Annas Augen flackerten giftig. »Ich meine, dass du

jetzt, nach all den Jahren, anfängst mich zu erziehen. Das ist toll! Ganz großartig!«

»Anna-Liebchen, hör zu.« Es grummelte in der Ferne, als Irene ihre Hand zögernd in die ihrer Tochter schob. Trotz der Wärme war diese eiskalt. »Ich weiß, ich bin alles andere als ein fehlerfreier Mensch«, räumte sie ein. »Ich habe meine Zeit an die falschen Männer vergeudet, an die falschen Jobs, an die falschen Freunde. Ich habe dich schlecht, um nicht zu sagen, *gar nicht* erzogen. Du bist einfach neben mir hergelaufen – ohne dass ich dir besonders viel Zeit, vielleicht auch Wärme geschenkt hätte. Und trotz allem …« Sie schluckte gegen den Tränenkloß an, der in ihrer Kehle zu der Größe eines Tennisballs anschwoll. »Trotz allem – und das meine ich jetzt wirklich ernst – bist du das Beste, was mir je in meinem Leben passiert ist.«

Anna blieb jäh stehen und sah einem viel zu frühen Herbstblatt zu, das wie betrunken vor ihre Füße trudelte. Ein leises, kaum wahrnehmbares Lächeln erhellte ihr Gesicht, als sie es aufhob, doch schon im nächsten Moment war es wieder wie weggewischt.

Eine Weile liefen sie stumm nebeneinander her, Annas Lächeln kehrte nicht mehr zurück, vielleicht, weil sie ihre ganze Energie darauf verwendete, Mücken zu verscheuchen. Irene legte indes den Kopf in den Nacken und schaute dem Tanz der tief fliegenden Schwalben zu.

»Eigentlich dumm, dass wir immer streiten müssen«, nahm sie nach einer Weile den Gesprächsfaden wieder auf. »Herrje, wie kann man seine Energie nur so vergeuden! Das ist doch pure Lebenszeit, die uns da flöten geht!« Ein tiefer Seufzer mischte sich in ihr Lachen. »Aber ich weiß schon … es ist nicht ganz leicht mit mir auszukommen.« Sie spürte, dass Anna sie schräg von der Seite musterte. Vermutlich stachen ihr jetzt die hängenden Backen, das fliehende Kinn, die Faltenmaserung ihrer Haut ins Auge. »Bestimmt hast du dir immer eine andere Mutter gewünscht, nicht wahr, Liebchen?«

»Zumindest eine, die ...« Anna stockte, »ein bisschen normaler ist. Die statt einen Liebhaber nach dem anderen zu verschleißen zum Beispiel auch mal eine längere Beziehung eingeht. Die nicht ständig unterwegs sein muss, um das Leben zu ertragen. Die ...« Wieder unterbrach sie ihren Redefluss und Irene nutzte den Moment, um Anna flüchtig über die Wange zu streicheln. Es tat ihr ja ausgesprochen leid, dass sie so gar nicht den Vorstellungen ihrer Tochter entsprach, vermutlich nie entsprochen hatte, aber was hätte sie denn tun sollen? Menschen änderten sich nicht. Weil sie es nicht konnten, ebenso wenig wie Irene aus ihrer Tochter eine Kopie ihrer selbst zu basteln vermochte. »Sag schon«, bat sie. »Eine Mutter, die was?«

Anna atmete tief ein, dann brach es aus ihr hervor: »Die ihren Mitmenschen nicht ständig ihre Vorstellung vom Leben aufzwingt!«

»Das ist unfair. So etwas tue ich nicht.« Automatisch verlangsamte Irene ihr Tempo. Sie spürte Annas Verbalattacke wie einen Fausthieb im Magen und in ihrer Herzgegend begann es zu pieken und zu stechen.

»Aber du willst doch, dass Nina abtreibt, richtig?«

»Sie soll es selbst entscheiden, trotzdem ist es nach meinem Dafürhalten sicherlich besser, wenn sie das Kind nicht bekommt.«

»Aha!«

»Was soll das heißen – *aha*?«

»Genau das gleiche hast du damals zu mir gesagt! Entscheide selbst, aber wenn du mich fragst, lass es wegmachen. Du versaust dir dein Leben ... bist doch viel zu jung für die Verantwortung und all das.«

»Ich habe dir lediglich die Option anbieten wollen – nicht mehr und nicht weniger.«

»Option!«, höhnte Anna. »Du hast mit Händen und Füßen auf mich eingeredet! Dass ich das Studium nie im Leben zu Ende bringen würde und dann ohne Job dastünde und … weißt du nicht mehr?« Ihr Gesicht lief rot an und eine dicke Ader trat auf ihrer Stirn hervor. »Du hast extra Horrorliteratur über junge überforderte Mütter angeschleppt, über Kinderkrankheiten und Kindstod! Erinnerst du dich wirklich nicht mehr? Ich war so eingeschüchtert, dass ich mich beinahe hätte überreden lassen!« Ihre Stimme zitterte. »Stell dir nur vor, es gäbe sie nicht, Nina und Lydia …«

Noch ein Wort, und Anna würde in Tränen ausbrechen. Irene vermied es, ihre Tochter anzusehen. Vielleicht stimmte es ja tatsächlich und sie hatte ihre Kleine damals zu sehr bedrängt. Aber es war doch niemals böser Wille gewesen. Sie hatte einfach gewollt, dass Anna frei entscheiden konnte.

Es grummelte erneut, diesmal lauter, eine schnelle Abfolge von Detonationen. Beim prüfenden Blick in den Himmel stellte Irene fest, dass sich die eisgrauen Wolken mittlerweile zu einem gigantischen Wolkengebilde auftürmt hatten und aus dem schwefelgelben Streifen am Horizont gleich eine ganze Front geworden war. Die Luft schien elektrisch aufgeladen.

»Sollen wir besser umkehren?«, fragte sie.

Anna nickte, um im nächsten Moment wie ein störrischer Esel stehen zu bleiben. »Eins würde ich aber schon gerne noch wissen«, stieß sie hervor und in ihren Pupillen flirrten Lichtpunkte.

»Ja, was, Herzchen?«

»Warum du mir so wenig mit den Zwillingen geholfen hast, damals …«

»*Ich* habe dir wenig geholfen?« Irene klang die eigene Stimme schrill in den Ohren. »Liebchen, das siehst du jetzt aber falsch. Sofern es meine Zeit erlaubt hat, habe ich dir immer unter die Arme griffen. Sehr gerne sogar!« Sie wedelte mit ihren rot lackierten Nägeln. »Tut mir leid, dass ich nebenher auch noch Geld verdienen musste. Um im Übrigen auch die Zwillinge und dein Studium mitzufinanzieren.«

»Dafür bin ich dir ja auch dankbar«, entgegnete Anna tonlos.

»Ja und? Wo liegt dann das Problem?«

Anna trat nervös auf der Stelle. »Erinnerst du dich an das Jahr, in dem ich Examen gemacht habe?«

Was für eine Frage! Selbstverständlich erinnerte sich Irene daran. Bisweilen hatte sie die Zwillinge mit ins Synchronstudio nehmen müssen, damit Anna zum Lernen kam. Geld für einen Babysitter hatten sie nicht.

»Du hast mit meinem Prof geschlafen und vor meiner letzten Prüfung bist du mit ihm nach Mallorca gejettet.«

»Ja und? Was ist so schlimm daran? Ich brauchte eine kleine Auszeit. Nichts gegen Nina und Lydia, aber es war weiß Gott kein Zuckerschlecken, zwei plärrende Kleinkinder mit zur Arbeit zu schleppen!«

Ein dröhnender Donnerschlag ließ Anna zusammenzucken und sie lief los, als wäre der Teufel hinter ihr her. Irene hatte Mühe Schritt zu halten.

»Das glaube ich dir aufs Wort«, keuchte Anna, unablässig den Himmel studierend, »und ohne dich hätte ich mein Examen auch ganz bestimmt nicht auf die Reihe gekriegt, nur … Weißt du eigentlich, wie peinlich mir das war, dass du vor den Augen meiner Kommilitonen mit meinem Professor losgezogen bist?« Ihre Tochter verzog schmerzlich das Gesicht.

Sie würde die gleichen Furchen auf der Stirn kriegen wie sie selbst; es war bloß eine Frage der Zeit.

»Schade«, sagte Irene und blieb nun doch ein paar Schritte hinter Anna zurück.

»Was ist schade?«

»Dass du das so siehst. Ich dachte damals immer, du wärst stolz auf deine attraktive Mutter … gerade weil sie noch ein Sexualleben hat.«

»Sexualleben?« Anna heulte auf. »Sei doch ehrlich, du hast nichts, aber auch rein gar nichts anbrennen lassen!«

»Ich habe mein Leben genossen«, entgegnete Irene, den Blick auf ihre Bequemschuhe geheftet. »Und das war auch richtig so. Jeder sollte sein Leben genießen, so gut und so lange es eben geht.«

»Aber nicht auf Kosten der Kinder«, widersprach ihre Tochter. Natürlich. Als Lehrerin musste sie immer das letzte Wort behalten.

Die ersten Tropfen klatschten schwer auf die Steinplatten. Irene hakte sich schleunigst bei Anna unter und zog sie mit sich fort, doch bereits im nächsten Moment öffnete der Himmel seine Schleusen und der Regen prasselte literweise auf sie hinab. Sie lösten sich voneinander, fingen an zu laufen, und während die Blitze wilde Muster in den Himmel rissen, spürte Irene, wie sich alles in ihrer Herzgegend zusammenkrampfte. Anna hatte sie nie richtig geliebt, sie hatte sie für alles, was sie war, immer bloß verachtet und das tat weitaus mehr weh als die Tatsache, dass sie Tomasz bald verlieren würde.

»Nicht so schnell«, rief sie und versuchte ihrer Tochter hinterherzustolpern.

Anna drehte sich um, Regen peitschte ihr ins Gesicht und hatte bereits ihre ganze Frisur zunichte gemacht. »Wir sehen uns zu Hause!«

Und dann rannte sie einfach los.

★

Anna stand im Bad und rubbelte ihre tropfnassen Haare trocken, als es kurz und energisch klopfte. Die Tür war bloß angelehnt, also murmelte sie ein unfreundliches *ja, bitte!* in ihr Frotteehandtuch. Bestimmt wollte ihre Mutter das Gespräch, das das Gewitter so erfolgreich beendet hatte, fortsetzen. In einigen lichten Momenten schien ja sie ganz einsichtig zu sein und auch mal ein paar Dinge zu kapieren, die sie schon längst hätte begreifen sollen, doch am Ende brach sich immer wieder ihre Egozentrik Bahn – sie konnte gar nicht anders. Aber mit derselben Rücksichtslosigkeit, mit der Irene all die Jahre ihr lasterhaftes Genussleben geführt hatte, war Anna einfach losgesprintet und hatte ihre Mutter dem heftigen Gewitter überlassen. Für ihr Alter war sie zwar körperlich gut in Schuss, trotzdem war sie Meter um Meter hinter Anna zurückgefallen. Sollte sie nur zusehen, wie sie es nach Hause schaffte. Anna hatte ja auch immer zusehen müssen, wie sie ohne sie zurechtkam.

Im Spiegel schob sich allmählich ein zweites Gesicht in ihr Blickfeld. Doch es war nicht wie erwartet ihre Mutter, sondern Gnot mit seiner großen, knolligen Nase. Er lächelte. Seine Zähne leuchteten im Zwielicht auf geradezu unheimliche Weise.

»Anna!«

Er zog die Tür hinter sich zu und umarmte sie so ungestüm, dass sie sich mit der Hüfte an der Duschkabine stieß. Sie spürte den Schmerz kaum und war sofort erregt. Aber als Gnot sie küssen wollte, drehte sie ihren Kopf weg. Eine reine Vorsichtsmaßnahme, bevor sie sich nicht mehr würde bremsen können. Weder erschien es ihr passend, sich zwischen Duschkabine und Toilette mit dem Handwerker zu vergnügen, noch hatte sie nach dem Gespräch mit ihrer Mutter Lust auf erotische Eskapaden.

Gnot war in den letzten Tagen immer wieder unter verschiedenen Vorwänden in ihrem Zimmer aufgetaucht – umsonst. Jedes Mal hatte sie ihn gleich wieder hinausgeschickt. Nicht, weil er sie nicht gereizt hätte, dafür war das Erlebte noch viel zu gegenwärtig, nur hatte Ninas Schwangerschaft alles überlagert. Doch nun, als Gnot vor ihr stand und sie so begehrlich ansah, war sie kurz davor, all ihre Vorsätze über Bord zu werfen.

»Was passiert bei euch? Was ist los?« Gnots Stimme klang tief und rau.

»Nichts«, antwortete Anna und wischte die schwarze Wimperntusche, die der Regen hatte zerlaufen lassen, rund um ihre Lider weg. »Gar nichts.«

»Das ist Lüge. Guck mal in meine Auge.«

Anna schaffte es nicht, sich seiner Aufforderung zu widersetzen. Seine sonst so verstörend hellen Augen wirkten ebenso finster wie die Wolken, die immer noch zügig am Fenster vorbeitrieben. »Lass mich einfach in Ruhe, ja?«

Gnot machte einen Schritt auf sie zu, hob seine Hand und ließ sie eine Weile über ihrem Kopf schweben, bevor er ihr über die nassen Haare strich. »Ich vielleicht helfe?«

»Das glaube ich kaum.«

»Woher weißt du? Sag mal, was passiert bei euch!«

»Besser nicht. Tomasz. Außerdem … Sie gehören ja nicht mal zur Familie.«

»Das ist richtig. Ich sowieso liebe euch.«

In der fatalistischen Stimmung, in der sie sich seit nunmehr einer knappen Woche befand, konnte sie eigentlich nichts mehr überraschen, doch jetzt musste sie lauthals lachen. »Sie lieben *uns*! Das sind ja mal Neuigkeiten! Sollten Sie nicht besser Ihre Frau oder Freundin lieben?«

»Ja, ich liebe sie auch.«

Mit ernster Miene wippte Gnot vor und zurück. So ging das eine Weile, bis er sich zu ihr runterbeugte und sie küsste, indem er seine Zunge bloß für den Bruchteil einer Sekunde in ihren Mund schlüpfen ließ. Allerdings reichte der kurze Moment aus, um einen ganzen Hormoncocktail in ihr auszuschütten. Warum war das so? Warum gelang das ausgerechnet dem Handwerker mit den Nussknackeraugenbrauen?

»Anna, du kannst alles mit mir reden. Das ist alles nur for mich!«

»Aber ich habe versprochen ...«

»Psst.« Er legte seinen frisch nach Seife duftenden Finger auf ihre Lippen. »Das ist alles for dich sehr schwer. Das Problem ist mit Nina?«

Anna nickte knapp und rettete sich ans Waschbecken, um sich daran abzustützen. Ihr Atem ging schwer, fast rasselnd, es kam ihr vor, als würden ihre Lungen den Sauerstoff regelrecht ausbremsen. Nach einer Weile drehte sie sich um und presste hervor: »Nina ist schwanger. Sie erwartet ein Kind.«

»Aber ...« Gnot zwirbelte seine Augenbrauen wie kleine Schnurrbärte, dann lachte er die Decke an, wo sich ein paar Staubflusen zu einem bizarren Gebilde formiert hatten. »Das ist sehr schön!«

»Nein, ist es nicht. Nina ist zu jung. Sie steckt mitten im Studium. Und meine Mutter will ...« Sie hielt abrupt inne. Was ging Gnot das eigentlich an? Nichts. Sie hatte schon viel zu viel ausgeplaudert. »Aber bitte, Tomasz. Sie wissen von nichts, ja?«

»Natürlich! Das ich gesagt, das mach ich!«

Anna nickte und wollte gehen, doch der Handwerker hielt sie am Arm zurück, knetete sanft ihren Bizeps.

»Wir machen das noch einmal.« Er sah sie bittend an.

»Was?«

Statt einer Antwort glitt seine Hand über ihre Brüste an

ihrem Körper hinab, verweilte dann auf ihrem Unterbauch. »Bitte, Anna.«

Wieder nickte sie, absichtlich nur beiläufig und ohne ihn anzusehen, im nächsten Moment schüttelte sie jedoch seine Hand ab.

»Wann?«, beharrte Gnot und baute sich wie ein Wachposten an der Tür auf.

»Ich weiß es nicht«, wich sie aus.

»Heute Nacht?«

Aber Anna schob ihn nun mit sanfter Gewalt beiseite und schloss die Tür auf. Gnot war nichts weiter als eine Zuckertüte, prall gefüllt mit buntem Naschwerk, da empfahl es sich, bloß bei Bedarf zuzugreifen. Sie war zu alt und abgeklärt, um sich einen verdorbenen Magen leisten zu können.

Die gemeinsame Mahlzeit fiel auch an diesem Abend ins Wasser. Nachdem das Gewitter vorübergezogen war, ging Gnot erneut an die Arbeit – der Regen hatte ihn in seinem Pensum erheblich zurückgeworfen –, Lydia brach mit geschultertem Seesack, voll mit Bionahrungsmitteln, zu einer zweitägigen Arbeitsklausur in den Spreewald auf, und auch Nina machte sich wenige Minuten später auf den Weg, um sich mit Noel im Kino zu treffen. Anna hoffte, dass sie endlich tat, was sie schon lange hätte tun müssen. Ihm von der Schwangerschaft erzählen. Bisher hatte sie sich unter dem Vorwand, es gehe ihn nichts an, erfolgreich darum herumgedrückt. Anna konnte das nicht nachvollziehen. Wenn ein Kind im Entstehen war, waren immer zwei Menschen betroffen, daran gab es nichts zu rütteln, so lässig, so abgeklärt und unverliebt man sich auch geben mochte.

Kinderheim-Horst hatte noch am Nachmittag den Rasen gemäht, doch obgleich der Gewitterguss den ersten frischen Grasgeruch längst hinweggespült hatte, roch die Luft jetzt umso würziger, erdiger. Anna brachte den Gartentisch in die Schieflage, damit das Wasser ablaufen konnte, dann wischte sie mit einem Lappen nach, bevor sie auch die eisernen Gartenstühle, die noch aus dem Besitz ihrer Großmutter stammten, trockenrieb. Bisher hatte sie sich stets gesträubt, die maroden Möbel durch neuere Modelle zu ersetzen. Sie liebte die altmodische Form, das lichte, schon ein wenig abblätternde Hellblau, auch wenn einem nach längerem Sitzen immer das Steißbein wehtat.

»Anna, Liebes!« rief ihre Mutter von der Terrasse. »Trinkst du ein Glas Wein mit mir? Tomasz hat ja noch zu arbeiten, der Arme!«

Anna wusste zwar nicht, was das eine mit dem anderen zu tun haben sollte, willigte jedoch ein. Sie hätte ohnehin ein Glas Wein getrunken, ob mit ihrer Mutter oder ohne sie.

Auf dem Weg in die Wohnung streifte sie Gnot unabsichtlich mit dem Bein, und da er schon mal so ergeben zu ihr hochblickte, fragte sie ihn, ob er denn gar nicht hungrig wäre. Helle Punkte tanzten in seiner Iris und Anna versuchte sich vorzustellen, wie wohl die Welt aus seinen wasserblauen Augen aussehen musste – klarer?, heller?, fröhlicher? –, da rief Gnot aus: »Oh ja! Ich bin sehr hungrig.«

»Dann essen Sie doch eine Kleinigkeit mit uns im Garten«, schlug sie vor.

»Nein. Danke.«

»Aber wenn Sie doch Hunger haben!«

»Ja, ich bin hungrig. Aber ich will etwas anderes.« Seine Hand wanderte zu ihrem Knöchel und schob sich an ihrer Wade entlang nach oben.

»Zum Teufel, lassen Sie das!«, zischte Anna. Weniger, weil ihre Mutter etwas mitbekommen könnte als vielmehr, weil sie sich zuletzt vor einer Woche die Beine rasiert hatte. Sie schämte sich für ihre Stoppeln, und da sie ihre Reaktion vollkommen unangemessen fand, schämte sie sich obendrein für ihre Scham.

»Oh, pardon.« Gnot zog seine Hand sogleich wieder zurück und Anna eilte ins Haus.

»Tomasz hat sich verändert, findest du nicht auch?« Irene stand an der Spüle und entkorkte leise ächzend eine Weinflasche.

»Keine Ahnung.« Anna öffnete den Kühlschrank, nahm Käse, Oliven und den abgepackten Bioschinken, den Lydia wohl vergessen hatte, raus. »Mir kommt er eigentlich wie immer vor.«

»Aber nein!« Irene fuhr herum. Ihre Miene war ein einziger Vorwurf. »Er ist … wie soll ich sagen … ich glaube, er hat ständig andere Dinge im Kopf.«

Weil sich ein leises und zugleich unauslöschbares Schmunzeln in ihr Gesicht zu schleichen begann, wandte sich Anna ab und bemerkte so lapidar wie möglich: »Kein Wunder, er fährt ja bald wieder nach Hause. Bestimmt freut er sich schon, endlich aus unserem Irrenhaus rauszukommen. Übrigens … Hast du ihm seinen Vorschuss ausbezahlt?«

»Vorschuss?« Irene spitzte ihre Lippen zu einem O. »Was für ein Vorschuss?«

»Tomasz hat mich neulich drum gebeten. Aber ich habe ihn an dich verwiesen.« Und mit einer unüberhörbaren Portion Sarkasmus fügte sie hinzu: »Schließlich bist du ja hier die Managerin.«

Ihre Mutter nickte zwar, schien jedoch bereits wieder mit ihren Gedanken woanders zu sein, als sie erklärte, sich darum kümmern zu wollen. Sie griff nach zwei Saftgläsern auf dem Regal, befüllte aber nur eines großzügig mit Wein und sagte: »Wenn du mich fragst – er hat was mit Lydia am Laufen.«

»Lydia und Tomasz?« Annas Herz schlug einen Trommelwirbel, dann brach es eine Spur zu vehement aus ihr hervor: »Das ist doch purer Unsinn!«

»Warum? Nur wegen des Altersunterschieds?«

»Wie um Himmels Willen sollte Gnot das denn bitte schön anstellen? Rein praktisch. Er arbeitet doch rund um die Uhr! Und Lydi ist ständig am Plotten oder Schreiben, und wenn sie zu Hause ist, guckt sie fern oder arbeitet still in ihrem Kämmerlein.«

Irene führte ihr Glas zum Mund, aber statt zu trinken, stupste sie lediglich ihre Zunge in das rubinrote Getränk. »Vielleicht hast du recht. Vielleicht täusche ich mich ja und Tomasz ist doch keiner, der junge Mädchen verführt.«

Nein, wenn überhaupt, verführt er *ältere Frauen*, schoss es Anna durch den Kopf, doch sie sprach den Gedanken selbstverständlich nicht aus.

»Aber ich spüre doch, dass da was in der Luft liegt.« Irene zerrte ein Tablett zwischen Küchenschrank und Regal hervor und stellte es auf dem Küchentisch ab, wobei sie die herumliegenden Zeitschriften einfach vom Tisch fegte. »Hast du dir deine Tochter in letzter Zeit überhaupt mal genauer angesehen? Sie hat abgenommen!«

»Unsinn«, widersprach Anna und stellte alles Notwendige aufs Tablett. »Lydia ist nun mal schlank. Sehr schlank.«

»Ja, und sie war schon mit einem Bein in der Anorexie – falls du dich erinnerst.«

»Was soll das jetzt, Mutter?«, stöhnte Anna auf. Reichte es denn nicht schon, was sie im Moment an Problemen am Hals hatten?

»Ich mache mir nur Sorgen um sie.«

»Zugegeben, Lydia isst nicht gerade viel, und sie übertreibt auch mit ihrem Bio hier, Bio da ...«

»Da sagst du was!«, warf Irene ein. »Der ideale Tick, um sich von ihrer Schwester abzugrenzen, sich mal so richtig wichtig zu machen.«

»Wie auch immer«, fuhr Anna fort, indem sie ihre Handrücken betrachtete, die mit den hervortretenden Sehnen, den vielen Rillen und Furchen fast schon wie die ihrer Mutter aussahen, »immerhin verweigert Lydi nicht ganz das Essen. Das ist doch das Wichtigste bei dem Stress, den sie hat. Die Arme steht ja andauernd unter Hochspannung.«

Irene schnappte sich das Tablett und balancierte es zur Tür. »Aber … na ja, wie du schon sagst.« Sie klang kühl. »Tomasz ist sowieso bald weg. Dann kehrt hier wieder von ganz allein Ruhe ein.«

Anna blickte ihr verwundert nach. Aus unerfindlichen Gründen stand die Welt gerade Kopf. Während Anna Gnots Anwesenheit inzwischen ganz gelassen nahm, schien ihre Mutter nunmehr die Fronten gewechselt zu haben und in ihm bloß einen Störfaktor zu sehen. Doch Hand aufs Herz – waren es nicht in Wahrheit sie selbst, die bereits seit Wochen, ja Monaten, ihr bis dato so ruhig getaktetes Leben durcheinanderwirbelten? Ihre Mutter mit der Schnapsidee, das Haus zu renovieren und zu verkaufen. Dann Nina … Himmel, wieso musste sie sich ausgerechnet in so jungen Jahren schwängern lassen und in diesem Punkt die Familientradition fortsetzen? Zu guter Letzt Lydia, zwar eisern bemüht, sich erwachsen zu geben und im Berufsleben Fuß zu fassen, dennoch war und blieb sie das kleine, ewig träumende Mädchen …

Um sich nicht die Frage stellen zu müssen, welche Figur sie selbst auf dem chaotischen Schachbrett mit dem schönen stolzen König, der herrischen Dame und einigen lädierten Bauern darstellte, zog Anna die Lade des Brotkastens hoch, nahm das Landbrot heraus und schnitt ein paar dicke Scheiben ab. Doch so sehr sie sich auch anstrengte, die Finger ihrer linken Hand zu studieren, die den goldgelben Brotlaib fest umklammerten, als suchten sie Halt, ihre Gedanken überschlugen sich. Auslöser war Gnot. Natürlich – wer auch sonst? Sie ließ das Brotmesser sinken, schnappte sich den Brotkorb, dann marschierte sie federnden Schrittes und ohne den vermeintlichen Übeltäter auch nur eines Blickes zu würdigen in den Garten. Sie hatte etwas zu klären – das war ihr bereits vor ein paar Tagen aufgegangen, seltsamerweise genau in dem Moment, als sich Gnots graumelierter Haarschopf zwischen ihren Beinen befunden hatte.

Ihre Mutter saß, die Füße mit den eleganten Sandaletten um die Querstreben ihres Gartenstuhls geschlungen, da und lächelte die Luft an.

»Liebes«, hob sie an zu sprechen, doch Anna ließ es nicht zu, dass sie die Unterhaltung gleich wieder an sich riss. Mit kräftigem Schwung stellte sie den Brotkorb auf dem Tisch ab, gleichzeitig beugte sie sich so weit zu Irene runter, dass sie ihr schweres Parfüm riechen konnte. Bereits im nächsten Moment brach es aus ihr hervor: »Eins verstehe ich nicht, Mutter ... Warum hast du mich eigentlich nicht wegmachen lassen? Und das wolltest du doch ganz bestimmt, oder?«

Vermutlich hatte die Frage schon seit etlichen Jahren in irgendeinem Winkel ihres Hirns darauf gelauert, sich eines Tages ihren Weg an die Oberfläche zu bahnen. Daher kamen die Wörter jetzt wie messerscharfe Geschosse über ihre Lippen, trafen ihr Ziel gleich beim ersten Schuss und verfehlten, wie Anna am Gesichtsausdruck ihrer Mutter ablesen konnte, auch nicht ihre Wirkung. Irene lief zunächst fleckig-rosa an, im nächsten Moment wurde sie wachsbleich, dann griff sie mit zittrigen Händen nach ihrem Glas und trank, als wäre sie am Verdursten. Anna wunderte es kaum. Zu lange hatte ihre Mutter die unangenehme Wahrheit verdrängt.

Erst als sich Anna einen Stuhl geschnappt und an den Tisch gerückt hatte, fand Irene ihre Sprache wieder. Ein beherrschtes Lächeln anknipsend entgegnete sie: »Ich fürchte, ich weiß nicht so ganz, wovon du redest.«

»Das weißt du sehr wohl.«

»Liebchen, trink erst mal einen Schluck und beruhige dich, ja?« Ihre Worte klangen wie mit einer Schicht Zuckerglasur überzogen. Sie deutete auf das zweite, noch unangetastete Weinglas, sah auflachend zur Terrasse rüber und winkte Gnot zu.

»Alles klar?«, rief er herüber.

»Ja, Tomasz. Alles bestens!«

Anna vermied es ihr Glas anzurühren. Bloß die Ruhe bewahren und vor allem nicht lockerlassen. Ihre Mutter musste ihr Rede und Antwort stehen, hier und in diesem Moment. Ihr fest in die Augen sehend erklärte sie: »Ich will es jetzt wissen, Mutter. Das bist du mir schuldig.«

»Liebchen … Ich finde, dies ist kein Sujet, das man einfach so in der Öffentlichkeit besprechen sollte«, würgte Irene, sichtlich in Bedrängnis, hervor.

Ja, sollte sie nur leiden! Sie hatte die Situation ja selbst heraufbeschworen, indem sie sich auf so penetrante Weise in Ninas Angelegenheit einmischte. War es da ein Wunder, dass sich Anna auf einmal Fragen stellte, die sie bisher erfolgreich vermieden hatte?

»Kein Sujet für die Öffentlichkeit?«, höhnte Anna. »Wir sind nirgends mehr unter uns als in unserem Garten.«

»Tomasz könnte uns hören.«

»Herr Gnot arbeitet und versteht sowieso kaum ein Wort. Und falls du auch noch unsere Nachbarn ins Feld führen möchtest, die sind verreist.« Sie deutete auf die runtergelassenen Jalousien des Nebenhauses, einem freundlichen roten Klinkerbau.

»Ich weiß ja nicht ...« Irene hob ihre Hände, um sie sogleich schlaff auf ihre Knie sinken zu lassen. »Bist du wirklich der Meinung, man sollte sich immer alles sagen?«

»Du weichst mir aus.«

»Nein, Herzchen, ich finde nur, dass man manche Dinge vielleicht besser ruhen lässt.«

»Auch wichtige Angelegenheiten wie diese? Nein, Mutter, du täuschst dich.«

»Und warum hast du den Kindern nie gesagt, wie es wirklich mit Mark zu Ende gegangen ist?«

»Das tut hier nichts zur Sache.« Anna verscheuchte ungehalten eine Wespe.

»Also gut«, seufzte Irene, doch statt endlich Farbe zu bekennen, ließ sie bloß den Kopf hängen, sodass sich ein unschönes Dreifachkinn bildete. Nervös malträtierte sie den Ring an ihrer linken Hand. Er war mit einem viereckigen roten Stein besetzt und passte im Farbton exakt zu ihren Nägeln. So kannte Anna ihre Mutter nicht, so eingeschüchtert, so vollkommen sprachlos.

»Also wolltest du es tun, richtig?«, unternahm sie einen erneuten Anlauf.

»Ach, herrje«, seufzte Irene und hob ihren Kopf bloß ein paar Zentimeter. »Nein, so kann man das eigentlich nicht sagen.«

»Wie denn? Wie kann man es denn sagen?«, riss Anna nunmehr der Geduldsfaden.

»Liebchen. Bitte. Quäl mich nicht so.«

»Red nicht um den heißen Brei herum. Du wolltest mich abtreiben lassen. So einfach ist das.« Die Worte waren nahezu tonlos aus ihrem Mund gekommen, hingen nun eine Weile zwischen ihnen, bevor der Wind sie davontrug.

»Ja«, räumte ihre Mutter endlich ein. Ihr Blick schweifte in die Ferne. Ein paar Vögel flatterten auf, als hätte dieses eine

Wort sie zu Tode erschreckt. Dann fuhr sie fort: »Ja, ich gebe es zu, ich wollte es tun, nur …«

Sie hielt inne, strich ihr wie zur Entschuldigung mit hektischen Bewegungen über den Arm. Dennoch krampfte sich alles in Annas Bauch zusammen. Eigentlich hätte es sie also gar nicht geben sollen. Vielleicht existierte sie ja auch nicht? Vielleicht war sie bloß eine Fata Morgana, eine Einbildung ihrer selbst. Ruppig schüttelte sie Irenes Hand ab. Alles in ihr fühlte sich dumpf an, wie betäubt, daran änderte auch die Tatsache nichts, dass ihre Mutter jetzt Zentimeter um Zentimeter in sich zusammensackte und leise wimmernd die Augen schloss. Es war doch wie immer. Sie zog mal wieder eine gewaltige Schau ab, ein Gefühlsspektakel der Sonderklasse. Mit der armen Irene, der das böse Sperma ja so viel Leid angetan hatte, in der Opferrolle.

»Gut, Mutter, dann lass ich dich jetzt in Ruhe«, sagte Anna, während sie sich steifbeinig erhob. »Schade«, fuhr sie einen Herzschlag später mit erstickter Stimme fort. »Wirklich schade, dass du so feige bist … so feige und auch noch verlogen.«

»Nein, bleib!« Irene griff nach ihrer Hand und zog sie auf den Stuhl zurück.

»Wozu? Kommt jetzt noch eine Runde Reinwaschung und Selbstbeweihräucherung?«

»Nein, Anna. Es ist nur nicht so leicht darüber zu sprechen. Ausgerechnet mit dir. Kannst du das nicht auch ein bisschen verstehen?«

»Oh doch.« Sie legte ein betont strahlendes Lächeln auf. »Besser, ich wäre gar nicht auf der Welt, dann müsstest du jetzt nicht Unterhaltungen wie diese führen, nicht wahr?«

»Red keinen Unsinn. Das, was ich vorhin gesagt habe, ist mein voller Ernst.« Sie wandte ihren Blick ab. »Ich bin froh …

heilfroh, dass damals letztlich alles anders gekommen ist als ich es geplant hatte.«

Sie schwieg mit zusammengekniffenen Augen und für einen kurzen Moment fühlte Anna mit ihrer Mutter. Die Schwangerschaft war wie ein Meteorit in ihr Leben geplatzt, hatte alle ihre Träume bersten lassen. Es dauerte noch ein paar weitere Sekunden, dann begann Irene zu erzählen, ruhig und beherrscht. Von den Reisen in ihrer Hippiezeit, von der freien Liebe und von dem Mann, der sie damals geschwängert hatte. Er war einer ihrer festen Liebhaber gewesen, ein Engländer irischer Abstammung. John Shipley. Anna hatte ihren *Erzeuger* bloß einmal gesehen, sie musste um die sieben gewesen sein, kurz darauf war er an Leberzirrhose gestorben. Kleindiebstähle, Drogen, Suff – einen Vater wie ihn hatte sie nie vermisst und ihrer Mutter obendrein nicht geglaubt, wenn diese, zumindest an Shipleys Todestag, behauptete, ihn geliebt zu haben. Das hatte sie nicht. Die große, einmalige amour fou war lediglich ein Produkt ihrer Phantasie, um Annas Zeugung, die vermutlich nach einer stattlichen Dosis Cannabis auf einer verdreckten Isomatte in einem ebenso verdreckten VW-Bus stattgefunden hatte, den nötigen Glanz zu verleihen. Anna kannte die Ammenmärchen zur Genüge. Bisweilen hatte sie sich darüber amüsiert oder war abgestoßen gewesen, dann wieder hatten sie Irenes Jugenderlebnisse einfach kalt gelassen. Heute sträubte sie sich jedoch nicht dagegen, dass ihre Mutter die alten Kamellen noch einmal hervorkramte. Vielleicht brauchte sie einfach den Anlauf, um die hoch gelegte Messlatte am Ende überspringen zu können.

»Ich war schockiert, als meine Regel ausblieb«, sagte sie, während sie immer wieder nervös schluckend zur Terrasse hinübersah. Anna folgte ganz automatisch ihrem Blick. Gnot stand, eine Hand in die Hüfte gestützt, wie festzementiert da und schien sich nicht entscheiden zu können, ob er im Haus verschwinden oder zu ihnen in den Garten kommen solle. *Tomasz, geh rein!*, beschwor Anna ihn stumm. Wenn er sich jetzt zu ihnen gesellte, wäre es vorbei und ihre Mutter würde vielleicht nie mehr die entscheidenden Fakten enthüllen. Als hätte Gnot ihr stummes Flehen gehört, warf er ihnen ein knappes Lächeln zu, wandte sich ab und verschwand eiligen Schrittes im Haus.

Anna fühlte sich sogleich um einiges befreiter: »Ja, und dann?«

»Nichts. Ich hab erst mal abgewartet. Einige meiner Freundinnen hatten in so einem frühen Stadium Fehlgeburten. Nichts ist in den ersten Wochen sicher ...« Ihre Hände vollführten ein nervöses Luftballett, und weil sie dabei auch ihren ganzen Körper mit einbezog, stieß sie sich ihr Knie am Tischbein. »Aber du warst gesund und äußerst willensstark.« Lächelnd rieb sie sich ihr Bein, schien für einen kurzen Moment in ein Paralleluniversum abzutauchen – vielleicht in eine Welt, in der es keine Töchter gab, die unangenehme Fragen stellten. Doch dann verhärteten sich ihre Gesichtszüge und sie bekannte: »Aber ich möchte nichts beschönigen. Ich wollte kein Kind, nicht zu diesem Zeitpunkt.« Wohl in der Angst, sich damit bereits zu weit aus dem Fenster gelehnt zu haben, setzte sie sogleich zu einer Erklärung an: »Mein Gott! Ich war viel zu unreif, hatte keinen richtigen Beruf und John ... Na ja, er war ein wunderbarer Mann, aber nicht unbedingt der Typ Vater, falls du verstehst.«

Anna verstand und hakte mit staubtrockener Stimme nach, ob sie *es* gleich in Kathmandu habe wegmachen lassen wollen.

»Gott bewahre!« Auch wenn es vollkommen deplatziert war, lachte Irene schallend auf. »Ich habe schon sehr an meinem Leben gehangen!«

Ja, an ihrem eigenen. Und Annas hatte sie auslöschen wollen, noch während es im Entstehen war. Sie schenkte ihrer Mutter Wein nach, nahm kurz darauf selbst einen kräftigen Schluck.

»Eins der Hippiemädchen hat mir zwei Adressen gegeben«, fuhr Irene mit leicht glasigem Blick fort. »Eine in London – zu der Zeit herrschte dort ein regelrechter Abtreibungstourismus – und eine in der Schweiz. Ich hätte mir bloß ein psychiatrisches Gutachten besorgen müssen, was angeblich leicht zu kriegen war.« Die Stirn ihrer Mutter entspannte sich für einen Augenblick. »Also habe ich meine sieben Sachen gepackt und bin losgefahren. Teils mit der Bahn, teils per Anhalter. Ich hatte ja so gut wie keinen Pfennig im Portemonnaie.«

»Was war mit deinen großartigen Love-and-Peace-Freunden, mit denen du im Bus runtergefahren bist?«

»Ach! Die hatten weiß Gott Besseres zu tun, als eine Schwangere nach Hause zu kutschieren!« Irene schnaubte verärgert, um sogleich einzuräumen: »Kann man ja auch verstehen. Vielleicht.« Sie trank einen Schluck Wein. »Wochen später bin ich dann völlig abgerissen in der Schweiz angekommen. Fast hätte mich auf den letzten Metern noch so ein Dreckskerl in den Wald gefahren und ...« Sie ersparte es sich, den Vorfall näher auszuschmücken. In Zürich war sie gleich zum erstbesten Arzt gegangen, der allerdings feststellte, dass ihre Schwangerschaft schon reichlich weit fortgeschritten war.

»Wie weit?«, hakte Anna nach.

»Ich weiß nicht mehr genau.«

»Hätte man es ... nicht trotzdem wegmachen können? Irgendwie rausstochern, absaugen, Schlinge um den Hals, notfalls gebären? Wo ein Wille ist, ist doch auch ein Weg, oder etwa nicht?«

Ihre Mutter hatte Tränen in den Augen und ihr Kinn bebte

in kleinen Schüben, als sie erklärte, genau dies sei das Problem gewesen. Sie habe es unter diesen Bedingungen eben nicht mehr gekonnt, zumal sich ihr Bauch schon zu wölben begann.

Anna hob ihr Glas an und prostete ihrer Mutter mit dem nonchalanten Lächeln einer Siegerin zu, derjenigen, die den Kampf über Leben und Tod gewonnen hatte, dann leerte sie es auf einen Zug aus. Sie wusste nun, was sie hatte wissen wollen, und bevor Irene noch weiter ihren Mitleidskokon um sie spinnen konnte, stand sie lieber auf und zog sich in ihr Zimmer zurück …

Die Nacht verbrachte sie mit Gnot. Sie liebten sich wie ausgehungert, doch anders als beim ersten Mal war Anna bloß auf ihr eigenes Vergnügen bedacht. Gnot interessierte sie kaum, er musste lediglich herhalten, um ihr zu Diensten zu stehen. Dass sie im Zuge des Liebesspiels anscheinend grob geworden war, wurde ihr erst bewusst, als Gnot ihr sehr viel später, kurz bevor er sich wieder runterschleichen sollte, ins Ohr flüsterte: »Du bist sehr schön und wild. Cicha woda brzegi rwie.«

Nein, das war sie nicht. Wenn überhaupt, hatte sie sich nur ein klein wenig an ihrer Mutter rächen wollen. An allem, was sie ihr angetan oder auch nicht angetan hatte. Und irgendwie freute sie sich beim Einschlafen plötzlich darauf, dass nun bald ein neuer Lebensabschnitt beginnen würde. Dass sie den ganzen Ballast, der auch in jedem verstaubten Winkel dieses Hauses versteckt lag, endlich würde abwerfen können.

13.

Nina war verschwunden. Sie hatte sich einfach in Luft aufgelöst, und als sie auch nach zwei Nächten noch nicht wieder aufgetaucht war und ihr Handy stets vermeldete, der Anschluss sei vorübergehend nicht zu erreichen, begann sich Anna ernsthaft Sorgen zu machen. Es war zwar nichts Ungewöhnliches, dass ihre Große hin und wieder abtauchte, doch sagte sie zumindest Bescheid, wo sie steckte, und boykottierte den Informationsaustausch nicht, indem sie arglos ihr Handy ausstellte.

»Warum rufst du nicht Noel an?«, schlug Irene in ihrer praktischen Intelligenz vor. »Sicher ist sie bei ihm untergetaucht.«

»Wenn ich seine Nummer hätte, würde ich das ganz bestimmt tun«, entgegnete Anna, ohne ihre Mutter auch nur eines Blickes zu würdigen. Seit dem Enthüllungsabend im Garten redeten sie bloß das Notwendigste miteinander, daher fühlte sich Anna auch jetzt nicht bemüßigt, sich auf eine ausufernde Diskussion einzulassen. Stattdessen gab sie sich geschäftig und räumte, obwohl sie gleich in die Schule musste, den Geschirrspüler aus.

Irene fragte: »Wie heißt er mit Nachnamen?«

»Keine Ahnung.«

»Du weißt es nicht?!«

»Nein, Mutter, stell dir vor: Ich. Weiß. Es. Nicht. Nina hat mir gegenüber nie die Namen ihrer Freunde erwähnt und offen gestanden fand ich es auch nie besonders wichtig!«

Lydia stolperte in einem äußerst knappen Babydoll in die Küche. »Könnt ihr vielleicht auch mal normal laut reden?« Sie hielt sich demonstrativ beide Ohren zu und verzog auf übertriebene Weise schmerzhaft das Gesicht. »Von eurem Gekeife kriegt man ja Kopfweh!«

»Deine Schwester ist weg«, sagte Anna.

Lydia stakste auf ihren dünnen Beinen zum Kühlschrank und nahm die Biomilch raus. »Wie, weg?«

»Sie ist gestern Nacht nicht nach Hause gekommen und vorgestern auch nicht.«

»Na und? Ist das was Neues? Sie schläft doch ständig woanders.«

»Ja, aber sie meldet sich dann ab. Oder sagt zumindest, wo sie hingegangen ist.«

Doch auch dafür hatte Lydia eine Erklärung parat. Wahrscheinlich sei einfach der Akku ihres Handys leer, und weil sie ihr Ladegerät zu Hause vergessen habe, könne sie es eben nicht aufladen – kein Grund zur Panik.

In der Hoffnung, ihre Tochter möge recht haben, lief Anna hinauf in den ersten Stock, wo sie mit Gnot kollidierte, der frisch geduscht und bloß mit einem Handtuch um die Hüfte aus dem Familienbad kam.

»Anna, Kochana!«, rief er aus, noch bevor sie sich darüber echauffieren konnte, dass er nicht unten im Gästebad geduscht hatte.

»Tut mir leid, Tomasz. Keine Zeit.«

Doch Gnot drückte sie hitzig an sich und ließ sie seine Erektion spüren. Von Tag zu Tag wurde er tollkühner, ja regelrecht dreist. Was, wenn ihre Muter überraschend die Treppe hochkäme oder am Ende noch Lydia!

»Lass das, ja?«, schnappte sie, riss sich los und verschwand in Ninas Zimmer. Aber der Handwerker ließ sich nicht so leicht abschütteln und folgte ihr.

»Was willst du?«, ereiferte sich Anna. »Ich mache mir hier um Nina Sorgen und du ...!«

Nachdem sie ein paar Mal miteinander geschlafen hatten, war Annas Widerstand zerbröckelt und sie duzte Gnot, wenn sie unter sich waren. Es wäre ihr auch bizarr vorgekommen, ihn weiterhin förmlich zu siezen. Das tat sie bloß in Gegenwart ihrer Mutter und ihrer Töchter, damit die drei keinen Verdacht schöpften.

»Machs du keine Sorgen«, sagte er. »Ich denke, ist nichts passiert.«

»Herrgott, woher willst du das eigentlich wissen?«, blaffte sie ihn an und riss hastig Ninas Schreibtischschublade auf.

»Ich weiß das!«

»Bitte lass mich allein. Und zieh dir etwas an.«

Tomasz hauchte ihr einen Luftkuss zu und verließ auf seinen *sehr* schlanken, *sehr* langen und *sehr* behaarten Beinen das Zimmer.

Anna suchte fahrig nach dem Aufladegerät, aber ihr wurde schnell klar, dass sie es ohnehin nicht finden würde. Nina schien ihre Auszeit minuziös geplant zu haben. Die lederne Reisetasche war verschwunden, ebenso ihre Zahnbürste. Was an Kleidungsstücken fehlte, konnte Anna nicht ermessen, dazu fehlte ihr, seit sich ihre Tochter in Rom eingekleidet hatte, der Überblick. Angst stieg in ihr auf sie, als sie kurz darauf die Suche aufgab und wieder runterging. Irgendetwas war faul. Nina verschwand nicht einfach so. Das war nicht ihre Art.

Lydia und Gnot saßen sich am Küchentisch gegenüber, und da Anna nahezu lautlos in die Küche trat, ertappte sie sie dabei, wie sie sich anlächelten. Ihre Tochter, die sich inzwischen ein T-Shirt über das Nachthemdchen gezogen hatte und in eine Jeans geschlüpft war, zuckte deutlich zusammen, doch Gnot ließ sich nicht beirren und plinkerte Lydia unaufhörlich mit seinen *sehr* blauen Augen an. Irene kochte Espresso und schien von alldem nichts mitzubekommen.

»Ich kann das Ladegerät nicht finden«, durchbrach Anna die Stille.

»Liebchen, das wird sich alles aufklären.« Irenes Blick flog kurz zu Lydia, dann zu Gnot, und weil vermutlich auch ihr etwas zu dämmern schien, kippte sie ihren verlängerten Espresso wie einen Schnaps runter.

»Also, ich muss los.« Anna reichte ihrer Mutter einen kleinen Post-it-Zettel. »Wäre nett, wenn du diese Emily mal anrufen könntest.«

Irene nickte, ließ es sich jedoch nicht nehmen, sich zu Anna rüberzubeugen und ihr zuzuzischen, ob sie Lydi gar nicht nach dem Seminar fragen wolle.

»Das war kein Seminar«, schaltete sich Lydia, die mit ihren scharfen Ohren alles mitbekommen hatte, postwendend ein. »Wir haben *gefutured*.«

Gnot verstand nicht. Natürlich verstand er das Wort *futuren* nicht. Wer um Himmels Willen tat das auch schon?

»Ist es denn gut für dich gelaufen?«, erkundigte sich Anna pro forma und weil sie keine schlechte Mutter sein wollte. Gleichzeitig warf sie eilig eine Nektarine und eine Banane in ihre Aktenmappe. Ein Unding, ausgerechnet am letzten Schultag vor den großen Ferien zu spät zu kommen.

»Nein«, antwortete Lydi schlicht.

»Nein?«

»Nein heißt nein. Oder kennst du noch andere Bedeutungen des Wortes nein?«

»Nein«, entgegnete Anna und fragte sich, ob ihre Kleine jetzt zu einer zweiten Nina mutieren würde. Aufmüpfig, reizbar, unerträglich. »Lydi, können wir später reden? Ich muss ganz dringend los.«

»Klar doch.«

»Fein. Dann sehen wir uns heute Nachmittag?«

»Von mir aus«, ertönte es gelangweilt.

»Liebes, es ist doch nichts Schlimmes?«, hakte Anna schon beim Rausgehen nach. Im Grunde erwartete sie keine erhellende Antwort, aber Lydia griff jetzt entspannt nach einer Scheibe Vollkornbrot und erklärte: »Nö. Ich hör nur bei *Working Class* auf. Ansonsten ist alles bestens.«

Anna war sprachlos. So lange hatte ihre Tochter dafür gekämpft, im Storydepartment mitarbeiten zu dürfen, und nun warf sie einfach alles hin? Doch da die Zeit drängte, hauchte sie Lydia bloß ein Küsschen auf die Stirn und versprach ihr, später mit ihr über alles zu reden.

»Anna!«

Irene kam schnaufend wie ein Walross hinter ihr hergelaufen und folgte ihr auf die Straße.

»Was ist denn noch? Ich bin wirklich …«

»In Eile, ja, ich weiß«, fiel ihre Mutter ihr ins Wort, »aber … Tomasz … Du weißt, er will heute schon mal das Haus grundieren und da wollte ich von dir wissen …«

»Seit wann interessiert dich meine Meinung?«

»Rosa oder doch lieber ocker? Wir könnten auch noch auf ziegelrot umschwenken.«

»Mutter, weißt du was?« Anna riss die Wagentür so schwungvoll auf, dass sie fürchtete, sie aus ihrer Verankerung zu reißen, und stieg ein. »Ob rosa oder grün oder kariert, es interessiert mich nicht. Macht einfach, was ihr wollt. Das tut ihr ja sowieso.«

Die Wagentür krachte zu, schon startete Anna den Wagen und registrierte bloß noch aus dem Augenwinkel, wie ihre Mutter ihr verblüfft nachsah, als sie losbrauste, eine kleine Zehlendorfer Staubwolke aufwirbelnd.

★

»Tomasz? Lydia?« Ihre Lippen gegeneinander knautschend, wohl um die Lippenstiftfarbe besser zu verteilen, steckte Omama Irene den Kopf zur Tür hinein. »Ich bin dann jetzt weg.«

»Hast du Emily angerufen?« Lydia schob sich den letzten Happen ihres Brotes, den sie wie früher als kleines Mädchen zu einem gezackten, furchteinflößenden Fabelwesen zurechtgebissen hatte, in den Mund.

»Niemand da. Könntest du es vielleicht später noch mal probieren?«

»Klar.« Lydia stand auf und nahm ihrer Großmutter den Zettel mit der Telefonnummer ab. Hauptsache, es würde ihr nicht noch einfallen, sich mit einem Espresso zu ihnen an den Tisch zu setzen. Weil es so gemütlich, Tomasz so schnuckelig und das Leben ach so herrlich war.

»Liebchen, kommst du auch zurecht?«

Lydia nickte knapp.

»Oder willst du lieber mit mir …«

»Sei mir nicht böse«, unterbrach sie ihre Großmutter, »aber erst stundenlang bei deinem Friseur herumhocken und dann noch beim Homöopathen …« Wie zur Entschuldigung lachte sie unsicher auf.

»Natürlich, du würdest dich zu Tode langweilen.«

Lydia sah zu Tomasz hinüber und hoffte auf ein geheimes Zeichen seines Einverständnisses – sie beide ganz allein im Haus –, doch er war über die Zeitung gebeugt und las.

»Danke, Omama.«

»Wofür?«

»Na, eben für alles!« In einer Aufwallung von Zärtlichkeit drückte sie ihrer Großmutter einen Kuss auf die weichen, nach teurem Puder duftenden Wangen. Ein kleiner Dank zwischendurch dafür, dass sie war, wie sie war. Weil sie Lydia bei allen Irrungen und Wirrungen des Lebens ganz selbstverständlich zur Seite stand, sie andererseits aber auch, wenn sie eigene Wege einzuschlagen gedachte, gewähren ließ. Ihre Mutter war da anders, das war Lydia erst in der letzten Zeit bewusst geworden. Im gleichen Maße, wie ihre Mutter den Status der besten Freundin für sich in Anspruch nahm, wollte sie auch in alles eingeweiht werden. In Lydias Geheimnisse, in ihre Sehnsüchte – am liebsten hätte sie sich wohl in ihrem Hirn eingenistet, um ungehindert Zugriff auf ihre Gedankenwelt zu haben. Lydia war ja gar nicht so und spielte das Spiel mit, indem sie ihrer Mutter bisweilen kleine Häppchen hinwarf. Allein, damit sie Ruhe gab. Denn eins lag zumindest für sie auf der Hand: Sie waren keine besten Freundinnen. Und es gab auch keinen Grund, daran zu arbeiten, dass sie es wurden.

»Ach, mein Herzchen!«, rief Omama Irene aus und streichelte Lydias Schulter. »Mach dir keine Sorgen. Es ist überhaupt keine Tragödie, sich in der Berufswahl zu irren. Du bist jung, du hast noch so viel Zeit! Übrigens …« Sie zwinkerte ihr zu. »Ich weiß bis heute nicht, ob ich damals die richtige Entscheidung getroffen habe. Vielleicht hätte ich freie Kunst studieren sollen. Oder Psychologie … Stattdessen habe ich meine Alabasterhaut dem grellen Licht der Scheinwerfer ausgesetzt.« Ihr Lachen klang glockenhell, als sie sich über ihre Wangen strich. »Das Resultat siehst du hier vor dir.«

Wie so oft kokettierte ihre Großmutter gerade; sie war immer noch wunderschön und wäre ohne die Schauspielerei ganz gewiss wie eine Primel eingegangen. Dennoch fühlte sich Lydia durch ihre Worte getröstet. Egal was sie auch im Leben anstellte, wie tief sie sich selbst in die Scheiße ritt, stets gab Omama Irene ihr das Gefühl, dass schon alles werden würde, irgendwie.

»Hoffentlich sieht Mummy das genauso.« Lydia seufzte so tief, dass Tomasz nun doch hochsah. Er lächelte, wobei sich jedoch bloß ein Mundwinkel hob und seine Augen vollkommen ausdruckslos blieben.

»Falls nicht, werde ich ihr schon die Leviten lesen, darauf kannst du Gift nehmen«, schimpfte ihre Großmutter, wobei ihre Liebenswürdigkeit mit einem Schlag verschwand. »Also tschüssi, ihr beiden. Und macht keinen Unfug, ja?«

Wenige Sekunden später krachte die Haustür ins Schloss und Lydia war mit Tomasz allein. Sofort schien eine unbehagliche Stille wie ein arktisches Tiefdruckgebiet Einzug zu halten. Weder tickte eine Uhr noch surrte ein elektrisches Gerät, noch schien Tomasz zu atmen. Wie vor ein paar Minuten auch war er über die Zeitung gebeugt, doch nun registrierte Lydia, dass seine Pupillen gar nicht hin- und herflitzten, sondern starr einen Punkt fixierten. Er las also nicht, schien bloß wie ein Raubtier darauf zu lauern, dass sich seine Beute ihm näherte. Und Lydia tat ihm den Gefallen, indem sie sich an seinem Rücken vorbeidrängte, um zur Espressomaschine zu gelangen.

»Tomasz, willst du auch einen Kaffee?«, durchbrach sie die Stille. Wenn sie miteinander redeten, würde ihr Herzpochen, das sich wie auf Kommando eingestellt hatte, vielleicht ein wenig nachlassen.

»Hm?« Tomasz sah hoch.
»Ob du noch einen Kaffee möchtest?«
»Kaffee ist gut. Der Leben ohne Kaffee ist schlecht.« Er lachte breit, während er ihren Körper mit Blicken abtastete. Zum Glück trug sie nicht mehr nur ihr offenherziges Nachthemd.
»Also ja oder nein?«
»Tak, proszę.«
Sein Blick hatte nicht länger als ein, zwei Sekunden gedauert, und doch war er lang genug gewesen, um letzte Zweifel bei ihr auszuräumen. Tomasz begehrte sie. Er wollte sie. Das beflügelte sie nicht nur deshalb, weil er in ihren Phantasien seit geraumer Zeit eine maßgebliche Rolle spielte, es tröstete sie obendrein über ihr Versagen bei *Working Class* hinweg. So sehr es auch schmerzte, es war offenbar an der Zeit, sich von einem Traum zu verabschieden. Einerseits. Andererseits fühlte sie sich sogar befreit, als hätte sie sich selbst eine riesige Last von den Schultern genommen. Sie musste nicht länger mit Tabea, Benjamin, Nick und den anderen in einem stickigen Raum zusammengepfercht dasitzen und Ideen auf Knopfdruck produzieren. Ebenso wenig musste sie mehr daheim unter mörderischem Zeitdruck die Handlungsbögen ausformulieren. Steve, mit dem sie am gestrigen Abend bis weit nach Mitternacht telefoniert hatte, hatte ihr gut zugeredet, ja nichts zu überstürzen, eines Tages würde der Knoten schon noch platzen, doch Lydia glaubte nicht mehr daran. Selbst wenn Hans und Steve sie für begabt hielten, die anderen waren immer besser, schneller, teamfähiger und empfanden Abgabetermine im Nacken wie eine aufputschende Droge.

Lydia verabscheute warme, aufgeschäumte Milch, deshalb bereitete sie bloß zwei verlängerte Espressi zu und schob Tomasz wortlos die Milchtüte hin. Einen knappen Zentimeter vor seinen Fingerkuppen hielt sie inne und nutzte den Moment, um seine Hände zu betrachten. Hände waren wichtig. Tomasz hatte den Test gleich bei ihrer ersten Begegnung bestanden. Wie Scarlett O'Hara war Lydia an jenem Tag die Stufen hinabgeschwebt, und wie Rhett hatte Tomasz unten am Fuß der Treppe gestanden, die Hände vor der Brust gekreuzt und sie neugierig gemustert. Sie hätte mit Blindheit geschlagen sein müssen, um nicht die langen, schlanken Finger mit den zartrosa Halbmonden und den filigranen, wie geweißt aussehenden Nagelrändern zu bemerken. Und selbst jetzt, nach Wochen harter Arbeit, sahen seine Nägel erstaunlicherweise kein bisschen nach Handwerker, sondern immer noch wie frisch aufpoliert aus.

Mit den Fingerspitzen Kreise auf die Holzplatte malend sagte er jetzt: »Lydia, ich fruahr nicht alles richtig verstehen. Was ist mit deine Arbeit?«

»Ich hab meinen Job geschmissen.«

»Geschmissen? Nicht mehr arbeiten?«

»Ganz genau, ich habe aufgehört. Gehe nicht mehr hin. Verstehst du?«

Er nickte eilfertig. »Das ist aber traurig!«

Lydia erwiderte nichts und versuchte Tomasz stattdessen mit ihrem Blick zu hypnotisieren, damit er das Thema Beruf ruhen ließe. Doch es funktionierte nicht; im nächsten Moment erkundigte er sich besorgt: »Was willst du jetzt machen? Hast du etwas anders Beruf?«

Lydia versuchte sich aufs Runterschlucken des Kaffees zu konzentrieren, dennoch geriet ein Tröpfchen in die Luftröhre und sie musste husten. Das Väterliche in Tomasz' Tonfall behagte ihr nicht, es passte so gar nicht zu dem, was sie eigentlich mit ihm vorhatte. Daher erklärte sie mutwillig eine Spur aggressiv, nein, sie habe keinen anderen Beruf, was unter anderem daran läge, dass ihre Mutter sie nach ihrem Abitur zu einem Lehramtsstudium verdonnert hätte. Dumm und unerfahren, wie sie damals gewesen sei, habe sie sich gefügt, auch wenn ihr etwas Bodenständiges vorgeschwebt hätte – Industriekauffrau, Dekorateurin, Arzthelferin, irgendetwas in der Art. Aber es läge wohl in der Natur der Dinge, dass Eltern aus ihren Kindern Klone ihrer selbst machen wollten. Eigentlich erstaunlich, denn ihre Mutter sei alles andere als eine Lehrerin mit Leib und Seele, Jugendliche fände sie nervtötend, ihnen etwas beibringen zu müssen sei für sie eine Qual.

Tomasz sah sie mit nervös flackernden Augen an, so als habe er sich in ihrer Wortkarawane schlicht verirrt. Was auch nicht weiter verwunderlich war. Lydia hatte schnell gesprochen, ungestüm war sie durch die Sätze galoppiert, als wäre Deutsch auch Tomasz' Muttersprache. Manchmal vergaß sie einfach, wo er herkam.

»Hast du mich überhaupt verstanden?«, vergewisserte sie sich jetzt.

»Ja, doch.« Tomasz senkte den Blick und betrachtete eine Weile seine Fingernägel, so als müsse er überlegen, ob es möglicherweise irgendetwas daran zu verbessern gab, dann blickte er wieder auf und sagte in völlig korrektem Deutsch: »Ich wäre gerne Magier geworden.«

»Magier?«, hakte Lydia nach. »Wieso das?«

»Als Magier das Welt machst du besser.« Er lächelte in sich hinein. »Aber komm alles anders. Ich bin jetzt Magier in dein Haus.« Sein Kinn vibrierte, dann lachte er auf. »Das Haus ich streiche rosa. Richtig rosa! Haus für Midchen. Wie für euch.«

Lydia lachte mit ihm. So unfreiwillig komisch Tomasz' Sätze oft klangen, sie bargen doch jede Menge Poesie in sich.

Er fuhr fort: »Lydia, musst du mir versprechen eine Sache.«

»Ja? Was?«

»Das ist egal, was deine Mutti sagt, machst du, was du willst. For das Leben ist eine Sache wichtig: Man vertraut nur sich.«

Von seiner einfachen Logik verblüfft, stammelte Lydia: »Du meinst ... ich soll jetzt noch eine Ausbildung machen?«

»Warum nicht? Was ist nicht gut?«

Dass sie für eine Lehre eigentlich schon zu alt war. Dass es in den Augen ihrer Familie nichts Besonderes wäre. Dass sie damit nie etwas Außergewöhnliches sein würde. Ihr Gedankenstrom war kaum vorbeigezogen, da sprang Tomasz auf und verkündete, an die Arbeit gehen zu wollen.

»Bitte nicht!«, entfuhr es Lydia gegen ihren Willen. Sie schlug die Hand vor den Mund. Andererseits entsprach es ja nur der Wahrheit. Sie wollte nicht, dass er irgendwo im Haus zwischen Bauschutt und Farbeimern abtauchte. Nicht jetzt! Vielleicht war es die einzige Chance, die sich ihnen bot. Vielleicht würden sie nie wieder allein sein, und wenn sie ihn jetzt gehen ließe, wäre es für immer vorbei.

Tomasz war inzwischen im Türrahmen stehen geblieben, seine Arme baumelten wie leblos vor seinem Körper und er schmunzelte. Für einen Moment sah er wie ein kleiner Junge aus, was ihn umso begehrenswerter machte. Ob er *es* in dieser Sekunde auch spürte? Oder schlicht irritiert war, weil Lydia sich in seinen Augen einfach nur sonderbar benahm.

»Lydia!«, rief er jetzt. »Du machst alles for Nina, ja? Sag mal ja! Bitte!«

Sie nickte. Natürlich würde sie ihrer Schwester zur Seite stehen, egal wobei.

»Gut. Jetzt streiche ich das Haus.«

»Tomasz?« Lydia überkam ein Gefühl der Schwäche, als sie sich an der Tischkante hochdrückte.

»Tak?« Er wippte vor und zurück, schien ebenso nervös wie sie selbst zu sein, doch warum unternahm er nichts, wo sie sich schon wie auf dem Silbertablett anbot? Schließlich war er der Ältere, der Erfahrene … Erst der Gedanke daran, dass sie schon einmal über ihren Schatten gesprungen war, damals bei Hans, gab Lydia den entscheidenden Impuls und sie quetschte hervor: »Tomasz, ich möchte dich um etwas bitten.« Ihr Herz hämmerte, als wolle es ihren Brustkorb zum Bersten bringen.

»Ja?«

»Könntest du vielleicht … Könntest du mich …« Sie rang nach Luft, dann brach es aus ihr hervor: »Ich möchte, dass du mich küsst.«

Die Bombe war geplatzt und zeigte verheerende Wirkung. Tomasz starrte sie an, bestürzt, entgeistert, vielleicht sogar angewidert und Lydia schämte sich augenblicklich zu Tode. Sie hatte sich geirrt. Er wollte sie nicht. All das Getändel, seine Blicke, sein Lächeln, mit dem er sie so oft liebkost hatte, es hatte nichts zu bedeuten gehabt. Er war einfach nur *nett* gewesen, ließ sich vielleicht gerne umschmeicheln und hatte womöglich aus purem Spaß an der Sache zurückgeflirtet.

»Lydia«, sagte Tomasz und machte immer noch eine derart besorgte Miene, dass sie sich in ihrer Verzweiflung an die Spüle rettete und dort ein paar Messer abzuwaschen begann, die eigentlich in die Spülmaschine gehörten.

»Schon gut, Tomasz«, rief sie mit sich überschlagender Stimme aus und nahm sich im selben Augenblick vor, dem Mann nie wieder unter die Augen zu treten, sich am besten in ihrem Zimmer einzusperren, bis er abgereist war. »Ich hab mich nur versprochen. Das war nicht so gemeint.«

»Doch, Lydia, das du hast gedenkt.«

Warum strich er nicht endlich das verdammte Haus rosa an? Die Sache wurde doch nicht dadurch besser, dass sie auch noch darüber redeten. *Bitte, geh!*, flehte sie inständig.

Gummisohlen quietschten auf den schiefergrauen Fliesen,

die Tomasz mit so großer Sorgfalt eingepasst hatte, dann spürte sie einen Windhauch im Nacken, als würde ihr jemand mit einem Palmwedel Luft zufächern.

»Lydia?«

Er stand offenbar direkt hinter ihr, aber sie würde den Teufel tun und sich nach ihm umsehen.

»Geh weg, Tomasz! Bitte!«

Er legte ihr die Hände auf die Schultern und drehte sie zu sich um. Es war der schrecklichste, ja demütigendste Tag ihres Lebens, und noch während sie darüber nachgrübelte, mit welchen Worten sie die Schmach später in ihrem Tagebuch festhalten würde, sagte Gnot: »Ich will dir auch küssen, Lydia. Aber mehr ... wir dürfen nicht mehr.«

Bevor sie sich darüber klar werden konnte, ob es tatsächlich ihr innerster Wunsch war, den Handwerker zu küssen, oder ob sie sich bloß wie ein kleines Kind darauf versteift hatte und ihr romantisches Märchen nunmehr bis zum Ende durchspielen wollte, hatte Tomasz sich bereits zu ihr heruntergebeugt und näherte sich langsam ihren Lippen. So aus unmittelbarer Nähe bemerkte sie nun die Poren auf seiner Nase, wie unter dem Mikroskop vergrößert, und die vom Rasieren gereizte Haut um die Mundpartie. Im nächsten Moment war auch schon seine Zunge nass in ihrem Mund, arbeitete sich mit schaufelnden Bewegungen in jeden Winkel ihrer Mundhöhle, rauf und runter, große, schlingernde Achten beschreibend. Tomasz' Atem ging dabei stoßweise, es schien ihn sehr zu erregen sie zu küssen, denn sein Unterkörper bewegte sich im gleichen Rhythmus wie seine Zunge.

Es war eigenartig. Je mehr Tomasz in Fahrt geriet, desto mehr erkaltete Lydia unter seinen Händen, die sich jetzt auch noch auf ihre Brüste legten und ihre Form zu ertasten versuchten. Erst in diesem Moment erwachte sie, machte sich gewaltsam los und trat einen Schritt zurück. Es dauerte ein Weilchen, bis sie zur Besinnung kam und begriff, dass gerade etwas zu Ende gegangen war. Der Spuk war ebenso vorüber wie der Zauber ihrer Phantasien, der sie so viele Wochen lang am Leben erhalten hatte. Tomasz gehörte der Vergangenheit an.

»Tut mir leid, Lydi«, sagte der Handwerker und tätschelte ihr wohlwollend die Schulter. Dann ging er aus der Küche und ließ Lydia mit ihrem Scherbenhaufen zurück.

*

Um die Mittagszeit – Lydia hatte sie sich vorgenommen, nie wieder auch nur einen Gedanken an den *Vorfall* zu verschwenden – kamen zwei Anrufe. Der erste von Hans versetzte sie sogleich in Aufruhr.

Lydia, wie geht's? Alles klar? Störe ich? Nein? Schön. Was ich dich fragen wollte ... Hannah geht ja bald in Mutterschaftsurlaub, heißt, wir suchen dringend eine Nachfolgerin ... habe sofort an dich gedacht ... He, he, he, Drehbuchkoordination ist alles andere als langweilig! Termindruck hin und wieder, klar, aber alles im Rahmen ... Mach dir keine Sorgen wegen der Einarbeitung, Hannah und du, ihr würdet ganze zwei Wochen zusammen im Büro sitzen. Hm? Klingt das nicht gut? ... Also, schlaf ein paar Nächte drüber und gib mir dann Bescheid, tschaui, au revoir ...!

Kaum hatte Lydia das Gespräch weggeklickt, verwirrt wie nach einem heftigen Albtraum, klingelte ihr Handy erneut. Aber sie ließ es einen Moment lang schrillen und angelte sich erstmal die Tüte Biotrockenfrüchte aus ihrer Schreibtischschublade. Ihre Hände flatterten. Es war, als habe das Telefonat mit Hans das letzte Bisschen Zucker aus ihrem Blut geraubt. Sicher, das Angebot klang verlockend, doch hatte sie nicht gerade beschlossen, der Fernsehbranche endgültig den

Rücken zu kehren, um endlich ihren ganz eigenen Weg einzuschlagen? Ohne dass ihre Mutter, ihre Großmutter oder sonst wer die Finger im Spiel hatte? Und war Tomasz nicht sogar maßgeblich an ihrer Entscheidung mit beteiligt gewesen?

Sie schluckte ein Mangostück hinunter und griff nach ihrem Handy, das fortwährend klingelte und ihr den letzten Nerv raubte.

»Hi, Lydi.« Nina. Endlich Nina!

Ihre Schwester klang Abertausende von Kilometern entfernt.

»Um Himmels Willen! Wo steckst du?«

Doch Nina antwortete nicht, erkundigte sich stattdessen, ob Lydi ihr einen Gefallen tun könne.

»Nicht bevor du mir sagst, wo du dich rumtreibst! Unsere Mutter ist so ziemlich am Durchdrehen!«

»Deswegen rufe ich ja auch *dich* an.« Nina räusperte sich und zog unappetitlich die Nase hoch. Automatisch kam Lydia in den Sinn, dass Tomasz' Kuss auch unappetitlich gewesen war, irgendwie …

»Hast du nachher Zeit? Könntest du um 14 Uhr nach Charlottenburg kommen?«

»Wozu?«

»Das wirst du dann schon sehen. Also?«

Lydia seufzte tief. »Du machst es einem aber auch wirklich nicht leicht.«

»Also hast du Zeit oder nicht?«, brummte ihre Schwester.

»Ja, schon. Ich …«

»Schreib auf. Potsdamer Straße …«

Lydia suchte fahrig nach einem Zettel, fand jedoch nur eine Tüte Nüsse und einen Flummi in ihrer Schublade, fischte schließlich ein zerknülltes Blatt aus dem Papierkorb und notierte Straße, Hausnummer und Namen.

»Kann ich mich auf dich verlassen?«
»Klar doch.«
»Und sag bitte Mama und Omama nichts.«
Lydia schwieg.
»Lydi ...?«
»Ich weiß nicht, ob ich das hinkriege! Sie werden mir garantiert Löcher in den Bauch fragen!«
»Dann sag ihnen, dass alles in Ordnung ist und wir zwei heute Abend nach Hause kommen.«
»Okay.«
»Ach, und bring bitte Sportsocken, einen Slip und meine Gammelhose mit. Ja, machst du das? Danke, Süße, ich umarme dich! Ach, und ein paar Slipeinlagen. Müssten im Bad in der obersten Schublade liegen.«

Schon im nächsten Moment hatte Nina aufgelegt und als Lydia, in deren Kopf die Gedanken tobten, ihre Schwester zurückzurufen versuchte, war das Handy wieder ausgestellt.

»Lydia?«, tönte Tomasz' Stimme von unten. »Komma hier! Ich hab was!«

Vergiss es, dachte Lydia, *ich bleibe, wo ich bin. Wir haben uns geküsst, was ziemlich abtörnend war, und deswegen werde ich auch nie wieder mein Zimmer verlassen.* Gleichzeitig setzten sich ihre Beine wie die Rädchen eines perfekt funktionierenden Getriebes in Bewegung. Auf der Treppe wischte sie sich immer wieder den Mund ab, als könnte sie das Geschehene dadurch rückgängig machen.

Tomasz lehnte am Treppengeländer, ähnlich wie damals bei ihrer ersten Begegnung. »Guck mal.« Er wedelte mit einem Zettel. »Das liegt im Badezimmer für Gäste.«

Lydia schnappte sich den Computerausdruck. Es war eine Berliner Adresse: *pro familia,* darunter stand in Ninas steiler Handschrift von lauter Blümchen umrankt: *Mo, Di, Do 15–18 Uhr.*

»Danke«, sagte sie knapp und wollte sofort wieder nach oben verschwinden, doch Tomasz hielt sie zurück.

»Später wir trinken Kaffee?« Er sah sie hoffnungsvoll an und tat ihr fast schon ein wenig leid.

»Nein, Tomasz, ich muss noch mal weg.«

»Schade.«

Sie antwortete bloß mit einem unentschiedenen Schulterzucken.

»Also …« Er zögerte. »Jetzt ich mache das Grundierung.«

»Ja, tu das.«

Den Zettel zusammenknüllend rannte Lydia mit wenigen Sätzen die Treppe hinauf und rettete sich auf ihr geblümtes Plüschsofa, das sie im letzten Herbst auf dem Flohmarkt erstanden hatte. Wie viel einfacher wäre jetzt alles, wenn sie darauf verzichtet hätte, Tomasz zu küssen. Ihre Schwärmerei wäre unversehrt geblieben, vermutlich hätte sie sogar seine Abreise überdauert und ihr einen wunderschönen Herbst und Winter des Sehnens und Hoffens beschert. Jetzt hatte sie gar nichts mehr. Weder ein Objekt der Begierde noch einen Job, nur noch eine Schwester mit einem riesengroßen Problem am Hals.

Lydia verschnaufte eine Weile, suchte Schutz an ihrem flauschigen, rosaroten Lieblingskissen, doch die Erinnerung an den Kuss ließ sie nicht zur Ruhe kommen. Also raffte sie sich bereits ein paar Minuten später wieder auf, um die Sachen für ihre Schwester zusammenzusuchen. Was hatte sie ihr noch aufgetragen? Lydia waren bloß der Slip und die Einlagen in Erinnerung geblieben, alles Weitere hatte sie über das Intermezzo mit Tomasz wieder vergessen.

Eine knappe Viertelstunde später verließ sie, ihre rot-blau-weiß gestreifte Strandtasche geschultert, das Haus.

Tomasz stand neben der Eingangstür auf der Leiter und

summte ein Lied. Für den Bruchteil einer Sekunde huschte ein wehmütiger Schmerz über sein Gesicht, dann winkte er, als wäre es ein Abschied für immer. Dabei würden sie sich vermutlich zum Essen wiedersehen, ganz normal wie jeden Abend, und Lydia hoffte inständig, dass der Vorfall bis dahin von den Festplatten ihrer Hirne gelöscht wäre.

»Tschüssi!«, rief sie, so beschwingt, wie die Situation es nur erlaubte, und tauchte in die Schwüle des frühen Nachmittags ein. Ganz Berlin schien unter einer schmutziggrauen Dunstglocke zu liegen, die kein bisschen Sauerstoff in die Metropole ließ. Das Atmen fiel ihr schwer und bereits nach wenigen Metern begann sie zu schwitzen. Es war nicht nur das Wetter, es war auch die Sorge um ihre Schwester. So abwegig ihr der Gedanke erschien, zu diesem Zeitpunkt Tante zu werden, so sehr wünschte sie doch, dass Nina die richtige Entscheidung treffen und nichts unternehmen würde, was sie eines Tages bereuen könnte.

Wenig später in der Bahn – Lydia versuchte den sauren Körpergeruch des Mannes neben sich zu ignorieren – surrte schon wieder ihr Handy. Was war bloß heute los? Sonst klingelte es tagelang gar nicht; nur dann und wann trudelte eine SMS ein, mal von Steve, mal von ihrer Schwester oder ihrer Mutter, die anfragte, wann sie zum Essen käme. Die unterwegs gekaufte Bionade zwischen die Knie geklemmt, kramte Lydia das kleine silberne Gerät aus ihrer Strandtasche hervor, dann entschied sie sich jedoch um, parkte das Handy unter ihrer Achsel, nahm Bionade und Strandtasche und rettete sich in den Fahrradbereich des Waggons, wo neben einer jungen, einen Kinderwagen schaukelnden Frau ein Platz frei geworden war.

Mummy zeigte das Display an. Lydia zögerte. Sollte sie das Klingeln ignorieren oder ihr Handy besser gleich ausstellen?

Wie sie ihre Mutter kannte, würde sie nicht eher Ruhe geben, bis sich Lydia verplappert hätte. Andererseits … litt sie nicht ohnehin schon genug?

»Ja, Mummy, was gibt's?«, wisperte Lydia im nächsten Moment ins Handy. Sie mochte es nicht, wenn die Leute um sie herum mithörten.

»Wo steckst du, Schatz? Tomasz meinte …«

»Ich musste einfach mal raus«, umschiffte Lydia elegant die Wahrheit.

»Hast du Emily erreicht?«

»Nein.«

»Und hat sich Nina zufällig gemeldet?«

Natürlich, die Frage hatte ja kommen müssen, so sicher wie das Amen in der Kirche. Lydia schnappte nach Luft, sah hinaus in die trübe Stadtlandschaft. Dann gab sie sich einen Ruck und schwindelte: »Nein, hat sie nicht.«

»Ach je!«, hörte sie ihre Mutter am anderen Ende der Leitung klagen. Und weil sie ihr so schrecklich leid tat, korrigierte sie sich sogleich wieder, indem sie hinterherstotterte: »Also, nicht wirklich.« Lügen war nicht ihre Stärke. Sie hatte es noch nie gekonnt, und wenn sie es doch tat, konnte sie sicher sein, dass man es ihr ohnehin anmerkte.

»Nicht wirklich?«, gellte die Stimme ihrer Mutter in ihr Ohr. »Was soll das heißen? Verschweigst du mir etwas?«

»Mummy, bitte …«

»Hast du mit ihr gesprochen oder nicht?«

»Ja, hab ich. Aber nur kurz«, geriet Lydia nun vollends ins Schlingern.

»Und?«

»Ich kann nichts sagen! Ich habe ihr versprochen …«

»Lydia, wenn du nicht sofort mit der Sprache rausrückst …«

»Vertrau mir. Ich fahre gerade zu ihr«, unterbrach sie ihre

Mutter in einem Anflug von Panik, sich auf den letzten Metern doch noch zu verraten. »Aber heute Abend sind wir wieder da. Ihr könnt ja was Leckeres kochen. Nudeln oder so.«

»Nein, Lydi!«, hörte sie ihre Mutter noch quäken, doch bevor diese ihr mit konkreten Drohungen kommen konnte, hatte Lydia das Gespräch weggeklickt und stellte ihr Handy aus. Es war Nina gegenüber bloß fair. So wie Lydia ihre Mutter kannte, würde sie noch einmal anrufen und so lange in sie dringen, bis sie alles gebeichtet hatte. Doch das wollte sie nicht. Was Nina tat oder nicht tat, war ihre Sache.

Das Baby, das bloß zwei Armlängen von ihr entfernt im Wagen lag, fing an zu jammern, erst nur ganz leise, dann schwoll das Genörgel zu mittelprächtigem Gemecker an, um mit Crescendo in markerschütterndem Geheule zu gipfeln.

»Sie zahnt«, erklärte die Mutter und hob entschuldigend die Schultern.

Lydia lächelte gequält, und ihre natürliche Freundlichkeit kämpfte einen Moment lang mit dem Wunsch, die junge Frau anzuherrschen, sie solle gefälligst ihr Kind ruhigstellen. Aber da sie Unterhaltungen dieser Art – wenn überhaupt – nur in ihrer Fantasie führte, zog sie sich an der Haltestange hoch und stieg eine Station früher als geplant aus. Ihr blieb noch eine knappe Dreiviertelstunde, und ohne die Hilfe eines Stadtplans nahm sie den Kampf mit dem Großstadtdschungel auf. Es hatte leise zu nieseln begonnen, ganz zart und warm stäubte ihr der Regen ins Gesicht, lullte sie ein und tröstete sie. Im Nachhinein fühlte sich die Sache mit Tomasz auch gar nicht mehr so schlimm an. Immerhin war sie über ihren Schatten gesprungen und hatte etwas riskiert, selbst wenn es – warum auch immer – schief gegangen war. Rosarot schillernde Seifenblasen zerplatzten nun mal. Wie viel schlimmer war dagegen ihre Schwester dran. Sie hatte mit einem Mann geschlafen, der es vielleicht nicht mal wert war, und musste nun die Konsequenzen tragen.

Es war bereits kurz nach 14 Uhr, als Lydia abgehetzt die angegebene Adresse erreichte. *Dr. med. B. Lindemann, Dr. med. I. Hüber – Gynäkologische Praxisklinik – Ambulante Operationen* stand auf dem Praxisschild eines pompösen, schneeweiß in den Himmel ragenden Altbaus.

Lydia hatte bei dem Telefonat mit ihrer Schwester bewusst nicht nachgefragt, ihr war ohnehin klar gewesen, was Sache war, doch jetzt in Form des Messingschilds die Bestätigung zu bekommen, wirkte wie ein Schock. Kalter Schweiß stand ihr auf der Oberlippe, als sie gegen den Eisenknauf, einen üppig verzierten Löwenkopf, drückte und die Tür aufschwang. Eine Geruchsmischung aus Moder und Putzmittel schlug ihr mit einer Wucht entgegen, dass ihr übel wurde und sie die Luft anhalten musste. Hastig lief sie die knarzenden Stufen hinauf in den zweiten Stock. Erst als sie oben ankam und durch das Jugendstilfenster in eine üppig grünende Kastanie schaute, konnte sie wieder Luft holen. Mit dem alles beherrschenden Gedanken im Kopf, dass sowieso passieren würde, was passieren musste, drückte sie den Klingelknopf.

Der Summer ertönte, Lydia verpasste der Tür einen kleinen Schubs und trat ein. Nach der Dunkelheit des Treppenhauses blendete sie jetzt das Tageslicht, das durch die hohen französischen Fenster fiel. Dabei schien nicht einmal die Sonne. Hinter einem wuchtigen Tresen saßen zwei Arzthelferinnen. Eine der beiden – sie hatte die 40 ganz sicher überschritten, trug jedoch ein verwegenes Lippenpiercing – blickte auf. Doch statt Lydia anzusehen, zupfte sie an den Sommerblumen, die neben ihr in einer Vase standen und sagte: »Ja, bitte? Überweisungsschein? Chipkarte?« Fordernd streckte sie ihre Hand aus.

»Nein, ich ... Ich bin wegen meiner Schwester hier. Nina ... Nina Sass.«

In Windeseile klackerten schwarz lackierte Fingernägel über die Computertastatur, die Arzthelferin schien jedoch nicht fündig zu werden, sah immer wieder in ihrem Terminkalender nach, gab erneut Buchstabenkombinationen in ihren Rechner ein, starrte angestrengt auf den Bildschirm.

»Ach so, das war die junge Dame, die ganz allein gekommen ist«, knurrte sie nach einer halben Ewigkeit. »Dabei sagen wir immer, nicht ohne Begleitung ... bitte nicht ohne Begleitung!«

»Deswegen bin ich ja jetzt da«, murmelte Lydia. Jedes einzelne Wort hallte dumpf in ihren Ohren.

»Ihre Schwester sitzt im Wartezimmer. Den Gang runter, zweite Tür links.«

Lydia war bloß froh, von dieser Frau, die sich als Hüterin ihres Imperiums aufspielte, wegzukommen. Sie konnte Arztpraxen ohnehin nicht leiden. Damals, als ihr Gewicht unter die 40-Kilo-Marke gerutscht war, hatte sie alle naselang in Wartezonen gehockt, bevor sie wie ein Stück Vieh zur Fleischbeschau ins Behandlungszimmer gerufen wurde.

Nina saß gleich an der Tür des verwaisten Wartezimmers und wirkte kleiner, bleicher, ja schmaler, als sie sie in Erinnerung hatte. Ihre Unterlippe begann zu zittern, als sie Lydia erblickte. »Da bist du ja endlich, Mensch!«, rief sie aus. »Hast du was zu essen mit? Ich sterbe vor Hunger.«

»Nein! Du hast nicht gesagt, dass ich ...«

»Doch! Hab ich!«

»Nein, hast du nicht!« Voll des schlechten Gewissens – tatsächlich hatte sie in der Aufregung alles durcheinandergebracht – wühlte Lydia in ihrer Strandtasche, fand jedoch bloß den Rest eines Schokoriegels. Nina grabschte sofort danach, riss das Papier ab und verschlang die Süßigkeit wie ein ausgehungertes Tier. Natürlich – sie hatte nüchtern in die Praxis kommen müssen! Jetzt war es früher Nachmittag und ihr Magen immer noch leer.

»Na, hopp, setz dich.« Sie trommelte auf den freien Stuhl neben sich. »Ich muss noch mal untersucht werden. Bin aber gleich dran.«

Nina klang vollkommen normal, so als hätte sie einen x-beliebigen Kontrolltermin hinter sich gebracht. Lydia wusste dagegen nicht, was sie sagen sollte. *Wie war's?* wäre ihr ebenso unpassend vorgekommen wie *Alles paletti?* Schließlich rang sie sich zu einem »War es sehr schlimm?« durch.

Nina griff nach einer Modezeitschrift, blätterte halbherzig darin, warf sie wieder zurück auf den Stapel, dann bekannte sie: »Mittelschlimm.« Ihr kurz aufflackerndes Lachen klang bitter. »Schön ist natürlich was anderes, aber … Es ist total schnell gegangen, immerhin.«

Lydia nickte mechanisch und hoffte nun plötzlich, ihre Schwester würde nicht weiter ins Detail gehen. Sie konnte kein Blut sehen und wollte ebenso wenig Geschichten darüber hören. Also beeilte sie sich zu sagen: »Brauchst du noch was von deinen Sachen?« Mit einem Ratsch hatte sie die Strandtasche ein zweites Mal geöffnet und hielt sie Nina wie eine Wundertüte voller Schätze hin.

»Nö, danke.« Nina kicherte: »Die Schwester hat mir schon eine Binde gegeben, die in Form und Größe jeder Luftmatratze Konkurrenz macht.« Eine Weile rutschte sie auf dem Stuhl hin und her, schien jedoch keine angenehme Position zu finden, also streckte sie beide Beine von sich und stöhnte: »Gott sei Dank! Den Scheiß habe ich hinter mir.«

»Wo steckt eigentlich Noel?«

»Noel?«

»Ja, der Typ, der dir das angehängt hat, was du eben hast wegmachen lassen«, half Lydia ihrer Schwester leicht verstimmt auf die Sprünge.

»Ach der.« Wieder kicherte sie, albern wie nach einer Überdosis Alkopops. »Er war schon mit zur Beratung«, erklärte sie mit ernster Miene. »Und er hat mir diesen kleinen Spaß hier spendiert.«

»Bitte? Spendiert?«

»Ja, glaubst du, du kriegst diesen Trip ins Nirwana auf Rezept?«

Lydia hatte sich nie zuvor Gedanken darüber gemacht, dennoch fand sie es skandalös, dass Noel bloß ein paar Scheinchen locker zu machen brauchte, um sich so von jeder Verantwortung freizukaufen.

»Hätte er nicht wenigstens anstandshalber mitkommen können?«

»Lass gut sein, Lydi. Noel bedeutet mir nichts. Er hat mir nie etwas bedeutet.« Sie lehnte ihren Kopf gegen Lydias Schulter. »Außerdem ... was hätte ich mit ihm hier anfangen sollen? Er ist ein Jammerlappen. Du dagegen ... du bist meine Schwester.«

Ihre Hände verschränkten sich ineinander und Lydia durchflutete ein leises Glücksgefühl. Egal, wie heftig sie und Nina bisweilen stritten, wie sehr sie sich streckenweise entfremdet hatten, in Krisenzeiten war das alte Schwesterngefühl sofort wieder da. Sie liebten einander ohne wenn und aber.

Eine knappe halbe Stunde später hatte Nina die Untersuchung hinter sich gebracht und sie konnten die Praxis endlich verlassen. Als sie die Tür hinter sich zuzogen, schwächelte Nina einen Augenblick und suchte bei Lydia Halt, die die knirschenden Stufen kurz darauf umso befreiter hinablief. Alles war gut gegangen, das war das Wichtigste, und irgendwann

– vielleicht nicht heute, vielleicht nicht morgen, aber sicher bald – würde sich auch wieder so etwas wie Normalität einstellen.

»Und jetzt ab zum nächsten Bäcker?«, fragte Lydia, kaum dass sie dem Löwenkopf ein letztes Mal übers Maul gestrichelt hatte, doch Nina blieb unversehens wie versteinert stehen und blickte auf die vierspurige Straße, als habe sie ein vorbeifahrendes Auto erkannt. Aber dann verzerrte sich ihre Miene und Tränen schossen ihr in die Augen.

»Nina?«

»Lass. Alles okay«, versuchte diese noch abzuwiegeln, während der Schmerz sie bereits wie eine Lawine zu überrollen schien.

Lydia war augenblicklich bei ihr, umhalste sie und streichelte ihre rundlichen Oberarme, die in einem viel zu engen T-Shirt steckten. »Schschscht … ist ja alles gut«, flüsterte sie ihr ins Ohr und wusste doch gleichzeitig, dass es eigentlich nichts gab, was Nina in diesem Moment trösten würde. Wie hatte sie bloß annehmen können, dass ihre Schwester den Eingriff tatsächlich so locker wegsteckte, wie sie ihr im Wartezimmer hatte weismachen wollen? Dass sie, von einer unangenehmen Last befreit, ohne mit der Wimper zu zucken zur Tagesordnung übergehen konnte? Und schlagartig wurde Lydia klar, dass dies vielleicht erst der Anfang einer ganzen Reihe schmerzhafter Nachwehen war.

Ihren Arm um Ninas Taille gelegt winkte sie ein Taxi herbei, und als nach ein paar erfolglosen Versuchen endlich eines hielt, führte sie ihre Schwester wie eine gebrechliche Frau zum Wagen.

»Lass uns ins Grüne fahren.«

»Nein, Nina, du solltest dich jetzt hinlegen. Du brauchst Ruhe.«

»Aber Mama ...« Ein Schluchzen ließ ihre Schultern erzittern.

»Vergiss Mummy! Sie wird dir schon keine Standpauke halten«, beruhigte Lydia ihre Zwillingsschwester, ohne selbst daran zu glauben. Sie kannte doch ihre Mutter. Verklemmt, verbittert, moralisch in nahezu jeder Lebenslage.

Der Taxifahrer kurbelte das Fenster runter und knurrte: »Wollen Sie nun mitfahren oder nicht? Wenn Sie nicht mitfahren wollen, dann machen Sie gefälligst die Tür zu!«

»Wir kommen ja schon!«, beeilte sich Lydia zu sagen und bugsierte ihre Schwester auf die Rückbank des Mercedes'.

»Wo soll's denn hingehen?«

»Tiergarten, Café am Neuen See«, ordnete Nina an.

»Nein, Zehlendorf!«, widersprach Lydia und unterstrich das Gesagte, indem sie gegen den Vordersitz hämmerte. Seit sie und Nina auf der Welt waren, hatte stets ihre wenige Minuten ältere Schwester die Zügel in der Hand gehabt. Es wurde Zeit, dass sich das änderte. Jetzt oder nie.

»Was denn nun?«

»Zehlendorf.« Bevor sich Nina erneut einmischen konnte, nannte Lydia rasch Straße und Hausnummer, dann fuhr der Taxifahrer los, nicht ohne noch einen besorgten Blick in den Rückspiegel zu werfen. »Aber nicht, dass Sie hier gleich reinkübeln. Ich kenn doch meine Pappenheimer. 80 Prozent besoffen.«

»Keine Sorge, hier ist niemand besoffen«, entgegnete Lydia schroff und lehnte sich in die Polster zurück.

Nina hatte sich tief in den Sitz gepresst, als würde sie dadurch unsichtbar, und weinte leise. Nachdem das Taxi bereits eine Weile durch die Stadt geruckelt war, verebbte ihr Schluchzen nach und nach. Sie hustete ein bisschen und fragte kurz darauf mit erstickter Stimme: »Hast du Mama was gesagt?«

»Nein. Sie weiß nur, dass wir verabredet waren.«

»Und sie hat dich nicht genervt und dir Löcher in den Bauch gefragt?« Nina trompetete in ihr Taschentuch, quetschte und drückte es danach, als sei es schuld an allem.

»Natürlich hat sie's versucht, du kennst sie doch. Aber ich hab sie nicht gelassen. Handys kann man ja zum Glück auch ausschalten.«

Nina richtete sich einen Moment auf, straffte sich und schmatzte einen Kuss in die Luft, was Lydia in der dumpfen Stimmung, in der sie sich befand, wie ein kleines Wunder erschien. Ihre Schwester war zwar noch lange nicht wieder ganz die Alte, doch vielleicht war sie schon ein kleines bisschen auf dem Weg dorthin. Jetzt schob sie ihre verschwitzte Hand über den Ledersitz und streichelte Lydias Fingerspitzen. »Lieb von dir, dass du dichtgehalten hast.«

»Würdest du doch für mich auch tun, oder?«

Nina drückte fester zu und sagte mit beschwörendem Unterton: »Wir dürfen ihnen nichts verraten, hörst du?«

»Wem?«

»Den Ladies zu Hause natürlich! Ganz besonders unserer hysterischen Mutter nicht.«

Lydias Kopf fuhr herum. »Nina, du spinnst!«

»Versprich mir, dass du ihr nichts sagst!«

»Aber das kann ich nicht versprechen!«

»Dann steige ich jetzt aus.«

»Nein, das wirst du nicht tun!«

»Hallo Sie!«, Nina trommelte gegen den Fahrersitz.

»Sei still, Nina!«

»Ja, da bitte ich auch drum«, schaltete sich der Taxifahrer mit mürrischer Miene ein. »Alle beide. Muss mich auf den Verkehr konzentrieren. Oder wollen Sie, dass ich einen Unfall baue? Müssen Sie nur sagen!«

Lydia warf ihrer Schwester einen mahnenden Blick zu, im nächsten Augenblick neigte sie sich zu ihr rüber und flüsterte in ihr nach Pfirsichshampoo duftendes Haar, die Idee, alles zu verschweigen, sei kompletter Irrsinn. »Spätestens in drei, vier Monaten«, wisperte sie, »merkt doch jeder, dass du gar nicht schwanger bist. Und dann? Wie wirst du das erklären?«

Nina zuckte mit den Schultern; ihr Blick war leer.

»Denk nur an deine Prüfungen in Rom! Die willst du doch wohl noch machen.«

»Keine Ahnung.«

»Nina! Natürlich fliegst du hin! Nur wird dich Mama vielleicht gar nicht nach Rom lassen, solange sie glaubt, dass du schwanger bist.«

Nina senkte das Kinn auf die Brust; vielleicht war es als Nicken gemeint, vielleicht auch bloß als Zeichen ihrer Unentschiedenheit.

»Bitte«, flehte Lydia. »Zieh die Sache durch! Versau dir nicht die Zukunft.« *So wie ich es fast getan hätte ...* Doch das fügte sie bloß in Gedanken hinzu.

Als Nina erneut zu weinen begann – diesmal klang es mehr wie ein ersticktes Seufzen –, ergänzte Lydia: »Hab keine Angst vor Mummy. Ich werde es ihr schonend beibringen.«

Dann blickte sie aus dem Fenster, weil sie plötzlich lächeln musste. Es war, als habe sie soeben den Kokon der kleinen Schwester abgestreift. Sie, die der zielstrebigen, begabten, toughen Nina immer bloß hinterhergestolpert war, trat, von leisen Trommelwirbeln begleitet, in ein neues Leben.

14.

Den letzten Schultag überstand Anna lediglich in dem Bewusstsein, dass nach den Sommerferien alles anders sein würde. Das Haus verkauft, Gnot abgereist, vielleicht hätte sie sogar schon eine Wohnung für sich und Lydi gefunden und ihre Kleine überredet, wieder an die Uni zu gehen, wo sie mit Sicherheit besser aufgehoben sein würde als im Haifischbecken der Filmbranche. Ach, und Nina. Langsam gewöhnte sich Anna an den Gedanken, in jungen Jahren Großmutter zu werden. Warum auch nicht? Wieder einmal so ein kleines Etwas im Arm halten, es wickeln, füttern, herzen ... Vorausgesetzt, ihre Mädchen tauchten überhaupt wieder aus der Versenkung auf.

Im Lehrerzimmer wartete Britta auf sie und überfiel sie sogleich mit der Frage, ob sie irgendetwas für sie tun könne. Erst in der großen Pause hatte Anna die Freundin eingeweiht, einfach, weil der Kummer zu sehr auf ihrer Seele lastete. Aber inzwischen bereute sie es schon wieder und wiegelte ab: »Ich komme schon zurecht, danke.«

»Und was ist mit unserem Eis?«, fragte Britta scheu an.

Seit etlichen Jahren war es Tradition, dass sie und Anna am

letzten Schultag vor den großen Ferien in die Eisdiele nach nebenan gingen; manchmal gesellten sich auch ein paar Kolleginnen und Kolleginnen hinzu. Doch kaum stand die Frage im Raum, spürte Anna, wie ein bleischwerer Brocken in ihren Magen hinabsackte: »Lieber nicht. Vielleicht hat sich Nina inzwischen gemeldet.«

Britta verstand das und bot Anna zum wiederholten Male an, sie im August in Frankreich besuchen zu kommen. Zwar hatte sie immer noch keinen Mann an Land gezogen, dafür aber ein Haus in der Bretagne gemietet, das mehr als bloß zwei Schlafplätze bereithielt, die sie für sich und ihre alte Schulfreundin Gudrun benötigte.

Anna dankte und versprach, es sich zu überlegen. Vielleicht war die Idee, eine Auszeit von der Familie zu nehmen, gar nicht mal so dumm. Wenn alles glatt lief, würde Nina, schon mit kleinem Kugelbauch, ihre Prüfungen in Rom absolvieren. Um ihre Mutter machte sie sich ohnehin keine Sorgen – die amüsierte sich notfalls mit ihrem Sexspielzeug oder irgendeinem Luigi –, und Lydi, ja, die würde sie sich einfach schnappen, mit nach Frankreich nehmen, um sie dort mit herrlich duftenden Croissants und butterstrotzenden Galettes zu verwöhnen.

Zu Hause erwartete Anna eine Überraschung. Nicht etwa ein rosaangestrichenes Haus – Gnot mühte sich immer noch mit der Grundierung ab –, dafür der gekürzte Bob ihrer Mutter, der in einem pink-rosafarbenen Strähnchengewirr leuchtete, bei dem jeder Farbton dem anderen die Show zu stehlen schien. Mit Sicherheit die schrillste Frisur, die Zehlendorf je gesehen hatte. Anna nahm den Fuß vom Gas und wollte am liebsten lachen, doch es kam bloß ein kleiner, verunglückter Grunzer aus ihrem Mund. Wer war bloß diese Person, die an die Leiter gestützt dastand und Gnot in dieser Sekunde die Hand aufs Hinterteil legte?

Nein, das hatte sie gerade nicht getan ... Anna blickte kurz weg, bremste gleichzeitig sanft ab, aber als sie wieder hinsah, lag die Hand ihrer Mutter immer noch dort, wo sie sie eben geparkt hatte. Bisweilen konnte Anna selbst kaum glauben, dass die schrille Irene, die nun auch noch pinkfarbene Haare trug, sie zur Welt gebracht haben sollte. In ihren Phantasien machte sie sie dann zu einer Bewohnerin des Sonnensystems Alpha Centauri, die lediglich alle Jubeljahre zu Besuch kam, um ihre Familie ein wenig aufzumischen. Doch nein – diese Person *war* ihre Mutter und Gnot ließ es zu, dass sie ihn begrabschte. Um dem Spiel ein Ende zu machen, stieß Anna eilig die Wagentür auf und rief: »Haben sich die Mädchen gemeldet?«

Gnot und ihre Mutter fuhren gleichzeitig herum, einen Moment wackelte die Leiter bedrohlich.

»Nein!«, Irene strahlte wie eine weihnachtliche Lichterkette. Es war ihr noch nicht mal peinlich, in einer derart verfänglichen Situation überrascht worden zu sein. »Aber ich habe Emily erreicht.«

»Aha«, schnappte Anna zurück. »Und?«

Die Schultern ihrer Mutter hoben sich ein, zwei Zentimeter. »Das Mädchen hat auch seit Tagen nichts von ihr gehört.«

»Und da freust du dich so?«

»Nein, aber Nina kommt heute zurück. Das spüre ich. Glaub mir!«

Von den hellseherischen Fähigkeiten ihrer Mutter vollkommen unbeeindruckt berichtete Anna in aller Kürze von ihrem Telefonat mit Lydi.

»Aber dann ist doch alles geritzt!«, rief Irene und wies auf ihren Bob: »Na, wie gefalle ich dir? Sieht fabelhaft aus, oder?« Ihre Stimme überschlug sich fast. »Tomasz meint auch ...«

Doch Anna war es herzlich egal, was Tomasz meinte. Er ließ

sich von ihrer Mutter anfassen, das war mehr, als sie im Moment verkraften konnte. Also wandte sie sich ab und ging eiligen Schrittes ins Haus.

Ferien. Sie hatte tatsächlich Ferien. Nur war das dazugehörige Gefühl, das sich sonst zumeist schon beim Verlassen der Schule einstellte, von einer meterhohen Schicht aus Sorgen und Kümmernissen verschüttet.

Die Stunden bis zum Abendessen lagen wie eine endlose Masse Zeit vor ihr. Weil sie nicht wusste, was sie damit anfangen sollte, schmiss sie eine Ladung Wäsche an, trank in der Küche Kaffee, spähte hin und wieder aus Fenster und dachte abwechselnd über Nina nach und darüber, was die Hand ihrer Mutter auf Gnots Hinterteil zu suchen hatte. Irene würde es doch wohl nicht wagen ... Nicht in ihrem Alter! Andererseits bestand genau darin zugleich die Lösung des Problems. Selbst wenn sie sich erdreistete, Gnot würde ihre Avancen kaum erwidern. Kein Mann in seinem Alter konnte sich für eine Frau in den 60ern erwärmen, und mochte sie noch so hinreißend aussehen.

Es war bereits halb fünf, als die Haustür endlich aufgeschlossen wurde. Anna fuhr hoch und stürmte auf den Flur. »Wo um Himmels Willen warst du?«, überfiel sie Nina, ohne ihr auch nur Zeit zum Luftholen zu lassen. Ihre angestaute Wut und ihre Verzweiflung brachen sich Bahn: »Verdammt noch mal, was fällt dir eigentlich ein! Einfach so abzuhauen ... wie eine pubertierende Rotzgöre! Ich hab mich zu Tode gesorgt, aber das ist dir wohl völlig schnuppe. Mach das nie, nie wieder.«

»Mummy, lass sie«, gebot Lydia ihrer Mutter mit unerwarteter Strenge Einhalt, während Nina lässig aus ihren Ballerinas schlüpfte und sie entgegen ihrer Art akkurat an der Garderobe abstellte.

Anna war sich völlig im Klaren, dass sie gerade einen Kardinalfehler beging, und doch hatte sie das Computerprogramm, das ihr ein Wort nach dem anderen in den Mund gelegt hatte, nicht mehr stoppen können. Im nächsten Moment bekam sie jedoch schon die Quittung. Mit verhärteter Miene wandte sich Nina ab und schlurfte zum Treppenabsatz. Aber bevor sie nach oben ging, drehte sie sich noch einmal um und zeigte ihrer Mutter den Stinkefinger. Anna war zu fassungslos, um reagieren zu können. Einem Stinkefinger gab es nichts mehr hinzuzufügen.

Nach einem schier endlosen Moment, in dem völlige Stille herrschte, trat Irene aus dem Sichtschutz der bloß angelehnten Wohnzimmertür: »Ich seh mal nach ihr.« Schon folgte sie ihrer Enkelin mit weit ausholenden Schritten.

In einem Anflug von Zwanghaftigkeit korrigierte Anna die Position der Ballerinas, verschob dabei auch ihre eigenen Schuhe sowie Gnots geflochtene Sommerschuhe. Dann fragte sie Lydia, die immer noch wie falsch geparkt auf der Abtrittmatte herumstand: »Weißt du, was das soll? Warum ist sie so eklig zu mir? Hab ich nicht vielleicht ein Recht darauf zu erfahren ...«

Lydia nahm sie am Arm. »Vielleicht trinkst du am besten erst mal einen Schnaps.«

»Einen Schnaps? Wieso denn einen Schnaps?«

»Mummy ...« Wohl um ihrer Mutter nicht in die Augen sehen zu müssen, schabte sie mit dem Fuß ein wenig Sand von ihren Turnschuhen. »Wir kommen gerade vom Frauenarzt.«

»Es ist doch hoffentlich alles in Ordnung?«, forschte Anna nach. Zugleich begann ihr Herz wie ein Vogeljunges mit den Flügeln zu flattern, und als Lydia mit einem klaren *Nein* antwortete, geriet es für einen Moment aus dem Takt.

Lydia sah jetzt hoch und selbst im Schummerlicht des Flures konnte Anna erkennen, dass ihre Pupillen nervös hin- und herflitzten. Mit belegter Stimme erklärte sie: »Nina ... also, sie ist nicht mehr schwanger. Sie hat es wegmachen lassen.«

Ein paar Sekunden lang stand die Zeit still. Anna schluckte. Rang nach Atem. Dann murmelte sie mit an die Decke geheftetem Blick, wobei die Luft auf einmal zu knistern schien: »Danke, dass du's mir gesagt hast, Lydi.« Sie strich ihrem kleinen Mädchen über den Kopf, machte auf dem Absatz kehrt und suchte in der Küche Zuflucht. Schokolade. Hoffentlich war noch welche im Haus. Zittrig zog sie Schublade um Schublade auf und fand das ersehnte Naschwerk am Ende im Regal zwischen Olivenöl und weißem Balsamico. Sie riss die Tafel auf und vertilgte gleich zwei Riegel am Stück. Selbst wenn sie es sogar schon geahnt hatte – die Nachricht hatte dann doch etwas in ihr zum Bersten gebracht, das nicht mal mit süßer, weicher Kakaomasse zu kitten war.

Einige Minuten später nahm sie den Kampf mit der Treppe auf, die heute mehr Stufen als üblich zu haben schien. Im ersten Stock blieb sie kurz vor Ninas Zimmer stehen, aus dem die gedämpfte Stimme ihrer Mutter drang. *Geh rein!*, flüsterte ihr etwas in ihrem Innern zu, doch sie lief weiter, nahm die Treppe ins Dachgeschoss und fiel wie leblos auf ihr Bett. Sie konnte nicht einmal weinen, so überwältigend war der Schmerz.

Es musste einige Zeit verstrichen sein, als Anna ein Schaben an der Tür vernahm. Sie sah hoch, im nächsten Moment stand Gnot im Zimmer.

»Tomasz«, sagte Anna leise und fühlte die Tränen aufsteigen. Diszipliniert wie eh und je befahl sie sich, Haltung zu wahren und nicht zu weinen, nicht vor ihm, doch es war längst zu spät. Gnot kam näher – er war wie so häufig barfuß –, setzte sich zu ihr auf die Bettkante und reichte ihr ein Taschentuch. Eine Weile hockte er einfach so da und ließ seinen Fuß mit den hübschen Zehen kreisen, dann griff er nach Annas Handgelenk und massierte es mit sanftem Druck.

»Brauchst du Hilfe?«, fragte er.

»Nein, ich denke nicht.«

»Warum nicht?«

»Weil … du weißt ja nicht mal, was los ist. Und, glaub mir, es auch besser so.«

Eine kleine Pause entstand, dann vermeldete Gnot halb singend, halb bärbeißig: »Ich weiß bisschen mehr als du denkst.«

»Nein, Tomasz.« Sie wollte ihm ihre Hand entziehen, aber er erlaubte es nicht, ließ stattdessen seine Fingerspitzen ihren Arm hinauf- und hinabgleiten.

»Nina brauche dich jetzt. Wieso du nicht laufen zu Nina?«

Anna sah ihn forschend an. Wusste er tatsächlich Bescheid? Nur woher? Hatte er eben gelauscht? Doch eigentlich war es auch egal. So oder so hatte er recht. Wie konnte sie bloß daliegen und so tun, als sei *sie* diejenige, die ein Problem habe. Nicht sie war im Moment die Hauptperson, sondern ihre Tochter, der es ganz sicher hundsmiserabel ging.

»Also gut, Tomasz.« Anna richtete sich auf, schwang ihre Beine über die Bettkante und tastete den Boden mit den Zehen ab, als müsse sie erst den nötigen Halt finden.

»Ty jesteś piękną kobietą, Anna.«

Was sollte das? Er wusste doch, dass sie kein Polnisch verstand. Vielleicht weil er ihren entrüsteten Blick bemerkt hatte, fuhr er sogleich auf Deutsch fort: »Ich will dir was sagen.«

»Ja. Nur zu.«

»Anna!« Es klang so weich, als habe ihr Name die doppelte Anzahl an »n«s. »Mit dir war es schön. Sehr schön.«

Bei all dem Kummer der letzten Zeit tat es einfach gut, das zu hören. Sie nickte. Schön war es tatsächlich gewesen, und als Gnot sie jetzt in seine Arme schloss und liebevoll, fast wie ein guter Freund küsste, fühlte es sich bereits wie der Anfang vom Ende an.

★

Ihre kleine Große lag angezogen auf der 2x2-Meter-Matratze, einen Teller mit belegten Broten auf ihrem Bauch, und kaute hohlwangig. Irene hatte es sich am Fußende bequem gemacht und zupfte am Spannbettlaken herum, das ein paar Falten aufgeworfen hatte.

»Liebchen, setz dich zu uns! Ich glaube, Nina will dir etwas erklären.«

Anna trat ein, bemüht, die Geruchsmischung aus Leberwurst und süßlichem Parfum zu ignorieren.

»Mama, machst du bitte mal das Fenster auf?«, bat Nina mit heiserer Stimme. »Ich wollte es ja nicht so sagen ... aber hier riecht's echt komisch.« Die türkisfarbene Gardine flutete wie eine Welle zurück, als Anna sie mit einem Ruck aufzog, dann öffnete sie das Fenster sperrangelweit und fächelte sich Luft zu. Eine laue Brise trug den Duft von frisch gemähtem Gras herein.

»Wieso komisch?«, hakte Irene nach. »Falls du mein neues Parfum meinst, es riecht doch ausgesprochen ... prächtig. Farbenprächtig, oder? Ein bisschen wie die Südseebilder Gauguins.« Sie schnupperte an ihrem Handgelenk und schien von dem Duft kaum genug kriegen zu können.

»Mutter, würdest du uns bitte einen Moment allein lassen?«

»Ich?«, entgegnete sie, als befände sich eine stattliche Anzahl weiterer Mütter im Raum.

»Ja, du hast schon richtig verstanden.«

Irene hob die Augenbrauen, Unverständnis im Gesicht, doch sofort schwenkte sie auf Schmusekurs und erklärte: »Ja, natürlich. Ihr Zwei wollt mal unter euch sein. Verstehe ich doch.« Sie hievte sich hoch und war schon im nächsten Moment an der Tür. Wohl von einem letzten Funken Neugier getrieben, bot sie an, etwas zu trinken zu holen, aber Anna bedeutete ihr mit knappem Kopfschütteln, dass dies hier eine Sache zwischen ihr und ihrer Tochter wäre.

»Wie geht es dir, Nina?«, erkundigte sie sich, als sich die Schritte ihrer Mutter endlich entfernten.

»Ganz gut soweit.«

»Prima.« Anna plupste wie ein Stein auf die Matratze, rutschte jedoch gleich ein Stück zur Seite, um nicht auf der Po-warmen Stelle ihrer Mutter sitzen zu müssen.

»Mama …«

»Du musst nichts sagen. Deine Schwester hat es mir schon erzählt.« Anna versuchte ruhig und entspannt zu klingen.

»Ach so«, wimmerte Nina und vergrub ihre Nase im Kopfkissen, gegen das sie inzwischen den Schnittchenteller ausgetauscht hatte.

»Liebes, hast du Schmerzen?«

»Nein, nein.«

»Aber es geht dir auch nicht richtig gut, oder?« Anna hatte die Frage mit Bedacht formuliert, doch Nina brauste sogleich auf:

»Herrje, wie kann es einem nach so was … richtig gut gehen? Hm? Verrat mir das mal! Außerdem wette ich, dass gleich noch die Vorwurfsarie kommt. Wie konntest du nur … Einfach im Alleingang … Hast du bloß mal einen Moment an deine arme, alte, enkellose Mutter gedacht?«

»Ich bin nicht alt. Und auch nicht arm. Und Enkel kann ich noch später kriegen.« Obwohl die Situation kein bisschen komisch war, musste Anna lachen.

Ihre Tochter stützte sich auf den Unterarmen ab und sah sie verblüfft an: »Keine Vorwürfe?«

»Nein, keine Vorwürfe. Es ist *dein* Leben. Und ich muss mich damit abfinden, dass ich darin bloß noch als Statistin vorkomme.«

»Das ist doch Unsinn, Mama.«

»Aber ich bin eben nicht mehr die Hauptperson ... so wie früher.«

Ninas kleine Hand mit den abgekauten Nägeln kam angekrabbelt und streichelte ihre Finger. Es war bizarr. Diejenige, die eigentlich Trost gebraucht hätte, tröstete die, die bloß am Rande die Leidtragende war. Wenn überhaupt. Bisher hatte Anna nicht mal ausreichend Zeit gehabt, sich auszumalen, ob sie der Rolle der Großmutter überhaupt in allen Facetten gewachsen war. Vielleicht hatte es ihr lediglich ihre Moral verboten, einen Schwangerschaftsabbruch in Erwägung zu ziehen.

Das Kindliche, Rundliche von Ninas Gesicht ließ Anna innerlich zerfließen, und mit den Emotionen, die überzuschwappen drohten, stiegen nun auch wieder die Tränen hoch.

»Nicht, Mama«, sagte Nina noch, doch zu spät.

Anna schluchzte bereits leise und sah bloß durch einen Nebel aus Tränen, dass nun auch Ninas Kinn zu beben begann. Ihr armes kleines Mädchen! Was hatte sie in den letzten Stunden nur durchmachen müssen! Ihre Arme wie Flügel ausbreitend rutschte Anna ein Stückchen nach vorne, dann spürte sie den Körper ihrer Tochter, der sich warm und weich an sie schmiegte. Wann hatten sie zuletzt so dagesessen? Sie konnte sich nicht erinnern.

Sehr viel später – eine erste Mücke surrte im Dämmerlicht des Abends herein – wagte Anna die Frage, warum Nina sie eigentlich nicht eingeweiht hätte. »Hältst du mich für so reaktionär?«

»Ein bisschen schon«, gestand ihre Tochter, und den Blick

auf das zerknüllte Taschentuch in ihrer Hand geheftet fügte sie hinzu: »Bei uns hat es ja leider schon Tradition, sich in wichtigen Dingen bis zum St. Nimmerleinstag auszuschweigen.«

»Wie meinst du das?«

»Ich weiß nicht …, aber du und Omama, ihr seid doch das beste Beispiel.«

»Wofür?«

»Für … Ach, keine Ahnung. Schwer zu erklären.« Ninas Hand flog in die Luft und das Taschentuch landete knapp neben dem Papierkorb auf dem Boden.

»Dann versuch's mal! Bitte!«

Nina setzte sich in eine aufrechte Position und sagte: »Denk nur mal an unseren Vater. Oder … an Tomasz.«

»Tomasz? Was ist mit Tomasz?«, hakte Anna, nichts Gutes ahnend, nach. Eigentlich wollte sie nicht über ihn reden, über den Vater ihrer Kinder jedoch noch weniger.

»Das ging doch schon gleich am Anfang los, du weißt doch, was ich meine?«

»Was?«

»Na, diese Flirterei. Du, Omama und Lydi.«

Anna lachte nervös auf. »Was redest du da? Das ist doch lächerlich!«

»Wieso? Dir fällt schon kein Zacken aus der Krone, wenn du zugibst, dass du ihn klasse findest.«

»Sei nicht albern, Nina … Ich bin keine 20 mehr.«

»Ja und?« Sie lächelte milde. »Erst fand ich die Vorstellung ja ein bisschen pervers, aber inzwischen … Es sei dir doch vergönnt nach so vielen Jahren Flaute im Liebesleben.«

»Nina-Schatz«, herrschte Anna ihre Tochter nun eine Spur zu grob an und rappelte sich von der Matratze hoch, »ich glaube, in deinem Kopf ist ein bisschen was durcheinandergeraten. Sonst würdest du kaum so einen Unsinn daherreden.«

»Wie du meinst.« Nina zwickte sie versöhnlich in die Wade. »Holst du uns was zu trinken? Vielleicht Wein? Oh ja, ich hätte jetzt richtig Lust auf ein Glas Wein!«

Mit dem befremdlichen Gefühl, von der eigenen Tochter ertappt worden zu sein und das noch nicht einmal zugeben zu können, ging Anna in die Küche runter, wo Tomasz, Lydia und ihre Mutter beim Abendbrot saßen.

»Liebchen, wir haben euch nicht gerufen, weil wir dachten ...«

»Schon in Ordnung.« Anna nahm zwei kleine Saftgläser und füllte sie zur Hälfte mit Rotwein.

»Alles klar bei euch?«

»Ja. Bei euch auch?«

Irene fuhr sich durch ihr pinkfarbenes Haar, das Anna immer noch wie Weihnachtsschmuck blendete, dann sagte sie: »Wir sollten Tomasz schon mal einen Teil seines Lohns ausbezahlen, was meinst du? Nicht dass der Bankomat kurz vor seiner Abreise noch streikt, weil er nicht so viel Kröten auf einmal ausspucken will.« Sie lachte.

»Ja, mach nur«, erwiderte Anna teilnahmslos. Die Renovierung und die entsprechende Regelung der Finanzen fielen nach wie vor in das Ressort ihrer Mutter, warum holte sie da überhaupt Annas Meinung ein? Sie würde sie doch sicher auch nicht um Erlaubnis bitten, falls sie durch das Pogetätschele auf den Geschmack gekommen war und nun vorhatte, sich dem Handwerker ausführlicher zu widmen.

Anna saß den ganzen Abend am Bett ihrer Tochter. Es war das erste Mal seit langem, dass sie wirklich miteinander redeten, dass sie sich Dinge sagten, die bisher im Alltag in der eigenen Ichbezogenheit, in was auch immer, untergegangen waren. Nina schilderte ihre Liebesgeschichte mit Tommaso, dem Jungen aus Rom, in schwärmerischen Worten. Sie ließ aber auch nicht das bittere Ende aus, das überhaupt erst dazu geführt hatte, dass sie mit Noel ins Bett gestiegen war.

Anna machte ihr keine Vorhaltungen. Warum auch, es geschahen nun mal Dinge, die besser nicht geschehen sollten. Vielleicht gehörte ihre Affäre mit Tomasz auch dazu – vielleicht auch nicht. Immerhin hatte er sie aus ihrem schon viel zu lange andauernden sexuellen Winterschlaf geholt.

Es war bereits recht spät – Irene und Tomasz hatten sich zu einer kleinen Runde um den Block mit anschließendem Besuch beim Geldautomaten verabschiedet –, als Lydia plötzlich im Zimmer stand.

»Störe ich?«

»Natürlich nicht.« Anna winkte sie zu sich. »Setz dich.«

Lydia hockte sich neben die Matratze auf den Boden, umschlang ihre Knie mit den Armen, dann murmelte sie: »Mummy, ich muss dir was sagen.«

»Dann könnt ihr auf meine Anwesenheit verzichten? Ich geh mal schnell aufs Klo.«

Nina erhob sich vorsichtig von ihrem Matratzenlager, blieb einen Augenblick stehen, als müsse sie prüfen, ob ihre Beine sie auch wirklich trugen, und tapste aus dem Zimmer.

Kaum klappte die Badtür zu, stieß Lydia hervor: »Aber bitte reg dich nicht auf, ja? Versprichst du's mir?«

Anna wurde flau im Magen. Nicht dass sie ihr gleich beichten würde, Gnot habe sie geschwängert. Das wäre nach allem, was geschehen war, der Supergau. »Geht es etwa um ... Männer?«

Lydia lachte hell auf. »Falls du diese behaarten Wesen meinst, nein, die sind mir im Moment ziemlich schnuppe. Und auch ein bisschen zuwider.«

Was für ein Glück, dachte Anna nur und fragte: »Also – was ist los?«

»Es geht um meinen Job. Besser gesagt um meine Zukunft.«
»Ja?«
»Also gut«, sie holte tief Luft, zog ihr himbeerrotes Hängerkleidchen bis über ihre Chucks und verkündete: »Ich geh nicht mehr zu *Working Class* zurück.«
»Aber das weiß ich doch, Liebes. Ich dachte mir, du könntest vielleicht …«
»Was? Zurück an die Uni?«
»Ja! Zum Beispiel.«
»Nein, Mummy. Keine Uni.«
»Nein?«
»Nein, nein und nochmals nein!« Mit abgewandtem Blick knetete Lydia ihre Finger, bis die Kuppen violettrot anliefen.
»Was willst du stattdessen tun?«
»Vielleicht bin ich ja schon zu alt und niemand möchte mich mehr haben, aber …« Lydia sah ihr direkt ins Gesicht. »Also, am liebsten würde ich eine Lehre machen.«
Eine Welle der Enttäuschung brach sich in Annas Magen, doch sie zwang sich zu einem Lächeln und schluckte jeden besserwisserischen Kommentar hinunter. Wie konnte sie annehmen, dass sie am besten wüsste, was für ihre Tochter das Richtige war. Nur allzu gut erinnerte sie sich an Irenes entsetzten Gesichtsausdruck, als sie kurz vor dem Abitur ihren Berufswunsch geäußert hatte. *Lehrerin?* Aus dem Mund ihrer Mutter hatte es wie *Hure* geklungen.
»Was? Du willst dich allen Ernstes knechten und ausbeuten lassen?« Nina war unbemerkt zurückgekehrt.
»Interessant. Wo wird man denn nicht geknechtet und ausgebeutet?«, konterte Lydia lässig. »Erzähl mal.«
Nina kroch unter die Decke zurück, grinste breit. »Und? Was willst du machen? Rohraufschrauberin? Kfz-Mechanikerin? Kranführerin?«

»Sehr witzig.« Lydia schmollte ein Weilchen, dann erklärte sie, die Stirn in grüblerische Falten gelegt: »Hotelfach würde mich reizen. Mummy, wie fändest du das?« Ihre Hände zeichneten Kreise in die Luft. »So ein altes charmantes Hotel … weißt du … wie das damals in Bellagio … direkt am See … das wäre doch nicht übel.«

»In der Tat«, bestätigte Anna und fühlte sich wie in einer Zeitmaschine um zwanzig Jahre in die Vergangenheit zurückkatapultiert. In Bellagio war sie damals mit Mark gewesen, irgendwann im Frühherbst. Sie hatten auf der Hotelterrasse bei einem Aperitif gesessen und zugesehen, wie die Nachmittagssonne das bunte Laub zum Leuchten brachte und wie sich kleine goldene Wellen auf dem See kräuselten, bis die ganze Wasseroberfläche wie mit Blattgold bedeckt aussah. In diesen Ferien war Anna auch schwanger geworden, als sie sich in einem weichen, durchgelegenen Bett bei weit geöffneter Balkontür liebten. Jahre später, Mark hatte sich längst aus ihrem Leben verabschiedet, war sie mit den Mädchen ein zweites Mal dorthin gereist, weil der Ort so bezaubernd war. Und doch hatte er überraschenderweise all seinen Charme eingebüßt. Wofür jedoch weder Bellagio noch das Hotel etwas konnten; daran waren ganz allein die Geschehnisse der vorausgegangenen Jahre Schuld gewesen.

Lydia meldete sich zu Wort. »Mummy? Hörst du überhaupt zu?«

»Ja doch, Lydi.«

»Du findest die Idee bescheuert, stimmt's?«

»Nein.« Sie atmete geräuschlos ein und pfeifend wieder aus. »Mir ist nur gerade etwas eingefallen.«

»Was?«, fragte Nina und stellte ihre Zehen an der Wand ab, wenige Zentimeter unter Romy Schneiders Konterfei.

»Wo wir schon mal dabei sind …«

»Wobei?« Die Zehen bewegten sich langsam auf Romys Kinn zu.

»Es gibt da etwas, das ihr vielleicht wissen solltet«, fuhr Anna unbeirrt fort und fürchtete sich gleichzeitig vor dem Moment, in dem die Beichte ihr über die Lippen käme, dass ihre Stimme zitterte.

»Oh, bitte, Mummy, keine Moralpredigten und Lebensweisheiten! Dafür bin ich heute echt nicht mehr in Stimmung!« Lydia verzog das Gesicht zu einer wilden Grimasse; bloß Nina verharrte in der Bewegung und musterte sie neugierig.

»Tut mir Leid, Lydi, es muss jetzt sein.«

»Wahrscheinlich will sie uns sagen, dass sie in Tomasz verknallt ist«, kicherte Nina, »aber das ist ja eh nichts Neues.«

Lydia riss ihre Augen auf. »Stimmt das, Mummy?«

»Nein, das stimmt nicht«, entgegnete Anna sachlich. »Es geht um euren Vater.«

»Was soll das, Mama?«, stöhnte nun auch Nina auf. »Nur weil ich eben gemeint habe … Eigentlich will ich von dem alten Sack gar nichts wissen, wirklich nicht. Du, Lydi?«

Lydia zuckte bloß knapp und akkurat, wie es ihre Art war, mit den mageren Schultern.

»Du hast Recht, Nina, er ist ein alter Sack, aber …« Anna stand auf, ging schleppenden Schrittes zum Fenster rüber und sog die sich langsam abkühlende Luft ein. Dann drehte sie sich um und sagte: »Ihr wisst nicht viel von ihm, das ist richtig. Wahrscheinlich, weil ich nie große Lust hatte, über ihn zu reden.«

»War er nun ein Arschloch, oder nicht?«, forschte Nina verunsichert nach.

»Idiot. Einigen wir uns auf Idiot.«

»Und was bitteschön ist der Unterschied zwischen Arschloch und Idiot?«, wollte Lydia wissen.

»Wenn ich das bloß sagen könnte.« Anna schloss das Fenster, um Zeit zu schinden. Doch da die Mädchen sie so fiebrig, so voll unbehaglicher Spannung ansahen, redete sie schleppend weiter: »Also was Mark betrifft ... Er hat sexuell vollkommen anders getickt als ich. Gut, so was soll vorkommen. Das Schlimme daran war bloß, dass er meine Wünsche in keiner Weise respektiert hat.«

»Aha«, machte Nina und ließ die zweite Silbe mit einem Fragezeichen ausklingen. Lydia starrte indes bloß geistesabwesend auf ihre rosigen Marzipankartoffelnzehen. Die Mädchen verstanden nicht. Wie auch? Sie selbst hatte es ja auch nie wirklich begriffen.

»Lange Rede, kurzer Sinn«, fuhr Anna fort. »Es ging nicht mit uns. Weil wir wie von zwei verschiedenen Planeten waren. Nur war ich damals einfach zu jung, zu unbedarft, um das zu durchschauen und rechtzeitig die Konsequenzen daraus zu ziehen.«

»Ist das alles?«, erkundigte sich Lydia.

»Nein ... Es gibt da noch etwas.« Anna kratzte ein totes Insekt von der Fensterbank und barg es in der hohlen Hand. »Es war kurz vor Weihnachten ... Mark und ich hatten uns wieder mal ganz fürchterlich gestritten. Wegen der Weihnachtsgeschenke. Er wollte Barbies für euch kaufen, ich war strikt dagegen. Eigentlich kein Grund, sich dermaßen in die Haare zu kriegen, aber – nun gut, es war eben, wie es war. Wir kamen aus dem Spielzeuggeschäft – ihr wart mit eurer Großmutter auf dem Weihnachtsmarkt –, und er wollte noch rasch in so einen bestimmten Laden für ... also für Sexspielzeug.«

»Pornoshop?«, hakte Lydia angeekelt nach.

»Ja, so was in der Art.«

»Um was zu kaufen?«, schaltete sich Nina ein.

Der Lärm aufjaulender E-Gitarren drang aus dem Nachbargarten zu ihnen rüber.

»Spielt das denn eine Rolle?«, schnappte Anna zurück.

Nina hob beschwichtigend die Hände. »Und weiter?«

»Jedenfalls ... Das, was er besorgt hat und mir dreisterweise als Weihnachtsgeschenk überreichen wollte, war so abgeschmackt, so demütigend, dass ich ...« In Annas Kopf setzte sich ein Karussell in Gang, erst langsam, dann immer schneller. »Ich konnte seine Visage einfach nicht länger ertragen.«

»Und?«, fragte Nina.

Annas Schwindel verflog allmählich wieder, in der nächsten Sekunde sagte sie gefasst: »Das war das Ende unserer Beziehung. Ich habe ihn verlassen. Noch am selben Tag.«

Die E-Gitarre verstummte, bloß noch das Rauschen der Blätter draußen im Garten war zu hören. Es klang so friedlich, als wäre das Leben ein ruhiger, gleichmäßig dahinfließender Strom ohne Wellengang und Strudel.

Nina war die Erste, die sich wieder fasste und nachhakte: »Du ihn? Nicht er dich?«

Anna nickte schwerfällig.

»Aber ... warum hast du uns all die Jahre angeschwindelt?«

»Weil ...« Anna suchte nach Worten, fand zunächst keine in dem Gedankenwirrwarr ihres Kopfes. Erst als Nina sie in die Seite zwickte, presste sie angestrengt hervor: »Vielleicht um besser vor euch dazustehen? Ich weiß es nicht.«

»Seht ihr!«, rief Lydia aus. »Deswegen verzichte ich doch besser gleich darauf mich zu verlieben! Ist doch Mist, seine Gefühle zu verschwenden und dann so was!« In ihrem Gesicht breiteten sich rote Flecken aus. »Die eine lügt sich ein Leben lang selbst in die Tasche, die andere muss sich ausschaben ...«

»Sei still«, fuhr Nina ihrer Zwillingsschwester über den Mund.

»Ist doch wahr! Das ist grauenhaft! Nichts, was man selbst erleben möchte!«

»Wahr ist aber auch, dass du manchmal gar nicht richtig lebst!«, giftete Nina zurück. »Weil du ständig Angst hast, dass irgendetwas deine kleine heile Lydi-Welt durcheinanderbringen könnte. Stimmt doch, oder? Also lebt man besser auf Sparflamme vor sich hin. Tut auch nicht so weh.« Ihre Finger krallten sich in die Überdecke, dann wandte sie sich ihrer Mutter zu und fragte übergangslos: »Seitdem hattet ihr nie wieder Kontakt?«

»Nein.« Anna machte eine vage Geste. »Soweit ich weiß, hat er sich ziemlich schnell mit dieser Amerikanerin getröstet.«

Während Lydia mit weit aufgerissenen Augen dasaß, hatte sich Nina schnell wieder gefasst und merkte bloß lapidar an: »Wenn ich es recht bedenke, hat das Sackgesicht es wohl nicht besser verdient als verlassen zu werden.« Sie streckte sich auf der Matratze aus. »Könnt ihr mich jetzt bitte allein lassen? Der Tag war echt hart.«

»Natürlich, Liebes. Komm, Lydi …«

Sie zerwuschelte Ninas wilden Blondschopf, wie sie es früher häufig getan hatte, als die Kinder noch klein waren. Dann stupste sie die immer noch wie versteinert dasitzende Lydia an und schob sie bereits im nächsten Moment aus dem Zimmer. Erleichtert, die Wahrheit endlich über die Lippen gebracht und sich damit von der immensen Last ihrer Vergangenheit befreit zu haben, lauschte Anna nach unten: Kein Geräusch war zu hören. Gnot und ihre Mutter schienen immer noch unterwegs zu sein.

»Mummy, ich bin froh, dass du's uns gesagt hast.« Lydia lächelte und sah einen Moment lang aus wie früher als kleines Mädchen. Nach Marks Weggang, lange bevor die Zwillinge in die Pubertät kamen, hatte Anna die wohl schönste Zeit mit ihren Töchtern verlebt. Alles war damals – so erschien es ihr zumindest im Nachhinein – heiter und sorglos gewesen. Die

Schule hatte ihr überwiegend Spaß gemacht, Irene war zu oft in fernen Ländern unterwegs gewesen, um ihr auf die Nerven zu gehen, und mit den Mädchen hatte es bis auf ein paar läppische Alltagsstreitereien kaum Probleme gegeben. In einer jähen Aufwallung von Zärtlichkeit nahm Anna Lydia in den Arm. Sie erwartete schon, dass sie sich sträuben oder gar gleich wieder entziehen würde, doch ganz im Gegenteil, sie schmiegte sich bloß noch enger an sie.

»Wäre es dir lieber gewesen, du hättest früher davon gewusst?«, forschte Anna nach.

Lydias Schultern zuckten im Stakkato. »Keine Ahnung. Aber wenn du das Geheimnis mit ins Grab genommen hättest ... das wäre schon schlimm gewesen.« Sie machte sich sanft wieder los und zupfte ihr Hängerchen zurecht. »Tut mir übrigens leid, dass ich eben so ... so aufgebraust bin.«

»Ach was.« Anna wischte weißlichen Baustaub vom Geländer und pustete ihn vom Finger. »Ich hoffe nur, du hast es nicht ernst gemeint.«

»Was?«

»Dass man sich besser erst gar nicht verliebt.«

Lydia scharrte mit dem Fuß; eine Antwort blieb sie ihr schuldig. Einen Atemzug lang befürchtete Anna, dass ihre Kleine mal wie sie werden könnte. Einsam und allein und mit der großartigen Gabe ausgestattet, sich den Zustand auch noch über Jahre schön reden zu können.

»Und Tomasz?«, fragte Anna vorsichtig.

»Was soll mit Tomasz sein?«

»Kann es sein, dass du in ihn verliebt bist?«

»Hör mal, du hast ja wohl einen Knall«, brauste Lydia auf. »Ich in Tomasz verliebt! Was für ein Blödsinn! Tomasz ist ein grauhaariger Mann, der ...«

»Der was?«

»Na, hör mal! Findest du vielleicht, er passt zu mir? Er ist viel zu alt, zu ungebildet, zu ... zu ... gefräßig!«

»Ja, gefräßig«, bestätigte Anna mit einem schmerzlichen Lächeln und versuchte ihre Erleichterung zu kaschieren, indem sie Lydias schmalen Körper ein zweites Mal an sich drückte und ihre Nase in ihr Haar steckte. Es duftete nicht mehr nach der kleinen Lydi von früher, der Geruch von Gel und Haarspray hatte alles überlagert. Auch wenn es schwer zu akzeptieren war, Dinge änderten sich. Töchter auch.

★

Trotz der Kügelchen, die sie von ihrem Homöopathen bekommen hatte und die auch bereits Wirkung zeigten, mühte sich Irene ab, Tomasz zu folgen. Er marschierte die Straße entlang, beständig den Abstand von einem halben Meter wahrend. Entweder hatte er nach zehn Stunden Arbeit immer noch zuviel Energie oder er wollte trotz der Dunkelheit seinen sexy gerundeten Po in Szene setzen. Auf Höhe der kleinen Eckkneipe bremste er plötzlich ab und legte seinen Kopf in den Nacken.

»Das Mond is heute sehr schön!«, rief er aus.

»Ja. Vollmond.«

»Ich liebe Vollmond!«

»Oh ja, ich auch.« Manchmal ließ Irene sich auf schlichte Unterhaltungen wie diese ein. Tomasz war nun mal kein Intellektueller. Er war ein Handwerker, der gut vögelte und nach Annas Aussage Wagner im Gepäck hatte, was schon sehr viel war. »Meinen ersten Freund«, fuhr sie fort, mit Genuss die Überlegene herauskehrend, »habe ich bei Vollmond geküsst.«

»Wie alt bist du fruhar?«

»Ich weiß nicht genau. Sechzehn? Siebzehn?« Oh nein, es

stimmte nicht, sie war zwölf gewesen, unbedarft, mit zart knospenden Brüsten und bereits sehr an Sex interessiert.

Tomasz lachte heiser und nahm sein Power-Walking-Tempo wieder auf, ohne sich weiter um Irenes körperliche Verfassung zu scheren. Legte ihr Liebhaber auf den letzten Metern gar ungehobelte Züge an den Tag?

Sie ließen den Nachbarn Pasulke und seinen altersschwachen Schäferhund passieren, dann fasste Irene Mut und sagte eine Spur unterkühlt: »Tomasz, ich möchte etwas mit dir besprechen.«

»Über Nina?«

»Nein, es geht um Lydia.«

»Ich glaube, Nina heute schlimme Sache erlebt.«

»Tomasz, bitte. Du weißt nichts von Nina, gar nichts. Und was ihr kleines Problem betrifft – das geht dich auch nichts an.«

»Dobrze, dobrze.« Er fummelte eine Weile an der Brusttasche seiner Jacke herum, beförderte schließlich eine Zigarette zu Tage und zündete sie an.

»Du rauchst?«, fragte Irene erstaunt. Seit seiner Ankunft hatte sie ihn nie mit einer Zigarette gesehen.

»Nein.«

»Nein?«

»Aber nicht so lange, ich wieder fahre nach Hause.«

Möglich, dass Tomasz' Worte auf irgendeine Weise logisch waren, Irene blieb ihr Sinn jedoch verborgen. Sie konnte nur mutmaßen, dass er verschiedene Leben führte und je nach Daseinsform andere Gewohnheiten pflegte. Jetzt war er eben schon mit einem Bein in Polen; vielleicht rauchte er dort Kette.

»Wann fährst du?«

»Wenn das Haus ist rosa.«

»Ja, ich weiß, aber *wann* ist das Haus rosa?«

»Ich denke, das brauche ich viera, maximal fünf Tage.«

Irene hatte eigentlich nicht vorgehabt, wie ein gefühlsduseliger Teenager in ihren Jackenkragen zu seufzen, aber ein bisschen Trauer über den bevorstehenden Abschied durfte ja wohl erlaubt sein. Noch am späten Vormittag hatte sie Tomasz im Badezimmer masturbiert; er stehend mit eingeknickten Knien, sie in vollendeter Eleganz auf den Badewannenrand drapiert, das Kinn wie üblich in die Luft gereckt. Es war ihr zu heikel gewesen, auf einer entsprechenden Gegenleistung zu bestehen. Am letzten Tag vor den großen Ferien konnte es durchaus passieren, dass Anna früher als geplant nach Hause kam. Also hatte sie im Anschluss – ganz die Hausfrau, die sie nie gewesen war – das Sperma von den Fliesen gewischt und ihm ein Küsschen auf den Mund gehaucht, um kurz darauf in alter Frische nach unten zu schweben und zwei verlängerte Espressi zuzubereiten.

»Also, Lydia«, hob sie zum zweiten Mal an. Der Wind trug in Wellen Bratenduft heran.

»Ja? Was ist bei ihr?« Tomasz blies gelassen Kringel in die Nachtluft und tat, als ginge ihn das Mädchen nicht das Geringste an.

»Sei ehrlich, hast du ihr wehgetan?«

»Wie meinst du das?« Er sah wahrhaftig erstaunt aus und schnippte die Zigarette von sich, um sie im nächsten Moment auszutreten, aufzusammeln und ein paar Meter weiter in den Mülleimer zu werfen.

»Tu nicht so. Du weißt genau, was ich meine.«

Auf einmal kam Leben in ihn: »Nein. Nein!«

»Hast du mit ihr geschlafen?«

»Nein, wirklich nicht!«

»Ehrenwort?«

»Ehrenwort.«

»Und sonst ist auch nichts zwischen euch vorgefallen … weswegen sie jetzt Liebeskummer haben könnte?«

Tomasz' beißendes Lachen fraß sich in die Stille der Nacht.

»Irene, du siehst Geister. Ich gerne Lydia, aber Lydia nicht liebt mich. Ihr Problem ist nicht Liebesproblem mit mir.«

So unschuldig wie Tomasz sie ansah, glaubte sie ihm – zumindest in diesem Moment. Vielleicht würde sie ihn schon morgen verfluchen, wenn Lydia mit rot geränderten Augen am Frühstückstisch saß. Doch heute war heute und jede Minute mit Tomasz so kostbar wie die Jahre, die ihr unter den Fingern zerrannen.

Sie dehnten ihren Spaziergang um eine weitere Runde durch die nachtleeren Straßen aus, tranken noch ein Glas Wein beim Italiener, den Irene sonst so sicher umschiffte wie ein Kapitän ein gefährliches Felsenriff, und als sie, beide leicht angeschickert, den Rückweg antraten, zog Tomasz sie in einen dunklen Hauseingang, um sie zu küssen. Der aggressive Beigeschmack, den ihr Sex so oft gehabt hatte, war verschwunden, er liebkoste sie diesmal gefühlvoll, so dass sich Irene an ihre frühe Jugend erinnert fühlte. Damals, ohne jede Erfahrung, hatte sie geglaubt, je zärtlicher ein Mann zu ihr war, desto mehr liebte er sie und war doch schnell eines Besseren belehrt worden.

»Irene, du bist schön«, flüsterte Tomasz, als ihre Liebkosungen bereits in ein gefährliches Fahrwasser abzudriften drohten.

»Red bitte keinen Quatsch, ja?« Sie lachte auf. »Ich bin vielleicht intelligent, eloquent, von mir aus auch interessant, aber mit Sicherheit nicht *schön*. Anna, Lydia und Nina sind schön.«

»Ich nicht gedenk, du bist so konservativ.«

»Ich und konservativ?«

»Aber ja! Welche Leute denken, der junge Frauen sind nur schön, ist konservativ!«

Irene lächelte: »Aber dass *du* so modern bist … Wer hätte das vermutet?«

Tomasz bestand darauf, dass Irene so oder so eine ganz besondere Frau sei – ein Kompliment, das sie sich nur allzu gerne gefallen ließ und doch mit der harschen Ansage abschmetterte, er solle bitte schön nicht pathetisch werden. Gefühle konnte sie sich auf den letzten Drücker nicht leisten. Gefühle hatte sie sich noch nie leisten können. Sie taten im Zweifelsfall bloß weh. Also dankte sie ihm lediglich für die schöne Zeit und dann traten sie den Heimweg an.

15.

48 Stunden später stand das Haus wie eine rosa Festung inmitten der von Gärten und Bauminseln durchsetzten Zehlendorfer Stadtlandschaft da, und auch wenn Anna es nicht gerne zugab, es gefiel ihr. Es gefiel ihr sogar ausgesprochen gut, und in ihrer Vorstellung versetzte sie es nach Süditalien ans Meer. Die Obstbäume im Garten tauschte sie durch Zypressen, Oliven- und Zitronenbäume aus, Kinderheim-Horst durch einen Gärtner, der unweigerlich Gnots Gesichtszüge annahm.

Staunend umrundete sie den Familienbesitz, betrachtete ihn wohlwollend wie einen lieb gewonnenen Freund, der sich auf seine alten Tage zum Erstaunen aller einer Generalüberholung unterzogen hatte. Er war ganz der alte und doch so überraschend neu, dass Anna kurzerhand all ihre Pläne für den Sommer über den Haufen warf, ihre Familie zusammentrommelte und bei Kaffee und Kuchen, den Lydia vom Bäcker nebenan holen musste, eine Spur zu förmlich verkündete: »Mutter, Lydi, Nina – ich habe euch etwas mitzuteilen.« Gnot hatte auf die Schnelle zwei Stück Butterkuchen verdrückt und war sogleich danach wieder auf seine Leiter gestiegen, um der Außenwand den zweiten Farbanstrich zu verpassen.

»Das trifft sich gut.« Irene wedelte mit ihren frisch lackierten Fingernägeln, damit sie schneller trockneten. »Ich euch nämlich auch.«

»Vielleicht noch jemand?«, maulte Nina und ließ ihre Stirn auf die Tischplatte rumsen. »Ich bin gleich mit Emily verabredet.«

Anna war indes bloß froh, dass Nina bereits wenige Tage nach dem Eingriff so aufgeräumt wirkte, sprich: wie üblich meckerte, motzte, nölte. Vielleicht, weil sie spürte, die richtige Entscheidung getroffen zu haben, vielleicht aber auch, weil sie ohnehin akzeptieren musste, was nun mal geschehen war.

Ninas Worte waren kaum verklungen, da schaltete sich Lydia ein: »Ja, ich hätte da auch noch was.«

»Im Ernst?« Nina richtete sich wieder auf und blickte entgeistert in die Runde. »Was ist denn bloß mit euch los? Früher wart ihr nie so gesprächig.«

»Liegt vielleicht an Tomasz«, kicherte Lydia.

»Wie auch immer«, erklärte Anna, während sie ein paar Kuchenkrümel vom Teller pickte und sie zwischen den Fingerkuppen zermalmte. »Ich weiß ja nicht, wie eure Urlaubsplanung aussieht – ich fahre jedenfalls ins Cilento. Mit dem Auto.« Anna hatte sich spontan entschieden, auf den Besuch bei Britta und Gudrun in Frankreich zu verzichten und stattdessen die weite Reise nach Italien auf sich zu nehmen.

»Na prima, Herzchen!«, jubelte Irene, als wäre es nicht Annas, sondern ihre eigene Reise. »Schon gebucht? Und nimmst du Lydi mit?«

Ein Schmerz durchzuckte Anna, besonders als sie den bangen Blick ihrer Tochter bemerkte, doch dann gab sie sich einen Ruck und schüttelte den Kopf. Auch das war ihr ganz plötzlich in den Sinn gekommen. Allein zu verreisen. Ohne Freundin. Ohne Familienanhang.

»Wie bitte? Du fährst nicht mit Lydi?« Vor lauter Überraschung vergaß Irene auf ihre Nägel zu pusten.

»Versteh mich nicht falsch, Lydi«, begann Anna sich sogleich zu verteidigen. »Ich brauche einfach mal ein paar Tage für mich. Ist das okay?«

»Natürlich ist das okay!«, erwiderte diese in ungewohnt hitzigem Ton. »Ich hab sowieso andere Pläne.«

»Ach so? Was hast du vor?«

»Bewerbungen schreiben, Passbilder machen lassen, in der Post Schlange stehen«, leierte Lydia herunter. »Eventuell helfe ich noch eine Woche bei *Working Class* am Empfang aus. Da bleibt gar keine Zeit zum Wegfahren.«

Anna nickte leidlich befriedigt. »Und du Nina, wann stehen denn deine Prüfungen an?«

»Ach.« Ninas Hände fielen leblos auf den Tisch. »Erst im September.«

»Glaubst du, du schaffst dein Lernpensum bis dahin? Und kann ich dich wirklich allein lassen?«

»Mama, ich brauche keinen Babysitter. Ehrlich nicht. Nicht mal Lydi braucht einen – auch wenn sie das manchmal vergisst ... oder besser gesagt vergessen will.«

Lydia fauchte: »Halt doch deinen Mund!«

Nina ignorierte die Attacke ihrer Schwester und wandte sich wieder ihrer Mutter zu. »Ja, Mama! Fahr weg! Endlich! Wird langsam mal Zeit, dass du dich von uns abnabelst.«

Als dann auch noch ihre Mutter und Lydia auf sie einredeten, dass die Italienreise eine ganz hervorragende Idee sei, begann Anna sich nach und nach über ihren Entschluss zu freuen. Durchatmen, die Ereignisse der letzten Wochen und Monate verdauen, sich an den Gedanken gewöhnen, ohne ihre Zehlendorfer Enklave zurechtzukommen. In einer plötzlich aufkeimenden Furcht vor unliebsamen Überraschungen bat sie ihre Mutter, in ihrer Abwesenheit nichts Unüberlegtes zu tun. Beim möglichen Käufer des Hauses wolle sie auf jeden Fall Mitspracherecht haben.

Irene prüfte, ob ihre Nägel auch korrekt lackiert waren, dann sah sie auf und erklärte: »Das ist genau der Punkt, über den ich mit euch reden wollte.«

»Also bitte, Mutter! Nicht dass du jetzt auf die Idee kommst, mir die Arbeit aufs Auge zu drücken!«

»Nein, ich habe mir bloß überlegt –« Sie hielt eine Weile inne, um das Nagellackfläschchen aufzuschrauben und eine kleine Stelle an ihrem Daumennagel auszubessern.

»Mutter! *Was* hast du dir überlegt?« Wenn Irene so feierlich klang, war Schlimmes zu befürchten.

»Offen gestanden … also ich finde …« Ihr Blick wanderte hin und her, bis er schließlich am Besenschrank Halt fand und sie erklärte: »Wir sollten das Haus doch nicht verkaufen.«

Die Eröffnung traf Anna wie ein Blitzschlag und sie brauchte eine Weile um zu begreifen. Vorsichtshalber vergewisserte sie sich: »Was hast du eben gesagt? Du willst nicht mehr verkaufen?«

»Nein.«

»Warum nicht?«

Irene legte für einen Moment ihren Kokon aus Selbstgefälligkeit ab und rief mit echter Wehmut in der Stimme aus: »Weil … oh mein Gott … es ist so ein schönes Haus!«

»Und das fällt dir erst jetzt auf?«

»Natürlich nicht, aber seit Tomasz es so herausgeputzt hat … Es ist doch ein Kleinod, nicht wahr? Ein richtiges Zehlendorfer Juwel!« Irene schob ihren Stuhl zurück, sprang auf und begann sich übermütig zu drehen. »Na, was sagt ihr? Ist das nicht eine prima Idee?«

»Ja, schon«, gab Anna gedämpft zurück.

»Liebchen, jetzt mach mich nicht kirre und sag, du willst

auf jeden Fall verkaufen!« Als sei sie nicht nur theatralisch, sondern auch ein bisschen irre, vollführte ihre Mutter immer aberwitzigere Pirouetten.

»Nein, aber wie stellst du dir das eigentlich vor? Wir vier unter einem Dach?«

Nina knurrte: »Wenn ihr glaubt, dass ich hier wohnen bleibe und mich jeden Tag mit euch streite, habt ihr euch geschnitten.«

»Sie hat recht«, bekräftigte Anna. »Das mit uns würde auf Dauer nicht gut gehen und die Familie womöglich noch ganz entzweien.«

Irene trudelte nun langsam aus und legte den Handrücken auf ihre Stirn, so als sei ihr schwindelig. »Ich weiß. Deswegen dachte ich mir ...« Ein schalkhaftes Lächeln blitzte in ihrem Gesicht auf, als sie sich wieder setzte. »Wir könnten das Haus vermieten. Also zunächst jedenfalls ...«

Anna war im ersten Moment bloß sprachlos. »Ja, und dann?«, stammelte sie mit Verzögerung einiger Sekunden hinterher.

»Was dann? Wir teilen die Mieteinnahmen auf und nehmen uns eigene Wohnungen.«

»Verstehe«, schnappte Anna zurück. »Du in einer schicken Luxusmaisonette in Mitte, Lydi und ich irgendwo in Zehlendorf und Nina in einer WG. Rechne mal nach, Mutter! Da sind wir ganz schnell in den Miesen.«

»Nicht unbedingt, Anna-Kind.«

»Sag nicht Anna-Kind, als wäre ich ein bisschen minderbemittelt! Ich kenne die Mietpreise nur allzu gut. Wahrscheinlich sogar besser als du.«

Lydia griff nach dem Nagellack ihrer Großmutter, schraubte ihn auf und begann seelenruhig die Titelseite des *TAGESSPIEGEL* damit zu betupfen, als ginge sie das alles nichts an.

»Lydi, bitte. Der Lack trocknet ein.«

»Du solltest dir das Zeug sowieso nicht auf die Nägel schmieren, Omama. Das ist pures Gift.« Sie schraubte das kleine quadratische Fläschchen wieder zu und sah ihre Großmutter herausfordernd an.

»Ich benutze diesen garantiert unbiologischen Lack seit nunmehr 40 Jahren und stell dir vor, ich bin immer noch nicht tot! Und falls du jetzt entgegnen möchtest, dass ich aber schon bald daran krepieren könnte, sage ich nur: Jede von uns kann schon in der nächsten Sekunde ins Gras beißen.« Sie lächelte und fuhr dann mit ernster Miene fort: »Was unser Wohnmodell betrifft, stelle ich mir Folgendes vor: Ich ziehe wie geplant in die Stadt, Nina in eine WG oder in eine kleine Wohnung, ganz wie sie möchte, und ihr beide«, sie musterte Lydia und Anna mit Adleraugen. »Ihr bleibt hier.«

»Wir vermieten und bleiben gleichzeitig hier?«, hakte Anna verständnislos nach.

»Exakt!« Irene ließ ihre Hand über dem Tisch schweben, als wolle sie ihn segnen. »Ich weiß, du hältst nichts von der Idee, im Dachgeschoss ein Bad einzubauen, aber ... Vielleicht wäre sogar noch Platz für eine kleine Küchenzeile. Tomasz würde bestimmt gerne weiterhin für uns arbeiten.« Sie ließ ihre Hand wieder sinken. »Stell dir nur vor – ihr hättet die ganze obere Etage für euch. Einziger Nachteil wäre das gemeinsam zu nutzende Treppenhaus.«

»Und du meinst, Lydi und ich hätten Spaß daran, auf so engem Raum zusammenzuwohnen? Nicht mal eine Tür zumachen zu können?«

Ihre Mutter wirkte einen Moment lang irritiert. Das schien sie in der Tat nicht bedacht zu haben. Doch bevor sie etwas Erhellendes hinzufügen konnte, wanden sich Lydias Krakenfinger in Zeitlupe über den Tisch, um sich die Zuckerdose zu angeln, dann murmelte sie: »Also ich dachte sowieso ...«

Da sie sogleich wieder verstummte, half Anna ihr auf die Sprünge: »Ja? Was?«

»Dass ich ... ich meine, nur wenn du einverstanden bist, Nina.« Sie blickte ihre Schwester mit nervös flatternden Wimpern an. »Also falls du Lust hast ... Vielleicht könnten wir beide ja zusammenziehen.« Ihre Wangen färbten sich im Bruchteil einer Sekunde so rosa wie die frisch gestrichene Fassade. »Aber falls du lieber alleine wohnen möchtest, ist das natürlich auch okay. War nur so eine Idee ... und würde zumindest Kosten sparen.«

Während Anna noch dem leisen Stich in ihrem Herzen nachspürte und sich fragte, wie es möglich war, dass sie die Idee entsetzlich und brillant zugleich fand, fuhr Nina von ihrem Stuhl hoch, lief, Indianergeheul ausstoßend, einmal zum Fenster und zurück, bevor sie ihrer Schwester so stürmisch um den Hals fiel, dass deren Stuhl nun auch zu kippeln begann und sie beide kurz darauf gurgelnd, röhrend, lachend am Boden lagen. So traurig es war, den Abschied von Lydia auf derart drastische Weise vorgeführt zu bekommen, so freute sich Anna auf der anderen Seite über das Ausmaß der Verbundenheit ihrer Mädchen. Sie stritten, keiften und gifteten sich bei jeder nur erdenklichen Gelegenheit an und waren am Ende doch über jeden Disput erhaben. Sie liebten sich, einfach so – eine Tatsache, die Anna nun, sentimental, wie sie war, die Tränen in die Augen trieb.

Wenige Sekunden später kam Tomasz, von dem Lärm alarmiert, in die Küche gestürmt. »Was passiert?«, rief er atemlos.

»Nichts«, antwortete Anna lächelnd. »Bloß Schwesternliebe.«

★

In dieser Nacht raste ein Tiefdruckgebiet heran, Windböen heulten auf, Blitze zuckten über den rabenschwarzen Himmel, kurz darauf peitschte der Regen gegen die Fenster, als wolle er sie zum Bersten bringen.

Gnot hatte die Fassadenarbeit am frühen Nachmittag beenden können und Anna hoffte inständig, dass der Regen dem noch frischen Farbanstrich nichts anhaben würde. Für den morgigen Tag hatten sie, Irene und die Mädchen einen Überraschungsausflug für Tomasz geplant: Potsdam und Sanssouci; ein Jammer also, wenn er die Zeit mit Korrekturen verbringen müsste. Am Tag darauf ging bereits sein Bus nach Polen.

Anna lag im Bett und konnte nicht schlafen. Wegen des Gewitters, vor dem sie sich wie ein kleines Kind fürchtete, aber auch wegen Gnot. Er hatte verhalten reagiert, als Anna ihn gebeten hatte, seinen Aufenthalt zu verlängern, um das Dachgeschoss umzurüsten. Termine in Polen, Freund krank, Freundin heiratet … so in etwa war seine Antwort gewesen. Was deshalb besonders bedauerlich war, weil die Idee ihrer Mutter sie ausnahmsweise restlos überzeugt hatte. Auch wenn sich die Wohnverhältnisse und damit auch die Familienstrukturen grundlegend ändern würden, ein bisschen blieb dennoch alles beim Alten, was sie kolossal beruhigte. Sie würde weiterhin in ihrem Garten sitzen und dem Vogelgezwitscher lauschen können, sie würde in ihrem vertrauten Kiez einkaufen und auch ihr Arbeitsweg bliebe derselbe. Also gab es nur eine Lösung: Gnot musste wiederkommen. Vielleicht bereits in wenigen Wochen, spätestens jedoch im Herbst, um noch in diesem Jahr alles unter Dach und Fach zu bringen.

Draußen knarrten die Dielen. Anna stützte sich mit den Ellbogen ab, richtete sich ein paar Zentimeter auf und lauschte.

Ein Blitz erleuchtete das Zimmer, gleich darauf krachte der Donner über das Haus hinweg und dann stand Tomasz in ihrem Zimmer.

»Anna? Schläfst du?«

»Nein, ich … Das Gewitter … Ich kann nicht schlafen.« Sie verschwieg ihre kindliche Angst vor Blitz und Donner und war doch froh, ihn in ihrer Nähe zu haben.

»Ich auch nicht.«

»Kommst du?«, fragte sie und rückte im Bett ein Stück zur Seite.

Wieso war er hier? Er hatte sich doch bereits verabschiedet und mit jeder seiner Gesten klar gemacht, dass ihr Ausbruch aus Raum und Zeit längst vorbei war. Doch jetzt schlug er die Decke so kraftvoll zurück, als wolle er sie ausschütteln, und bevor Anna wusste, wie ihr geschah, hatte er ihren Slip heruntergezogen und war dabei, sie zu küssen. *Nimm es mit*, tönte eine fremd klingende Stimme in ihrem Kopf, *egal, was morgen ist*, dann wurde sie vom Strudel der Lust weggerissen.

Tomasz blieb bis zum Morgengrauen bei ihr. Der Regen hatte aufgehört, die Vögel begannen zu zwitschern, und während Anna endlich in den wohl verdienten Schlaf hinüberdämmerte, spürte sie noch die Vorfreude auf den Ausflug nach Sanssouci. Selbst Nina würde mit von der Partie sein, endlich einmal. Ganz sicher würde es wunderschön werden – entspannt, heiter – eben ohne Sorgen.

Bloß wenige Stunden später wurde Anna unsanft aus dem Schlaf gerissen.

»Liebchen!«, gellte die Stimme ihrer Mutter durchs Treppenhaus. »Herrje, schläfst du etwa immer noch? Liegst du im Koma? Komm doch mal! Aber schnell!«

Annas Gedanken überschlugen sich, als sie steifbeinig aus dem Bett sprang. Nina … Vielleicht war etwas mit Nina! Oder mit Lydi? Hatte sie es etwa doch nicht verkraftet, dass sie bei der Italienreise ihrer Mutter außen vor blieb?

Irene stand mit zerzausten Haaren und in ihrem geringelten Nacht-T-Shirt auf dem Flur. So ungeschminkt und unfrisiert machte ihre Mutter einen desolaten Eindruck.

»Tomasz«, würgte sie hervor.

Anna fuhr der Schreck in die Glieder. »Was ist mit ihm?«

»Er ist weg, Liebchen!«

»Wie weg?«

»Abgereist.« Ihre Mutter hob die Hände, so dass das T-Shirt hochrutschte und die schlaffe Haut ihrer Oberschenkel sichtbar wurde.

»Nein, das kann nicht sein, wir wollten doch heute …«

»Sieh selbst nach! Seine Sachen – alles weg!« Die Stimme ihrer Mutter schraubte sich in schrille Höhen. »Er hat sogar sein Bett abgezogen, die Couch zusammengeschoben, alles tipptopp aufgeräumt.«

»Das glaube ich jetzt nicht«, murmelte Anna und wusste doch, dass ihre Mutter, die sich nun verzweifelt ihren pinkfarbenen Haarschopf glatt strich, die Wahrheit sagte. Welchen Grund hätte sie auch, Anna zu belügen? Gnot war weg. Einfach verschwunden. Nur wann um Himmels Willen hatte er seine Sachen aus ihrem Schrank genommen? Irgendwann im Morgengrauen, als sie tief und fest geschlafen hatte?

Eilig lief sie jetzt die Treppen nach unten, Lydia kam gleichzeitig, von dem Lärm geweckt, aus ihrem Zimmer und rief ihr nach: »Was ist denn los?«

Doch Anna wollte sich erst mit eigenen Augen überzeugen.

Schon im nächsten Moment standen sie zu dritt vor dem zusammengeklappten Sofa – tatsächlich hatte Gnot das Bettzeug akkurat gefaltet und übereinandergeschichtet –, und

Anna konnte nicht umhin, sich an eine Beerdigung erinnert zu fühlen. Das Sofa war der Sarg, die Bettwäsche das traurige Blumengesteck. Aus dem Augenwinkel sah sie, dass Lydia eine Träne die Wange hinabrollte, und auch ihre Mutter hatte feucht schimmernde Augen.

»Ihr wollt doch jetzt bitteschön nicht losheulen!«, stieß Anna hervor, wobei ihr selbst ein Schluchzer, vielleicht war es auch ein Lacher, entschlüpfte. Bevor gleich noch irgendetwas in ihr überschwappte, das sich womöglich nicht mehr würde bändigen lassen, sank sie aufs Sofa und fuhr mit kräftigen Strichen über die Lehnen. »Der Handwerker ist weg, na und?«

»Aber er war ein wirklich okayer Handwerker«, fügte Lydia hinzu und Irene bestätigte: »Sehr okay. Außerordentlich okay.«

»Ja, das stimmt«, bekräftigte Anna und schaffte es nun auch nicht mehr, ihre Tränen im Zaum zu halten. Es war ihr egal, was ihre Mutter oder ihre Tochter denken würde. Vielleicht wussten sie es ohnehin. Vielleicht auch nicht.

Den Vormittag verbrachten sie damit, das Haus zu putzen und den ins Wasser gefallenen Ausflug zu verdauen. Auf die Idee, zu viert nach Potsdam zu fahren, kamen sie nicht. Stattdessen grasten sie jedes Zimmer, jeden erdenklichen Winkel nach einer Nachricht, einer Adresse, irgendeinem Hinweis ab. Doch umsonst. Gnot hatte ihnen nichts hinterlassen. Keine Telefonnummer, nicht mal ein Staubkörnchen oder eine einzelne Socke.

»Wie dumm, dass ich ihn schon gestern ausbezahlt habe«, klagte Irene. »So ein Halunke!« Als wäre sie über Nacht bis zur Gebrechlichkeit gealtert, stützte sie sich mit der einen Hand am Regal ab, während sie mit der anderen die Espressotasse zum Mund führte. Es war schon ihr zweiter Kaffee. »Wer um Himmels Willen soll denn nun unser schnuckeliges Haus ausbauen?«

Anna schlug Irene vor, ihre Kanäle von damals zu aktivieren, irgendjemand müsse ja wohl Gnots Telefonnummer haben oder zumindest den Ort kennen, wo er lebte, doch ihre Mutter konnte ihr in diesem Punkt nur wenig Hoffnung machen. Schon damals habe er seine wahre Identität geheim gehalten, sich immer bloß selbst gemeldet, statt sich anrufen zu lassen.

Die Zwillinge fanden Tomasz' Hals-über-Kopf-Abflug gar nicht mal so dramatisch, Schwarzarbeiter gäbe es schließlich wie Sand am Meer, setzten sich aber sogleich an den Computer, um die internationale Telefonauskunft zu bemühen. Leider ohne Erfolg. Es gab keinen Tomasz Gnot. Das war in der Tat tragisch, denn Anna war inzwischen der felsenfesten Meinung, dass für die Renovierung nur er in Frage kam – er oder keiner. Doch bevor sie noch in Schwermut verfiel, gewöhnte sie sich lieber vorab an den Gedanken, das Haus komplett zu vermieten und sich im Gegenzug eine kleine, bescheidene Bleibe zu suchen. Es würde schon werden, irgendwie.

★

An einem kühlen Nachmittag Anfang September, die Hitzewelle war vorüber und die Stadt aus ihrem Dämmerzustand erwacht, flatterte Anna eine Fotopostkarte mit einem maroden rosafarbenen Haus in den Briefkasten. Die Umgebung wirkte mediterran, aber es ließ sich nicht eindeutig erkennen, wo es aufgenommen war. Italien? Portugal? Griechenland?

Anna hörte leise Glocken in ihrem Schädel klingen, im nächsten Moment stieß sie sich das Schienbein an der Kommode, beim Zurückweichen rumste sie mit dem Kopf gegen den Garderobenständer, dann las sie, während schon die schwüle Parfümwolke ihrer Mutter heranwehte:

Meine Lieben,
 ich bin noch da. Überall und nicht überall. Ich liebe rosa Häuser. Das Leben läuft weiter. Das Leben drehen wie Karussell. Ich denke for euch. Immer.
 Tomasz.

Im nächsten Moment hatte Irene ihr die Karte bereits aus der Hand gerissen, sie drehte und wendete sie unablässig, wohl um einen Absender, eine Telefonnummer, irgendetwas zu finden, doch umsonst. Tomasz blieb das konturlose Gespenst, der Magier ihrer Vergangenheit.

Erst einige Tage später – Nina war gerade mit Bestnoten aus Rom zurückgekehrt – spielte Lydia beim Abendessen gedankenverloren mit der Karte und sagte unvermittelt in die Stille: »Racibórz. Seht mal, hier steht Racibórz auf dem Poststempel.«

»Racibórz?«, rief Irene aus und klatschte in die Hände. Ein nahezu befreites Lächeln umspielte ihren Mund.

»Ja. Keine Ahnung, wo das liegt.«

»Racibórz«, echote nun auch Anna, während sie plötzlich unbändigen Appetit verspürte.

Ein knapper Blickwechsel genügte, und sie wussten, was zu tun war.

ENDE

Danksagung

Ich danke Ryszard & Henryk für die Bearbeitung der »polnischen« Dialoge, Christiane Martensen fürs Plotten auf der Pfaueninsel, Imke Tramnitz & Christine Vogeley für die Beratung in Studienfragen und eine gute Suppe, Anne-Marie Rey und Pro Familia für Informationen zum Thema Schwangerschaftsabbruch, Andrea Bausch, Melanie Böge, Christiane Deledda, Anett Diestel, Heike und Ulrich Eretier, Tina Hohl, Almuth Klumker und Martina Röben für ihre Hilfe bei meinen vielen Fragen.

Steve Tesich
Ein letzter Sommer

Roman. www.list-taschenbuch.de
ISBN 978-3-548-60678-1

Ein letzter Kleinstadt-Sommer vor dem Erwachsenwerden: Daniel Price ist achtzehn und hat mit seinen beiden besten Freunden gerade die Highschool abgeschlossen. Er lenkt sich mit Ringkämpfen ab von der Verbitterung seines krebskranken Vaters und der bröckelnden Ehe der Eltern. Als Danny die schöne, unergründliche Rachel kennenlernt, seine erste große Liebe, wird die Welt auf einmal schrecklich und wunderbar weit.

»Ich möchte, dass dieses Buch richtig berühmt wird.«
Elke Heidenreich

List Taschenbuch

Anne Tyler
Im Krieg und in der Liebe

Roman. www.list-taschenbuch.de
ISBN 978-3-548-60604-0

Dass aus einer großen Liebe nicht notwendigerweise eine gute Ehe wird, müssen die impulsive Pauline und der stoische Michael auf schmerzliche Weise erfahren. Denn als sich die jungen Leute auf den ersten Blick ineinander verlieben, scheinen sie das ideale Paar zu sein. Doch sehr bald verkommt die Familienidylle zum Kleinkrieg, und aus einer Liebe erwächst ein Unglück, das auch das Schicksal der Kinder prägen wird ...

»Große Schriftsteller wie John Updike, Jonathan Franzen und Nick Hornby haben immer gesagt: ›Anne Tyler gehört zum Besten, was wir an Erzählern gegenwärtig haben.‹« *Elke Heidenreich in Lesen!*

»Ein kluger Roman über das Schlachtfeld Beziehung« *Journal für die Frau*

»*Im Krieg und in der Liebe* ist glänzend erzählt und überhaupt kein trauriges Buch.« *Der Spiegel*

List Taschenbuch

Marlen Haushofer
Die Wand

Roman. www.list-taschenbuch.de
ISBN 978-3-548-60571-5

Eine Frau wacht eines Morgens in einer Jagdhütte in den Bergen auf und findet sich eingeschlossen von einer unsichtbaren Wand, hinter der kein Leben mehr existiert ...

Eines der Bücher, »für deren Existenz man ein Leben lang dankbar ist«. *Eva Demski*

»Wenn mich jemand nach den zehn wichtigsten Büchern in meinem Leben fragen würde, dann gehörte dieses auf jeden Fall dazu.« *Elke Heidenreich* in *Lesen!*

List Taschenbuch

Anette Göttlicher

Paul darf das!

Maries Tagebuch
Originalausgabe

ISBN 978-3-548-26683-1
www.ullstein-buchverlage.de

Marie ist seit einem Jahr glücklich mit Jan. Er ist bei ihr eingezogen und spricht immer häufiger von einem gemeinsamen Kind. Marie genießt die normale, harmonische Beziehung und freundet sich sogar mit dem Gedanken an Nachwuchs an. Doch eines Tages taucht Paul, von dem sie fast ein Jahr lang nichts gehört hat, wieder auf. Und Maries geordnete Welt gerät exakt in dem Moment ins Wanken, als ihr Pauls Duft in die Nase steigt.

»Und jede Frau wird ein Stück Marie in sich selbst entdecken.« *Cosmopolitan*

Manuela Golz
Fango forever
Roman
Originalausgabe

ISBN 978-3-548-26676-3
www.ullstein-buchverlage.de

Sie treffen sich zufällig in einer Kurklinik: Martha Horst, die als Angestellte in einer Wäscherei arbeitet, Silvio Dorn, ein drittklassiger Stehgeiger, und Marlies Schön, deren Sohn im Gefängnis sitzt. Dorn wehrt sich nicht, als er mit einem Stargeiger verwechselt wird – sondern genießt alle Vorzüge dieses Irrtums. Bis der weltberühmte Pianist Bertram Bachels eingeliefert wird, der ihn zu einem gemeinsamen Konzert nötigt ...

»Rotzfrech und saukomisch« *For You*

Manuela Golz
Ferien bei den Hottentotten

Originalausgabe

ISBN 978-3-548-26416-5

www.ullstein-buchverlage.de

»Wenn meine Mutter von Herrn Kennedy sprach, hatte ich immer das Gefühl, dass sie viel lieber ihn geheiratet hätte als meinen Vater. Aber das Schicksal hatte anderes mit ihr vor.«

Monika ist zwölf und wächst Ende der 70er Jahre in einer typischen Westberliner Familie auf. Spießige Eltern, Schrankwand und Wagenradlampe, Tagesschau um 20 Uhr, mit dem Ford auf der Transitstrecke … Als ihr großer Bruder in eine Landkommune in Westdeutschland zieht – zu den »Hottentotten«, wie ihr Vater sagt – und Monika kurz darauf ihre Sommerferien dort verbringen darf, verändert sich ihr Leben schlagartig …

Martina Wimmer
Champagner für alle!
Wie man in Würde altert, ohne erwachsen zu werden

ISBN 978-3-548-36894-8
www.ullstein-buchverlage.de

Die erste Anti-Falten-Probe von einer fürsorglichen Verkäuferin in unsere Einkaufstüte geworfen; der elend lange Kater nach einer durchzechten Nacht; unser plötzliches Interesse an Yoga-Workshops ... Da ist diese Ahnung, dass sich etwas ändert – und unser Vorsatz: Nicht mit mir!
Bücher übers Älterwerden gibt es viele – aber keines ist so frech, frivol und sexy wie dieser unterhaltsame Solidaritätspakt für alle Frauen, die keine Mädchen mehr sind.

»Martina Wimmer zeigt, warum der Spaß mit 40 erst so richtig losgeht.« *Für Sie*

Barbara Taylor Bradford
Ein Geschenk des Schicksals
Roman

ISBN 978-3-548-26699-2
www.ullstein-buchverlage.de

Emma Harte hat die Geschicke des Kaufhaus-Imperiums an ihre Nachfolgerinnen übergeben. Doch ihr Wille gilt in der Familie noch immer als ungeschriebenes Gesetz. Auch die junge Evan muss lernen, dass ihr Anspruch allein nicht ausreicht. Barbara Taylor Bradford erzählt von den Träumen und Kämpfen der Frauen und beweist einmal mehr, warum sie zu den meistgelesenen Autorinnen weltweit gehört.

»Barbara Taylor Bradford ist eine der besten Geschichtenerzählerinnen der Welt.« *The Guardian*

Petra Durst-Benning
Das gläserne Paradies
Roman

ISBN 978-3-548-26791-3
www.ullstein-buchverlage.de

Die große historische Saga der Erfolgsautorin Petra Durst-Benning geht weiter: Glück und Glas sind zerbrechlich. Das erlebt die junge Wanda am eigenen Leib, als sie 1911 zu ihrer Glasbläserfamilie in den Thüringer Wald zurückkehrt: Das gläserne Paradies ist in Gefahr, denn eine der wichtigsten Hütten soll verkauft werden. Wanda versucht mit allen Mitteln zu helfen. Doch was als vielversprechende Rettungsaktion gedacht war, endet in einer Katastrophe.

»Eine von Deutschlands First Ladies des historischen Romans« *Bild am Sonntag*

»Petra Durst-Benning versteht es wunderbar, zu unterhalten und vergessene Orte mit Leben zu füllen.« *SWR*